Historia: Siglo de Oro

Cervante
1547-1616

Nov. Ejemplare
1613

... gos, obreros artesanías,
... itismo
... bien cementado
... ural basado en el Humanismo

la Reforma, la Contrarreforma
el Concilio de Trento
la Inquisición
el erasmismo = la importancia de la razón

relatos cortos

la picaresca: gente pobre, listo, intenta mejorar su lugar pero no puede,
es cíclo. Hay humor, autobiográficos, ironía, sarcasmo,
... que usar sus habilidades
para sobrevivir. ... dealizado. No son héroes,

... para entretener

las 3 reglas clásicas: tiempo, luga...

"Novelas Ejemplares" - nombrado así por trampa porque había que
ser aprobado por muchos, antes de estar publicado durante
la Inquisición
ejemplares = con moraleja - pero realmente no hay, esp. en
la g.t.
engaña a la censura

Novelas ejemplares

I

Letras Hispánicas

Miguel de Cervantes Saavedra

Novelas ejemplares

I

Edición de Harry Sieber

LA GITANILLA
EL AMANTE LIBERAL
RINCONETE Y CORTADILLO
LA ESPAÑOLA INGLESA

VIGÉSIMA EDICIÓN

CATEDRA

LETRAS HISPANICAS

Ilustración de cubierta: Manuel Alcorlo

© Ediciones Cátedra, S. A., 2000
Juan Ignacio Luca de Tena, 15. 28027 Madrid
Depósito legal: M. 49.360-1999
ISBN: 84-376-0223-8 (obra completa)
ISBN: 84-376-0221-1 (tomo I)
Printed in Spain
Impreso en Lavel, S. A.
Pol. Ind. Los Llanos, C/ Gran Canaria, 12
Humanes de Madrid (Madrid)

Índice

Índice

A
George Owen

Introducción

NOVELAS
EXEMPLA
RES DE MIGVEL
de Ceruantes Saauedra.

DIRIGIDO A DON PEDRO FER-
nandez de Castro, Conde de Lemos, de Andrade, y de
Villalua, Marques de Sarria, Gentilhombre de la Ca-
mara de su Magestad, Virrey, Gouernador, y Capitan
General del Reyno de Napoles, Comendador de
la Encomienda de la Zarça de la
Orden de Alcan-
tara.

Año  1622.

CON LICENCIA:

En Pamplona, por Iuan de Oteyza,
Impressor del Reyno de
Nauarra.

Preliminar

La primera edición de las *Novelas ejemplares* pasó por la censura en 1612 y salió a la luz al año siguiente[1]. Cervantes tenía sesenta y seis años de edad en 1613; le quedaban tres años para seguir su carrera literaria[2]. Ya era conocido como autor de obras extensas y desarrolladas *(La Galatea,* 1585; *Don Quijote,* 1605). Pero las *Novelas ejemplares* eran una novedad no sólo para él, sino para España: «... yo soy el primero que he novelado en lengua castellana, que las muchas novelas que en ella andan impresas, todas son traducidas de lenguas extranjeras, y éstas son mías propias, no imitadas ni hurtadas». Sí, existían los cuentos de Juan de Timoneda *(El Patrañuelo,* 1567), los ejemplos de don Juan Manuel *(El conde Lucanor,* en muchas ediciones, siendo la de Sevilla, 1575, la más importante) y otros parecidos, pero venían de una tradición claramente folklórica, anecdótica y de fábulas[3]. No hay que decir que por «traducidas de lenguas extranjeras», Cervantes se refiere a obras italianas (entre otras, las de Boccaccio, Giraldi Cinthio y Bandello). Las *Novelas ejemplares* se presen-

---

[1] Las primeras *aprobaciones* fueron firmadas en julio y agosto de 1612 por el doctor Cetina, Fray Juan Bautista y Fray Diego de Hortigosa.

[2] Para la vida de Cervantes, véanse los estudios y las bibliografías de Alberto Sánchez, «Estado actual de los estudios biográficos», en *Suma cervantina,* editado por J. B. Avalle-Arce y E. C. Riley, Londres, 1973, y de J. Allen («Introducción»), ed., *El ingenioso hidalgo don Quijote de la Mancha,* Madrid, 1977. La obra monumental de L. Astrana Marín, *Vida ejemplar y heroica de Miguel de Cervantes Saavedra,* 7 vols., Madrid, 1948-57, contiene muchos datos curiosos, pero es difícil de manejar por su tamaño y presentación.

[3] Agustín González de Amezúa y Mayo, *Cervantes, creador de la novela corta española,* 2 vols., Valencia, 1956-58, I, págs. 422-437 y 441-450; M. Molho, *Cervantes: Raíces folklóricas,* Madrid, 1977.

taron como «nuevas» en el sentido de que no eran traducciones ni adaptaciones, sino creaciones del mismo Cervantes. Así, estas novelas son originales y además dignas de ser imitadas porque las denominó «ejemplares».

La llamada ejemplaridad de las *Novelas ejemplares* generalmente se ha tomado en un sentido moral. El mismo autor dice al respecto: «Heles dado nombre de *ejemplares*, y si bien lo miras, no hay ninguna de quien no se pueda sacar algún ejemplo provechoso; y si no fuera por no alargar este sujeto, quizá te mostrara el sabroso y honesto fruto que se podría sacar, así de todas juntas, como de cada una de por sí.» Cervantes no dice que las novelas contienen o encubren *determinados* ejemplos; dice solamente que se puede sacar «algún» ejemplo si se quiere. Es decir, los ejemplos, como en cualquier obra literaria, una articulación de una realidad mimética, existen cuando quiere el lector. Un ejemplo del tipo de que habla Cervantes está en el texto sólo cuando el lector aporta con su lectura una situación, un punto de vista, que realiza la potencialidad de tal ejemplo. O como ha comentado recientemente Thomas Hart: «Cervantes, como otros escritores renacentistas, quisiera decir sólo que un lector que quiera hacerlo encontrará en las *Novelas* una moraleja que precisamente le conviene a su situación»[4].

A Cervantes no le interesa predicar a sus lectores; lo que más le interesa es narrar algunos sucesos para hacer más interesantes las horas desocupadas y de recreo: «Sí, que no siempre se está en los templos; no siempre se ocupan los oratorios; no siempre se asiste a los negocios por calificados que sean. Horas hay de recreación, donde el afligido espíritu descanse. (Prólogo). Cervantes se dirige a este mismo «desocupado lector» de *Don Quijote*. Tampoco es justo decir, sin embargo, que Cervantes trata sólo la vida interior, la vida del «afligido espíritu»: la relación entre el espíritu y la vida activa del propio lector es analógica a la vida y el espíritu de los personajes fic-

---

[4] «Cervantes' Sententious Oogs», *MLN,* 94 (1979), págs. 377-86; cfr. E. C. Riley, *Teoría de la novela en Cervantes,* Madrid, 1966, pág. 158: «Considerando su obra en conjunto, Cervantes es uno de esos escritores más profundamente morales». J. Casalduero, *Sentido y forma de las «Novelas ejemplares»;* Madrid, 1974, dice que las *«Novelas ejemplares* no deben leerse para aprender algo, no se tienen que leer como novelas de tesis, no hay que buscar en ellas moral o moraleja de ninguna clase» (pág. 54).

ticios. Cada uno tiene que encararse con la realidad tal como es y con esta otra vida que quiere proyectar y vivir. Casi todas las *Novelas ejemplares* presentan personajes en una situación, digamos, «entre paréntesis»; han rechazado o huido de una vida cotidiana, determinada y, a veces, aburrida, en que faltan interés, imaginación y libertad. Quieren hacer más interesantes las vidas que tienen. Y lo mismo sucede al lector cuando necesariamente deja su trabajo para llenar su tiempo con mundos literarios que le ofrecen otras vidas más interesantes y exageradas. La «novela» (en su sentido etimológico de «nuevo») tiene lugar para los personajes y para los lectores en este espacio parentético. En *La gitanilla* ocurre cuando don Juan de Cárcamo llega a ser Andrés Caballero, o en *El amante liberal,* cuando Ricardo está en tierras turcas y no cristianas, o en *El licenciado Vidriera,* cuando Tomás Rodaja es el licenciado Vidriera, o cuando dos perros comienzan a hablar. O por elección, o por rapto, o por locura o por otros motivos, los personajes —como los lectores en el acto de leer las novelas— se encuentran en situaciones diferentes y anormales, en fin, «novelescas» [5].

La ejemplaridad de las *Novelas ejemplares* también tiene su origen y su ser en el mismo estilo, en lo nuevo y extraño, en estas vidas que están al margen de la sociedad. Ejemplar en este sentido es lección literaria (o «estética», si se quiere) más bien que lección moral. Es verdad que a veces el narrador nos pone el ejemplo que *él* ha leído:

1. «... que fue *ejemplo* raro de discreción, honestidad, recato y hermosura» *(El amante liberal);*
2. «... que todos serán de grande consideración y que podrán servir de *ejemplo* y aviso a los que las leyeren» *(Rinconete y Cortadillo);*
3. «Y yo quedé con el deseo de llegar al fin deste suceso, *ejemplo* y espejo de lo poco que hay que fiar de llaves, tornos y paredes ...» *(El celoso extremeño).*

Y otras veces no nos ofrece sus lecturas morales. En todo caso hay que notar que estos «ejemplos» son del narrador, que es, al fin y al cabo, otro lector. ¿Qué aprendemos de estos ejem-

---

[5] Casalduero, *op. cit.,* pág. 67: «... he aquí lo que para Cervantes es una novela. La extrañeza del caso se refiere principalmente a lo inusitado y sorprendente del acontecimiento y también a lo extraordinario de su desarrollo, ...».

plos? ¿De vivir como Ricardo? ¿No vivir como Monipodio? ¿No casarse con una joven si somos viejos, o comprar cerraduras de mejor calidad? Si seguimos de cerca las lecturas del narrador, no debemos discrepar de sus declaraciones. Y queda otro problema. En otras novelas no podemos descifrar las moralejas porque no existen o, por lo menos, son ambiguas. Cervantes no comunica nada «moral» en forma de ejemplo en *La gitanilla, El licenciado Vidriera, La fuerza de la sangre, La señora Cornelia* y *El coloquio de los perros.*

No afirmamos que a Cervantes no le preocupa nada lo moral, o que al final de su vida no le preocupa su porvenir espiritual. Él mismo nos dice en el Prólogo «que si por algún modo alcanzara que la lección destas *Novelas* pudiera inducir a quien las leyera a algún mal deseo o pensamiento, antes me cortara la mano con que las escribí que sacarlas en público. Mi edad no está ya para burlarse con la otra vida, que al cincuenta y cinco de los años gano nueve más y por la mano». La ironía es patente. A la referencia a su porvenir espiritual sigue otra referencia humorística, a la única mano que le queda con que va ganando la vida. Si la corta, corta también su carrera como escritor. Y nos dice simultáneamente que hay mucho que escribir: los «*Trabajos de Persiles,* libro que se atreve a competir con Heliodoro, ... las hazañas de don Quijote y donaires de Sancho Panza, y luego las *Semanas del jardín*».

La ejemplaridad es un tópico que no puede resolverse, y posiblemente no merezca solución, porque llega a ser un obstáculo en la lectura de las *Novelas ejemplares* como obra literaria. Cervantes sabía bien que si hubiera escrito nada más que un libro de ejemplos, no habría podido decir en serio que era el primero en novelar en «lengua castellana». Creía ciertamente que fabricó algo nuevo y original y que no era imitación de otros libros, sino imitable. En este sentido, como ya apunté, sus novelas ejemplares son novelas originales, compartiendo quizá una definición que ofrece Covarrubias de la palabra ejemplar: «Exemplo, lo que se copia de un libro o pintura, y exemplar, el original» [6]. Una vida ejemplar funciona como modelo para otras vidas; no es exageración pensar que una novela ejemplar cervantina es, para Cervantes, el punto de partida de otras novelas escritas en castellano. Y en este sentido

---

[6] Sebastián de Covarrubias Orozco, *Tesoro de la lengua castellana o española,* Madrid, 1611, ed. Martín de Riquer, Barcelona, 1943.

es seguro que, en cuanto a su propia novelística, Heliodoro funcionaba como tal modelo para sus obras extensas[7]. En este sentido Cervantes va a competir con Heliodoro: va a ser otro Heliodoro para la novela ejemplar castellana.

Una novela ejemplar implica también una lectura ejemplar. Lecturas que son originales y que sirven a la vez como modelos de otras lecturas se pueden llamar lecturas ejemplares. Y hay un conjunto de tales lecturas a las que todo lector de las *Novelas ejemplares* se ha de referir al emprender su propio proyecto: las obras de Joaquín Casalduero, *Sentido y forma de las «Novelas ejemplares»,* Buenos Aires, 1943; Madrid, 1969 y 1974 [esta última es la que manejo]; Agustín G. de Amezúa y Mayo, *Cervantes creador de la novela corta española,* 2 vols., Madrid, 1956-58; William C. Atkinson, «Cervantes, el Pinciano, and the *Novelas ejemplares»*, *Hispanic Review* 16 (1948), págs. 189-208; Luis Rosales, *Cervantes y la libertad,* 2 vols., Madrid, 1959-60; Ana María Barrenechea, «*La ilustre fregona* como ejemplo de la estructura novelesca cervantina», *Filología* 7 (1961), págs. 13-32; Juan Bautista Avalle-Arce, *Deslindes cervantinos,* Madrid, 1961, y *Nuevos deslindes cervantinos,* Barcelona, 1975; Américo Castro, «La ejemplaridad de las novelas cervantinas», *Nueva Revista de Filología Hispánica* 2 (1948), págs. 319-332; Karl-Ludwig Selig, «Concerning the Structure of Cervantes *La Gitanilla»*, *Romanistisches Jahrbuch* 13 (1962), págs. 273-76; Maurice Molho, «Remarques sur le *Mariage trompeur et Colloque des chiens»*, en *Le mariage trompeur et Colloque des chiens,* París, 1970, págs. 11-95, y, sobre todo, Ruth El Saffar, *Novel to Romance: A Study of Cervantes's Novelas ejemplares,* Baltimore, 1974, y su *Cervantes: 'El casamiento engañoso' and 'El coloquio de los perros',* Londres, 1976. Se pueden citar más estudios fundamentales, pero éstos me han influido considerablemente al escribir las observaciones que siguen.

Finalmente quiero agradecer a Gustavo Domínguez, de Ediciones Cátedra, editor ejemplar, quien ha esperado demasiado tiempo por esta edición, y a Herminia Allanegui y a José María Muguruza, quienes me han facilitado muchos libros de consulta y valiosas horas de conversación.

---

[7] Véase para estos «modelos» A. González de Amezúa y Mayo, *op. cit.,* I, pág. 345, *passim;* E. C. Riley, *op. cit.;* Alban Forcione, *Cervantes, Aristotle and the Persiles,* Princeton, 1970.

La gitanilla

La gitanilla es una historia de amor de una gitana (Preciosa) y un hombre noble (Juan de Cárcamo), que se hace gitano (Andrés Caballero) para poner a prueba la sinceridad de sus declaraciones de amor. Pero al comenzar la novela el lector es invitado por el narrador a leer un cuento, no de amor, sino de ladrones: «Parece que los gitanos y gitanas solamente nacieron en el mundo para ser ladrones: nacen de padres ladrones, críanse con ladrones, estudian para ladrones y, finalmente, salen con ser ladrones corrientes y molientes a todo ruedo, y la gana del hurtar y el hurtar son en ellos como ac[c]identes inseparables, que no se quitan sino con la muerte» (pág. 61)[8]. No había asunto tan de moda por aquellos años como la delincuencia y los ladrones: Guzmán, Pablos y Justina ya habían ofrecido a sus lectores horas de recreación, contando sus vidas y milagros (como dirá Cervantes de Monipodio). Y ahora va a leer otra de estas vidas de ladrones, piensa el lector, y comienza a leer. Pero de repente se da cuenta de que Preciosa, una de las gitanas «a quien enseñó todas sus gitanerías, y modos de embelecos, y trazas de hurtar» *(ibíd.),* es diferente y diferenciadora porque no está sujeta a la misma naturaleza que los otros. O, como dice Cervantes, «la crianza tosca en que se criaba no descubría en ella sino ser nacida de mayores prendas que de gitana, …» (I, 62).

El mundo de los ladrones no es el mundo de Preciosa. (No puede ser una de esas mujerzuelas de Monipodio.) Y ahora el lector queda confundido y curioso al mismo tiempo. Si Preciosa no es como los otros, ¿por qué está ahí? Y si viene de mayores prendas, ¿de dónde viene? El juego de la lectura nace en este descoyuntamiento, este «extraño caso». Poco a poco la anatomía narrativa se descubre hasta saber que Preciosa (ahora se llama Costanza) había sido robada por una gitana anciana, y es hija de verdad de un padre noble (don Fernando de Azevedo, «caballero del hábito de Calatrava»), y así puede casarse con Juan de Cárcamo, pero no antes de que ocurran algunas peripecias que amenazan las proyectadas bodas.

Estos son los elementos básicos de la trama. Hay otras complicaciones: el paje-poeta (Clemente) escribe poesía para que la cante Preciosa, y al descubrirlo Juan de Cárcamo, se pone

---

[8] Jennifer Lowe, *Cervantes: Two Novelas ejemplares. «La gitanilla»; «La ilustre fregona»,* Londres, 1971, pág. 27.

celoso y casi desesperado, pero domina sus celos. Al salir de
Murcia, Juana Carducha, una mujer que se enamora de Andrés
violentamente y cuyos gestos amorosos son rechazados, sigue
la estrategia bíblica de José para con sus hermanos, y esconde
«unos ricos corales y dos patenas de plata, con otros brincos
suyos» para «hacer quedar a Andrés por fuerza ...» (I, 123).
Andrés, acusado por «un soldado bizarro, sobrino del Alcalde»
(I, 124), de ser ladrón gitano, le mata por defender su honra
como caballero. Le meten en la cárcel con sentencia de muerte.
Y entonces llega el desenlace cuando la vieja gitana decide re-
velar su secreto, «aunque —dice ella— a mí me cueste la vida»
(I, 126). Da su vida para salvar la vida de Andrés y devuelve
a Preciosa a sus verdaderos padres en el mismo acto.

Esta devolución es un signo de la estructura fundamental
de la novela (y de otras, como veremos a continuación) porque
forma parte de lo que podemos llamar un sistema de intercambio[9]. Por toda la novela hay un juego entre un código
social (de la ciudad-nobleza) y un código natural (campo-gita-
no). Y a veces es explícitamente un código económico. La
vieja gitana es muy consciente del poder que tiene al mantener
encarcelada a Preciosa dentro de su mundo gitano: «Y finalmente, la abuela conoció el *tesoro* que en la nieta tenía, y así
determinó el águila vieja sacar a volar su aguilucho y enseñarle
a vivir por sus uñas» (I, 62; subrayado, mío). Leemos ense-
guida que «Salió Preciosa *rica* de villancicos, de coplas, seguidillas y zarabandas, y de otros versos ...» *(ibíd.;* subrayado,
mío, como los que siguen). Su abuela «echó de ver que tales
juguetes y gracias ... habían de ser felicísimos atractivos e incentivos para *acrecentar su caudal* ...» *(ibíd.).* Van a la «corte
[para] vender su mercadería, donde todo se compra y todo se
vende» (63). Y luego dice Preciosa: «Si me dan cuatro cuartos, les cantaré un romance yo sola, ...» (I, 67). Existe una
estrecha relación entre el lenguaje (cantar, decir buenaventu-
ras, etc.) y el dinero; este intercambio está subrayado en muchos lugares. El paje-poeta entrega a Preciosa un «papel ... que
venía dentro dél un escudo de oro...» (I, 73). Y al hacerse
socio de los gitanos, Juan de Cárcamo «sacó ... una bolsilla de
brocado, donde dijo que iban cien escudos de oro ...» (I, 88).
Y más tarde, Andrés, para hurtar como buen gitano, paga a

---

[9] Pienso en el modelo de comunicación elaborado por Claude Lévi-
Strauss, *Anthropologie structurale,* 2 vols., París, 1973. No puedo seguir aquí este tipo de análisis en profundidad.

sus víctimas el dinero que les pertenece. El dinero, dice la vieja gitana, es la mediación entre la sociedad gitana y los representantes del poder:

> Y si alguno de nuestros hijos, nietos o parientes cayere, por alguna desgracia, en manos de la justicia, ¿habrá favor tan bueno que llegue a la oreja del juez y del escribano, como destos escudos, si llegan a sus bolsas? Tres veces por tres delitos diferentes me he visto casi puesta en el asno para ser azotada, y de la una me libró un jarro de plata, y de la otra, una sarta de perlas, y de la otra, cuarenta reales de a ocho que había trocado por cuartos, dando veinte reales más por el cambio. [...] Por un doblón de dos caras se nos muestra alegre la triste del procurador y de todos los ministros de la muerte, que son arpías de nosotras las pobres gitanas, y más precian pelarnos y desollarnos a nosotras que a un salteador de caminos; jamás, por más rotas y desastradas que nos vean, nos tienen por pobres; que dicen que somos como los jubones de los gabachos de Belmonte: rotos y grasientos, y llenos de doblones (I, 88).

El dinero (o lo que funciona como dinero) es la más clara señal de este sistema de intercambio. Hay otros ejemplos más metafóricos. Andrés va a dar dos años de su vida para obtener a Preciosa como esposa. Preciosa (su propio nombre lo dice) le pone este precio. Y al final de la novela, Preciosa ofrece su libertad para liberar a su esposo: «¡Si mi esposo muere, yo soy muerta! Él no tiene culpa; pero si la tiene, déseme a mí la pena, y si esto no puede ser, a lo menos entreténgase el pleito en tanto que se procuran y buscan los medios posibles para su remedio; ...» (I, 126).

La novela nos muestra una confrontación de dos sistemas de valores: el de los gitanos (propiedad comunal) y el de la sociedad urbana (propiedad privada). Un viejo gitano lo dice bien:

> Nosotros guardamos inviolablemente la ley de la amistad: ninguno solicita la prenda del otro; libres vivimos de la amarga pestilencia de los celos. Entre nosotros, aunque hay muchos incestos, no hay ningún adulterio; y cuando le hay en la mujer propia, o alguna bellaquería en la amiga, no vamos a la justicia a pedir castigo; nosotros somos los jueces y los verdugos de nuestras esposas o amigas; con la misma facilidad las matamos

y las enterramos por las montañas y desiertos como si fueran animales nocivos: no hay pariente que las vengue, ni padres que nos pidan su muerte. Con este temor y miedo ellas procuran ser castas, y nosotros, como ya he dicho, vivimos seguros. Pocas cosas tenemos que no sean comunes a todos, excepto la mujer o la amiga, que queremos que cada una sea del que le cupo en suerte (I, 101).

Esta excepción no pone a la sociedad gitana enteramente fuera de las leyes de una sociedad cortesana-urbana, pero ahora el hombre tiene que sufrir fuera de esta misma sociedad un cortejo sin las ventajas pertinentes. Preciosa le dice a Andrés: «Dos años has de vivir en nuestra compañía primero que de la mía goces, por que tú no te arrepientas por ligero, ni yo quede engañada por presurosa. Condiciones rompen leyes; las que te he puesto sabes: si las quisieres guardar, podrá ser que sea tuya y tú seas mío, y donde no, aún no es muerta la mula, tus vestidos están enteros, y de tu dinero no te falta un ardite; ...» (I, 103). Andrés no destruye por completo su base cortesana; Preciosa no le pide que lo haga. No quiere que Andrés escoja la vida de los gitanos, sino lo que representa en cuanto a su vida amorosa.

Andrés sólo puede obtener la «joya preciosa« de Preciosa al darse a sí mismo. Este intercambio va más allá del mundo del dinero y de la propiedad privada porque está basado en el intercambio de un amor recíproco —del amor platónico, si se quiere—, de la conquista de los celos y de la modificación de un código cortesano, realizado solamente por un proceso aislado de la sociedad. Y tal aislamiento ocurre en la novela porque la familia de Andrés tiene que llevar a sus hijos lejos de la Corte: «Dio priesa a su partida, por llegar presto a ver a sus hijos, y dentro de veinte días ya estaba en Murcia, con cuya llegada se renovaron los gustos, se hicieron las bodas, se contaron las vidas, y los poetas de la ciudad, que hay algunos, y muy buenos, tomaron a cargo celebrar el extraño caso, juntamente con la sin igual belleza de la gitanilla» (I, 134). El movimiento de la novela desde Madrid (Corte) hasta Murcia indica claramente que una nueva sociedad se ha instalado alrededor de los jóvenes y pregona que las pruebas de amor tienen el poder de reunir a toda la familia fuera de su sitio acostumbrado. La vida de gitano que vive Andrés es sólo una metáfora que veremos a lo largo de las *Novelas ejemplares:* para tener una novela —un acontecimiento nuevo, extraño caso, etc.—

hay que romper las relaciones aceptadas entre los héroes y sus sociedades respectivas. Cervantes tiene que problematizar lo convencional y lo cotidiano.

El amante liberal

El amante liberal comienza *in medias res* —a diferencia de *La gitanilla*— con una separación radical entre un amante y su amada. Esta separación es subrayada por otra, la de los cristianos de la isla de Chipre de su capital, Nicosia, que ganan los turcos en septiembre de 1570. Ricardo y su amigo renegado, Mahamut, están encarcelados desde hace dos años; han perdido su libertad personal. Ricardo expresa sus pérdidas paradójicamente porque están íntimamente relacionadas: «Tal es mi desdicha, que en la libertad fui sin ventura, y en el cautiverio, ni la tengo ni la espero» (I, 137). Así las «lamentables ruinas de la desdichada Nicosia», las primeras palabras de la novela, revelan un trasfondo más personal y una pérdida mayor [10].

La novela es, desde luego, una historia de restauración, como *La gitanilla:* la victoria de Ricardo y de Mahamut en escaparse de los turcos contiene otra victoria, la de la restauración y recuperación de su amada y la llegada a Sicilia, una isla cristiana. Pero la victoria más importante, la de sí mismo, ocurre sólo cuando rechaza Ricardo su concepto del amor que se basa en la idea de la mujer como propiedad privada, como objeto. No puede dar a Leonisa a su rival, Cornelio, porque no tiene ese derecho; Leonisa no es su propiedad. Tiene que reconocerlo para llegar a una definición de «liberalidad», la palabra clave de la novela: «Yo, señores, con el deseo que tengo de hacer bien, no he mirado lo que he dicho, porque no es posible que nadie pueda demostrarse liberal de lo ajeno: ¿qué jurisdic[c]ión tengo yo en Leonisa para darla a otro? O ¿cómo puedo ofrecer lo que está tan lejos de ser mío?» (I, 186). Es precisamente su declaración de *no poder* darla a Cornelio lo que le conquista la mano de Leonisa porque ya, según sus aventuras contadas por la novela, la merece [11]. La liberalidad

---

[10] Ruth El Saffar, *Novel to Romance: A Study of Cervantes' «Novelas ejemplares»,* Baltimore, 1974, pág. 139.

[11] Tengo que disentir de J. Casalduero, *op. cit.,* págs. 96-7, cuando

es dar la posibilidad de dar y no dar algo a alguien. O, dicho de otra manera, es crear el momento en el cual el acto de dar y recibir puede realizarse sin intereses impertinentes y perjudiciales.

Veamos más de cerca cómo se construye tal momento en la novela. Recuérdese que las aventuras ocurren dentro de un marco cristiano-turco. Por esos tiempos la amenaza de los turcos era una verdadera realidad, aun después de la batalla de Lepanto, en 1571[12]. Así, el cautiverio y el rescate no eran cosas de literatura, sino de la vida cotidiana. Pero al mismo tiempo, Cervantes los presenta como sucesos literarios porque eran diferentes y extraños para sus lectores, la gran mayoría de los cuales vivían tales cautiverios y rescates en sus propias casas. Las costumbres de los turcos, a pesar de libros como el de Fray Diego de Haedo, ofrecían materia nueva para recrear a estos lectores. En *El amante liberal,* la mera existencia de palabras como «cadí», «bajá», «leventes», «arráez», «cómitre», «jenízaros», «chauz» y «zalá», y lugares toponímicos como Lampadosa, Natolia, Xío, Mecina, Pantanalea, Fabiana, Malta, Biserta y Trápana, ayudaban a fabricar un mundo familiar y extranjero a la vez. Era un mundo extraño. Y dentro de este mundo, los cristianos siempre son honestos, virtuosos y liberales, mientras los turcos son mentirosos, materialistas y traidores. El sistema turco se basaba en la esclavitud, la privación de libertad y liberalidad. Su lenguaje no comunicaba la verdad; los cristianos esclavos también tenían que mentir y engañar para comunicarse, como explica Leonisa a Ricardo: «No sé qué te diga, Ricardo —replicó Leonisa—, ni qué salida se tome al laberinto donde, como dices, nuestra corta ventura nos tiene puestos. Sólo sé decir que es menester usar en esto lo que de nuestra condición no se puede esperar, que es el fingimiento y engaño; ...» (I, 173). Ricardo tiene que cambiar de nombre (es Mario); los turcos también cambian de vestido y de bandera para engañar a los otros turcos de bando contrario. No hay más que traición y muerte violenta en el mundo de los turcos.

Los sistemas económicos también reflejan los dos sistemas de

afirma que «Ricardo *renuncia* a Leonora y se la entrega a Cornelio. Esta es la verdadera liberalidad del verdadero amante», porque Ricardo no tiene nada a que renunciar.

[12] Véase el artículo de A. Hess, «The Battle of Lepanto and Its Place in Mediterranean History», *Past and Present,* n. 57 (1972), págs. 53-73.

valores. El vocabulario de los turcos está salteado de palabras que reflejan su actitud esclavizada: todo es comprar y vender, o por mejor decir, robar y vender, si no lo pueden comprar. Mahamut, al principio de la novela, describe algunas costumbres de los turcos en cuanto a los «cargos» gubernativos: «Si no viene culpado y no le premian [al virrey turco], como sucede de ordinario, con dádivas y presentes, alcanza el cargo que más se le antoja, porque no se dan allí los cargos y oficios por merecimientos, sino por dineros: todo se vende y todo se compra. Los proveedores de los cargos roban [a] los proveídos en ellos y los desuellan; deste oficio comprado sale la sustancia para comprar otro que más ganancia promete» (I, 141). Los esclavos cristianos son nada más que mercancías para vender y comprar. Yzuf anuncia a Ricardo (en traducción italiana, indica la novela): «Cristiano, ya eres mío; en dos mil escudos de oro te me han dado; si quieres libertad, has de dar cuatro mil; si no, acá morir» (I, 149). Y luego Leonisa cuenta a Ricardo que «un judío, riquísimo judío» la había comprado por dos mil doblas, pero el mismo hombre la iba a vender a los turcos por cuatro mil doblas. Sube el precio hasta decirnos el narrador que «sintió Ricardo de ver andar en almoneda su alma, ...» (I, 160).

Lo curioso de este juego de precios no es el dinero que representa, sino el sistema de intercambio. Ricardo empieza con la misma actitud porque al tratar de conseguir la libertad de Leonisa dice a un mayordomo: «... en ninguna manera tratase de mi libertad, sino de la de Leonisa, y que diese por ella todo cuanto valía mi hacienda, ...» (I, 147). Todos quieren dominar a Leonisa, procurando su libertad, pero con fines interesados. Al final de la novela Ricardo recuerda bien poder distinguir entre libertad y liberalidad: «... ofrecí por su rescate toda mi hacienda, aunque ésta, que al parecer fue liberalidad, no puede ni debe redundar en mi alabanza, pues la daba por el rescate de mi alma» (I, 185). Y para clarificar sus intentos, agrega: «De todo esto que he dicho quiero inferir que yo le ofrecí mi hacienda en rescate, y le di mi alma en mis deseos; di traza en su libertad y aventuré por ella, más que por la mía, la vida; ...» (I, 186). Y se refiere a su hacienda otra vez: «... sólo confirmo la manda de mi hacienda hecha a Leonisa, sin querer otra recompensa sino que tenga por verdaderos mis honestos pensamientos, y que crea dellos que nunca se encaminaron ni miraron a otro punto que el que pide su incomparable honestidad, su grande valor e infinita hermosura» (I, 186).

El valor que entiende es un valor espiritual que no se puede comprar ni vender. Comprende lo que es la liberalidad, esa liberalidad definida por Covarrubias *(s. v.* «liberal»): «... el que graciosamente, sin tener respeto a recompensa alguna, hace bien y merced a los menesterosos, guardando el modo debido para no dar en el extremo de pródigo; de donde se dijo liberalidad la gracia que se hace».

Ricardo comienza precisamente como hombre extremo y funciona como todo lo contrario de Cornelio, un semi-hombre («lindo», «delicado», «de blandas manos y rizos cabellos, de voz meliflua ...», I, 143) que no defiende a Leonisa de los turcos. Hombres extremos representan los valores de los turcos, ladrones y hombres violentos («todo este imperio es violento», dice Mahamut, I, 141). Los trabajos que sufren Ricardo y Leonisa en su estancia de separación los preparan para la escena final, en que Ricardo tiene que esperar la respuesta tan deseada de Leonisa: «... mi voluntad, hasta aquí recatada, perpleja y dudosa, se declara en favor tuyo; porque sepan los hombres que no todas las mujeres son ingratas, mostrándome yo siquiera agradecida» (I, 187). La liberalidad que hace posible esta decisión se basa en la libertad ganada por Ricardo. Y la libertad física es coincidente con la libertad moral y espiritual. Estas simetrías preparan el final de la novela, en que Mahamut y Halima se reconcilian con la «Iglesia» y se casan como cristianos: «Todos, en fin, quedaron contentos, libres y satisfechos ...» (I, 188).

Rinconete y Cortadillo

Con *Rinconete y Cortadillo,* Cervantes sigue explorando los temas del robo y de la libertad, de la apropiación de otros y de sus bienes. Estos temas parecen formar parte del núcleo picaresco cervantino, como recordaremos en el caso de Ginés de Pasamonte y sus compañeros galeotes. Pero ahora no se trata de gitanos y ciudadanos, turcos y cristianos, sino de ladrones y otros ladrones. Tampoco se trata de diferencias fundamentales entre clases sociales: ricos y pobres, aristócratas y marginados. Ciertamente, todavía le interesan a Cervantes los diversos aspectos de la sociedad o, por mejor decir, un tipo de sociedad o anti-sociedad, que tiene su propia estructura y su influencia estructurante. Rinconete y Cortadillo buscan la aventura porque tienen que hacerlo. Cortado nos confiesa: «... el camino que llevo es a la aventura, y allí le daría fin donde hallase quien me diese lo necesario para pasar esta miserable vida» (I, 193). Y se preocupa del mismo tema en cuanto a su nuevo amigo, Pedro de Rincón: «... pero aún edad tiene vuesa merced para enmendar su ventura» (I, 194). Rincón está desterrado de la Corte. A Cortado no le gustaba su pueblo: «Enfadóme la vida estrecha del aldea y el desamorado trato de mi madrastra. Dejé mi pueblo, vine a Toledo a ejercitar mi oficio, y en él he hecho maravillas; porque no pende relicario de toca ni hay faldriquera tan escondida que mis dedos no visiten ni mis tijeras no corten, aunque le estén guardando con [los] ojos de Argos» (I, 197). Los dos, entonces, han vivido de los bienes de otros y al otro lado del reglamento social aceptable. Su libertad hace posible sus vidas, y se dan cuenta en la venta del Molinillo de que pueden seguir su camino trabajando juntos.

Su viaje a Sevilla, como los viajes que han hecho para llegar a la venta del Molinillo, es un escape de la situación irremediable en que se encuentran, porque un arriero a quien engañan desea vengarse de los dos. Esta huida se ve como una salida a la libertad que les ofrecerá más amplia oportunidad para vivir. Pero encontrarán un mundo estrecho, fijo y controlado. Descubren que no pueden robar sin licencia oficial, no pueden ganar ni una moneda sin repartirla con otros; no tienen derecho a trabajar libremente por la ciudad; en fin, pueden pueden ganarse la vida sin permiso previo. Es como si estuvieran dentro de una aduana secreta en que los bienes robados están sujetos a un almojarifazgo.

No es coincidencia que entran «por la puerta de la Aduana, a causa del registro y almojarifazgo que se paga» (I, 199). Ni es accidente que Monipodio tiene monopolio sobre todas las mercancías robadas en la ciudad. Después de robar a varias personas, «otro mozo de la esportilla, [...] vio todo lo que había pasado y cómo Cortado daba el pañuelo a Rincón, ...» (I, 205) y llegó a saludarles. Merece citar la conversación que sigue para subrayar la metáfora aduanera:

> —Díganme, señores galanes: ¿voacedes son de *mala entrada*, o no?
> —No entendemos esa razón, señor galán —respondió Rincón.
> —¿Qué no entrevan, señores murcios? —respondió el otro.

—No somos de Teba ni de Murcia —dijo Cortado—. Si otra cosa quiere, dígala; si no, váyase con Dios.

—¿No lo entienden? —dijo el mozo—. Pues yo se lo daré a entender, y a beber, con una cuchara de plata: quiero decir, señores, si son vuesas mercedes ladrones. Mas no sé para qué les pregunto esto, pues sé ya que lo son. Mas díganme: ¿cómo no han ido a la *aduana* del señor Monipodio?

—¿Págase en esta tierra *almojarifazgo* de ladrones, señor galán? —dijo Rincón.

—Si no se paga —respondió el mozo—, a lo menos *regístranse* ante el señor Monipodio, que es su padre, su maestro y su amparo; y así, les aconsejo que vengan conmigo a darle la obediencia, o si no, no se atrevan a hurtar sin su señal, que les costará caro» (I, 206).

No es sólo que este mundo subterráneo tiene su conexión con el mundo comercial de Sevilla por el lenguaje aduanero, sino también su propio lenguaje interno, su propio código de ladrón. La entrada en el mundo de Monipodio es una entrada lingüística; los muchachos tienen que aprender un lenguaje extranjero. Así, el «mozo» funciona o como traductor o como maestro de lenguas para transportarlos *(traducere:* transportar) desde el exterior al interior: «Y porque sé que me han de preguntar algunos vocablos de los que he dicho, quiero curarme en salud y decírselo antes que me lo pregunten. Sepan voacedes que *cuatrero* es ladrón de bestias; *ansia* es el tormento; *roznos,* los asnos, hablando con perdón; *primer desconcierto* es las primeras vueltas de cordel que da el verdugo» (I, 208). Es más: si la transportación es realizada por el lenguaje oral, el mundo en sí es formado por el lenguaje escrito. En el centro del mundo monipodiano existe un libro (un «libro de memoria»), como en muchos mundos logocéntricos, que organiza el futuro desde el punto de vista del pasado. Es un libro de cuentas que registra los créditos y débitos; establece las obligaciones y las acciones de la compañía. Todos son controlados por el libro y están sujetos al libro.

Las observaciones de Rinconete y Cortadillo (son nombrados y redefinidos por Monipodio), que constituyen el resto de la novela, nos permiten ver y registrar las operaciones secretas e internas de una sociedad anónima y las costumbres de los accionistas: su vida religiosa deformada (la vieja Pipota), sus problemas domésticos (Juliana la Cariharta y Repolido), sus bailes y canciones (la Escalanta y la Gananciosa), sus matracas (Chiquiznaque, Maniferro, Narigueta, Ganchoso) y su educación básica: «... Monipodio había de leer una lición de posición acerca de las cosas concernientes a su arte» (I, 239).

La estructura peculiar asimétrica de *Rinconete y Cortadillo,* esta serie de observaciones desencadenadas, refleja bien las distintas «vidas» de sus personajes. El «libro de memoria», se puede decir sin exagerar, es emblema de la novela en que está encajado: sin principio ni fin, registra «los ejercicios en que todos se ocupaban» (I, 240). Así, la libertad y la aventura que buscan Rinconete y Cortadillo en Sevilla es una ilusión [13]. Descubren que esta sociedad de ladrones tiene su propia jerarquía y sus reglas restringidas. Se marchan de Sevilla sólo para continuar su viaje al futuro y hacia una conclusión que se termina no con el arte, sino con la muerte.

La española inglesa

Si los robos de *Rinconete y Cortadillo* son los bienes de otros, y la libertad que buscan es la inmunidad del poder judicial, en *La española inglesa,* Cervantes vuelve al robo de personas y de su libertad: el rapto de Isabela, uno de los despojos que «los ingleses llevaron de la ciudad de Cádiz» (I, 243), y la captura de Ricaredo por los turcos. La novela es la historia de sus repatriaciones geográficas y religiosas (son católicos), de la restauración de Isabela a sus padres verdaderos y de la reunión de los jóvenes amantes al final de la novela.

La novela comienza por un acto de rebeldía de Clotaldo, padre de Ricaredo, quien lleva a Isabela a Londres «contra la voluntad y sabiduría del conde de Leste ...» (I, 243). Clotaldo y su familia son católicos secretos que viven en una Inglaterra protestante. Los dos jóvenes llegan a enamorarse y piensan casarse a pesar de que los padres de Ricaredo ya tenían planeado el casamiento de Ricaredo con una escocesa. Y ahora empiezan las varias separaciones entre los dos. Ricaredo tiene que salir en una expedición con el barón de Lansac. Prueba su valor y vuelve con muchas joyas que ofrece a la Reina, provocando en el acto la envidia de la corte. La madre de otro

---

[13] Ruth El Saffar, *Novel to Romance,* pág. 39, se refiere a la ilusión de la libertad en *Rinconete y Cortadillo;* véase también Luis Rosales, *Cervantes y la libertad,* 2 vols., Madrid, 1959-60.

joven, «el conde Arnesto», que también está enamorado de Isabela, decide envenenar a la joven porque la Reina no le da permiso para casarla con su hijo. La madre no consigue darle muerte, pero la desfigura de una manera horrorosa. Sin embargo, Ricaredo sigue enamorado de ella —ahora, de sus virtudes interiores—, y decide salir de Inglaterra, en un viaje a Italia, para no tener que casarse con la escocesa. Isabela vuelve a España con sus padres para recuperarse de los efectos del veneno y recobrar su salud. Ricaredo le había dicho que esperase dos años para su vuelta. Durante ese tiempo está en Argel, cautivo de los turcos, pero al fin llega a Sevilla en el último momento, antes que Isabela pueda profesar de monja, y se casan.

A primera vista parece una historia sencilla y arquetípica que trata del amor y de los obstáculos convencionales que tienen que superar los jóvenes amantes. Pero como en *La gitanilla* y en *El amante liberal,* el amor está muy integrado en el interés, con ducados, escudos y joyas sobre todo, y con la economía en general. Es aquí donde se encuentra uno de los más interesantes temas de la novela. En primer lugar hay que recordar, por ejemplo, que el padre de Isabela es mercader. Su hija y sus bienes —toda su fortuna— desaparecen en el mismo saqueo violento de Cádiz. Con la recuperación de su hija comienza a mejorar su salud económica, porque se marcha de Londres con dinero y unas cédulas reales: «La reina llamó a un mercader rico que habitaba en Londres, y era francés, el cual tenía correspondencia en Francia, Italia y España, al cual entregó los diez mil escudos y le pidió cédulas para que se los entregasen al padre de Isabela en Sevilla o en otra playa de España» (I, 272). Al llegar a Sevilla, alquila una «casa principal frontera de Santa Paula» (el monasterio en que iba a profesar Isabela) y espera su dinero: «Otros cuarenta días tardaron de venir los avisos de París; y a dos que llegaron el mercader francés entregó los diez mil ducados a Isabela, y ella a sus padres, y con ellos y con algunos más que hicieron vendiendo algunas de las muchas joyas de Isabela, volvió su padre a ejercitar su oficio de mercader, no sin admiración de los que sabían sus grandes pérdidas» (I, 274). Hay más, porque al restaurar su crédito también se restaura la hermosura de Isabela: «En fin, en pocos meses fue restaurado su perdido crédito, y la belleza de Isabela volvió a su ser primero ...» *(ibíd.).* Esta estrecha relación entre Isabela y el bienestar económico refleja el sistema mercantil que funciona como trasfondo de la historia de amor. Era un mercader francés el que hizo posible la llegada del dinero a Isabela; más tarde leemos que era un mercader italiano quien confirma la verdad de la historia del cautiverio de Ricaredo: «Y para más confirmación della ordenó el Cielo que se hallase presente a todo esto el mercader florentín sobre quien venía la cédula de los mil seiscientos ducados, el cual pidió que le mostrasen la cédula y mostrándosela la reconoció, y la aceptó para luego, porque él muchos meses había que tenía aviso desta partida» (I, 282). ¿Por qué tanta documentación? ¿Tantas cédulas, letras de crédito, cartas de aviso? En fin, ¿por qué todo este papel mercantil?

Hay que notar que las operaciones bancarias descritas por Cervantes ponen de relieve el idealismo, lo irreal de la historia de amor de Isabel y Ricaredo al ligarla fijamente con unas realidades económicas concretas. Pero hay otra cosa también. Como ha comentado Juan Bautista Avalle-Arce[14], la historia de Ricaredo sigue muy de cerca la historia de la captura del mismo Cervantes, hasta la documentación, que en el caso de Cervantes eran cartas (pruebas) de sus servicios militares y de su gran valor como soldado, y en el caso de Ricaredo, «los recaudos de Roma, donde en una caja de lata los traía, con la cédula de los mil seiscientos ducados» (I, 281). No digo que los papeles de Ricaredo representen los papeles de Cervantes; digo solamente que funcionan a la vez como testimonio irrefutable de los trabajos sufridos por ambas personas y de sus valores económicos. Se sabe la pobreza que iba a sufrir Cervantes; su personaje principal de *La española inglesa* no sufrirá experiencia parecida porque «existe» dentro de una obra literaria controlada por un autor, no por la mala fortuna. (Ni, últimamente, por los turcos.) Así, el intercambio de amor y economía, o, mejor decir, la economía del amor, no permite amantes pobres. Sin dinero no hay amor. Esta relación es un tema preocupante de dos de las tres primeras novelas. Pero en este punto se puede descansar porque en la novela próxima, *El licenciado Vidriera,* no es el amor entre hombre y mujer, sino el amor de los libros y los estudios, lo que lleva a la destrucción del licenciado Rueda y no su integración o su reconciliación con la sociedad.

---

[14] «La captura (Cervantes y la autobiografía)», en *Nuevos deslindes cervantinos,* Madrid, 1975, págs. 279-333.

La presente edición

He seguido fielmente el texto de la edición príncipe —Juan de la Cuesta, Madrid, 1613—, publicado en facsímil por la Real Academia Española, Madrid, 1917, corrigiendo erratas de imprenta *(pareeian > parecían; Momipodio > Monipodio; chacorero > chocorrero,* etc.) sin anotarlo; en cambio, he anotado otros «errores» que pienso son más importantes y discutibles *(deuer > debes; escribiese > escribe; matar > matas,* etc.) en los lugares debidos. No pongo las variantes de la llamada segunda edición de 1614; un cotejo minucioso de las dos ediciones, como sabe todo editor cervantino, revela muchas diferencias fundamentales. Ya lo dijo hace mucho tiempo Agustín González de Amezúa en su edición crítica de *El casamiento engañoso y El coloquio de los perros,* Madrid, 1912, pág. 259: «... encierra [la segunda edición] muchas y muy importantes variantes, que, alterado, por adiciones, surpresiones o trueques, el primitivo texto, en general, lo pulen, alisan, mejoran y perfeccionan». Sean o no sean estas variantes de Cervantes es un problema textual que tiene que esperar otra ocasión, por lo menos después de hacer un estudio tipográfico de las *Novelas ejemplares* como el que ha hecho R. M. Flores de *Don Quijote* (cfr. *The Compositors of the First and Second Madrid edition of «Don Quijote»,* Londres, 1975).

He revisado la puntuación, acentuación y grafía, según el criterio corriente en las ediciones modernas de obras clásicas españolas; en cuanto a la grafía, hago los cambios siguientes: b > v (*b*oluian > *v*olvían), ç > z (Fuer*ç*a > fuerza); g > j (a*g*ena > a*j*ena); I > J (*I*esus > *J*esús); ll > l (i*ll*ustre > i*l*ustre); q > c (*q*uatro > *c*uatro); s > x (e*s*tremo > e*x*tremo); ss > s (pa*ss*aron > pa*s*aron); th > t (ca*th*olico > católico); u > b (da*u*an > da*b*an); u > v (atre*u*imientos > atre*v*imientos); v > u (*v*na > *u*na); s > j (le*x*os > le*j*os); y > i (cu*y*dado > cu*i*dado); z > c (tor*z*ida > tor*c*ida); se añade o se quita la *h*, según el caso; aora > a*h*ora; ay > *h*ay; o > oh / *h*arpa > arpa; *h*arriero > arriero (pero sí mantengo la forma *agora).* En otros casos se mantiene la grafía original, debido a las fluctuaciones que caracterizan la inestabilidad de la lengua a principios del siglo XVII: recebir/recibir; sospiros/suspiros; cudicia/codicia; desculpar/disculpar; tiniente/teniente; destos/de estos; ansi/así; respeto/respecto; sumptuoso/suntuoso, etc. Se ponen corchetes sólo para indicar que una letra, vocablo o algunas palabras no existen en el texto original, y se añade o por clarificación o por modernización; accidente > ac[c]idente; inumerables > in[n]umerables: dejase > dejase[n]; se divide la palabra *porque* cuando funciona como *para que,* y mantengo *quien* por *quienes,* práctica generalizada durante la época. Finalmente, la vacilación en el uso de pronombres de objetos directos e indirectos se mantiene conforme al texto primitivo: «*le* señalaron» en lugar de «*la* señalaron»; «os *le* volveré» en lugar de «os *lo* volveré».

Esta edición va acompañada de notas sintácticas, lexicográficas, semánticas e históricas; algunas no son más que textos literarios de la época que ofrecen otros contextos comparativos; otras son o notas aclaratorias de otros editores, o son referencias a estudios críticos y ediciones en los cuales encuentra el lector más datos, detalles y análisis. En el caso de *Rinconete y Cortadillo,* como verá el lector en seguida, sigo las pistas originadas por F. Rodríguez Marín en su edición de Sevilla, 1905; en *El licenciado Vidriera,* de N. Alonso Cortés, Valladolid, 1916; y en *El casamiento engañoso y El coloquio de los perros* (¿quién puede mejorarla?), las finísimas notas de A. González de Amezúa, Madrid, 1912. Es seguro que les debo a ellos más referencias que pongo.

Abreviaturas citadas con más frecuencia en las notas

Aut.:
Diccionario de Autoridades, ed. facsímil, Madrid, 1971, 3 vols. (Gredos).

Correas:
Gonzalo Correas, *Vocabulario de Refranes y Frases proverbiales* (1627), ed. L. Combet, Bordeaux, 1967.

Corominas:
J. Corominas, *Diccionario crítico etimológico de la lengua castellana,* Berna, 1954, 4 vols. (reimpresión, Gredos).

Cov.:
Sebastián de Covarrubias, *Tesoro de la lengua castellana o española* (Madrid, 1611), ed. Martín de Riquer, Barcelona, 1943.

Don Quijote:
Francisco Rodríguez Marín, ed., *El ingenioso hidalgo don Quijote de la Mancha,* Madrid, 1947-49, 10 vols. (Atlas).

El texto:
Novelas exemplares de Migvel de Ceruantes Saauedra, Madrid, 1613 (primera edición), ed. facsímil de la Real Academia Española, Madrid, 1917 (Tipología de la Revista de Archivos, Bibliotecas y Museos).

Keniston:
H. Keniston, *The Syntax of Castilian Prose: The Sixteenth Century,* Chicago, 1937.

M. Moliner:
María Moliner, *Diccionario de uso del español,* Madrid, 1977 (reimpresión), 2 vols. (Gredos).

Rodríguez Marín:
F. Rodríguez Marín, ed., *Novelas ejemplares,* Madrid, 1975, 2 vols.; Clásicos Castellanos (reimpresión, Espasa-Calpe).
———, ed., *Rinconete y Cortadillo,* Sevilla, 1905 (Tipografía de Francisco de P. Díaz).

Schevill y Bonilla:
Rodolfo Schevill y Adolfo Bonilla, eds., *Novelas ejemplares,* Madrid, 1921 (vol. I), 1923 (vol. II), 1925 (vol. III), en *Obras completas de Miguel de Cervantes Saavedra,* Madrid, 1914-1941 (Gráficas Reunidas).

Bibliografía selecta

A) *Ediciones principales*

Las ediciones de las *Novelas ejemplares* que han sido utilizadas y consultadas para la preparación de esta edición son las siguientes:

Novelas exemplares de Migvel de Ceruantes Saauedra, Madrid, Juan de la Cuesta, 1613.
Novelas exemplares de Migvel de Ceruantes Saauedra, edición facsímil de La Real Academia Española, Madrid, Tipografía de la Reuista de ARCHIVOS, BIBLIOTECAS Y MVSEOS, 1917 *(Obras completas de MIGVUEL DE CERVANTES SAAVEDRA ... Facsimile de las primitiuas impresiones).*
Novelas Exemplares ... Nueva impresión corregida y adornada con láminas, 2 tomos, Madrid, Don Antonio de Sancha, 1783.
Novelas ejemplares ... 4 tomos, Madrid, Talleres Calpe, 1919-43.
Novelas ejemplares ..., ed. Emiliano M. Aguilera, Barcelona, Editorial Iberia, 1967.
Novelas ejemplares ..., con un estudio preliminar, presentación de cada obra y bibliografía seleccionada por D. Juan Alcina Franch ..., Barcelona, Bruguera, 1968.
Novelas ejemplares ... Edición, prólogo y notas de Francisco Rodríguez Marín, 2 tomos, Madrid, Espasa-Calpe, 1975[2] (contiene *La Gitanilla, Rinconete y Cortadillo, La ilustre fregona* [vol. I]; *El licenciado Vidriera, El celoso extremeño, El casamiento engañoso, El coloquio de los perros* [vol. II].
Novelas ejemplares ..., por Cervantes. Edición preparada por Mariano Baquero Goyanes, 2 tomos, Madrid, Editora Nacional, 1976.
Novelas ejemplares ..., ed. Agustín del Saz, 2 tomos, Barcelona, Ediciones Acervo, 1978.

[Obras Completas]

Obras completas de Cervantes ..., ilustradas por ... don J. E. Hartzenbusch y don Cayetano Rossell, 12 tomos, Madrid, Manuel Rivadeneyra, 1863-64.

Obras completas de Miguel de Cervantes Saavedra. Edición publicada por Rodolfo Schevill y Adolfo Bonilla, 18 tomos, Madrid, Gráficas Reunidas, 1914-31 (las *Novelas ejemplares,* 3 tomos, 1921-25).

(Obras sueltas)

El casamiento engañoso y Coloquio de los perros ... Edición crítica con introducción y notas por Agustín G. de Amezúa y Mayo, Madrid, Bailly-Baillière, 1912.

Le Mariage Trompeur et Colloque des chiens. Prólogo y traducción de Maurice Molho, París, Aubier-Flammarion, 1970.

El licenciado Vidriera. Edición y notas de Narciso Alonso Cortés, Valladolid, Imp. Castellana, 1916.

La ilustre fregona. Edición crítica por Francisco Rodríguez Marín, Madrid, Imp. de la «Revista de Archivos, Bibliotecas y Museos», 1917.

Two Cervantes Short Novels: El curioso impertinente and El celoso extremeño. Edited with notes and Introduction by Frank Pierce, Oxford, Pergamon Press, 1970.

B) *Estudios*

ALLEN, JOHN J., «*El Cristo de la Vega* and *La fuerza de la sangre*», MLN, 83 (1968) págs. 271-75.

— *Don Quixote: Hero or Fool?: A Study in Narrative Technique,* Gainesville, University of Florida Press, 1969.

ALONSO CORTÉS, Narciso, *Cervantes en Valladolid,* Valladolid, Casa de Cervantes, 1918.

AMEZÚA y MAYO, Agustín G. de, *Cervantes, creador de la novela corta española,* 2 vols., Valencia, Consejo Superior de Investigaciones Científicas, 1956-58.

APRAIZ y SÁENZ DEL BURGO, Julián, *Estudio histórico-crítico sobre las «Novelas ejemplares» de Cervantes,* Vitoria, Domingo Sar, 1901.

ASENSIO, Eugenio, «En torno a Américo Castro. Polémica con Albert A. Sicroff», *Hispanic Review,* 40 (1972), págs. 365-85.

ASENSIO y TOLEDO, José María, «Sobre *La española inglesa*», en *Cervantes y sus obras,* Barcelona, F. Seix, 1902.

ASTRANA MARÍN, Luis, *Vida ejemplar y heroica de Miguel de Cervantes Saavedra,* 7 vols., Madrid, Edit. Reus, 1948-57.

ATKINSON, William C., «Cervantes, el Pinciano, and the *Novelas ejemplares*», *Hispanic Review,* 16 (1948), págs. 189-208.

AVALLE-ARCE, Juan Bautista, ed., «Introducción», *Los Trabajos de Persiles y Sigismunda,* de Miguel de Cervantes Saavedra, Madrid, Clásicos Castalia, 1969.

— *Nuevos deslindes cervantinos,* Barcelona, Ariel, 1975.

AYALA, Francisco, «El arte nuevo de hacer novelas», *La Torre,* 21 (1958), págs. 81-90.

BARRENECHEA, Ana María, «*La ilustre fregona* como ejemplo de la estructura novelesca cervantina», *Filología,* 7 (1961), págs. 13-32.

BLANCO AGUINAGA, Carlos, «Cervantes y la picaresca. Notas sobre dos tipos de realismo», *Nueva Revista de Filología Hispánica,* 11 (1957), págs. 313-42.

BONILLA y SAN MARTÍN, Adolfo, *Cervantes y su obra,* Madrid, Beltrán, 1916.

— «Una versión inglesa y algunas consideraciones sobre las *Novelas ejemplares*», en *De crítica cervantina,* Madrid, Ruiz, 1917.

BREHM, E. J., «El mitologema de la sombra en Pedro Schlemihl, Cortadillo y Berganza», *Anales Cervantinos,* 9 (1961-62), págs. 29-44.

BUCHANAN, Milton A., «The Works of Cervantes and Their Dates of Composition», *Transactions of the Royal Society of Canada,* 32 (1938), págs. 23-39.

CASA, Frank P., «The Structural Unity of *El licenciado Vidriera*», *Bulletin of Hispanic Studies,* 41 (1964), págs. 242-46.

CASALDUERO, Joaquín, *Sentido y forma de «Los trabajos de Persiles y Sigismunda»,* Buenos Aires, Sudamericana, 1947.

— *Sentido y forma del «Quijote»,* Madrid, Ínsula, 1966.

— «El desarrollo de la obra de Cervantes», *Torre,* 14 (1966), páginas 65-74.

— *Sentido y forma de las «Novelas ejemplares»,* Madrid, Gredos, 1974².

CASTRO, Américo, «Algunas observaciones acerca del concepto del honor en los siglos XVI y XVII», *Revista de Filología Española,* 3 (1916), págs. 1-50 y 357-86.

— *El pensamiento de Cervantes,* Madrid, Hernando, 1925; nueva edición, ampliada y con notas del autor y de Julio Rodríguez-Puértolas, Barcelona-Madrid, Noguer, 1972.

— *De la edad conflictiva,* Madrid, Taurus, 1964.

— *Cervantes y los casticismos españoles,* Madrid, Alfaguara, 1966.

— «*El celoso extremeño* de Cervantes», en *Hacia Cervantes,* 3.ª ed., revisada, Madrid, Taurus, 1967.

— «La ejemplaridad de las *Novelas ejemplares*», en *Hacia Cervantes,* Madrid, Taurus, 1967.

— *Hacia Cervantes,* 3.ª ed., revisada. Madrid, Taurus, 1967.

— «La palabra escrita y el *Quijote*», en *Hacia Cervantes,* Madrid, Taurus, 1967.

— «Los prólogos al *Quijote*», en *Hacia Cervantes,* 3.ª ed., revisada, Madrid, Taurus, 1967.

CHACÓN y CALVO, José María, «El realismo ideal de *La gitanilla*», *Boletín de la Academia Cubana de la Lengua,* 2 (1953), págs. 246-67.

CLUFF, David, «The Structure and Theme of *La española inglesa;* a reconsideration», *Revista de Estudios Hispánicos,* 4 (1976), páginas 262-281.

CRIADO DEL VAL, Manuel, «De estilística cervantina», *Anales cervantinos,* 2 (1953), págs. 233-48.

DE LOLLIS, Cesare, *Cervantes reazionario,* Roma, Fratelli Treves, 1924.

37

DRAKE, Dana B., *Cervantes. A Critical Bibliography. I, The «Novelas Ejemplares»,* Blacksburg, Virginia, Virginia Polytechnic Institute, 1968.

DÍAZ PLAJA, Guillermo, *En torno a Cervantes,* Pamplona, EUNSA, 1977.

DUNN, Peter N., «Las 'Novelas ejemplares'», en *Suma cervantina,* eds. J. B. Avalle-Arce y E. C. Riley, Londres, Támesis, 1973, páginas 81-118.

EL SAFFAR, Ruth, *Novel to Romance: A Study of Cervantes's Novelas ejemplares,* Baltimore, The Johns Hopkins, University Press, 1974.

— *Cervantes: «El casamiento engañoso» and «El coloquio de los perros»,* Londres, Grant and Cutler Ltd., 1976.

ENTWISTLE, William J., *Cervantes,* Oxford, Clarendon Press, 1940.

— «Cervantes, the Exemplary Novelist», *Hispanic Review,* 9 (1941), págs. 103-9.

FARINELLI, Arturo, «El último sueño romántico de Cervantes», en *Divagaciones Hispánicas: Discursos y estudios críticos,* Barcelona, Bosch, 1936.

FITZMAURICE-KELLY, James, Introduction to *The Exemply Novels of Miguel de Cervantes,* Glasgow, Gowans and Gray, 1902.

— *Miguel de Cervantes Saavedra: Reseña documentada de su vida,* trad. de James Fitzmaurice-Kelly, Buenos Aires, Libro de Edición Argentina, 1944.

FORCIONE, Alban K., «Cervantes and the Freedom of the Artist», *Romanic Review,* 61 (1970), págs. 243-55.

— *Cervantes, Aristotle, and the «Persiles»,* Princeton, Princeton University Press, 1970.

— «Cervantes, Tasso, and the *Romanzi* Polemic», *Revue de Littérature Comparée,* 44 (1970), págs. 434-43.

— *Cervantes' Christian Romance, A Study of Persiles y Sigismunda.* Princeton, Princeton University Press, 1971.

GREEN, Otis, *«El licenciado Vidriera:* Its Relation to the *Viaje del parnaso* and the *Examen de ingenios* of Huarte», en *Linguistic and Literary Studies in Honor of Helmut A. Hatzfeld,* Washington, Catholic University of America Press, 1964.

HAINSWORTH, G., *Les «Novelas ejemplares» de Cervantes en France au XVIIe siècle,* París, Champion, 1933.

ICAZA, Francisco A. de, «Algo más sobre *El licenciado Vidriera»,* *Revista de Archivos, Bibliotecas y Museos,* 34 (1916), págs. 38-44.

— *Las «Novelas ejemplares» de Cervantes: Sus críticos. Sus modelos literarios. Sus modelos vivos,* Madrid, Ateneo de Madrid, 1916.

LACADENA y CALERO, Esther, «La Señora Cornelia y su técnica narrativa», *Anales Cervantinos,* 15 (1976), págs. 199-210.

LAFFRANQUE, Marie, «Encuentro y coexistencia de dos sociedades en el Siglo de Oro: *La Gitanilla* de Miguel de Cervantes», en *Actâs del V Congreso Internacional de Hispanistas,* 2 tomos, Burdeos, Instituto de Estudios Ibéricos e Iberoamericanos, 1977, II, páginas 549-561.

Lapesa, Rafael, «En torno a *La española inglesa* y *El Persiles*», en *Homenaje a Cervantes*, vol. 2, ed. por Francisco Sánchez-Casta-ñer, Valencia, Mediterráneo, 1950.

Lowe, Jennifer, «The Structure of Cervantes' *La española inglesa*», *Romance Notes*, 9 (1968), págs. 287-90.

— «A note on Cervantes' *El amante liberal*», *Romance Notes*, 12 (1970-71), págs. 400-3.

— *Cervantes: Two Novelas ejemplares*, «*La gitanilla*», «*La ilustre fregona*», Londres, Grant and Cutler, Ltd., 1971.

Martín Gabriel, Albinio, «Heliodoro y la novela española: Apuntes para una tesis», *Cuadernos de Literatura* 8 (1950), págs. 215-34.

Martinengo, Alessandro, «Cervantes contro il Rinascimento», *Studi Mediolatini e Volgari*, 4 (1956), págs. 177-224.

Mele, Eugenio, «La novella *El celoso extremeño* del Cervantes», *Nuova Antologia* (1906), págs. 475-90.

Meregalli, Franco, «Le *Novelas ejemplares* nello svolgimento della personalità di Cervantes», *Letterature Moderne*, 10 (1960), páginas 334-51.

— «La literatura italiana en la obra de Cervantes», *Arcadia*, 6 (1971), págs. 1-15.

Payás, Armando, «La crítica social en las *Novelas ejemplares* de Cervantes», Dissertation, Florida State University, 1970.

Peers, E. Allison, y Sánchez-Castañer, Francisco, eds., *La española inglesa*, Valencia, Ediciones Metis, 1948.

Pierce, Frank, «Reality and realism in the Exemplary Novels», *Bulletin of Hispanic Studies*, 30 (1953), págs. 134-142.

Piluso, Robert V., «*La fuerza de la sangre*: un análisis estructural», *Hispania*, 47 (1964), págs. 485-90.

Place, E. B., *Manual elemental de novelística española*, Madrid, V. Suárez, 1926.

Predmore, Richard L., *El mundo del «Quijote»*, Madrid, Ínsula, 1958.

— «*Rinconete y Cortadillo*. Realismo, carácter picaresco, alegría», *Ínsula*, 23 (1969), págs. 17-18.

Rauhut, Franz, «Consideraciones sociológicas sobre *La gitanilla* y otras novelas cervantinas», *Anales Cervantinos*, 3 (1950), páginas 143-60.

Riley, Edward C., *Cervantes's Theory of the Novel*, Oxford, Clarendon Press, 1962, trad. Carlos Sahagún, *Teoría de la novela en Cervantes*, Madrid, Taurus, 1966.

— «Cervantes and the Cynics *(El licenciado Vidriera* and *El coloquio de los perros)*», *Bulletin of Hispanic Studies*, 53 (1976), páginas 198-199.

Ríos de Lámperez, Blanca de los, «Prólogo», *Novelas ejemplares*, de Miguel de Cervantes Saavedra, Cádiz, Real Academia Hispano-americana de Cádiz, 1916.

Rodríguez Marín, Francisco, *El Loaysa de «El celoso extremeño»*, Sevilla, P. Díaz, 1901.

— ed. *Novelas ejemplares*, 2 vols., Madrid, Espasa-Calpe, 1915-17.

— «*Rinconete y Cortadillo*», *novela de Miguel de Cervantes Saave-dra,* Sevilla, Real Academia Española, 1905; Madrid, 1920[2].

ROSALES, Luis, «La evasión del prójimo o el hombre de cristal», *Cuadernos Hispanoamericanos,* 9 (1956), págs. 253-81.

— *Cervantes y la libertad,* 2 vols., Madrid, Graf. Valera, 1959-60.

SCHEVILL, Rodolfo, *Cervantes,* Nueva York, Duffield, 1919.

— y BONILLA, Adolfo, *Comedias y entremeses de Cervantes,* Madrid, Impr. de D. Rodríguez, 1915.

— «Introducción», *Novelas ejemplares,* vol. 3, Madrid, Schevill y Bonilla, 1925.

SELIG, Karl-Ludwig, «Concerning the Structure of Cervantes' *La Gitanilla*», *Romanistisches Jahrbuch,*13 (1962), págs. 273-76.

— «The Metamorphosis of the *Ilustre fregona*», *Filología y crítica hispánica: Homenaje al Profesor Federico Sánchez Escribano,* Madrid, Ediciones Alcalá, 1969.

SINGER, Armand E., «The Sources, Meaning and Use of the Madness Theme in Cervantes' *Licenciado Vidriera*», *West Virginia University Philological Papers,* 6 (1949), págs. 31-53.

— «Cervantes' *Licenciado Vidriera:* Its Form and Substance», *West Virginia University Philological Papers,* 5 (1951), págs. 13-21.

SINGLETON, Mack, «The Date of *La española inglesa*», *Hispania,* 30 (1947), págs. 329-35.

SOONS, Alan, «An Interpretation of the Form of *El casamiento engañoso y Coloquio de los perros*», *Anales Cervantinos,* 9 (1961-62), págs. 203-12.

SPIEKER, Joseph Bernhard, «The 'novela ejemplar' in the Golden Age», Dissertation, Catholic University of America, 1970.

SPITZER, Leo, «Das Gefüge einer cervantischen Novelle», *Zeitschrift für Romanische Philologie,*51 (1931), págs. 194-225.

— «Die Frage der Heuchelei des Cervantes», *Zeitschrift für Romanische Philologie,* 56 (1936), págs. 138-78.

— «Linguistic Perspectivism in the *Don Quijote*», en *Linguistics and Literary History: Essays in Stylistics,* Princeton, Princeton University Press, 1948.

— «'Y así juro por la intemerata eficacia'», *Quaderni Ibero-Americani,* 16 (1954), págs. 483-84.

STAGG, Geoffrey L., «Sobre el plan primitivo del *Quijote*», *Actas del Primer Congreso Internacional de Hispanistas,* Oxford, The Dolphin Book Co., 1964.

THOMPSON, Jennifer, «The Structure of Cervantes' *Las dos doncellas*», *Bulletin of Hispanic Studies,* 40 (1963), págs. 144-50.

VALERA, José Luis, «Sobre el realismo cervantino en *Rinconete*», *Atlántida,* 6 (1968), págs. 434-49.

WARDROPPER, Bruce W., «The Pertinence of *El curioso impertinente*», *PMLA,* 72 (1957), págs. 587-600.

— «*Don Quijote:* Story or History?», *Modern Philology,* 43 (1965), págs. 1-11.

Novelas ejemplares

FE DE ERRATAS

Vi las doce *Novelas,* compuestas por Miguel de Cervantes, y en ellas no hay cosa digna que notar, que no corresponda con su original.

Dada en Madrid, a siete de agosto de 1613.

El licenciado Murcia de la Llana*

TASA[1]

Yo, Hernando de Vallejo, escribano de cámara del rey nuestro Señor, de los que residen en su Consejo, doy fe, que habiéndose visto por los señores dél un libro, que con su licencia fue impreso, intitulado *Novelas ejemplares,* compuesto por Miguel

---

* *Murcia de la Llana:* Los Murcia de la Llana (abuelo, padre, hijo) era una familia de «correctores de libros»; C. Pérez Pastor, *Bibliografía madrileña,* III, pág. 434, recoge este dato interesante:

«Consulta del Consejo sobre la súplica del Licenciado Murcia de la Llana, corrector general de libros, pidiendo licencia para pasar este oficio en uno de cuatro hijos que tiene.

El Secretario del registro de mercedes dice que a dicho licenciado se dio este oficio y le sirve desde 1609 con 40.000 mrs. de salario y después se le creció a 50.000, librados en penas de Cámara, y demás del salario los emolumentos de dicho oficio, que serán de 120 a 150 ducados cada año...»

1 *Tasa:* el precio del libro establecido por el Consejo, computado por pliego; la primera edición tiene 274 fols. de texto y 11,5 de preliminares, que suman a 285,5 fols. (dividido por 4 fols. el pliego); el libro se vendía a «ocho reales y catorce mrs» en rústica; para la confección de libros a principios del siglo XVII, véase A. González de Amezúa y Mayo, «Cómo se hacía un libro en nuestro Siglo de Oro», en *Opúsculos históri-co-literarios,* Madrid, 1957, I, págs. 307-331; Cristóbal Pérez Pastor, *Bibliografía madrileña,* 3 vols., Madrid, 1907; Antonio Rey Hazas, ed., *La pícara Justina,* 2 vols., Madrid, 1977, I, págs. 61-70, notas.

de Cervantes Saavedra, le tasaron a cuatro maravedís el pliego, el cual tiene setenta y un pliegos y medio, que al dicho precio suma y monta docientos y ochenta y seis maravedís en papel; y mandaron que a este precio, y no más, se venda, y que esta tasa se ponga al principio de cada volumen del dicho libro, para que se sepa y entienda lo que por el se ha de pedir y llevar, como consta por el auto y decreto que está y queda en mi poder, a que me refiero.

Y para que dello conste, de mandamiento de los dichos señores del Consejo, y pedimiento de la parte del dicho Miguel de Cervantes, di esta fe, en la villa de Madrid, a doce días del mes de agosto de mil y seiscientos y trece años.

Hernando de Vallejo [2]

Monta ocho reales y catorce maravedís en papel[3]:

Vea este libro el padre presentado Fr. Juan Bautista [4], de la orden de la Santísima Trinidad, y dígame si tiene cosa contra la fe o buenas costumbres, y si será justo imprimirse.

Fecho en Madrid, a 2 de julio de 1612.

El Doctor Cetina [5]

---

[2] *Hernando de Vallejo:* Diez años más tarde era el «escribano de cámara de su Magestad más antiguo, por cuya antigüedad le 'pertenece la impresión de la premática que por mandado de Su Magestad se promulgó en esta Villa de Madrid en once días deste presente mes y año [1623] acerca de la reformación de trajes y otras cosas', [que se lo dio] en favor de Francisco de Arrieta [...] todo el aprovechamiento de dicha impressión ...»; C. Pérez Pastor, ob. cit., III, págs. 139-40; Hernando de Vallejo firmó la tasa de la segunda parte de *Don Quijote.*

[3] *en papel:* es decir, encuadernado en rústica; cfr. la larga nota de F. Rodríguez Marín, ed., *Viaje del Parnaso,* Madrid, 1935, págs. 127-8, con abundantes ejemplos sacados de testamentos e inventarios de libreros de la época.

[4] *Fr. Juan Bautista:* Fray Juan Bautista Capataz era amigo de Cervantes (como los que le dedican los poemas siguientes) y es mencionado por nuestro autor en el *Viaje del Parnaso,* ed. cit., pág. 59: «Fray Juan Bautista Capataz se llama, / Descalzo y pobre; pero bien vestido / Con el adorno que le da la fama.»

[5] *El Doctor Cetina:* homónimo del famoso poeta sevillano, era (según Juan López de Sedano, *Parnaso español,* vol. VIII) «vicario eclesiástico de Madrid por espacio de algunos años» (citado por F. Rodríguez Marín, ed., *Viaje del Parnaso,* ed. cit., pág. 125).

APROBACION

Por comisión del señor doctor Gutierre de Cetina, vicario general por el ilustrísimo cardenal D. Bernardo de Sandoval y Rojas, en Corte, he visto y leído las doce *Novelas ejemplares,* compuestas por Miguel de Cervantes Saavedra; y supuesto que es sentencia llana del angélico doctor Santo Tomás, que la eutropelia[6] es virtud, la que consiste en un entretenimiento honesto, juzgo que la verdadera eutropelia está en estas *Novelas,* porque entretienen con su novedad, enseñan con sus ejemplos a huir vicios y seguir virtudes, y el autor cumple con su intento, con que da honra a nuestra lengua castellana, y avisa a las repúblicas de los daños que de algunos vicios se siguen, con otras muchas comodidades, y así me parece se le puede y debe dar la licencia que pide, salvo &c.

En este convento de la Santísima Trinidad, calle de Atocha, en 9 de julio de 1612.

El padre presentado Fr. Juan Bautista

APROBACION

Por comisión, y mandado de los señores del Consejo de su majestad, he hecho ver este libro de *Novelas ejemplares,* y no contiene cosa contra la fe ni buenas costumbres, antes con semejantes argumentos nos pretende enseñar su autor cosas de importancia, y el como nos hemos de haber en ellas; y este fin tienen los que escriben novelas y fábulas; y ansí me parece se puede dar licencia para imprimir.

En Madrid, a nueve de julio de mil y seiscientos y doce.

El Doctor Cetina

APROBACION

Por comisión de vuestra alteza he visto el libro intitulado *Novelas ejemplares,* de Miguel de Cervantes Saavedra, y no hallo en él cosa contra la fe y buenas costumbres, por donde no se

---

6 *eutropelia:* Schevill y Bonilla, eds., *Novelas ejemplares,* I, pág. 329, identificaron el texto de Santo Tomás (Summa theológica, 2ª 2ªe, q. 168, art. 2): «Philosophus etiam (dice) (1. v. *Ethic* c. 8) ponit virtutem *eutrapeliae* circa ludos, quam nos possumus dicere iucunditatem'.»

pueda imprimir, antes hallo en él cosas de mucho entretenimiento para los curiosos lectores, y avisos y sentencias de mucho provecho, y que proceden de la fecundidad del ingenio de su autor, que no lo muestra en éste menos que en los demás que ha sacado a luz.

En este monasterio de la Santísima Trinidad, en ocho de agosto de mil y seiscientos y doce.

Fray Diego de Hortigosa

APROBACION

Por comisión de los señores del Supremo Consejo de Aragón vi un libro intitulado *Novelas ejemplares,* de honestísimo entretenimiento, su autor Miguel de Cervantes Saavedra, y no sólo [no] hallo en él cosa escrita en ofensa de la religión cristiana y perjuicio de las buenas costumbres, antes bien confirma el dueño desta obra la justa estimación que en España y fuera della se hace de su claro ingenio, singular en la invención y copioso en el lenguaje, que con lo uno y lo otro enseña y admira, dejando desta vez concluidos con la abundancia de sus palabras a los que, siendo émulos de la lengua española, la culpan de corta y niegan su fertilidad, y así se debe imprimir; tal es mi parecer.

En Madrid, a treinta y uno de julio de mil y seiscientos y trece.

Alonso Gerónimo de Salas Barbadillo [7]

EL REY

Por cuanto, por parte de vos, Miguel de Cervantes, nos fue hecha relación que habíades compuesto un libro intitulado: *Novelas ejemplares,* de honestísimo entretenimiento, donde se mostraba la alteza y fecundidad de la lengua castellana, que os había costado mucho trabajo el componerle, y nos suplicastes os mandásemos dar licencia y facultad para le poder imprimir, y privilegio por el tiempo que fuésemos servido, o como la nues-

---

[7] *Alonso Gerónimo de Salas Barbadillo:* madrileño (1581-1635), gran amigo de Cervantes, Paravicino y Valdivielso, escribió varias obras satíricas-picarescas, la más famosa, *La hija de Celestina* (1612).

tra merced fuese, lo cual, visto por los del nuestro Consejo, por cuanto en el dicho libro se hizo la diligencia que la pragmática por nos sobre ello hecha dispone, fue acordado que debíamos mandar dar esta nuestra cédula en la dicha razón, y nos tuvímoslo por bien.

Por la cual vos damos licencia y facultad para que, por tiempo y espacio de diez años cumplidos primeros siguientes, que corran y se cuenten desde el día de la fecha desta nuestra cédula en adelante, vos, o la persona que para ello vuestro poder hubiere, y no otra alguna, podáis imprimir y vender el dicho libro, que de suso se hace mención.

Y por la presente damos licencia y facultad a cualquier impresor destos nuestros reinos, que nombráredes, para que durante el dicho tiempo lo pueda imprimir por el original que en el nuestro Consejo se vio, que va rubricado, y firmado al fin, de Antonio de Olmedo, nuestro escribano de Cámara, y uno de los que en el nuestro Consejo residen, con que antes que se venda le traigáis ante ellos, juntamente con el dicho original, para que se vea si la dicha impresión está conforme a él, o traigáis fe en pública forma, como por corrector por nos nombrado se vio y corrigió la dicha impresión por el dicho original.

Y mandamos al impresor que ansí imprimiere el dicho libro, no imprima el principio y primer pliego dél, ni entregue más de un solo libro con el original al autor y persona a cuya costa lo imprimiere, ni a otra alguna, para efecto de la dicha corrección y tasa, hasta que antes, y primero, el dicho libro esté corregido y tasado por los de nuestro Consejo.

Y estando hecho, y no de otra manera, pueda imprimir el dicho principio y primer pliego, en el cual, inmediatamente, se ponga esta nuestra licencia, y la aprobación, tasa y erratas; ni lo podáis vender ni vendáis vos, ni otra persona alguna, hasta que esté el dicho libro en la forma susodicha, so pena de caer e incurrir, en las penas contenidas en la dicha pragmática y leyes de nuestros reinos, que sobre ellos disponen.

Y mandamos a los de nuestro Consejo, presidente y oidovuestra licencia, no lo pueda imprimir ni vender, so pena que, el que lo imprimiere y vendiere, haya perdido y pierda cualesquier libros, moldes y aparejos que del tuviere, y más incurra en pena de cincuenta mil maravedís por cada vez que lo contrario hiciere.

De la cual dicha pena sea la tercia parte para nuestra Cámara, y la otra tercia parte para el juez que lo sentenciare, y la otra tercia parte para el que lo denunciare.

Y mandamos a los de nuestro Consejo, presidente y oidores de las nuestras Audiencias, alcaldes, alguaciles de la nuestra Casa y Corte y Chancillerías, y otras cualesquier justicias de todas las ciudades, villas y lugares destos nuestros reinos y señoríos, y a cada uno dellos, ansí a los que agora son, como a los que serán de aquí adelante, que vos guarden y cumplan esta nuestra cédula y merced, que ansí vos hacemos, y contra ella no vayan, ni pasen, ni consientan ir, ni pasar en manera alguna, so pena de la nuestra merced, y de diez mil maravedís para la nuestra Cámara.

Fecha en Madrid, a veinte y dos días del mes de noviembre de mil y seiscientos y doce años.

YO EL REY

Por mandado del Rey nuestro Señor,
Jorge de Tovar [8]

PRIVILEGIO DE ARAGÓN

Nos, Don Felipe, por la gracia de Dios Rey de Castilla, de Aragón, de León, de las dos Sicil[i]as, de Jerusalén, de Portugal, de Hungría, de Dalmacia, de Croacia, de Navarra, de Granada, de Toledo, de Valencia, de Galicia, de Mallorca, de Sevilla, de Cerdeña, de Córdoba, de Córcega, de Murcia, de Jaén, de los Algarbes, de Algecira, de Gibraltar, de las islas de Canaria, de las Indias Orientales y Occidentales, Islas y Tierrafirme del mar Océano, Archiduque de Austria, Duque de Borgoña, de Bravante, de Milán, de Atenas y Neopatria, Conde de Abspurg, de Flandes, de Tyrol, de Barcelona, de Rosellón y Cerdeña, Marqués de Oristán y Conde de Goceano.

Por cuanto por parte de vos, Miguel de Cervantes Saavedra, nos ha sido hecha relación, que con vuestra industria y trabajo

---

[8] *Jorge de Tovar:* «Jorge de Tovar Valderrama, secretario y valido de Felipe III, era natural de Toledo y, a lo que parece, de generación poco limpia, por tener uno o más ascendientes que profesaron *la ley cansada,* cosa que tanto a él como a sus hijos don Jorge y don Diego, entrambos escritores y poeta aquél, echó en cara repetidas veces el maldiciente Conde de Villamediana ...», F. Rodríguez Marín, ed., *Viaje del Parnaso,* pág. 126.

habéis compuesto un libro intitulado *Novelas ejemplares,* de honestísimo entretenimiento, el cual es muy útil y provechoso, y le deseáis imprimir en los nuestros reinos de la Corona de Aragón, suplicándonos fuésemos servidos de haceros merced de licencia para ello.

E nos, teniendo consideración a lo sobredicho, y que ha sido el dicho libro reconocido por persona experta en letras, y por ella aprobado, para que os resulte dello alguna utilidad, y, por la común, lo habemos tenido por bien.

Por ende, con tenor de las presentes, de nuestra cierta ciencia y real autoridad, deliberadamente y consulta, damos licencia, permiso y facultad a vos, Miguel de Cervantes, que, por tiempo de diez años, contaderos desde el día de la data de las presentes en adelante, vos, o la persona o personas que vuestro poder tuvieren, y no otro alguno, podáis y puedan hacer imprimir y vender el dicho libro de las *Novelas ejemplares,* de honestísimo entretenimiento, en los dichos nuestros reinos de la corona de Aragón, prohibiendo y vedando expresamente que ningunas otras personas lo puedan hacer por todo el dicho tiempo, sin vuestra licencia, permiso y voluntad, ni le puedan entrar en los dichos reinos, para vender, de otros adonde, se hubiere imprimido.

Y si, después de publicadas las presentes, hubiere alguno o algunos que durante el dicho tiempo intentaren de imprimir o vender el dicho libro, ni meterlos impresos para vender, como dicho es, incurran en pena de quinientos florines de oro de Aragón, dividideros en tres partes, a saber: es, una, para nuestros cofres reales; otra, para vos, el dicho Miguel de Cervantes Saavedra; y otra, para el acusador. Y demás de la dicha pena, si fuere impresor, pierda los moldes y libros que así hubiere imprimido, mandando con el mismo tenor de las presentes a cualesquier lugartenientes y capitanes generales, regentes la Cancellaría, regente el oficio, y por tant[a]s veces de nuestro general gobernador, alguaciles, vergueros, porteros y otros cualesquier oficiales y ministros nuestros mayores y menores en los dichos nuestros reinos y señoríos constituidos y constituideros, y a sus lugartenientes y regentes los dichos oficios, so incurrimiento de nuestra ira e indignación y pena de mil florines de oro de Aragón de bienes del que lo contrario hiciere exigideros, y a nuestros reales cofres aplicaderos, que la presente nuestra licencia y prohibición, y todo lo en ella contenido, os tengan guardar, tener, guardar y cumplir hagan, sin contradición alguna, y no permitan ni den lugar a que sea hecho lo contrario en manera

alguna, si de más de nuestra ira e indignación, en la pena susodicha desean no incurrir.

En testimonio de lo cual, mandamos despachar las presentes,
con nuestro sello real común en el dorso selladas.

Datt. en San Lorenzo el Real, a nueve dias del mes de agosto,
año del nacimiento de nuestro Señor Jesu Cristo mil y seiscientos y trece.

YO EL REY

Dominus rex mandauit mihi D. Francisco Gassol, visa per
Roig Vicecancellarium, Comitem generalem Thesaurarium,
Guardiola, Fontanet, Martinez, &. Perez Manrique, regentes
Cancellariam.

PRÓLOGO AL LECTOR

Quisiera yo, si fuera posible, lector amantísimo, excusarme
de escribir este prólogo, porque no me fue tan bien con el que
puse en mi *Don Quijote,* que quedase con gana de segundar
con éste. Desto tiene la culpa algún amigo, de los muchos que
en el discurso de mi vida he granjeado, antes con mi condición
que con mi ingenio, el cual amigo bien pudiera, como es uso y
costumbre, grabarme y esculpirme en la primera hoja deste
libro, pues le diera mi retrato el famoso don Juan de Jáurigui[9],
y con esto quedara mi ambición satisfecha, y el deseo de algunos
que querrían saber qué rostro y talle tiene quien se atreve a salir

---

[9] *Juan de Jáurigui:* o Juan de Jáuregui y Aguilar, como lo firmaba
muchas veces, nació en Sevilla en 1583 y falleció en Madrid en 1641;
poeta y pintor, enemigo de casi todos los poetas de su generación,
publicó una traducción de *Aminta* (de Torcuato Tasso) en 1607 y su
Discurso poético en 1624 (Madrid); véase F. Rodríguez Marín. *El
retrato de Miguel de Cervantes: estudio sobre la autenticidad de la
tabla de Jáuregui,* Madrid, 1918; Melchora Romanos, ed., *Discurso
poético. Advierte el desorden y engaño de algunos escritos,* Madrid,
1978. Para la autenticidad del retrato de Cervantes, véase Enrique
Lafuente Ferrari, *La Novela ejemplar de los retratos de Cervantes,*
Madrid, 1948, pág. 148: «Llegamos, pues, a la desconsoladora conclusión de que nada nos autoriza, hoy por hoy, a creer que conocemos por vía fidedigna en documento visual alguno la apariencia
física de Cervantes.»

con tantas invenciones en la plaza del mundo, a los ojos de las gentes, poniendo debajo del retrato: «Este que véis aquí, de rostro aguileño, de cabello castaño, frente lisa y desembarazada, de alegres ojos y de nariz corva, aunque bien proporcionada; las barbas de plata, que no ha veinte años que fueron de oro, los bigotes grandes, la boca pequeña, los dientes ni menudos ni crecidos, porque no tiene sino seis, y ésos mal acondicionados y peor puestos, porque no tienen correspondencia los unos con los otros; el cuerpo entre dos extremos, ni grande, ni pequeño, la color viva, antes blanca que morena; algo cargado de espaldas, y no muy ligero de pies; éste digo que es el rostro del autor de *La Galatea* y de *Don Quijote de la Mancha,* y del que hizo el *Viaje del Parnaso,* a imitación del de César Caporal Perusino[10], y otras obras que andan por ahí descarriadas, y, quizá, sin el nombre de su dueño. Llámase comúnmente Miguel de Cervantes Saavedra. Fue soldado muchos años, y cinco y medio cautivo, donde aprendió a tener paciencia en las adversidades. Perdió en la batalla naval de Lepanto la mano izquierda de un arcabuzazo, herida que, aunque parece fea, él la tiene por hermosa, por haberla cobrado en la más memorable y alta ocasión que vieron los pasados siglos, ni esperan ver los venideros, militando debajo de las vencedoras banderas del hijo del rayo de la guerra, Carlo Quinto, de felice memoria.» Y cuando a la deste amigo, de quien me quejo, no ocurrieran otras cosas de las dichas que decir de mí, yo me levantara a mí mismo dos docenas de testimonios, y se los dijera en secreto, con que extendiera mi nombre y acreditara mi ingenio. Porque pensar que dicen puntualmente la verdad los tales elogios, es disparate, por no tener punto preciso ni determinado las alabanzas ni los vituperios.

En fin, pues ya esta ocasión se pasó, y yo he quedado en blanco y sin figura, será forzoso valerme por mi pico, que aunque tartamudo, no lo será para decir verdades, que, dichas por señas, suelen ser entendidas. Y así te digo otra vez, lector amable, que destas novelas que te ofrezco, en ningún modo podrás hacer pepitoria[11], porque no tienen pies, ni cabeza, ni entrañas, ni cosa que les parezca; quiero decir que los requiebros amorosos que en algunas hallarás, son tan honestos y tan medidos con

---

[10] *César Caporal Perusino:* Césare Caporali de Perusa, 1531 (Perugia)-1601 (Castiglione), era autor del *Viaggi di Parnaso* (1582), modelo literario, como dice Cervantes, de su propia obra poética.

[11] *pepitoria:* «Un guisado que se hace de los pescuezos y alones del ave ...» (*Cov.*).

la razón y discurso cristiano, que no podrán mover a mal pensamiento al descuidado o cuidadoso que las leyere.

Heles dado nombre de *ejemplares,* y si bien lo miras, no hay ninguna de quien no se pueda sacar algún ejemplo provechoso; y si no fuera por no alargar este sujeto, quizá te mostrara el sabroso y honesto fruto que se podría sacar, así de todas juntas, como de cada una de por sí.

Mi intento ha sido poner en la plaza de nuestra república una mesa de trucos[12], donde cada uno pueda llegar a entretenerse, sin daño de barras; digo sin daño del alma ni del cuerpo, porque los ejercicios honestos y agradables, antes aprovechan que dañan.

Sí, que no siempre se está en los templos; no siempre se ocupan los oratorios; no siempre se asiste a los negocios, por calificados que sean. Horas hay de recreación, donde el afligido espíritu descanse.

Para este efeto se plantan las alamedas, se buscan las fuentes, se allanan las cuestas y se cultivan, con curiosidad, los jardines. Una cosa me atreveré a decirte, que si por algún modo alcanzara que la lección destas novelas pudiera inducir a quien las leyera a algún mal deseo o pensamiento, antes me cortara la mano con que las escribí, que sacarlas en público. Mi edad no está ya para burlarse con la otra vida, que al cincuenta y cinco de los años gano por nueve más y por la mano[13].

A esto se aplicó mi ingenio, por aquí me lleva mi inclinación, y más que me doy a entender, y es así, que yo soy el primero que he novelado en lengua castellana, que las muchas novelas que en ella andan impresas, todas son traducidas de lenguas estranjeras, y éstas son mías propias, no imitadas ni hurtadas; mi ingenio las engendró, y las parió mi pluma, y van creciendo en los brazos de la estampa. Tras ellas, si la vida no me deja, te ofrezco los

---

[12] *mesa de trucos:* juego parecido al billar que, según Covarrubias, fue introducido en España por los italianos: «... es una mesa grande, guarnecida de paño muy tirante e igual, sin ninguna arruga ni tropezón. Está cercada de unos listones y de trecho en trecho tiene unas ventanillas por donde pueden caber las bolas; una puente de hierro, que sirve de lo que el argolla en el juego que llaman de la argolla, y gran similitud con él, porque juegan del principio de la tabla y si entran por la puente ganan dos piedras; si se salió la bola por alguna de las ventanillas, lo pierde todo». El «daño de barras» a que se refiere Cervantes parece ser esa «puente de hierro».

[13] *gano ... por la mano:* Ganar por la mano es «adelantarse a otro» (*Cov.*).

Trabajos de Persiles [14], libro que se atreve a competir con Heliodoro [15], si ya por atrevido no sale con las manos en la cabeza; y primero verás, y con brevedad dilatadas, las hazañas de don Quijote y donaires de Sancho Panza, y luego las *Semanas del jardín.*

Mucho prometo, con fuerzas tan pocas como las mías; pero ¿quién pondrá rienda a los deseos? Sólo esto quiero que consideres, que pues yo he tenido osadía de dirigir estas novelas al gran Conde de Lemos [16], algún misterio tienen escondido que las levanta.

No más, sino que Dios te guarde y a mí me dé paciencia para llevar bien el mal que han de decir de mí más de cuatro sotiles y almidonados. Vale.

A DON PEDRO FERNÁNDEZ DE CASTRO,
Conde de Lemos, de Andrade y de Villalba,
Marqués de Sarriá, Gentilhombre de la Cámara
de Su Majestad, Virrey, Governador
y Capitán General del reino de Nápoles,
Comendador de la Encomienda de la Zarza
de la Orden de Alcántara.

En dos errores, casi de ordinario, caen los que dedican sus obras a algún príncipe. El primero es, que en la carta que llaman dedicatoria, que ha de ser muy breve y sucinta, muy de propósito y espacio, ya llevados de la verdad o de la lisonja, se dilatan en ella en traerle a la memoria, no sólo las hazañas de sus padres y abuelos, sino las de todos sus parientes, amigos y bienhechores. En el segundo, decirles que las ponen debajo de su protec-

---

[14] *Trabajos de Persiles: Los trabajos de Persiles y Sigismunda* es obra póstuma, publicada en 1617; véase Alban K. Forcione, *Cervantes' Christian Romance. A Study of Persiles y Sigismunda,* Princeton, 1971.

[15] *Heliodoro:* novelista griego (siglo III d. Cristo), que sirvió de modelo literario de Cervantes; cfr. A. K. Forcione, *Cervantes, Aristotle and the «Persiles»,* Princeton, 1970, y el estudio de Forcione ya citado; E. C. Riley, *Cervantes's Theory of the Novel,* Oxford, 1962.

[16] *Conde de Lemos:* Pedro Fernández de Castro (1575-1622), virrey de Nápoles (1610-1616), a quien dedicó también Cervantes las *Ocho comedias y ocho entremeses,* la segunda parte de *Don Quijote* y *Los trabajos de Persiles y Sigismunda;* véase Alfonso Pardo Manuel de Villena (Marqués de Rafal), *Un mecenas español del siglo XVII: El Conde de Lemos,* Madrid, 1911.

ción y amparo, porque las lenguas maldicientes y murmuradoras no se atrevan a morderlas y lacerarlas.

Yo, pues, huyendo destos dos inconvenientes, paso en silencio aquí las grandezas y títulos de la antigua y Real Casa de vuestra Excelencia, con sus infinitas virtudes, así naturales como adqueridas, dejándolas a que los nuevos Fidias y Lisipos busquen mármoles y bronces adonde grabarlas y esculpirlas, para que sean émulas a la duración de los tiempos.

Tampoco suplico a vuestra Excelencia reciba en su tutela este libro, porque sé que, si él no es bueno, aunque le ponga debajo de las alas del hipogrifo de Astolfo y a la sombra de la clava de Hércules, no dejarán los Zoilos, los Cínicos, los Aretinos y los Bernias de darse un filo en su vituperio, sin guardar respecto a nadie. Sólo suplico que advierta vuestra Excelencia que le envío, como quien no dice nada, doce cuentos que, a no haberse labrado en la oficina de mi entendimiento, presumieran ponerse al lado de los más pintados.

Tales cuales son, allá van, y yo quedo aquí contentísimo por parecerme que voy mostrando en algo el deseo que tengo de servir a vuestra Excelencia como a mi verdadero señor y bienhechor mío. Guarde nuestro Señor, &c.

De Madrid, a catorce de julio de mil y seiscientos y trece.

Criado de vuestra Excelencia,
Miguel de Cervantes Saavedra

DEL MARQUÉS DE ALCAÑIZES[17] A MIGUEL DE CERVANTES

SONETO

Si en el moral ejemplo y dulce aviso,
Cervantes, de la diestra grave lira,
en docta frasis el concepto mira
el lector retratado un paraíso;
    mira mejor que con el arte quiso
vuestro ingenio sacar de la mentira

---

[17] *Marqués de Alcañices:* Alvaro Antonio Enríquez de Almansa, mencionado en el *Viaje del Parnaso,* ed. cit., pág. 30: «Y más si se les llega el de Alcañices / Marqués insigne, harán, puesto que hay una / En el mundo no más, único fenices.» Había para Cervantes cinco poetas con títulos: el Conde de Salinas, el Príncipe de Esquilache, los Condes de Saldaña y Villamediana y el Marqués de Alcañices.

la verdad, cuya llama sólo aspira
a lo que es voluntario hacer preciso.
Al asumpto ofrecidas las memorias
dedica el tiempo, que en tan breve suma
caben todos sucintos los estremos;
y es noble calidad de vuestras glorias,
que el uno se le deba a vuestra pluma,
y el otro a las grandezas del de Lemos.

DE FERNANDO BERMÚDEZ Y CARVAJAL[18]
CAMARERO DEL DUQUE DE SESA,
A MIGUEL DE CERVANTES

Hizo la memoria clara
de aquel Dédalo ingenioso,
el laberinto famoso,
obra peregrina y rara;
mas si tu nombre alcanzara
Creta en su monstr[u]o cruel,
le diera al bronce y pincel,
cuando, en términos distintos,
viera en doce laberintos
mayor ingenio que en él;
y si la naturaleza,
en la mucha variedad
enseña mayor beldad,
más artificio y belleza,
celebre con más presteza,
Cervantes raro y sutil,
aqueste florido abril,
cuya variedad admira
la fama veloz, que mira
en él variedades mil.

---

18 *Fernando Bermúdez y Carvajal:* cfr. *Viaje del Parnaso,* ed. cit., pág. 78: «Éste, que en verdes años se apresura / Y corre al sacro lauro, es don Fernando / Bermúdez, donde vive la cordura.»

DE DON FERNANDO DE LODEÑA[19]
A MIGUEL DE CERVANTES

Dejad, Nereidas, del albergue umbroso
las piezas de cristales fabricadas,
de la espuma ligera mal techadas,
si bien guarnidas de coral precioso;
    salid del sitio ameno y deleitoso,
Dríades de las selvas no tocadas,
y vosotras, ¡oh Musas celebradas!,
dejad las fuentes del licor copioso;
    todas juntas traed un ramo solo
del árbol en quien Dafne convertida,
al rubio Dios mostró tanta dureza,
    que, cuando no lo fuera para Apolo,
hoy se hiciera laurel, por ver ceñida
a Miguel de Cervantes la cabeza.

DE JUAN DE SOLÍS MEJÍA[20]
GENTILHOMBRE CORTESANO,
A LOS LECTORES

SONETO

¡O tú, que aquestas fábulas leíste:
si lo secreto dellas contemplaste,
verás que son de la verdad engaste,
que por tu gusto tal disfraz se viste!
    Bien, Cervantes insigne, conociste
la humana inclinación, cuando mezclaste
lo dulce con lo honesto, y lo templaste
tan bien que plato al cuerpo y alma hiciste.

---

[19] *Fernando de Lodeña:* cfr. *Viaje del Parnaso,* ed. cit., págs. 61-2: «Otros, de quien tomó luego reseña / Apolo, y era dellos el primero / El joven don Francisco de Lodeña, / Poeta primerizo, insigne empero, / En cuyo ingenio Apolo deposita / Sus glorias para el tiempo venidero.»

[20] *Juan de Solís Mejía:* cfr. *Viaje del Parnaso,* ed. cit., pág. 75: «Sentado viene a su derecha mano / Juan de Solís, mancebo generoso, / De raro ingenio en verdes años cano.»

Rica y pomposa vas, filosofía;
ya, doctrina moral, con este traje
no habrá quien de ti burle o te desprecie.
Si agora te faltare compañía,
jamás esperes del mortal linaje
que tu virtud y tus grandezas precie.

cervantes habla mal de los gitanos y muestra sus prejuicios. Los usa de entretenimiento.

las mujeres son las debilidades de los hombres

- estereotipos de los gitanos
- el amor
- el nacimiento determina el honor de la persona

tema: el triunfo de la nobleza y del amor

confirma los prejuicios de la clase alta sobre

Novela de la Gitanilla

un dedal de plata

la cuestión de la honra en comparison con en la Celestina.

el poeta es antagónico para darle celos a Andrés

Parece que los gitanos y gitanas solamente nacieron en el mundo para ser ladrones: nacen de padres ladrones, críanse con ladrones, estudian para ladrones, y, finalmente, salen con[1] ser ladrones corrientes y molientes[2] a todo ruedo[3], y la gana del hurtar y el hurtar son en ellos como ac[c]identes inseparables, que no se quitan sino con la muerte. Una, pues, desta nación, gitana vieja, que podía ser jubilada en la ciencia de Caco[4], crió una muchacha en nombre de nieta suya[5], a quien puso [por] nombre Preciosa, y a quien enseñó todas sus gitanerías, y modos de embelecos, y trazas de hurtar. Salió la tal Preciosa la más única[6] bailadora que se hallaba en todo el gitanismo, y la más hermosa y discreta que pudiera hallarse, no entre los gitanos, sino entre cuantas hermosas y discretas pudiera pregonar la fama. Ni los soles, ni los aires, ni todas las inclemencias del cielo a quien[7] más

---

[1] *salir con:* «Conseguir lo que se desea, o solicita» *(Aut.); Don Quijote,* I, 85, n. 4; II, 305, n. 2, con abundantes ejemplos.

[2] *corrientes y molientes:* «Se dice cualquier cosa que está llana y sin embarazo» *(Aut.);* «Del molino que está cumplido en todo lo que ha menester, y por metáfora se dice de cualquier otra cosa» *(Cov.).*

[3] *a todo ruedo:* en todo instante; «significa lo mismo que en todo lance, próspero o adverso, en todo caso, desgraciado o dichoso» *(Aut.).*

[4] *Caco:* «Dicen haber sido hijo de Vulcano, porque siendo ladrón famoso hacía grandes estragos de robos, muertes e incendios, y por esto decían echar fuego por la boca» *(Cov.); El licenciado Vidriera:* «Todos los mozos de mulas tienen su punta de rufianes, *su punta de cacos,* y su es no es de truhanes.» Véase Juan Pérez de Moya, *Philosophia secreta,* ed. Eduardo Gómez de Baquero, 2 vols. Madrid, 1928, II, página 122.

[5] *en nombre de nieta suya:* Es decir, bajo el nombre de su nieta; como si fuera su nieta.

[6] *única:* «Singular, raro, especial, o excelente en su línea» *(Aut.).*

[7] *quien:* Por lo general se usaba la forma singular, quien, como

que otras gentes están sujetos los gitanos, pudieron deslustrar su rostro ni curtir las manos; y lo que es más, que la crianza tosca en que se criaba no descubría en ella sino ser nacida de mayores prendas que de gitana, porque era en extremo cortés y bien razonada. Y, con todo esto, era algo desenvuelta; pero no de modo que descubriese algún género de deshonestidad; antes, con ser aguda, era tan honesta, que en su presencia no osaba alguna gitana, vieja ni moza, cantar cantares lascivos ni decir palabras no buenas. Y, finalmente, la abuela conoció el tesoro que en la nieta tenía, y así, determinó el águila vieja sacar a volar su aguilucho y enseñarle a vivir por sus uñas.

Salió Preciosa rica de villancicos, de coplas, seguidillas y zarabandas[8], y de otros versos, especialmente de romances, que los cantaba con especial donaire. Porque su taimada abuela echó de ver que tales juguetes y gracias, en los pocos años y en la mucha hermosura de su nieta, habían de ser felicísimos atractivos e incentivos para acrecentar su caudal; y así, se los procuró y buscó por todas las vías que pudo, y no faltó poeta que se los diese; que también hay poetas que se acomodan con gitanos, y les venden sus obras, como los hay para ciegos, que les fingen milagros y van a la parte de la ganancia[9]. De todo hay en el mundo, y esto de la

---

singular y plural; cfr. *La ilustre fregona,* nota 118. Véase Keniston, *op. cit.,* 15.781; también M. Moliner, *op. cit.,* II, pág. 909b: «Tiene el plural 'quienes', que puede emplearse también como interrogativo e indefinido, pero se usa poco; especialmente con un pronombre personal como antecedente, se usa en general 'quien' en vez de 'quienes' ...»

[8] *seguidillas y zarabandas:* Danza popular española, pero también «estrofa de cuatro o siete versos en combinaciones de pentasílabos y heptasílabos, usada particularmente en canciones populares o festivas» (M. Moliner, II, pág. 1125b); Covarrubias describe la «çarabanda»: «Baile bien conocido en estos tiempos, si no le hubiera desprivado su prima la chacona. Es alegre y lascivo, porque se hace con meneos del cuerpo descompuestos, y usóse en Roma en tiempo de Marcial, y fueron autores dél los de Cáliz [*sic*], y bailábanle mujeres públicamente en los teatro... Aunque se mueven con todas las partes del cuerpo, los brazos hacen los más ademanes, sonando las castañetas...»

[9] *ciego ... ganancia:* El oficio de poeta ciego es antiquísimo, y referencias a «ciegos lazrados» que cantaban versos de otros para ganar la vida se encuentran entre otros textos en *El libro de buen amor* (R. Menéndez Pidal, *Poesía juglaresca y orígenes de las literaturas románicas,* Madrid, 1957, págs. 27-8); recuérdese al poeta-clérigo del *Buscón* de Quevedo y el mismo Pablos: «Escribí para un ciego, que les sacó en

hambre tal vez hace arrojar los ingenios a cosas que no están en el mapa.

Crióse Preciosa en diversas partes de Castilla, y a los quince años de su edad, su abuela putativa la volvió a la Corte y a su antiguo rancho, que es adonde ordinariamente le tienen los gitanos, en los campos de Santa Bárbara[10], pensando en la Corte vender su mercadería, donde todo se compra y todo se vende. Y la primera entrada que hizo Preciosa en Madrid fue un día de Santa Ana[11], patrona y abogada de la villa, con una danza en que iban ocho gitanas, cuatro ancianas y cuatro muchachas, y un gitano, gran bailarín, que las guiaba. Y aunque todas iban limpias y bien ade-

---

su nombre, las famosas que empiezan: 'Madre del Verbo humanal, / Hija del Padre divino, / dame gracia virginal, etc.'», ed. F. Lázaro Carreter, Madrid, 1965, págs. 260-61.

[10] *campos de Santa Bárbara:* Se localizaron al norte de la ciudad, cerca de la puerta de Santa Bárbara (a finales de la calle de la Hortaleza). Según la descripción de Mesonero Romanos, se encontraba alrededor de la antigua ermita del mismo nombre: «Al fin de la calle [de Hortaleza] se alzaba hasta hace pocos años el convento de mercenarios descalzos de *Santa Bárbara,* fundado en 1612 sobre el sitio que ocupaba la antigua ermita de aquella santa; ... Los restos de la iglesia y convento, después de haber sido destinado a fábrica de fundición, han desaparecido casi del todo, para dar lugar a la construcción de casas particulares y rompimiento de nuevas calles en su extensa huerta» *(El Antiguo Madrid* [*Obras de don Ramón de Mesonero Romanos,* IV, ed. Carlos Seco Serrano; B.A.E. vol. 202; Madrid, 1967], página 218b).

[11] *un día de Santa Ana:* Fiesta establecida por el Papa Julio II, en 1510, y celebrada el 26 de julio. Santa Ana no sólo era abogada y patrona de Madrid, sino también de algunos gitanos que vivían en las afueras de la ciudad; véase *Origen histórico y etimológico de las calles de Madrid,* de Antonio Capmani y Montpalau (Madrid, 1863), *s.v.* «calle de Santa Ana»: «Esta calle va desde la de la Ruda a la del Bastero; este sitio fue un pequeño arrabal que hubo fuera de la puerta de la Latina, habitado por gentes gitanas, y allí existía un altarito dentro de una ornacina o nicho hecho en la pared, donde había una imagen de Santa Ana a la puerta del huerto de los caballeros del apellido de Herrera, cuya efigie de la santa se quitó de allí para colocarla en la capilla que uno de estos hidalgos hizo labrar en la iglesia parroquial de Santa María. Y como las gitanas tenían tanta devoción a la santa, venían todos los años en su festividad a visitarla en su capilla, y a traerle cera, y después de adorarla bailaban a la puerta de la iglesia, haciendo grande estrépito con castañuelas, palillos, cascabeles y hierros» (pág. 385).

rezadas, el aseo de Preciosa era tal, que poco a poco fue enamorando los ojos de cuantos la miraban. De entre el son del tamborín y castañetas y fuga del baile salió un rumor que encarecía la belleza y donaire de la gitanilla, y corrían los muchachos a verla, y los hombres a mirarla. Pero cuando la oyeron cantar, por ser la danza cantada, ¡allí fue ello! Allí sí que cobró aliento la fama de la gitanilla, y de común consentimiento de los diputados de la fiesta, desde luego le señalaron el premio y joya de la mejor danza; y cuando llegaron a hacerla en la iglesia de Santa María[12], delante de la imagen de Santa Ana, después de haber bailado todas, tomó Preciosa unas sonajas[13], al son de las cuales, dando en redondo largas y ligerísimas vueltas, cantó el romance siguiente:

—Árbol preciosísimo
que tardó en dar fruto
años que pudieron
cubrirle de luto,
y hacer los deseos
del consorte puros,
contra su esperanza
no muy bien seguros;
de cuyo tardarse

---

[12] *iglesia de Santa María:* «Matriz de la villa», según Mesonero Romanos *(El antiguo Madrid),* «cuya fundación es tan remota, que está envuelta en la mayor oscuridad» (pág. 80a). Se encontraba al fin de la calle de la Almudena. Tenía mucha importancia como lugar de solemnidades religiosas y políticas. Juan López de Hoyos, contando la entrada de Felipe II en Madrid (26 de noviembre de 1569), describe la llegada al «templo de Santa María, que es la iglesia mayor y más antigua de Madrid, donde toda la clerecía y cabildo se había congregado, esperando la feliz venida de Su Magestad, todos con capas de brocado muy ricas, y las catorce cruces de las parroquias salieron de la iglesia a recibir a Su Magestad... Su Magestad, con el príncipe Alberto de Austria de la mano y el Ilustrísimo cardenal Espinosa al otro lado, entró en el templo a hacer oración, el cual estaba muy adornado, con muchos toldos y paños de sedas y brocados, toda su entrada y pórtico renovado y canteado con ilustre ornato» (Mesonero Romanos, *op. cit.,* «apéndice 3», pág. 261). Cfr. también A. Fernández de los Ríos, *Guía de Madrid, manual del madrileño y del forastero* (Madrid, 1876; ahora en facsímil, Madrid, 1976), pág. 711a.

[13] *sonajas:* «Un cerco de madera, que a trechos tiene unas rodajas de metal que se hieren unas con otras y hacen un gran ruido» *(Cov.).*

nació aquel disgusto
que lanzó del templo
al varón más justo:
   Santa tierra estéril,
que al cabo produjo
toda la abundancia
que sustenta el mundo;
   casa de moneda,
do se forjó el cuño
que dio a Dios la forma
que como hombre tuvo;
   madre de una hija
en quien quiso y pudo
mostrar Dios grandezas
sobre humano curso.
   Por vos y por ella
sois, Ana, el refugio
do van por remedio
nuestros infortunios.
   En cierta manera,
tenéis, no lo dudo,
sobre el Nieto imperio
piadoso y justo.
   A ser comunera
del alcázar sumo,
fueran mil parientes
con vos de consuno.
   ¡Qué hija, y qué nieto,
y qué yerno! Al punto
a ser causa justa,
cantárades triunfos.
   Pero vos, humilde,
fuisteis el estudio
donde vuestra Hija
hizo humildes cursos,
   y agora a su lado,
a Dios el más junto,
gozáis de la alteza
que apenas barrunto.

El cantar de Preciosa fue para admirar a cuantos la es-
cuchaban. Unos decían: «¡Dios te bendiga la muchacha!»
Otros: «¡Lástima es que esta mozuela sea gitana! En verdad,

en verdad que merecía ser hija de un gran señor.» Otros había más groseros, que decían: «¡Dejen crecer a la rapaza, que ella hará de las suyas! ¡A fe que se va añudando[14] en ella gentil red barredera para pescar corazones!» Otro más humano, más basto y más modorro[15], viéndola andar tan ligera en el baile, le dijo: «¡A ello, hija, a ello! ¡Andad, amores, y pisad el polvito atán menudito!» Y ella respondió, sin dejar el baile: «Y pisárelo yo atán menudó!»[16]

Acabáronse las vísperas, y la fiesta de Santa Ana, y quedó Preciosa algo cansada; pero tan celebrada de hermosa, de aguda y de discreta, y de bailadora, que a corrillos se hablaba della en toda la Corte. De allí a quince días volvió a Madrid con otras tres muchachas, con sonajas y con un baile nuevo, todas apercibidas de romances y de cantarcillos alegres, pero todos honestos; que no consentía Preciosa que las que fuesen en su compañía cantasen cantares descompuestos, ni ella los cantó jamás, y muchos miraron en ello, y la tuvieron en mucho. Nunca se apartaba della la gitana vieja, hecha su Argos[17], temerosa no se la despabilasen[18] y traspusiesen; llamábala nieta, y ella la tenía por abuela. Pusiéronse a bailar a la sombra en la calle de Toledo, y de los que las venían siguiendo se hizo luego un gran corro; y en tanto que bailaban, la vieja pedía limosna a los circunstantes, y llovían en ella ochavos y cuartos como piedras a tablado[19], que también la hermosura tiene fuerza de despertar la caridad dormida.

---

[14] *añudando:* anudando; «Hacer ñudo o ñudos» *(Cov.).*

[15] *modorro:* «algunas veces se dice del hombre muy tardo, callado y cabizbajo» *(Cov.).*

[16] … *atán menudó:* Un estribillo popular que se encuentra también en el *Entremés de la elección de los alcaldes de Daganzo,* del propio Cervantes: «Pisaré y el polvico, / atán menudíco; / *pisaré yo el\polvó, / atán menudó.*» Y Humillos (uno de los protagonistas), refiriéndose a los gitanos que bailan, sigue escuchando la música: «Pisaré yo el polvico, / por más que esté dura. / puesto que me abra ella / amor sepultura, / pues ya mi buena ventura / amor la pisó / ».

[17] *hecha su Argos:* «Se toma por la persona que está sobre aviso, muy vigilante y lista; y así se dice 'está hecho un Argos', esto es, está muy cuidadoso y vigilante» *(Aut.);* Argos tenía cien ojos (Juno le convirtió en pavo, en cuya cola puso sus ojos).

[18] *despabilasen:* robasen, hurtasen; véase M. Moliner, I, pág. 957a.

[19] *como piedras a tablados:* No encuentro la expresión en ningún

Acabado el baile, dijo Preciosa:

—Si me dan cuatro cuartos, les cantaré un romance yo sola, lindísimo en extremo, que trata de cuando la Reina nuestra señora Margarita salió a misa de parida en Valladolid y fue a San Llorente; dígoles que es famoso, y compuesto por un poeta de los del número, como capitán del batallón[20].

Apenas hubo dicho esto, cuando casi todos los que en la rueda estaban dijeron a voces:

—¡Cántala, Preciosa, y ves aquí mis cuatro cuartos!

Y así granizaron sobre ella cuartos, que la vieja no se daba manos a cogerlos. Hecho, pues, su agosto y su vendimia[21], repicó Preciosa sus sonajas, y al tono correntío y loquesco[22] cantó el siguiente romance:

—Salió a misa de parida [23]
la mayor reina de Europa,
en el valor y en el nombre
rica y admirable joya.

---

diccionario o lexicografía que manejo. El tablado, según Covarrubias, era «el cadahalso hecho de tablas desde el cual se ven los toros y otras fiestas públicas». Aquí, sin embargo, se debe referir a un objeto elevado sobre el tablado (como un castillo) derribado por lanzas, o, en este caso, por piedras; véase M. Moliner, II, pág. 1247a.

[20] *de batallón:* El texto, «del batallón». Cervantes juega con la expresión «los del número», es decir, los poetas son como «escribanos del número»; hay muchos. Un batallón tendría «8.000 soldados, repartidos en 32 compañías de a 250 hombres, mandados por capitán, alférez, un sargento, un furrier y diez conservadores de disciplina, para tener a su cargo la de cada una de las diez escuadrillas de a 25 hombres» (Álava y Viamont, *El perfecto capitán,* 1590; citado por Schevill y Bonilla, eds., *Novelas ejemplares,* I, pág. 334). Geoffrey Parker, en *The Army of Flanders and the Spanish Road, 1567-1659* (Cambridge, 1972), divide la infantería española de Flandes en «tercios», «compañías» (250 hombres). No menciona ni «escuadrones», ni «batallones».

[21] *su agosto y su vendimia:* «Agosto madura, y septiembre vendimia la uva y fruta»; «Agosto y vendimia, no es cada día»; «Agosto tiene la culpa y septiembre lleva la pulpa», y la interpretación de Correas: «Entiéndese: de las enfermedades que se cogen en agosto y se pagan en septiembre y también de los frutos, que los sazona y madura agosto y los vendimia septiembre», pág. 64b. Preciosa no tiene que esperar: coge la fruta (dinero) inmediatamente.

[22] *loquesco:* a modo de locos; desembarazado, libre, ágil.

[23] *salió a misa de parida:* Cervantes imita, o por lo menos lo ve

Como los ojos se lleva,
se lleva las almas todas
de cuantos miran y admiran
su devoción y su pompa.
Y para mostrar que es parte
del cielo en la tierra toda,
a un lado lleva el Sol de Austria;
al otro, la tierna Aurora.
A sus espaldas le sigue
un Lucero que a deshora
salió, la noche del día
que el cielo y la tierra lloran.
Y si en el cielo hay estrellas
que lucientes carros forman,
en otros carros su cielo
vivas estrellas adornan.
Aquí el anciano Saturno
la barba pule y remoza,
y aunque es tardo, va ligero;
que el placer cura la gota.
El dios parlero va en lenguas
lisonjeras y amorosas,
y Cupido en cifras varias,
que rubíes y perlas bordan.
Allí va el furioso Marte
en la persona curiosa
de más de un gallardo joven,
que de su sombra se asombra.
Junto a la casa del Sol
va Júpiter; que no hay cosa
difícil a la privanza
fundada en prudentes obras.
Va la Luna en las mejillas
de una y otra humana diosa;

---

como modelo, el romance de Juan de Escobar, *Romancero e historia del muy valeroso caballero el Cid, Ruy Díaz de Vivar,* Alcalá, 1612: «Salió a misa de parida / a San Isidro de León / la noble Jimena Gómez, / mujer del Cid Campeador /» (ed. Carolina Michaelis de Vasconcellos, *Romancero del Cid,* Leipzig, 1871, pág. 66). Hay una parodia del mismo romance en el *Romancero general,* ed. Ángel González Palencia, 2 vols. (Madrid, 1947), II, págs. 331-32: «Saliendo un lunes de Misa / de aquel monasterio sacro / del Seráfico, a quien hizo / Dios de sí mismo traslado.»

Venus casta, en la belleza
de las que este cielo forman.
   Pequeñuelos Ganimedes
cruzan, van, vuelven y tornan
por el cinto tachonado
de esta esfera milagrosa.»
   Y para que todo admire
y todo asombre, no hay cosa
que de liberal no pase
hasta el extremo de pródiga.
   Milán con sus ricas telas
allí va en vista curiosa;
las Indias con sus diamantes,
y Arabia con sus aromas.
   Con los mal intencionados
va la envidia mordedora,
y la bondad en los pechos
de la lealtad española.
   La alegría universal,
huyendo de la congoja,
calles y plazas discurre,
descompuesta y casi loca.
   A mil mudas bendiciones
abre el silencio la boca,
y repiten los muchachos
lo que los hombres entonan.
   Cuál dice: «Fecunda vid,
crece, sube, abraza y toca
el olmo felice tuyo
que mil siglos te haga sombra
   para gloria de ti misma,
para bien de España y honra,
para arrimo de la Iglesia,
para asombro de Mahoma.»
   Otra lengua clama y dice:
«Vivas, ¡oh blanca paloma!,
que nos has de dar por crías
águilas de dos coronas,
   para ahuyentar de los aires
las de rapiña furiosas;
para cubrir con sus alas
a las virtudes medrosas.»
   Otra, más discreta y grave,

más aguda y más curiosa,
dice, vertiendo alegría
por los ojos y la boca:

«Esta perla que nos diste,
nácar de Austria, única y sola,
¡qué de máquinas que rompe!,
¡qué [de] disignios que corta!,
¡qué de esperanzas que infunde!,
¡qué de deseos mal logra!,
¡qué de temores aumenta!,
¡qué de preñados aborta!»

En esto, se llegó al templo
del Fénix santo que en Roma
fue abrasado, y quedó vivo
en la fama y en la gloria.

A la imagen de la vida,
a la del cielo Señora,
a la que por ser humilde
las estrellas pisa agora,

a la Madre y Virgen junto,
a la Hija y a la Esposa
de Dios, hincada de hinojos,
Margarita así razona:

«Lo que me has dado te doy,
mano siempre dadivosa;
que a do falta el favor tuyo,
siempre la miseria sobra.

Las primicias de mis frutos
te ofrezco, Virgen hermosa:
tales cuales son las mira,
recibe, ampara y mejora.

A su padre te encomiendo,
que, humano Atlante, se encòrva
al peso de tantos reinos
y de climas tan remotas.

Sé que el corazón del Rey
en las manos de Dios mora,
y sé que puedes con Dios
cuanto quieres piadosa.»

Acabada esta oración,
otra semejante entonan
himnos y voces que muestran
que está en el suelo la Gloria.

> Acabados los oficios
> con reales ceremonias,
> volvió a su punto este cielo
> y esfera maravillosa [24].

Apenas acabó Preciosa su romance, cuando del ilustre auditorio y grave senado [25] que la oía, de muchas se formó una voz sola, que dijo:

—¡Torna a cantar, Preciosica, que no faltarán cuartos como tierra! [26]

Más de docientas personas estaban mirando el baile y escuchando el canto de las gitanas, y en la fuga dél acertó a pasar por allí uno de los tinientes [27] de la villa, y viendo tanta gente junta preguntó qué era, y fuele respondido que estaban escuchando a la gitanilla hermosa, que cantaba. Llegóse el teniente, que era curioso, y escuchó un rato, y por no ir contra su gravedad, no escuchó el romance hasta la fin; y habiéndole parecido por todo extremo bien la gitanilla, mandó a un paje suyo dijese a la gitana vieja que al anochecer fuese a su casa con las gitanillas, que quería que las oyese doña Clara, su mujer. Hízolo así el paje, y la vieja dijo que sí iría.

Acabaron el baile y el canto, y mudaron lugar; y en esto, llegó un paje muy bien aderezado a Preciosa, y dándole un papel doblado, le dijo:

---

[24] *y esfera maravillosa:* El romance es alegórico: el príncipe don Felipe nació el 8 de abril de 1605 en Valladolid («un Lucero»); el «sol de Austria» es Felipe III; «la tierna Aurora» es la infanta doña Ana, nacida en Valladolid el 22 de septiembre de 1601; y «Margarita» es Margarita de Austria, esposa de Felipe III e hija del archiduque don Carlos, y de su mujer, doña María de Baviera; «Júpiter», el duque de Lerma.

[25] *senado:* «El llamar *senado* a los oyentes era cosa muy de faranduleros y titereros en el tiempo de Cervantes, por donaire», *Don Quijote,* V, pág. 211, n. 1; cfr. *El buscón,* pág. 256: «Diéronme que estudiase tres o cuatro loas, y papeles de barba, que los acomodaba bien con mi voz…, decía lo de 'este es el puerto', llamaba a la gente 'senado', pedía perdón de las faltas y silencio.»

[26] *como tierra:* abundantemente, copioso; Correas, pág. 713b: «Como barro; como tierra: significando muchedumbre de algo.»

[27] *tinientes:* teniente, «el que hace oficio por otro, como sustituto» (*Cov.*); aquí significa «diputado» y aun «alguacil». Cfr. Luis del Mármol, *Descripción de África:* «Este pone un Teniente, que es como Alguacil mayor» (*Aut.*); la oscilación *tiniente/teniente* era frecuente en la época.

—Preciosica, canta el romance que aquí va porque es muy bueno, y yo te daré otros de cuando en cuando, con que cobres fama de la mejor romancera del mundo.

—Eso aprenderé yo de muy buena gana —respondió Preciosa—; y mire, señor, que no me deje de dar los romances que dice, con tal condición que sean honestos; y si quisiere que se los pague, concertémonos por docenas, y docena cantada, y docena pagada; porque pensar que le tengo de pagar adelantado es pensar lo imposible.

—Para papel siquiera que me dé la señora Preciosica —dijo el paje—, estaré contento; y más, que el romance que no saliere bueno y honesto, no ha de entrar en cuenta.

—A la mía quede el escogerlos —respondió Preciosa.

Y con esto, se fueron la calle adelante, y desde una reja llamaron unos caballeros a las gitanas. Asomóse Preciosa a la reja, que era baja, y vio en una sala muy bien aderezada y muy fresca muchos caballeros que, unos paseándose y otros jugando a diversos juegos, se entretenían.

—¿Quiérenme dar barato[28], ceñores? —dijo Preciosa, que, como gitana, hablaba ceceoso, y esto es artificio en ellas, que no naturaleza.

A la voz de Preciosa y a su rostro, dejaron los que jugaban el juego, y el paseo los paseantes, y los unos y los otros acudieron a la reja por verla, que ya tenían noticia della, y dijeron:

—Entren, entren las gitanillas, que aquí les daremos barato.

—Caro sería ello —respondió Preciosa— si nos pellizcacen.

—No, a fe de caballero —respondió uno—; bien puedes entrar, niña, segura que nadie te tocará a la vira[29] de tu zapato; no, por el hábito[30] que traigo en el pecho.

---

28 *barato:* «Dar barato, sacar los que juegan del montón común, o del suyo, para dar a los que sirven o asisten al juego» (*Cov.*); Francisco de Luque Fajardo, *Fiel desengaño contra la ociosidad y los juegos,* ed. Martín de Riquer, 2 vols., Madrid, 1955, I, pág. 114: «Si el huésped es novato, con artificio se extraña por un rato, en tanto que uno de los padrinos, tomando la mano, pide libremente se saque el barato o, como ellos dicen, sus *derechos;* que ordinariamente se entiende dos, cuatro, ocho reales de cada suerte, o de la primera, conforme la cantidad del juego y sus aranceles...»

29 *vira:* «una corregüela que se insiere en el zapato entre la suela y el cordobán, y se dijo así porque le dan fuerza con ella» (*Cov.*).

30 *hábito:* «Caballero de hábito, el que trae en el pecho la in-

Y púsose la mano sobre uno de Calatrava[31].

—Si tú quieres entrar, Preciosa —dijo una de las tres gitanillas que iban con ella—, entra enhorabuena; que yo no pienso entrar adonde hay tantos hombres.

—Mira, Cristina —respondió Preciosa—: de lo que has de guardar es de un hombre solo y a solas, y no de tantos juntos; porque antes el ser muchos quita el miedo y el recelo de ser ofendidas. Advierte, Cristinica, y está cierta de una cosa: que la mujer que se determina a ser honrada, entre un ejército de soldados lo puede ser. Verdad es que es bueno huir de las ocasiones; pero han de ser de las secretas, y no de las públicas.

—Entremos, Preciosa —dijo Cristina—; que tú sabes más que un sabio.

Animólas la gitana vieja, y entraron; y apenas hubo entrado Preciosa, cuando el caballero del hábito vio el papel[32] que traía en el seno, y llegándose a ella se le tomó, y dijo Preciosa:

—¡Y[33] no me le tome, señor; que es un romance que me acaban de dar ahora, que aún no le he leído!

—Y ¿sabes tú leer, hija? —dijo uno.

—Y escribir —respondió la vieja—; que a mi nieta hela criado yo como si fuera hija de un letrado.

Abrió el caballero el papel y vio que venía dentro dél un escudo de oro, y dijo:

—En verdad, Preciosa, que trae esta carta el porte dentro: toma este escudo que en el romance viene.

—Basta —dijo Preciosa—, que me ha tratado de pobre el poeta. Pues cierto que es más milagro darme a mí un poeta un escudo que yo recebirle; si con esta añadidura han de

---

signia de alguna orden de caballería, que comúnmente llaman hábitos» *(Cov.)*.

[31] *Calatrava:* Los caballeros de Calatrava llevaban como insignia «la cruz roja floreteada, y sus armas son la misma cruz en campo de oro, y a los lados de ellas, dos trabas azules, aludiendo al nombre del castillo de Calatrava...» *(Cov.)*.

[32] *papel:* El texto, «papol».

[33] *Y:* F. Rodríguez Marín, ed. *Novelas ejemplares,* I, pág. 20, cree que «ese *Y* había de ser *Ay,* sino que se omitió mecánicamente, bien por el autor o bien por el impresor, una de dos *aes* inmediatas...». Pero al mismo tiempo admite que puede ser una «*Y* admirativa». Véase *Don Quijote,* IV, págs. 280, 315; V, 22; VI, 60, etcétera.

venir sus romances, traslade todo el *Romancero general*[34], y enviémelos uno a uno, que yo les tentaré el pulso, y si vinieren duros, seré yo blanda en recebillos.

Admirados quedaron los que oían a la gitanica, así de su discreción como del donaire con que hablaba.

—Lea, señor —dijo ella—, y lea alto; veremos si es tan discreto ese poeta como es liberal.

Y el caballero leyó así:

> —Gitanica, que de hermosa
> te pueden dar parabienes:
> por lo que de piedra tienes
> te llama el mundo *Preciosa*.
> Desta verdad me asegura
> esto, como en ti verás;
> que no se apartan jamás
> la esquiveza y la hermosura.
> Si como en valor subido
> vas creciendo en arrogancia,
> no le arriendo la ganancia[35]
> a la edad en que has nacido;
> que un basilisco[36] se cría

---

[34] *Romancero general:* Antología de romances «artísticos», según R. Menéndez Pidal, que aunque «por ser los más tardíos, son, sin duda, hoy los más saboreados y aprendidos de memoria por el público» *(El romancero español,* Nueva York, 1910, págs. 62-3); la primera edición se publicó en 1600 (Madrid).

[35] *arriendo la ganancia:* «Frase que se suele usar para significar que alguno está en peligro, o expuesto a algún trabajo o castigo por algún hecho» *(Aut.);* Correas: «Arrenda en qué ganéis», se dice, «con desdén irónico, cuando persuaden uno que dé algo en menos precio y cuando malbarata aquello en que podía ganar, y en caso donde hay pérdida y le pesa y la huye» (pág. 77b).

[36] *basilisco:* Véase César E. Dubler, ed. *La «Materia Médica» de Dioscórides: Transmisión medieval y renacentista,* 6 vols., Barcelona, 1953, III, pág. 609: «Es vulgar opinión, y ridícula, que el basilisco nace del huevo de un gallo viejo, y así le pintan semejante a un gallo con cola natural de serpiente; la cual forma de animal no se halla *in rerum natura,* de modo que la debemos tener por chimera. Es el basilisco una serpiente luenga de un palmo, y algún tanto roja, la cual tiene encima de la cabeza tres puntas de carne un po-

en ti, que mata [37] mirando,
y un imperio que, aunque blando,
nos parezca tiranía.

Entre pobres y aduares,
¿cómo nació tal belleza?
O ¿cómo crió tal pieza
el humilde Manzanares? [38]

Por eso será famoso
al par del Tajo dorado
y por Preciosa preciado
más que el Ganjes caudaloso.

Dices la buenaventura,
y dasla mala contino [39];
que no van por un camino
tu intención y tu hermosura.

Porque en el peligro fuerte
de mirarte o contemplarte,
tu intención va a desculparte,
y tu hermosura a dar muerte.

Dicen que son hechiceras
todas las de tu nación:
pero tus hechizos son
de más fuerzas y más veras;

pues por llevar los despojos
de todos cuantos te ven,
haces, ¡oh niña!, que estén
tus hechizos en tus ojos.

---

quito elevadas; y en derredor de ellas un blanco círculo, a manera de
una corona... su malignidad es de tanta eficacia, que con su re-
sollo corrompe todas las plantas por donde pasa, y con su silbo ex-
termina otras fieras. Éste, pues, no solamente mordiendo, empero
también mirando... suele ser pestilente y mortífero.»

[37] *mata:* El texto, «mate».

[38] *el humilde Manzanares:* Humilde porque apenas tenía agua;
era objeto de muchas sátiras. Véase José Fradejas Lebrero, *Geografía literaria de la provincia de Madrid,* Madrid, 1958, págs. 98-100:
«Consecuencia de su corto caudal es posiblemente el que se le considere humilde» (pág. 98); José Deleito y Piñuela, *Sólo Madrid es Corte,*
Madrid, 1942, págs. 77-82.

[39] *contino:* continuadamente, continuamente; véase Keniston, *Syntax* 39.6; *Don Quijote,* III, pág. 37; VI, 102; Corominas, I, página 890a: «Es frecuente en los ss. xv y xvi la forma más vulgar *contino...* que al doblar el 1600 queda confinada al uso adverbial con
el valor de 'continuamente'.»

En sus fuerzas te adelantas,
pues bailando nos admiras,
y nos matas si nos miras,
y nos encantas si cantas.

De cien mil modos hechizas:
hables, calles, cantes, mires,
o te acerques, o retires,
el fuego de amor atizas.

Sobre el más exento pecho
tienes mando y señorío,
de lo que es testigo el mío,
de tu imperio satisfecho.

Preciosa joya de amor,
esto humildemente escribe
el que por ti muere y vive,
pobre, aunque humilde amador.

—En *pobre* acaba el último verso —dijo a esta sazón Preciosa—: ¡mala señal! Nunca los enamorados han de decir que son pobres, porque a los principios, a mi parecer, la pobreza es muy enemiga del amor.

—¿Quién te enseña eso, rapaza? —dijo uno.

—¿Quién me lo ha de enseñar? —respondió Preciosa—. ¿No tengo yo mi alma en mi cuerpo? ¿No tengo ya quince años? Y no soy manca, ni renca, ni estropeada del entendimiento. Los ingenios de las gitanas van por otro norte que los de las demás gentes: siempre se adelantan a sus años; no hay gitano necio, ni gitana lerda[40]; que como el sustentar su vida consiste en ser agudos, astutos y embusteros, despabilan el ingenio a cada paso, y no dejan que críe moho en ninguna manera. ¿Ven estas muchachas, mis compañeras, que están callando y parecen bobas? Pues éntrenles el dedo en la boca[41] y tiéntenlas las cordales[42], y verán lo que verán. No hay muchacha de doce que no sepa lo que

---

[40] *lerda:* «dícese comúnmente de la bestia espaciosa y torpe» *(Cov.).*

[41] ... *la boca:* Correas, pág. 551: «'Metelde el dedo en la boca, veréis si aprieta'. Así responden al que llama 'bobo' a otro, excusándole; si aprieta es cuerdo; si no aprieta es bobo.»

[42] *cordales:* Muelas que «llaman del juicio, o de la cordura» *(Aut.).* Así Preciosa dice, literalmente, que metan los dedos para tocar las muelas del juicio; y así se prueba su inteligencia (sabiduría).

de veinte y cinco, porque tienen por maestros y preceptores al diablo y al uso, que les enseña en una hora lo que habían de aprender en un año.

Con esto que la gitanilla decía tenía suspensos a los oyentes y los que jugaban le dieron barato, y aun los que no jugaban. Cogió la hucha[43] de la vieja treinta reales, y más rica y más alegre que una Pascua de Flores, antecogió sus corderas y fuese en casa del señor teniente, quedando que otro día volvería con su manada a dar contento [a] aquellos tan liberales señores.

Ya tenía aviso la señora doña Clara, mujer del señor teniente, como habían de ir a su casa las gitanillas, y estábalas esperando como el agua de mayo ella y sus doncellas y dueñas, con las de otra señora vecina suya, que todas se juntaron para ver a Preciosa. Y apenas hubieron entrado las gitanas, cuando entre las demás resplandeció Preciosa como la luz de una antorcha entre otras luces menores. Y así, corrieron todas a ella: unas la abrazaban, otras la miraban, éstas la bendecían, aquéllas la alababan. Doña Clara decía:

—¡Éste sí que se puede decir cabello de oro! ¡Éstos sí que son ojos de esmeraldas!

La señora su vecina la desmenuzaba toda, y hacía pepitoria de todos sus miembros y coyunturas. Y llegando a alabar un pequeño hoyo que Preciosa tenía en la barba, dijo:

—¡Ay, qué hoyo! En este hoyo han de tropezar cuantos ojos le miraren.

Oyó esto un escudero de brazo[44] de la señora doña Clara, que allí estaba, de luenga barba y largos años, y dijo:

—¿Ése llama vuesa merced hoyo, señora mía? Pues yo sé poco de hoyos, o ése no es hoyo, sino sepultura de deseos vivos. ¡Por Dios, tan linda es la gitanilla, que hecha de plata o de alcorza no podría ser mejor! ¿Sabes decir la buenaventura, niña?

—De tres o cuatro maneras —respondió Preciosa.

—¿Y eso más? —dijo doña Clara—. Por vida del tiniente,

---

[43] *hucha:* bolsa; llaman «bucha el alcancía donde se guarda el dinero, porque lo van echando en ella como vianda en el buche. Otros corrompen el vocablo y la llaman hucha...» *(Cov., s.v.,* «buche»).

[44] *escudero de brazo:* «El criado que sirve a las señoras, acompañándoles cuando salen de casa, y asistiendo en su antecámara» *(Aut.).*

mi señor, que me la has de decir, niña de oro, y niña de plata, y niña de perlas, y niña de carbuncos[45], y niña del cielo, que es lo más que puedo decir.

—Denle, denle la palma de la mano a la niña, y con que haga la cruz —dijo la vieja—, y verán qué de cosas les dice; que sabe más que un doctor en melecina.

Echó mano a la faldriquera la señora tenienta, y halló que no tenía blanca[46]. Pidió un cuarto a sus criadas, y ninguna le tuvo, ni la señora vecina tampoco. Lo cual visto por Preciosa, dijo:

—Todas las cruces, en cuanto cruces, son buenas; pero las de plata o de oro son mejores; y el señalar la cruz en la palma de la mano con moneda de cobre sepan vuesas mercedes que menoscaba la buenaventura, a lo menos la mía; y así, tengo afición a hacer la cruz primera con algún escudo de oro, o con algún real de a ocho, o, por lo menos, de a cuatro; que soy como los sacristanes: que cuando hay buena ofrenda, se regocijan.

—Donaire tienes, niña, por tu vida —dijo la señora vecina.

Y volviéndose al escudero, le dijo:

—Vos, señor Contreras, ¿tendréis a mano algún real de a cuatro? Dádmele, que en viniendo el doctor, mi marido, os le volveré.

—Sí tengo —respondió Contreras—; pero téngole empeñando en veinte y dos maravedís, que cené anoche. Dénmelos, que yo iré por él en volandas[47].

—No tenemos entre todas un cuarto —dijo doña Clara—, ¿y pedís veinte y dos maravedís? Andad, Contreras, que siempre fuisteis impertinente.

---

[45] *carbuncos:* «Una piedra preciosa que tomó nombre del carbón encendido, por tener color de fuego y echar de sí llamas y resplandor, que sin otra alguna luz se puede con ella leer de noche una carta y aun dar claridad a un aposento» *(Cov.).*

[46] *blanca:* «En el tiempo de Felipe II», dice Rodríguez Marín, «valió la mitad de un maravedí» *(Novelas ejemplares,* I, pág. 27, n. 9); Luis Cabrera de Córdoba, *Historia de Felipe II:* «En este tiempo tenía la moneda su justo valor intrínseco, desde el cornado, blanca, uno, dos y cuatro maravedís, que valían ocho blancas, con que se compraban ocho cosas;...» *(Don Quijote,* I, pág. 131, n. 5); Felipe Mateu y Llopis, *Glosario hispánico de numismática,* Barcelona, 1946, pág. 20.

[47] *en volandas:* muy rápidamente y pronto como si fuera por el aire; «levantado del suelo, y como que va volando» *(Aut.).*

Una doncella de las presentes, viendo la esterilidad de la casa, dijo a Preciosa:

—Niña, ¿hará algo al caso que se haga la cruz con un dedal de plata?

—Antes —respondió Preciosa— se hacen las cruces mejores del mundo con dedales de plata, como sean muchos.

—Uno tengo yo —replicó la doncella—; si éste basta, hele aquí, con condición que también se me ha de decir a mí la buenaventura.

—¿Por un dedal tantas buenasventuras? —dijo la gitana vieja—. Nieta, acaba presto, que se hace noche.

Tomó Preciosa el dedal y la mano de la señora tenienta, y dijo:

> —Hermosita, hermosita,
> la de las manos de plata,
> más te quiere tu marido
> que el Rey de las Alpujarras.
>
> Eres paloma sin hiel;
> pero a veces eres brava
> como leona de Orán,
> o como tigre de Ocaña[48].
>
> Pero en un tras, en un tris,
> el enojo se te pasa,
> y quedas como alfiñique,
> o como cordera mansa.
>
> Riñes mucho y comes poco:
> algo celosita andas;
> que es juguetón el tiniente,
> y quiere arrimar la vara.
>
> Cuando doncella, te quiso
> uno de una buena cara;
> que mal hayan los terceros,
> que los gustos desbaratan.
>
> Si a dicha tú fueras monja,
> hoy tu convento mandaras,
> porque tienes de abadesa
> más de cuatrocientas rayas.

---

[48] *tigre de Ocaña:* «por tigre de Hircania». Véase *Rinconete y Cortadillo,* pág. 240: «la Cariharta dijo que era Repolido como un *marinero de Tarpeya* y un tigre de *Ocaña,* por decir *Hircania,* con otras mil impertinencias...»

No te lo quiero decir...;
pero poco importa; vaya:
enviudarás, y otra vez,
y otras dos, serás casada.

No llores, señora mía;
que no siempre las gitanas
decimos el Evangelio[49];
no llores, señora; acaba.

Como te mueras primero
que el señor tiniente, basta
para remediar el daño
de la viudez que amenaza.

Has de heredar, y muy presto,
hacienda en mucha abundancia;
tendrás un hijo canónigo;
la iglesia no se señala.

De Toledo no es posible.
Una hija rubia y blanca
tendrás, que si es religiosa,
también vendrá a ser perlada[50].

Si tu esposo no se muere
dentro de cuatro semanas,
verásle corregidor
de Burgos o Salamanca.

Un lunar tienes, ¡qué lindo!
¡Ay Jesús, qué luna clara!
¡Qué sol, que allá en los antípodas
escuros valles aclara!

Más de dos ciegos por verle
dieran más de cuatro blancas.
¡Agora sí es la risica!
¡Ay, que bien haya esa gracia!

Guárdate de las caídas,
principalmente de espaldas;
que suelen ser peligrosas
en las principales damas.

---

[49] *decimos el Evangelio:* En el sentido de «buenas noticias»; véase *El buscón*, pág. 23: «—Ah, madre, pésame sólo de que ha sido más misa que pendencia la mía. Preguntóme que por qué y díjela que porque había tenido dos evangelios».

[50] *perlada:* «prelada» por metátesis.

Cosas hay más que decirte;
si para el viernes me aguardas,
las oirás, que son de gusto,
y algunas hay de desgracias.

Acabó su buenaventura Preciosa, y con ella encendió el deseo de todas las circunstantes en querer saber la suya, y así se lo rogaron todas; pero ella las remitió para el viernes venidero, prometiéndole que tendrían reales de plata para hacer las cruces.

En esto vino el señor tiniente, a quien contaron maravillas de la gitanilla; él las hizo bailar un poco, y confirmó por verdaderas y bien dadas las alabanzas que a Preciosa habían dado, y poniendo la mano en la faldriquera, hizo señal de querer darle algo, y habiéndola espulgado, y sacudido, y rascado muchas veces, al cabo sacó la mano vacía y dijo:

—¡Por Dios, que no tengo blanca! Dadle vos, doña Clara, un real a Preciosica, que yo os le daré después.

—¡Bueno es eso, señor, por cierto! ¡Sí, ahí está el real de manifiesto! No hemos tenido entre todas nosotras un cuarto para hacer la señal de la cruz, ¿y quiere que tengamos un real?

—Pues dadle alguna valoncica vuestra, o alguna cosita; que otro día nos volverá a ver Preciosa, y la regalaremos mejor.

A lo cual dijo doña Clara:

—Pues porque otra vez venga, no quiero dar nada ahora a Preciosa.

—Antes si no me dan nada —dijo Preciosa—, nunca más volveré acá. Mas sí volveré, a servir a tan principales señores; pero traíré tragado que no me han de dar nada, y ahorraréme la fatiga del esperallo. Coheche vuesa merced, señor tiniente; coheche, y tendrá dineros, y no haga usos nuevos, que morirá de hambre. Mire, señora: por ahí he oído decir (y aunque moza, entiendo que no son buenos dichos) que de los oficios se ha de sacar dineros para pagar las condenaciones de las residencias [51] y para pretender otros cargos.

---

[51] *residencias:* Residencia es la «cuenta que da de sí el gobernador, corregidor o administrador, ante juez nombrado para ello, y porque ha de estar presente y rendir en aquellos días, se dijo residencia» *(Cov.)*.

—Así lo dicen y lo hacen los desalmados —replicó el teniente—; pero el juez que da buena residencia no tendrá que pagar condenación alguna, y el haber usado bien su oficio será el valedor para que le den otro.

—Habla vuesa merced muy a lo santo, señor teniente —respondió Preciosa—; ándese a eso y cortarémosle de los harapos para reliquias.

—Mucho sabes, Preciosa —dijo el tiniente—. Calla, que yo daré traza que sus Majestades te vean, porque eres pieza de reyes[52].

—Querránme para truhana —respondió Preciosa— y yo no lo sabré ser, y todo irá perdido. Si me quisiesen para discreta, aún llevarme hían[53]; pero en algunos palacios más medran los truhanes que los discretos. Yo me hallo bien con ser gitana y pobre, y corra la suerte por donde el cielo quisiere.

—Ea, niña —dijo la gitana vieja—, no hables más, que has hablado mucho, y sabes más de lo que yo te he enseñado. No te asotiles[54] tanto, que te despuntarás; habla de aquello que tus años permiten, y no te metas en altanerías, que no hay ninguna que no amenace caída.

—¡El diablo tienen estas gitanas en el cuerpo! —dijo a esta sazón el tiniente.

Despidiéronse las gitanas, y al irse, dijo la doncella del dedal:

—Preciosa, dime la buenaventura, o vuélveme mi dedal; que no me queda con qué hacer labor.

—Señora doncella —respondió Preciosa—, haga cuenta que se la he dicho, y provéase de otro dedal, o no haga vainillas[55] hasta el viernes, que yo volveré y le diré más venturas y aventuras que las que tiene un libro de caballerías.

---

[52] *pieza de reyes:* Correas, pág. 143b: «Es pieza de rey: alabando una cosa buena y una persona agraciada; y también se tomó en mala parte para tratar a uno de pícaro.» También «se llama comúnmente el truhán o bufón; y así al que es sabandija palaciega, se dice que es pieza de rey» *(Aut.).* Así lo entiende Preciosa cuando dirá: «Querránme para truhana.»

[53] *llevarme hían:* me llevarían. Forma arcaica de la perífrasis que dio lugar al condicional castellano.

[54] *asotiles:* sutilizar, «discurrir ingeniosamente, o con profundidad» *(Aut.).*

[55] *vainillas:* vainicas; «aquellos menudos, y sutiles deshilados, que se hacen a la orilla junto a los dobladillos» *(Aut.).*

82

Fuéronse, y juntáronse con las muchas labradoras que a la hora de las avemarías suelen salir de Madrid para volverse a sus aldeas, y entre otras vuelven muchas, con quien siempre se acompañaban las gitanas, y volvían seguras. (Porque la gitana vieja vivía en continuo temor no le salteasen a su Preciosa.)

Sucedió, pues, que la mañana de un día que volvían a Madrid a coger la garrama[56] con las demás gitanillas, en un valle pequeño que está obra de quinientos pasos antes de que se llegue a la villa, vieron un mancebo gallardo y ricamente aderezado de camino. La espada y daga que traía eran, como decirse suele, una ascua de oro[57]; sombrero con rico cintillo y con plumas de diversas colores adornado. Repararon las gitanas en viéndole, y pusiéronsele a mirar muy de espacio, admiradas de que a tales horas un tan hermoso mancebo estuviese en tal lugar, a pie y solo.

Él se llegó a ellas, y hablando con la gitana mayor, le dijo:

—Por vida vuestra, amiga, que me hagáis placer que vos y Preciosa me oyáis[58] aquí aparte dos palabras, que serán de vuestro provecho.

—Como no nos desviemos mucho, ni nos tardemos mucho, sea en buen hora —respondió la vieja.

Y llamando a Preciosa, se desviaron de las otras obra de veinte pasos, y así en pie, como estaban, el mancebo les dijo:

—Yo vengo de manera rendido a la discreción y belleza de Preciosa, que después de haberme hecho mucha fuerza para excusar llegar a este punto, al cabo he quedado más rendido y más imposibilitado de excusallo. Yo, señoras mías

---

[56] *garrama:* Es tributo, contribución que pagaban los musulmanes a sus príncipes, pero en el sentido jergal, «hurtos»; Véase Corominas, I, pág. 128b.

[57] *ascua de oro:* mucho oro; «Lo trajeron en cequíes de oro, y además me presentaron dos mantas blancas como una seda, dos alfanjes con sus guarniciones de plata, dos arcos y dos carcajes con 500 flechas hechas un ascua de oro...» *Vida del capitán Alonso de Contreras* [ca. 1630], B.A.E., vol. 90 («Autobiografías de soldados, siglo XVII»), pág. 89b.

[58] *oyáis:* oigáis; cfr. A. G. de Amezúa y Mayo, ed. *El casamiento engañoso...*, pág. 422: «*Oyo* por *oigo* [y añado, *oyáis* por *oigáis*], eran formas muy usuales entre nuestros primitivos prosistas, pero ya raros en tiempo de Cervantes, ...»

(que siempre os he de dar este nombre, si el cielo mi pretensión favorece), soy caballero, como lo puede mostrar este hábito —y apartando el herreruelo[59], descubrió en el pecho uno de los más calificados que hay en España—; soy hijo de Fulano —que por buenos respectos aquí no se declara su nombre—, estoy debajo de su tutela y amparo; soy hijo único, y el que espera un razonable mayorazgo. Mi padre está aquí en la Corte pretendiendo un cargo, y ya está consultado[60], y tiene casi ciertas esperanzas de salir con él. Y con ser de la calidad y nobleza que os he referido, y de la que casi se os debe ya de ir trasluciendo, con todo eso, quisiera ser un gran señor para levantar a mi grandeza la humildad de Preciosa, haciéndola mi igual y mi esposa. Yo no la pretendo para burlalla, ni en las veras del amor que la tengo puede caber género de burla alguna; sólo quiero servirla del modo que ella más gustare: su voluntad es la mía. Para con ella es de cera mi alma, donde podrá imprimir lo que quisiere; y para conservarlo y guardarlo no será como impreso en cera, sino como esculpido en mármoles, cuya dureza se opone a la duración de los tiempos. Si creéis esta verdad, no admitirá ningún desmayo mi esperanza; pero si no me creéis, siempre me tendrá temeroso vuestra duda. Mi nombre es éste —y díjosele—; el de mi padre ya os lo he dicho. La casa donde vive es en tal calle, y tiene tales señas; vecinos tiene de quien podréis informaros, y aun de los que no son vecinos también, que no es tan escura la calidad y el nombre de mi padre y el mío que no le sepan en los patios de palacio, y aun en toda la corte. Cien escudos traigo aquí en oro para daros en arra y señal de lo que pienso daros; porque no ha de negar la hacienda el que da el alma.

En tanto que el caballero esto decía, le estaba mirando Preciosa atentamente, y sin duda que no le debieron de parecer mal ni sus razones ni su talle; y volviéndose a la vieja, le dijo:

—Perdóneme, abuela, de que me tomo licencia para responder a este tan enamorado señor.

---

[59] *herreruelo:* «Género de capa, con sólo cuello sin capilla y algo largo» *(Cov.); Don Quijote,* II, pág. 307, n. 8, «se usaba llevando sombrero, así como la capa solía usarse con la gorra».

[60] *consultado:* Su padre esperaba la decisión del rey en cuanto a un cargo solicitado.

—Responde lo que quisieres, nieta —respondió la vieja—; que yo sé que tienes discreción para todo.

Y Preciosa dijo:

—Yo, señor caballero, aunque soy gitana pobre y humildemente nacida, tengo un cierto espiritillo fantástico acá dentro, que a grandes cosas me lleva. A mí ni me mueven promesas, ni me desmoronan dádivas, ni me inclinan sumisiones, ni me espantan finezas enamoradas; y aunque de quince años (que, según la cuenta de mi abuela, para este San Miguel los haré), soy ya vieja en los pensamientos y alcanzo más de aquello que mi edad promete, más por mi buen natural[61] que por la experiencia. Pero con lo uno o con lo otro sé que las pasiones amorosas en los recién enamorados son como ímpetus indiscretos que hacen salir a la voluntad de sus quicios; la cual, atropellando inconvenientes, desatinadamente se arroja tras su deseo, y pensando dar con la gloria de sus ojos, da con el infierno de sus pesadumbres. Si alcanza lo que desea, mengua el deseo con la posesión de la cosa deseada, y quizá abriéndose entonces los ojos del entendimiento, se ve ser bien que se aborrezca lo que antes se adoraba. Este temor engendra en mí un recato tal, que ningunas palabras creo y de muchas obras dudo. Una sola joya tengo, que la estimo en más que a la vida, que es la de mi entereza y virginidad, y no la tengo de vender a precio de promesas ni dádivas, porque, en fin, será vendida, y si puede[62] ser comprada, será de muy poca estima; ni me la han de llevar trazas ni embelecos: antes pienso irme con ella a la sepultura, y quizá al cielo, que ponerla en peligro que quimeras y fantasías soñadas la embistan o manoseen. Flor es la de la virginidad que, a ser posible, aun con la imaginación no había de dejar ofenderse. Cortada la rosa del rosal, ¡con qué brevedad y facilidad se marchita! Éste la toca, aquél la huele, el otro la deshoja y, finalmente, entre las manos rústicas se deshace. Si vos, señor, por sola esta prenda venís, no la habéis de llevar sino atada con las ligaduras y lazos del matrimonio; que si la virginidad se ha de inclinar, ha de ser a este santo yugo[63]; que entonces no sería per-

[61] *natural:* «Vale ingenio o inclinación, como hombre de buen natural» *(Cov.).*

[62] *si puede:* El texto, «si puedo».

[63] *santo yugo:* Para el casamiento cristiano en Cervantes, véase Marcel Bataillon, «Cervantes et le 'marriage chrétien'», *Bulletin*

derla, sino emplearla en ferias que felices ganancias prometen. Si quisiéredes ser mi esposo, yo lo seré vuestra; pero han de preceder muchas condiciones y averiguaciones primero. Primero tengo que saber si sois el que decís; luego, hallando esta verdad, habéis de dejar la casa de vuestros padres y la habéis de trocar con nuestros ranchos, y tomando el traje de gitano, habéis de cursar dos años en nuestras escuelas, en el cual tiempo me satisfaré yo de vuestra condición, y vos de la mía; al cabo del cual, si vos os contentáredes de mí, y yo de vos, me entregaré por vuestra esposa; pero hasta entonces tengo de ser vuestra hermana en el trato, y vuestra humilde en serviros. Y habéis de considerar que en el tiempo de este noviciado podría ser que cobrásedes la vista, que ahora debéis de tener perdida, o, por lo menos, turbada, y viésedes que os convenía huir de lo que ahora seguís con tanto ahínco. Y cobrando la libertad perdida, con un buen arrepentimiento se perdona cualquier culpa. Si con estas condiciones queréis entrar a ser soldado de nuestra milicia, en vuestra mano está, pues faltando alguna dellas, no habéis de tocar un dedo de la mía.

Pasmóse el mozo a las razones de Preciosa, y púsose como embelesado, mirando al suelo, dando muestras que consideraba lo que responder debía. Viendo lo cual Preciosa, tornó a decirle:

—No es este caso de tan poco momento, que en los que aquí nos ofrece el tiempo pueda ni deba resolverse; volveos señor, a la villa, y considerad de espacio lo que viéredes que más os convenga, y en este mismo lugar me podéis hablar todas las fiestas que quisiéredes, al ir o venir de Madrid.

A lo cual respondió el gentilhombre:

—Cuando el cielo me dispuso para quererte, Preciosa mía, determiné de hacer por ti cuanto tu voluntad acertase a pedirme, aunque nunca cupo en mi pensamiento que me habías de pedir lo que me pides; pero pues es tu gusto que el mío al tuyo se ajuste y acomode, cuéntame por gitano, desde luego, y haz de mí todas las experiencias que más quisieres; que siempre me has de hallar en el mismo que ahora te significo. Mira cuándo quieres que mude el traje, que yo

Hispanique, XLIX (1947), págs. 129-144, ahora en *Varia lección de clásicos españoles,* Madrid, 1964; Robert V. Piluso, *Amor, matrimonio y honra en Cervantes,* Nueva York, 1967.

querría que fuese luego; que con ocasión de ir a Flandes[64] engañaré a mis padres y sacaré dineros para gastar algunos días, y serán hasta ocho los que podré tardar en acomodar mi partida. A los que fueren conmigo yo los sabré engañar de modo que salga con mi determinación. Lo que te pido es (si es que ya puedo tener atrevimiento de pedirte y suplicarte algo), que si no es hoy, donde te puedes informar de mi calidad y de la de mis padres, que no vayas más a Madrid; porque no querría que algunas de las demasiadas ocasiones que allí pueden ofrecerse, me salteaze la buena ventura que tanto me cuesta.

—Eso no, señor galán —respondió Preciosa—; sepa que conmigo ha de andar siempre la libertad desenfadada, sin que la ahogue ni turbe la pesadumbre de los celos; y entienda que no la tomaré tan demasiada, que no se eche de ver desde bien lejos que llega mi honestidad a mi desenvoltura; y en el primero cargo en que quiero estaros es en el de la confianza que habéis de hacer de mí. Y mirad que los amantes que entran pidiendo celos, o son simples, o confiados.

—Satanás tienes en tu pecho, muchacha —dijo a esta sazón la gitana vieja—: ¡mira que dices cosas que no las diría un colegial de Salamanca! Tú sabes de amor, tú sabes de celos, tú de confianzas: ¿cómo es esto, que me tienes loca, y te estoy escuchando como a una persona espiritada[65], que habla latín sin saberlo?

—Calle, abuela —respondió Preciosa—, y sepa que todas las cosas que me oye son nonada[s] y son de burlas, para las muchas que de más veras me quedan en el pecho.

Todo cuanto Preciosa decía, y toda la discreción que mostraba, era añadir leña al fuego que ardía en el pecho del enamorado caballero. Finalmente, quedaron en que de allí a ocho días se verían en aquel mismo lugar, donde él vendría

---

[64] *Flandes*: Referencia a las guerras de Flandes (1567-1659); Geoffrey Parker dice que «although literary tradition in Spain and elsewhere insists that all recruits were 'up from the country', the documentary evidence suggests that the recruiting captain based his activity, and hoped to find most of his men, in the large towns... Every captain... tried to enlist a number of gentlemen *(particulares)* to serve as common soldiers in his company...» (pág. 40).

[65] *espiritada:* El cuerpo de una persona espiritada está apoderado de demonios.

a dar cuenta del término en que sus negocios estaban, y ellas habrían tenido tiempo de informarse de la verdad que les había dicho. Sacó el mozo una bolsilla de brocado, donde dijo que iban cien escudos de oro, y dióselos a la vieja; pero no quería Preciosa que los tomase en ninguna manera; a quien la gitana dijo:

—Calla, niña; que la mejor señal que este señor ha dado de estar rendido es haber entregado las armas en señal de rendimiento; y el dar, en cualquiera ocasión que sea, siempre fue indicio de generoso pecho. Y acuérdate de aquel refrán que dice: «Al cielo rogando, y con el mazo dando» [66]. Y más, que no quiero yo que por mí pierdan las gitanas el nombre que por luengos siglos tienen adquerido [67] de codiciosas y aprovechadas. ¿Cien escudos quieres tú que deseche, Preciosa, y de oro en oro [68], que pueden andar cosidos en el alforza de una saya [69] que no valga dos reales, y tenerlos allí como quien tiene un juro sobre las yerbas de Extremadura? Y si alguno de nuestros hijos, nietos o parientes cayere, por alguna desgracia, en manos de la justicia, ¿habrá favor tan bueno que llegue a la oreja del juez y del escribano como destos escudos, si llegan a sus bolsas? Tres veces por tres delitos diferentes me he visto casi puesta en el asno para ser azotada, y de la una me libró un jarro de plata, y de la otra una sarta de perlas, y de la otra cuarenta reales de a ocho que había trocado por cuartos, dando veinte reales más por el cambio. Mira, niña, que andamos en oficio muy peligroso y lleno de tropiezos y de ocasiones forzosas, y no hay defensas que más presto nos amparen y socorran como las armas invencibles del gran Filipo: no hay pasar adelante de su *plus*

---

[66] *Al cielo... dando:* «A Dios rogando y con el mazo dando» *(Cov.);* Correas, pág. 13a, interpreta: «El mazo es de los oficios de fuerza, de hacer carretas y poner los arcos a las cubas. Quiere decir que nosotros obremos i nos ayudará Dios; y no queramos que nos sustente holgando.»

[67] *adquerido:* adquirido.

[68] *de oro en oro:* Es decir, todo en monedas de oro.

[69] saya: «La saya era el primer traje que vestía la mujer sobre la ropa interior, o sobre las prendas semiinteriores, como corsés, corpiños y faldillas. La saya se vestía a cuerpo o con otras prendas encima»; Carmen Bernis Madrazo, *Indumentaria española en tiempos de Carlos V,* Madrid, 1962, pág. 102. La «alforza» será un pliegue de la saya.

ultra. Por un doblón de dos caras[70] se nos muestra alegre la triste del procurador y de todos los ministros de la muerte, que son arpías de nosotras las pobres gitanas, y más precian pelarnos y desollarnos a nosotras que a un salteador de caminos; jamás, por más rotas y desastradas que nos vean, nos tienen por pobres; que dicen que somos como los jubones de los gabachos de Belmonte: rotos y grasientos, y llenos de doblones[71].

—Por vida suya, abuela, que no diga más; que lleva término de alegar tantas leyes en favor de quedarse con el dinero, que agote las de los emperadores: quédese con ellos, y buen provecho le hagan, y plega a Dios que los entierre en sepultura donde jamás tornen a ver la claridad del sol, ni haya necesidad que la vean. A estas nuestras compañeras será forzoso darles algo; que ha mucho que nos esperan, y ya deben de estar enfadadas.

—Así verán ellas —replicó la vieja— moneda déstas, como ven al turco agora. Este buen señor verá si le ha quedado alguna moneda de plata, o cuartos, y los repartirá entre ellas, que con poco quedarán contentas.

—Sí traigo —dijo el galán.

Y sacó de la faldriquera tres reales de a ocho, que repartió entre las tres gitanillas, con que quedaron más alegres

---

[70] *doblón de dos caras:* Mateu y Llopis, *Glosario,*. pág. 59a: «El doble ducado de los Reyes Católicos, acuñado también con los mismos tipos durante el siglo XVI por Carlos I y Felipe II.» Las dos caras aluden a los bustos afrontados de los Reyes Católicos.

[71] *jubones de los gabachos... doblones:* Correas, pág. 16a: «A Belmonte, caldereros, que dan jubones y dineros.» La palabra gabacho «se ha aplicado en España, y como término peyorativo, a los franceses de todas partes, a los cuales, como tantas veces ocurre con los extranjeros vecinos, se atribuyen a menudo muchos defectos»; Corominas, II, pág. 603a; Tirso de Molina, *Cigarrales de Toledo,* ofrece la siguiente interpretación: «[los franceses] convierten el yerro en oro a costa de malas comidas y peores cenas, escarmentados de los vestidos nuevos que en Belmonte su Marqués los forzaba a trocar por los viejos, y, con capa de caridad, quitándoles las suyas, amontonó un tesoro, suelen dar en el arbitrio que has visto, porque, temiendo los estratagemas de los bandoleros avecindados en estas asperezas (que por saber de algunos que, cuando pasan por ellas, se tragan los doblones, por no hallar más seguro banco que sus entrañas mismas, y los suelen atar por esos pinos, dándole mucho azote...»», citado en Schevill y Bonilla, I, pág. 337.

y más satisfechas que suele quedar un autor de comedias cuando, en competencia de otro, le suelen retular por las esquinas: «Víctor, Víctor»[72].

En resolución, concertaron, como se ha dicho, la venida de allí a ocho días, y que se había de llamar cuando fuese gitano Andrés Caballero, porque también había gitanos entre ellos deste apellido.

No tuvo atrevimiento Andrés (que así le llamaremos de aquí adelante) de abrazar a Preciosa; antes, enviándole con la vista el alma, sin ella, si así decirse puede, las dejó, y se entró en Madrid, y ellas, contentísimas, hicieron lo mismo. Preciosa, algo aficionada, más con benevolencia que con amor, de la gallarda disposición de Andrés, ya deseaba informarse si era el que había dicho. Entró en Madrid, y a pocas calles andadas, encontró con el paje poeta de las coplas y el escudo, y cuando él la vio, se llegó a ella, diciendo:

—Vengas en buen hora, Preciosa: ¿leíste por ventura las coplas que te di el otro día?

A lo que Preciosa respondió:

—Primero que le responda palabra, me ha de decir una verdad, por vida de lo que más quiere.

—Conjuro es ése —respondió el paje— que aunque el decirla me costase la vida, no la negaré en ninguna manera.

—Pues la verdad que quiero que me diga —dijo Preciosa— es si por ventura es poeta.

—A serlo —replicó el paje—, forzosamente había de ser por ventura. Pero has de saber, Preciosa, que ese nombre de poeta muy pocos le merecen, y así yo no lo soy, sino un aficionado a la poesía. Y para lo que he menester, no voy a pedir ni a buscar versos ajenos: los que te di son míos, y éstos que te doy agora, también; mas no por esto soy poeta, ni Dios lo quiera.

—¿Tan malo es ser poeta? —replicó Preciosa.

—No es malo —dijo el paje—; pero el ser poeta a solas no lo tengo por muy bueno. Hase de usar de la poesía como una joya preciosísima, cuyo dueño no la trae cada día, ni la muestra a todas gentes, ni a cada paso, sino cuando con-

[72] *Víctor, Víctor:* El «víctor» es «interjección de alegría, con que se aplaude a algún sujeto o alguna acción» *(Aut.);* véase H. Rennert, *The Spanish Stage in The Time of Lope de Vega,* Nueva York, 1909, págs. 122-24; *El buscón,* pág. 256: «Hubo un víctor de rezado, y al fin parecí bien en el teatro.»

venga y sea razón que la muestre. La poesía es una bellísima doncella, casta, honesta, discreta, aguda, retirada, y que se contiene en los límites de la discreción más alta. Es amiga de la soledad. Las fuentes la entretienen, los prados la consuelan, los árboles la desenojan, las flores la alegran, y, finalmente, deleita y enseña a cuantos con ella comunican.

—Con todo eso —respondió Preciosa—, he oído decir que es pobrísima, y que tiene algo de mendiga.

—Antes es al revés —dijo el paje—, porque no hay poeta que no sea rico, pues todos viven contentos con su estado, filosofía que la alcanzan pocos. Pero ¿qué te ha movido, Preciosa, a hacer esta pregunta?

—Hame movido —respondió Preciosa— porque como yo tengo a todos o los más poetas por pobres, causóme maravilla aquel escudo de oro que me distes entre vuestros versos envuelto; mas agora que sé que no sois poeta, sino aficionado de la poesía, podría ser que fuésedes rico, aunque lo dudo, a causa que por aquella parte que os toca de hacer coplas se ha de desaguar cuanta hacienda tuviéredes; que no hay poeta, según dicen, que sepa conservar la hacienda que tiene, ni granjear la que no tiene.

—Pues yo no soy désos —replicó el paje—: versos hago, y no soy rico ni pobre: y sin sentirlo ni descontarlo, como hacen los ginoveses sus convites, bien puedo dar un escudo, y dos, a quien yo quisiere. Tomad, preciosa perla, este segundo papel y este escudo segundo que va en él, sin que os pongáis a pensar si soy poeta o no; sólo quiero que penséis y creáis que quien os da esto quisiera tener para daros las riquezas de Midas.

Y en esto le dio un papel, y tentándole Preciosa, halló que dentro venía el escudo, y dijo:

—Este papel ha de vivir muchos años, porque trae dos almas consigo: una, la del escudo, y otra, la de los versos, que siempre vienen llenos de *almas* y *corazones*. Pero sepa el señor paje que no quiero tantas almas conmigo, y si no saca la una, no haya miedo de que reciba la otra; por poeta le quiero, y no por dadivoso, y desta manera tendremos amistad que dure; pues más aína[73] puede faltar un escudo, por fuerte que sea, que la hechura de un romance.

---

[73] *aína:* «Presto, o más presto, del cual se usa vulgarmente» *(Aut.);* Correas, pág. 480a: «'Por mucho madrugar no amanece más aína', ... Representa los estorbos que se ofrecen por la mucha ce-

—Pues así es —replicó el paje— que quieres, Preciosa, que yo sea pobre por fuerza, no deseches el alma que en ese papel te envío, y vuélveme el escudo; que como le toques con la mano, le tendré por reliquia mientras la vida me durare.

Sacó Preciosa el escudo del papel, y quedóse con el papel, y no le quiso leer en la calle. El paje se despidió, y se fue contentísimo, creyendo que ya Preciosa quedaba rendida, pues con tanta afabilidad le había hablado.

Y como ella llevaba puesta la mira en buscar la casa del padre de Andrés, sin querer detenerse a bailar en ninguna parte, en poco espacio se puso en la calle do estaba, que ella muy bien sabía; y habiendo andado hasta la mitad, alzó los ojos a unos balcones de hierro dorados, que le habían dado por señas, y vio en ella a un caballero de hasta edad de cincuenta años, con un hábito de cruz colorada en los pechos, de venerable gravedad y presencia; el cual apenas también hubo visto la gitanilla, cuando dijo:

—Subid, niñas, que aquí os darán limosna.

A esta voz acudieron al balcón otros tres caballeros, y entre ellos vino el enamorado Andrés, que cuando vio a Preciosa perdió la color y estuvo a punto de perder los sentidos, tanto fue el sobresalto que recibió con su vista. Subieron las gitanillas todas, sino [74] la grande, que se quedó abajo para informarse de los criados de las verdades de Andrés.

Al entrar las gitanillas en la sala, estaba diciendo el caballero anciano a los demás:

—Ésta debe de ser, sin duda, la gitanilla hermosa que dicen que anda por Madrid.

—Ella es —replicó Andrés—, y sin duda es la más hermosa criatura que se ha visto.

—Así lo dicen —dijo Preciosa, que lo oyó todo en entrando—; pero en verdad que se deben de engañar en la mitad del justo precio. Bonita, bien creo que lo soy; pero tan hermosa como dicen, ni por pienso.

—¡Por vida de don Juanico mi hijo —dijo el anciano—, que aun sois más hermosa de lo que dicen, linda gitana!

—Y ¿quién es don Juanico su hijo? —preguntó Preciosa.

---

leridad y prisa que nos damos en algunos negocios con que sucede 'A más prisa, más vagar'; y reprehende los acelerados y de poco reposo.» F. Rodríguez Marín discute tal definición y dice que significa «fácilmente».

[74] *sino:* salvo, excepto.

—Ese galán que está a vuestro lado —respondió el caballero.

—En verdad que pensé —dijo Preciosa— que juraba vuesa merced por algún niño de dos años. ¡Mirad qué don Juanico, y qué brinco![75] A mi verdad que pudiera ya estar casado, y que, según tiene unas rayas en la frente, no pasarán tres años sin que lo esté, y muy a su gusto, si es que desde aquí allá no se le pierde, o se le trueca.

—Basta —dijo uno de los presentes—; ¿qué sabe la gitanilla de rayas?

En esto, las tres gitanillas que iban con Preciosa, todas tres se arrimaron a un rincón de la sala, y cosiéndose las bocas unas con otras, se juntaron por no ser oídas. Dijo la Cristina:

—Muchachas, este es el caballero que nos dio esta mañana los tres reales de a ocho.

—Así es la verdad —respondieron ellas—; pero no se lo mentemos, ni le digamos nada, si él no nos lo mienta: ¿qué sabemos si quiere encubrirse?

En tanto que esto entre las tres pasaba, respondió Preciosa a lo de las rayas:

—Lo que veo con los ojos, con el dedo lo adivino: yo sé del señor don Juanico, sin rayas, que es algo enamoradizo, impetuoso y acelerado, y gran prometedor de cosas que parecen imposibles; y plega a Dios que no sea mentirosito, que sería lo peor de todo. Un viaje ha de hacer agora muy lejos de aquí, y uno piensa el bayo y otro el que le ensilla; el hombre pone y Dios dispone; quizá pensará que va a Óñez, y dará en Gamboa[76].

A esto respondió don Juan:

—En verdad, gitanica, que has acertado en muchas cosas de mi condición; pero en lo de ser mentiroso vas muy fuera de la verdad, porque me precio de decirla en todo acontecimiento. En lo del viaje largo has acertado, pues, sin duda, siendo Dios servido, dentro de cuatro o cinco días me partiré a Flandes, aunque tú me amenazas que he de torcer el ca-

---

[75] *brinco:* «También llaman las damas brinco ciertos joyelitos pequeños que cuelgan de las tocas...» *(Cov.).*

[76] *Oñez... Gamboa:* Eran «dos parcialidades en Vizcaya, que duraron mucho tiempo, y en el del rey don Enrique IV fue necesario que, por orden suya, fuese a sosegarlos don Pedro Fernández de Velasco, conde de Haro» *(Cov.).*

mino, y no querría que en él me sucediese algún desmán que lo estorbase.

—Calle, señorito —respondió Preciosa—, y encomiéndese a Dios, que todo se hará bien. Y sepa que yo no sé nada de lo que digo, y no es maravilla que como hablo mucho y a bulto[77], acierte en alguna cosa, y yo querría acertar en persuadirte a que no te partieses, sino que sosegases el pecho y te estuvieses con tus padres, para darles buena vejez; porque no estoy bien con estas idas y venidas a Flandes, principalmente los mozos de tan tierna edad como la tuya. Déjate crecer un poco, para que puedas llevar los trabajos de la guerra, cuanto más que harta guerra tienes en tu casa: hartos combates amorosos te sobresaltan el pecho. Sosiega, sosiega, alborotadito, y mira lo que haces primero que te cases, y danos una limosnita por Dios y por quien tú eres; que en verdad que creo que eres bien nacido. Y si a esto se junta el ser verdadero, yo cantaré la gala[78] al vencimiento de haber acertado en cuanto te he dicho.

—Otra vez te he dicho, niña —respondió el don Juan que había de ser Andrés Caballero—, que en todo aciertas sino en el temor que tienes que no debo de ser muy verdadero; que en esto te engañas, sin alguna duda. La palabra que yo doy en el campo, la cumpliré en la ciudad y adonde quiera, sin serme pedida, pues no se puede preciar de caballero quien toca en el vicio de mentiroso. Mi padre te dará limosna por Dios y por mí; que en verdad que esta mañana di cuanto tenía a unas damas, que a ser tan lisonjeras como hermosas, especialmente una dellas, no me arriendo la ganancia.

Oyendo esto Cristina, con el recato de la otra vez, dijo a las demás gitanas:

—¡Ay, niñas, que me maten si no lo dice por los tres reales de a ocho que nos dio esta mañana!

—No es así —respondió una de las dos—, porque dijo que eran damas, y nosotras no lo somos. Y siendo él tan verdadero como dice, no había de mentir en esto.

—No es mentira de tanta consideración —respondió Cris-

---

[77] *a bulto:* «Lo propio que por mayor, indistintamente sin separar una cosa de otra» *(Aut.);* «'a ojo': Calculando aproximadamente, sin medir o contar», M. Moliner, I, pág. 429a.

[78] *cantaré la gala:* Cantar la gala es «celebrar la acción heroica e insigne de algún sujeto que se aventajó a los demás...» *(Aut.);* exaltar, alabar.

tina— la que se dice sin perjuicio de nadie y en provecho y crédito del que la dice. Pero, con todo esto, veo que no nos dan nada, ni nos mandan bailar.

Subió en esto la gitana vieja, y dijo:

—Nieta, acaba, que es tarde y hay mucho que hacer y más que decir.

—Y ¿que hay, abuela? —preguntó Preciosa—. ¿Hay hijo o hija?

—Hijo, y muy lindo —respondió la vieja—. Ven, Preciosa, y oirás verdaderas maravillas.

—¡Plega a Dios que no muera de sobreparto! —dijo Preciosa.

—Todo se mirará muy bien —replicó la vieja—. Cuanto más, que hasta aquí todo ha sido parto derecho, y el infante es como un oro.

—¿Ha parido alguna señora? —preguntó el padre de Andrés Caballero.

—Sí, señor —respondió la gitana—; pero ha sido el parto tan secreto, que no le sabe sino Preciosa y yo, y otra persona, y así no podemos decir quién es.

—Ni aquí lo queremos saber —dijo uno de los presentes—; pero desdichada de aquella que en vuestras lenguas deposita su secreto y en vuestra ayuda pone su honra.

—No todas somos malas —respondió Preciosa—; quizá hay alguna entre nosotras que se precia de secreta y de verdadera tanto cuanto el hombre más estirado que hay en esta sala. Y vámonos, abuela, que aquí nos tienen en poco. ¡Pues en verdad que no somos ladronas ni rogamos a nadie!

—No os enojéis, Preciosa —dijo el padre—; que, a lo menos de vos, imagino que no se puede presumir cosa mala; que vuestro buen rostro os acredita y sale por fiador de vuestras buenas obras. Por vida de Preciosita que bailéis un poco con vuestras compañeras; que aquí tengo un doblón de oro de a dos caras, que ninguna es como la vuestra, aunque son de dos reyes.

Apenas hubo oído esto la vieja, cuando dijo:

—Ea, niñas, haldas en cinta, y dad contento a estos señores.

Tomó las sonajas Preciosa, y dieron sus vueltas, hicieron y deshicieron todos sus lazos, con tanto donaire y desenvoltura, que tras los pies se llevaban los ojos de cuantos las miraban, especialmente los de Andrés, que así se iban entre los pies de Preciosa como si allí tuvieran el centro de su gloria. Pero turbósela la suerte de manera, que se la volvió en infierno; y fue el caso que en la fuga del baile se le cayó a Preciosa el papel que le había dado el paje, y apenas hubo caído, cuando le alzó el que no tenía buen concepto de las gitanas, y abriéndole al punto, dijo:

—¡Bueno! ¡Sonetico tenemos! Cese el baile, y escúchenle; que según el primer verso, en verdad que no es nada necio.

Pesóle a Preciosa, por no saber lo que en él venía, y rogó que no le leyesen, y que se le volviesen, y todo el ahínco que en esto ponía eran espuelas que apremiaban el deseo de Andrés para oírle. Finalmente, el caballero le leyó en alta voz, y era éste:

> «Cuando Preciosa el panderete toca
> y hiere el dulce son los aires vanos,
> perlas son que derrama con las manos;
> flores son que despide de la boca.
>
> Suspensa el alma, y la cordura loca,
> queda a los dulces actos sobrehumanos,
> que, de limpios, de honestos y de sanos,
> su fama al cielo levantado toca.
>
> Colgadas del menor de sus cabellos
> mil almas lleva, y a sus plantas tiene
> amor rendidas una y otra flecha[79].
>
> Ciega y alumbra con sus soles bellos,
> su imperio amor por ellas le mantiene,
> y aún más grandezas de su ser sospecha.»

—¡Por Dios —dijo el que leyó el soneto—, que tiene donaire el poeta que le escribió!

—No es poeta, señor, sino un paje muy galán y muy hombre de bien —dijo Preciosa.

(Mirad lo que habéis dicho, Preciosa, y lo que vais a decir; que ésas no son alabanzas del paje, sino lanzas que traspasan el corazón de Andrés, que las escucha. ¿Queréislo ver, niña? Pues volved los ojos y veréisle desmayado encima de la silla, con un trasudor de muerte; no penséis, doncella, que os ama

---

[79] *una y otra flecha:* Son las flechas de Cupido; la de oro enciende amor y la de plomo lo rechaza; Ovidio, *Metamorphoses,* I: «quod facit, auratum est et cuspide fulget acuta, / quod fugat, obtusum est et habet sub harundine plumbum».

tan de burlas Andrés que no le hiera y sobresalte[80] el menor de vuestros descuidos. Llegaos a él enhorabuena, y decilde algunas palabras al oído, que vayan derechas al corazón y le vuelvan de su desmayo. ¡No, sino andaos a traer sonetos cada día en vuestra alabanza, y veréis cuál os le ponen!).

Todo esto pasó así como se ha dicho: que Andrés, en oyendo el soneto, mil celosas imaginaciones le sobresaltaron. No se desmayó; pero perdió la color de manera, que viéndole su padre, le dijo:

—¿Qué tienes, don Juan, que parece que te vas a desmayar, según se te ha mudado el color?

—Espérense —dijo a esta sazón Preciosa—: déjenmele decir unas ciertas palabras al oído, y verán como no se desmaya.

Y llegándose a él, le dijo, casi sin mover los labios:

—¡Gentil ánimo para gitano! ¿Cómo podréis, Andrés, sufrir el tormento de toca[81], pues no podéis llevar el de un papel?

Y haciéndole media docena de cruces sobre el corazón, se apartó dél, y entonces Andrés respiró un poco y dio a entender que las palabras de Preciosa le habían aprovechado.

Finalmente, el doblón de dos caras se le dieron a Preciosa, y ella dijo a sus compañeras que le trocaría y repartiría con ellas hidalgamente. El padre de Andrés le dijo que le dejase[n] por escrito las palabras que había dicho a don Juan, que las quería saber en todo caso. Ella dijo que las diría de muy buena gana, y que entendiesen que, aunque parecían cosa de burla, tenían gracia especial para preservar el mal de corazón y los vaguidos de cabeza, y que las palabras eran:

«Cabecita, cabecita,
tente en ti, no te resbales,
y apareja dos puntales
de la paciencia bendita.

---

80 *hiera y sobresalte:* El texto, «hieran y sobresalten».

81 *tormento de toca:* «Meter el reo una toca por el gaznate..., y con ella, para que entre en el cuerpo, le echan algunos cuartillos de agua», Gabriel Monterroso y Alvarado, *Práctica civil y criminal* (1563), fol. 41v (citado por Francisco Tomás y Valiente, *La tortura en España,* Barcelona, 1973, pág. 133); según Schevill y Bonilla, ed. cit., I, pág. 339, «el reo era tendido y ligado en el potro, y después de vueltas de garrote en las espinillas, muslos y brazos, se le ponía la toca sobre el rostro, cubriendo boca y narices, y se echaban sobre ella jarrillos de agua. Al penetrar ésta a través de la toca (y arrastrándola un tanto hacia el interior), impedía la respiración».

Solicita
la bonita
confiancita;
no te inclines
a pensamientos ruines;
verás cosas
que toquen en milagrosas,
Dios delante
y San Cristóbal gigante.»

—Con la mitad destas palabras que le digan, y con seis cruces que le hagan sobre el corazón a la persona que tuviese vaguidos de cabeza —dijo Preciosa—. quedará como una manzana[82].

Cuando la gitana vieja oyó el ensalmo y el embuste, quedó pasmada, y más lo quedó Andrés, que vio que todo era invención de su agudo ingenio. Quedáronse con el soneto, porque no quiso pedirle Preciosa, por no dar otro tártago[83] a Andrés; que ya sabía ella, sin ser enseñada, lo que era dar sustos, y martelos, y sobresaltos celosos a los rendidos amantes.

Despidiéronse las gitanas, y al irse, dijo Preciosa a don Juan:

—Mire, señor, cualquiera día desta semana es próspero para partidas, y ninguno es aciago. Apresure el irse lo más presto que pudiere, que le aguarda una vida ancha, libre y muy gustosa, si quiere acomodarse a ella.

—No es tan libre la del soldado, a mi parecer —respondió don Juan—, que no tenga más de sujeción que de libertad; pero, con todo esto, haré como viere.

—Más veréis de lo que pensáis —respondió Preciosa—, y Dios os lleve y traiga con bien, como vuestra buena presencia merece.

Con estas últimas quedó contento Andrés, y las gitanas se fueron contentísimas.

Trocaron el doblón, repartiéronle entre todas igualmente, aunque la vieja guardiana llevaba siempre parte y media de

---

[82] *como una manzana:* sano, de buena salud. Correas, pág. 434a: «Como la manzana: de dentro podrida, de fuera sana»; *Don Quijote,* I, pág. 298: «Luego me darás a beber solos dos tragos del bálsamo que he dicho, y verásme quedar más sano que una manzana.»

[83] *dar otro tártago:* «Dar tártago a uno es congojarle y ponerle en bascas» *(Cov.).*

lo que se juntaba, así por la mayoridad, como por ser ella el aguja por quien se guiaban en el maremagno de sus bailes, donaires, y aun de sus embustes.

Llegóse, en fin, el día que Andrés Caballero se apareció una mañana en el primer lugar de su aparecimiento, sobre una mula de alquiler, sin criado alguno. Halló en él a Preciosa y a su abuela, de las cuales conocido, le recibieron con mucho gusto. Él les dijo que le guiasen al rancho [84] antes que entrase el día y con él se descubriesen las señas que llevaba, si acaso le buscasen. Ellas, que, como advertidas, vinieron solas, dieron la vuelta, y de allí a poco rato llegaron a sus barracas.

Entró Andrés en la una, que era la mayor del rancho, y luego acudieron a verle diez o doce gitanos, todos mozos y todos gallardos y bien hechos, a quien ya la vieja había dado cuenta del nuevo compañero que les había de venir, sin tener necesidad de encomendarles el secreto; que, como ya se ha dicho, ellos le guardan con sagacidad y puntualidad nunca vista. Echaron luego ojo a la mula, y dijo unos dellos:

—Ésta se podrá vender el jueves en Toledo[85].

—Eso no —dijo Andrés—, porque no hay mula de alquiler que no sea conocida de todos los mozos de mulas que trajinan por España.

—Par Dios, Señor Andrés —dijo uno de los gitanos—, que aunque la mula tuviera más señales que las que han de preceder al día tremendo[86], aquí la transformáramos de manera que no la conociera la madre que la parió, ni el dueño que la ha criado.

—Con todo eso —respondió Andrés—, por esta vez se ha de seguir y tomar el parecer mío. A esta mula se ha de dar muerte, y ha de ser enterrada donde aun los huesos no parezcan.

---

[84] *rancho:* «Término militar, vale compañía que entre sí hacen camarada en cierto sitio señalado en el real» *(Cov.);* Y en germanía es una «tienda o lugar donde se recogen [rufianes y ladrones]»; Hill, *Voces germanescas,* pág. 152.

[85] *jueves en Toledo:* El día del mercado franco en Toledo era el martes, según el Conde de Tendillo, *Toledo en el siglo XVI,* Madrid, 1901, pág. 58; era el jueves en Sevilla y otros lugares. Véase F. Rodríguez Marín, ed. *Rinconete y Cortadillo* (1905), pág. 377, n. 62.

[86] *Tremendo:* El Juicio Final.

—¡Pecado grande! —dijo otro gitano—: ¿a una inocente se ha de quitar la vida? No diga tal el buen Andrés, sino haga una cosa: mírela bien agora, de manera que se le queden estampadas todas sus señales en la memoria, y déjenmela llevar a mí; y si de aquí a dos horas la conociere, que me lardeen[87] como a un negro fugitivo.

—En ninguna manera consentiré —dijo Andrés— que la mula no muera, aunque más me aseguren su transformación. Yo temo ser descubierto si a ella no la cubre la tierra. Y si se hace por el provecho que de venderla puede seguirse, no vengo tan desnudo a esta cofradía, que no pueda pagar de entrada más de lo que valen cuatro mulas.

—Pues así lo quiere el señor Andrés Caballero —dijo otro gitano—, muera la sin culpa, y Dios sabe si me pesa, así por su mocedad, pues aún no ha cerrado (cosa no usada entre mulas de alquiler), como porque debe ser andariega, pues no tiene costras en las ijadas, ni llagas de la espuela.

Dilatóse su muerte hasta la noche, y en lo que quedaba de aquel día se hicieron las ceremonias de la entrada de Andrés a ser gitano, que fueron: desembarazaron luego un rancho de los mejores del aduar[88], y adornáronle de ramos y juncia; y sentándose Andrés sobre un medio alcornoque, pusiéronle en las manos un martillo y unas tenazas, y al son de dos guitarras que dos gitanos tañían, le hicieron dar dos cabriolas: luego le desnudaron un brazo, y con una cinta de seda nueva y un garrote le dieron dos vueltas blandamente.

A todo se halló presente Preciosa, y otras muchas gitanas, viejas y mozas, que las unas con maravilla, otras con amor, le miraban: tal era la gallarda disposición de Andrés, que hasta los gitanos le quedaron aficionadísimos.

Hechas, pues, las referidas ceremonias, un gitano viejo tomó por la mano a Preciosa, y puesto delante de Andrés, dijo:

—Esta muchacha, que es la flor y la nata de toda la hermosura de las gitanas que sabemos que viven en España, te la entregamos, ya por esposa, o ya por amiga; que en esto

[87] *lardeen:* «Es lardar lo que se asa, y los que pringan los esclavos son hombres inhumanos y crueles» *(Cov.);* «derretir tocino a la llama de un hacha sobre las heridas causadas por los azotes», Francisco Rico, *La novela picaresca,* pág. 12, n. 18.

[88] *aduar:* «Vale tanto como aldea o población de alárabes, cuando asientan sus pabellones...» *(Cov.).*

puedes hacer lo que fuere más de tu gusto, porque la libre y ancha vida nuestra no está sujeta a melindres ni a muchas ceremonias. Mírala bien, y mira si te agrada, o si ves en ella alguna cosa que te descontente, y si la ves, escoge entre las doncellas que aquí están la que más te contentare; que la que escogieres te daremos; pero has de saber que una vez escogida, no la has de dejar por otra, ni te has de empachar ni entremeter, ni con las casadas, ni con las doncellas. Nosotros guardamos inviolablemente la ley de la amistad: ninguno solicita la prenda del otro; libres vivimos de la amarga pestilencia de los celos. Entre nosotros, aunque hay muchos incestos, no hay ningún adulterio; y cuando le hay en la mujer propia, o alguna bellaquería en la amiga, no vamos a la justicia a pedir castigo; nosotros somos los jueces y los verdugos de nuestras esposas o amigas; con la misma facilidad las matamos y las enterramos por las montañas y desiertos como si fueran animales nocivos: no hay pariente que las vengue, ni padres que nos pidan su muerte. Con este temor y miedo ellas procuran ser castas, y nosotros, como ya he dicho, vivimos seguros. Pocas cosas tenemos que no sean comunes a todos, excepto la mujer o la amiga, que queremos que cada una sea del que le cupo en suerte. Entre nosotros así hace divorcio la vejez como la muerte. El que quisiere, puede dejar la mujer vieja, como él sea mozo, y escoger otra que corresponda al gusto de sus años. Con estas y con otras leyes y estatutos nos conservamos y vivimos alegres; somos señores de los campos, de los sembrados, de las selvas, de los montes, de las fuentes y de los ríos. Los montes nos ofrecen leña de balde; los árboles, frutas; las viñas, uvas; las huertas, hortalizas; las fuentes, agua; los ríos, peces, y los vedados, caza; sombra las peñas, aire fresco las quiebras, y casas las cuevas. Para nosotros, las inclemencias del cielo, son oreos, refrigerio las nieves, baños la lluvia, música los truenos y hachas los relámpagos. Para nosotros son los duros terrenos colchones de blandas plumas; el cuero curtido de nuestros cuerpos nos sirve de arnés impenetrable que nos defiende; a nuestra ligereza no la impiden grillos, ni la detienen barrancos, ni la contrastan paredes; a nuestro ánimo no le tuercen cordeles, ni le menoscaban garruchas[89], ni le

---

[89] *garruchas:* El tormento de la garrucha consistía en «colgar a un hombre por los brazos y colocarle pesos en la espalda y en las piernas. [...] Hacia la segunda mitad del siglo XVI parece que sólo

ahogan tocas, ni le doman potros[90]. Del sí al no, no hacemos diferencia cuando nos conviene: siempre nos preciamos más de mártires que de confesores. Para nosotros se crían las bestias de carga en los campos y se cortan las faldriqueras en las ciudades. No hay águila, ni ninguna otra ave de rapiña, que más presto se abalance a la presa que se le ofrece que nosotros nos abalanzamos a las ocasiones que algún interés nos señalen; y, finalmente, tenemos muchas habilidades que felice fin nos prometen; porque en la cárcel cantamos, en el potro callamos, de día trabajamos, y de noche hurtamos, o, por mejor decir, avisamos que nadie viva descuidado de mirar dónde pone su hacienda. No nos fatiga el temor de perder la honra, ni nos desvela la ambición de acrecentarla, ni sustentamos bandos, ni madrugamos a dar memoriales, ni[a] acompañar magnates, ni a solicitar favores. Por dorados techos y suntuosos palacios estimamos estas barracas y movibles ranchos; por cuadros y países de Flandes, los que nos da la naturaleza en esos levantados riscos y nevadas peñas, tendidos prados y espesos bosques que a cada paso a los ojos se nos muestran. Somos astrólogos rústicos, porque como casi siempre dormimos al cielo descubierto, a todas horas sabemos las que son del día y las que son de la noche; vemos cómo arrincona y barre la aurora las estrellas del cielo, y cómo ella sale con su compañera el alba, alegrando el aire, enfriando el agua y humedeciendo la tierra, y luego, tras ella, el sol, *dorando cumbres* (como dijo el otro poeta) *y rizando montes;* ni tememos quedar helados por su ausencia cuando nos hiere a soslayo con sus rayos, ni quedar abrasados cuando con ellos particularmente[91] nos toca: un mismo rostro hacemos al sol que al yelo, a la esterilidad que a la abundancia. En conclusión, somos gente que vivimos por nuestra industria y pico, y sin entremeternos con el antiguo refrán: «Iglesia, o mar, o casa real», tenemos lo que queremos, pues nos contentamos con lo que tenemos. Todo esto os he dicho, generoso mancebo, por-

---

se aplicaba en delitos atroces», F. Tomás y Valiente, *op. cit.,* págs. 131-32.

[90] *potros:* «Cierto instrumento de madera para dar tormento» *(Cov.);* del mismo libro de Tomás y Valiente: «E luego su merced mandó al dicho executor la desnude y ponga amarrada en el potro, pendiente en las aldabillas, ...» pág. 18.

[91] *particularmente:* Así el texto; algunos editores han puesto «perpendicularmente»; cfr. F. Rodríguez Marín, I, pág. 70.

que no ignoréis la vida a que habéis venido y el trato que habéis de profesar, el cual os he pintado aquí en borrón; que otras muchas e infinitas cosas iréis descubriendo en él con el tiempo, no menos dignas de consideración que las que habéis oído.

Calló en diciendo esto el elocuente y viejo gitano, y el novicio dijo que se holgaba mucho de haber sabido tan loables estatutos, y que él pensaba hacer profesión en aquella orden tan puesta en razón y en políticos fundamentos, y que sólo le pesaba no haber venido más presto en conocimiento de tan alegre vida, y que desde aquel punto renunciaba la profesión de caballero y la vanagloria de su ilustre linaje, y lo ponía todo debajo del yugo, o, por mejor decir, debajo de las leyes con que ellos vivían, pues con tan alta recompensa le satisfacían el deseo de servirlos, entregándole a la divina Preciosa, por quien él dejaría coronas e imperios, y sólo los desearía para servirla.

A lo cual respondió Preciosa:

—Puesto que estos señores legisladores han hallado por sus leyes que soy tuya, y que por tuya te me han entregado, yo he hallado por la ley de mi voluntad, que es la más fuerte de todas, que no quiero serlo si no es con las condiciones que antes que aquí vinieses entre los dos concertamos. Dos años has de vivir en nuestra compañía primero que de la mía goces, por que tú no te arrepientas por ligero, ni yo quede engañada por presurosa. Condiciones rompen leyes; las que te he puesto sabes: si las quisieres guardar, podrá ser que sea tuya y tú seas mío, y donde no, aún no es muerta la mula, tus vestidos están enteros, y de tu dinero [92] no te falta un ardite; la ausencia que has hecho no ha sido aún de un día; que de lo que dél falta te puedes servir y dar lugar que considere lo que más te conviene. Estos señores bien pueden entregarte mi cuerpo; pero no mi alma, que es libre y nació libre, y ha de ser libre en tanto que yo quisiere [93]. Si te quedas, te estimaré en mucho; si te vuelves, no te tendré en menos; porque, a mi parecer, los ímpetus amorosos corren a rienda suelta, hasta que encuentran con la razón o con el desengaño; y no querría yo que fueses tú para conmigo como es el cazador, que en alcanzando la

---

[92] *tu dinero:* El texto, «tus dineros».

[93] *libre ... quisiere:* Cfr. el discurso de Marcela en *Don Quijote,* I, pág. 391: «Yo nací libre, y para poder vivir libre escogí la soledad de los campos.»

liebre que sigue, la coge y la deja por correr tras la otra que le huye. Ojos hay engañados que a la primera vista tan bien les parece el oropel como el oro; pero a poco rato bien conocen la diferencia que hay de lo fino a lo falso. Esta mi hermosura que tú dices que tengo, que la estimas sobre el sol y la encareces sobre el oro, ¿qué sé yo si de cerca te parecerá sombra, y tocada, cairás en que es de alquimia? Dos años te doy de tiempo para que tantees y ponderes lo que será bien que escojas o será justo que deseches; que la prenda que una vez comprada, nadie se puede deshacer della sino con la muerte, bien es que haya tiempo, y mucho, para miralla y remiralla, y ver en ella las faltas o las virtudes que tiene; que yo no me rijo por la bárbara e insolente licencia que estos mis parientes se han tomado de dejar las mujeres, o castigarlas, cuando se les antoja; y como yo no pienso hacer cosa que llame al castigo, no quiero tomar compañía que por su gusto me deseche.

—Tienes razón, ¡oh Preciosa! —dijo a este punto Andrés—; y así, si quieres que asegure tus temores y menoscabe tus sospechas jurándote que no saldré un punto de las órdenes que me pusieres, mira qué juramento quieres que haga, o qué otra seguridad puedo darte, que a todo me hallarás dispuesto.

—Los juramentos y promesas que hace el cautivo por que le den libertad pocas veces se cumplen con ella —dijo Preciosa—; y así son, según pienso, los del amante; que, por conseguir su deseo, prometerá las alas de Mercurio y los rayos de Júpiter, como me prometió a mí un cierto poeta, y juraba por la laguna Estigia. No quiero juramentos, señor Andrés, ni quiero promesas; sólo quiero remitirlo todo a la experiencia deste noviciado, y a mí se me quedará el cargo de guardarme, cuando vos le tuviéredes de ofenderme.

—Sea ansí —respondió Andrés—. Sola una cosa pido a estos señores y compañeros míos, y es que no me fuercen a que hurte ninguna cosa, por tiempo de un mes siquiera; porque me parece que no he de acertar a ser ladrón si antes no preceden muchas liciones.

—Calla, hijo —dijo el gitano viejo—; que aquí te industriaremos de manera que salgas un águila en el oficio; y cuando le sepas, has de gustar dél de modo que te comas las manos tras él. ¡Ya es cosa de burla salir vacío por la mañana y volver cargado a la noche al rancho!

—De azotes he visto yo volver a algunos desos vacíos —dijo Andrés.

—No se toman truchas, etcétera —replicó el viejo—: todas

las cosas desta vida están sujetas a diversos peligros, y las acciones del ladrón al de las galeras, azotes y horca; pero no por que corra un navío tormenta, o se anegue[94], han de dejar los otros de navegar. ¡Bueno sería que porque la guerra come los hombres y los caballos, dejase de haber soldados! Cuanto más, que el que es azotado por justicia entre nosotros, es tener un hábito en las espaldas que le parece mejor que si le trujese en los pechos, y de los buenos. El toque está [en] no acabar acoceando el aire en la flor de nuestra juventud y a los primeros delitos; que el mosqueo[95] de las espaldas, ni el apalear el agua en las galeras, no lo estimamos en un cacao. Hijo Andrés. reposad ahora en el nido debajo de nuestras alas, que a su tiempo os sacaremos a volar[96], y en parte donde no volváis sin presa, y lo dicho dicho: que os habéis de lamer los dedos tras cada hurto.

—Pues para recompensar —dijo Andrés— lo que yo podía hurtar en este tiempo que se me da de venia, quiero repartir docientos escudos de oro entre todos los del rancho.

Apenas hubo dicho esto, cuando arremetieron a él muchos gitanos, y levantándole en los brazos y sobre los hombros, le cantaban el «¡Víctor, víctor, y el grande Andrés!», añadiendo: «¡Y viva, viva Preciosa, amada prenda suya!»

Las gitanas hicieron lo mismo con Preciosa, no sin envidia de Cristina y de otras gitanillas que se hallaron presentes, que la envidia tan bien se aloja en los aduares de los bárbaros y en las chozas de pastores como en palacios de príncipes, y esto de ver medrar al vecino que me parece que no tiene más méritos que yo, fatiga.

Hecho esto, comieron lautamente[97]; repartióse el dinero prometido con equidad y justicia; renováronse las alabanzas de Andrés, subieron al cielo la hermosura de Preciosa.

Llegó la noche, acocotaron[98] la mula y enterráronla de modo que quedó seguro Andrés de ser por ella descubierto; y tam-

---

[94] *se anegue:* El texto, «se anega», pero se usaba a menudo la forma indicativa para expresar el subjuntivo.

[95] *mosqueo:* azotar; véase Quiñones de Benavente, *Jácara de doña Isabel:* «al destierro romería, / a las galeras gurapas, / mosqueado a los azotes, / y a la horca postrer ansia» (citado por Hill, *Voces germanescas, s.v.,* «cometa», pág. 52).

[96] *volar:* En el sentido de presentarle al mundo; salir al público.

[97] *lautamente:* espléndidamente, estupendamente.

[98] *acocotaron:* acogotaron.

bién enterraron con ella sus alhajas, como fueron silla y freno
y cinchas, a uso de los indios, que sepultan con ellos sus más
ricas preseas.

De todo lo que había visto y oído, y de los ingenios de los
gitanos, quedó admirado Andrés y con propósito de seguir y
conseguir su empresa sin entremeterse nada en sus costumbres,
o, a lo menos, excusarlo por todas las vías que pudiese, pensando exentarse de la jurisdic[c]ión de obedecellos en las cosas
injustas que le mandasen, a costa de su dinero.

Otro día les rogó Andrés que mudasen de sitio y se alejasen
de Madrid, porque temía ser conocido si allí estaba; ellos dijeron que ya tenían determinado irse a los montes de Toledo, y
desde allí correr y garramar[99] toda la tierra circunvecina.

Levantaron, pues, el rancho, y diéronle a Andrés una pollina
en que fuese; pero él no la quiso, sino irse a pie, sirviendo de
lacayo a Preciosa, que sobre otra iba, ella contentísima de ver
cómo triunfaba de su gallardo escudero, y él ni más ni menos,
de ver junto a sí a la que había hecho señora de su albedrío.

¡Oh poderosa fuerza deste que llaman dulce dios de la amar-
gura —título que le ha dado la ociosidad y el descuido nuestro—, que con qué veras nos avasallas, y cuán sin respecto nos
tratas! Caballero es Andrés, y mozo de muy buen entendimiento, criado casi toda su vida en la Corte y con el regalo de sus
ricos padres, y desde ayer acá ha hecho tal mudanza, que en-
gañó a sus criados y a sus amigos, defraudó las esperanzas que
sus padres en él tenían, dejó el camino de Flandes, donde
había de ejercitar el valor de su persona y acrecentar la honra
de su linaje, y se vino a postrarse a los pies de una muchacha,
y a ser su lacayo, que, puesto que hermosísima, en fin, era
gitana: privilegio de la hermosura, que trae al redopelo[100] y
por la melena a sus pies a la voluntad más exenta.

De allí a cuatro días llegaron a una aldea dos leguas de Toledo, donde asentaron su aduar, dando primero algunas prendas de plata al alcalde del pueblo, en fianzas de que en él ni
en todo su término no hurtarían ninguna cosa. Hecho esto,

---

[99] *garramar:* «*Correr*» o «garramar» es hurtar. Véase *El buscón,*
pág. 82: «y di en lo que llaman los estudiantes correr o arrebatar»,
y el «correo» es «ladrón que va a dar aviso de alguna cosa,» Hill,
Voces germanescas, pág. 55. Los gitanos no recaudan lismosna
aquí; roban «por todos los lugares». Véase Corominas, I, pág. 128b.
[100] *redopelo:* «Contra el curso o modo natural, violentamente»
(Aut.); véase *Don Quijote,* IV, pág. 254, n. 2.

todas las gitanas viejas, y algunas mozas, y los gitanos, se esparcieron por todos los lugares, o, a lo menos, apartados por cuatro o cinco leguas de aquel donde habían asentado su real. Fue con ellos Andrés a tomar la primera lición de ladrón; pero aunque le dieron muchas en aquella salida, ninguna se le asentó; antes, correspondiendo a su buena sangre, con cada hurto que sus maestros hacían se le arrancaba a él el alma, y tal vez hubo que pagó de su dinero los hurtos que sus compañeros habían hecho, conmovido de las lágrimas de sus dueños; de lo cual los gitanos se desesperaban, diciéndole que era contravenir a sus estatutos y ordenanzas, que prohibían la entrada a la caridad en sus pechos, la cual, en teniéndola, habían de dejar de ser ladrones, cosa que no les estaba bien en ninguna manera.

Viendo, pues, esto Andrés, dijo que él quería hurtar por sí solo, sin ir en compañía de nadie; porque para huir del peligro tenía ligereza, y para [a]cometelle no le faltaba el ánimo; así, que el premio o el castigo de lo que hurtase quería que fuese suyo.

Procuraron los gitanos disuadirle deste propósito, diciéndole que le podrían suceder ocasiones donde fuese necesaria la compañía, así para acometer como para defenderse, y que una persona sola no podía hacer grandes presas. Pero, por más que dijeron, Andrés quiso ser ladrón solo y señero [101], con intención de apartarse de la cuadrilla y comprar por su dinero alguna cosa que pudiese decir que la había hurtado, y deste modo cargar lo que menos pudiese sobre su conciencia.

Usando, pues, desta industria, en menos de un mes trujo más provecho a la compañía que trujeron cuatro de los más estirados ladrones della; de que no poco se holgaba Preciosa, viendo a su tierno amante tan lindo y tan despejado ladrón; pero, con todo eso, estaba temerosa de alguna desgracia; que no quisiera ella verle en afrenta por todo el tesoro de Venecia, obligada a tenerle aquella buena voluntad [por] los muchos servicios y regalos que su Andrés le hacía.

Poco más de un mes se estuvieron en los términos de Toledo, donde hicieron su agosto, aunque era por el mes de setiembre [102], y desde allí se entraron en Extremadura, por ser tierra rica y caliente. Pasaba Andrés con Preciosa honestos, discretos y enamorados coloquios, y ella poco a poco se iba enamorando

---

[101] *solo y señero:* sólo y separado.

[102] *agosto … setiembre:* Véase nota 21.

de la discreción y buen trato de su amante, y él, del mismo modo, si pudiera crecer su amor, fuera creciendo: tal era la honestidad, discreción y belleza de su Preciosa. A doquiera que llegaban, él se llevaba el precio [103] y las apuestas de corredor y de saltar más que ninguno; jugaba a los bolos y a la pelota extremadamente; tiraba la barra con mucha fuerza y singular destreza; finalmente, en poco tiempo voló su fama por toda Extremadura, y no había lugar donde no se hablase de la gallarda disposición del gitano Andrés Caballero y de sus gracias y habilidades, y al par desta fama corría la de la hermosura de la gitanilla, y no había villa, lugar ni aldea donde no los llamasen para regocijar las fiestas votivas suyas, o para otros particulares regocijos. Desta manera iba el aduar rico, próspero y contento, y los amantes, gozosos con sólo mirarse.

Sucedió, pues, que teniendo el aduar entre unas encinas, algo apartado del camino real, oyeron una noche, casi a la mitad della, ladrar sus perros con mucho ahínco y más de lo que acostumbraban; salieron algunos gitanos, y con ellos Andrés, a ver a quién ladraban, y vieron que se defendía dellos un hombre vestido de blanco, a quien tenían dos perros asido de una pierna; llegaron y quitáronle, y uno de los gitanos le dijo:

—¿Quién diablos os trujo por aquí, hombre, a tales horas y tan fuera de camino? ¿Venís a hurtar por ventura? Porque en verdad que habéis llegado a buen puerto.

—No vengo a hurtar —respondió el mordido— ni sé si vengo o no fuera de camino, aunque bien veo que vengo descaminado. Pero decidme, señores, ¿está por aquí alguna venta o lugar donde pueda recogerme esta noche y curarme de las heridas que vuestros perros me han hecho?

—No hay lugar ni venta donde podamos encaminaros —respondió Andrés—; mas para curar vuestras heridas y alojaros esta noche no os faltará comodidad en nuestros ranchos. Veníos con nosotros, que, aunque somos gitanos, no lo parecemos en la caridad.

—Dios la use con vosotros —respondió el hombre—, y llevadme donde quisiéredes; que el dolor desta pierna me fatiga mucho.

---

[103] *precio:* premio; F. Rodríguez Marín cita el siguiente pasaje de Lope de Vega, *El amigo por fuerza,* en su edición de las *Novelas ejemplares:* «Mantuve, perdí, gané, / perdí precios, gané precios, / sin dar a dama ninguno, / que fue notado en extremo», I, pág. 80, n. 14.

Llegóse a él Andrés y otro gitano caritativo —que aun entre los demonios hay unos peores que otros, y entre muchos malos hombres suele haber alguno [104] bueno—, y entre los dos le llevaron.

Hacía la noche clara con la luna, de manera que pudieron ver que el hombre era mozo de gentil rostro y talle; venía vestido todo de lienzo blanco, y atravesada por las espaldas y ceñida a los pechos una como camisa o talega [105] de lienzo. Llegaron a la barraca o toldo de Andrés, y con presteza encendieron lumbre y luz, y acudió luego la abuela de Preciosa a curar el herido, de quien ya le habían dado cuenta. Tomó algunos pelos de los perros, friólos en aceite, y, lavando primero con vino dos mordeduras que tenía en la pierna izquierda, le puso los pelos con el aceite en ellas, y encima un poco de romero verde mascado; lióselo muy bien con paños limpios, y santiguóle [106] las heridas, y díjole:

—Dormid, amigo; que, con el ayuda de Dios, no será nada.

En tanto que curaban al herido, estaba Preciosa delante, y estúvole mirando ahincadamente, y lo mismo hacía él a ella; de modo que Andrés echó de ver en la atención con que el mozo la miraba; pero echólo a que la mucha hermosura de Preciosa se llevaba tras sí los ojos. En resolución, después de curado el mozo, le dejaron solo sobre un lecho hecho de heno seco, y por entonces no quisieron preguntarle nada de su camino ni de otra cosa.

Apenas se apartaron dél, cuando Preciosa llamó a Andrés aparte, y le dijo:

—¿Acuérdaste, Andrés, de un papel que se me cayó en tu

---

[104] *alguno:* El texto, «algún».

[105] *talega:* «Saco o bolsa ancha y corta de lienzo, estopa u otra tela que sirve para llevar dentro las cosas» *(Aut.);* Covarrubias la define como saco militar: «es un costal pequeño acomodado en la milicia para llevar el soldado alguna vitualla, la que no le puede embarazar a marchar».

[106] *santiguóle:* Santiguar «es decir algunas oraciones devotas y santas sobre algún enfermo, haciendo algunas cruces y echándole bendiciones ...» *(Cov.),* y añade: «pero este ministerio está muy estragado, porque hombres embaidores y perdidos y mugeres engañadoras, dan en ser santiaguaderos y santiguaderas, y dicen mil impertinencias sólo porque les den un pedazo de pan y algunos cuartos». Para las mordeduras de perros y su curación, véase la *Materia Médica de Dioscórides,* ed. cit., III, pág. 600-605 («perros rabiosos»).

casa cuando bailaba con mis compañeras, que, según creo, te dio un mal rato?

—Sí acuerdo —respondió Andrés—, y era un soneto en tu alabanza, y no malo.

—Pues has de saber, Andrés —replicó Preciosa—, que el que hizo aquel soneto es ese mozo mordido que dejamos en la choza; y en ninguna manera me engaño, porque me habló en Madrid dos o tres veces, y aun me dio un romance muy bueno. Allí andaba, a mi parecer, como paje; mas no de los ordinarios, sino de los favorecidos de algún principe; y en verdad te digo, Andrés, que el mozo es discreto, y bien razonado, y sobremanera honesto, y no sé qué pueda imaginar desta su venida y en tal traje.

—¿Qué puedes imaginar, Preciosa? —respondió Andrés—. Ninguna otra cosa sino que la misma fuerza que a mí me ha hecho gitano le ha hecho a él parecer molinero y venir a buscarte. ¡Ah, Preciosa, Preciosa, y cómo se va descubriendo que te quieres preciar de tener más de un rendido! Y si esto es así, acábame a mí primero, y luego matarás a este otro, y no quieras sacrificarnos juntos en las aras de tu engaño, por no decir de tu belleza.

—¡Válame Dios —respondió Preciosa—, Andrés, y cuán delicado andas, y cuán de un sotil cabello tienes colgadas tus esperanzas y mi crédito, pues con tanta facilidad te ha penetrado el alma la dura espada de los celos! Dime, Andrés; si en esto hubiera artificio o engaño alguno, ¿no supiera yo callar y encubrir quién era este mozo? ¿Soy tan necia, por ventura, que te había de dar ocasión de poner en duda mi bondad y buen término? Calla, Andrés, por tu vida, y mañana procura sacar del pecho deste tu asombro adónde va, o a lo que viene. Podría ser que estuviese engañada tu sospecha, como yo no lo estoy de que sea el que he dicho. Y para más satisfac[c]ión tuya, pues ya he llegado a términos de satisfacerte, de cualquiera manera y con cualquiera intención que ese mozo venga, despídele luego y haz que se vaya; pues todos los de nuestra parcialidad te obedecen, y no habrá ninguno que contra tu voluntad le quiera dar acogida en su rancho; y cuando esto así no suceda, yo te doy mi palabra de no salir del mío, ni dejarme ver de sus ojos, ni de todos aquellos que tú quisieres que no me vean. Mira, Andrés, no me pesa a mí de verte celoso; pero pesarme ha mucho si te veo indiscreto.

—Como no me veas loco, Preciosa —respondió Andrés—, cualquiera otra demostración será poca o ninguna para dar a entender adónde llega y cuánto fatiga la amarga y dura presunción de los celos. Pero, con todo eso, yo haré lo que me mandas, y sabré, si es que es posible, qué es lo que este señor paje poeta quiere, dónde va, o qué es lo que busca; que podría ser que por algún hilo que sin cuidado muestre, sacase yo todo el ovillo con que temo viene a enredarme.

—Nunca los celos, a lo que imagino —dijo Preciosa—, dejan el entendimiento libre para que pueda juzgar las cosas como ellas son: siempre miran los celosos con antojos de allende [107], que hacen las cosas pequeñas, grandes; los enanos, gigantes, y las sospechas, verdades. Por vida tuya y por la mía, Andrés, que procedas en esto y en todo lo que tocare a nuestros conciertos cuerda y discretamente; que si así lo hicieres, sé que me has de conceder la palma de honesta y recatada, y de verdadera en todo extremo.

Con esto se despidió de Andrés, y él se quedó esperando el día para tomar la confesión al herido, llena de turbación el alma y de mil contrarias imaginaciones. No podría creer sino que aquel paje había venido allí atraído de la hermosura de Preciosa; porque piensa el ladrón que todos son de su condición. Por otra parte, la satisfac[c]ión que Preciosa le había dado le parecía ser de tanta fuerza, que le obligaba a vivir seguro y a dejar en las manos de su bondad toda su ventura.

Llegóse el día, visitó al mordido; preguntóle cómo se llamaba y adónde iba, y cómo caminaba tan tarde y tan fuera de camino; aunque primero le preguntó cómo estaba, y si se sentía sin dolor de las mordeduras. A lo cual respondió el mozo que se hallaba mejor y sin dolor alguno, y de manera que podía ponerse en camino. A lo de decir su nombre y adónde iba, no dijo otra cosa sino que se llamaba Alonso Hurtado, y que iba a Nuestra Señora de la Peña de Francia [108] a un cierto negocio, y que por llegar con brevedad caminaba de noche, y que la

---

[107] *antojos de allende:* anteojos de larga vista, de aumento. Correas: «Ver con antojos de alinde. Por ver mal las cosas», pág. 741b. Y en *La Celestina*, «ojos de alinde» son «ojos de aumento», que hacen grande las cosas; cfr. Corominas, I, pág. 133b.

[108] *Nuestra Señora de la Peña de Francia:* «Es una sierra entre Salamanca y Ciudad Rodrigo, adonde cerca de los años 1490 [*sic*] se halló una imagen muy devota de Nuestra Señora, y en el mismo lugar se edificó una iglesia y se fundó un monasterio de frailes dominicos» *(Cov.);* Juan de Mariana fijó el hallazgo de la imagen en 1409; véase *Don Quijote,* V, pág. 158, n. 11.

pasada había perdido el camino, y acaso había dado con aquel aduar, donde los perros que le guardaban le habían puesto del modo que había visto.

No le pareció a Andrés legítima esta declaración, sino muy bastarda, y de nuevo volvieron a hacerle cosquillas en el alma sus sospechas, y así le dijo:

—Hermano, si yo fuera juez y vos hubiérades caído debajo de mi jurisdic[c]ión por algún delito, el cual pidiera que se os hicieran las preguntas que yo os he hecho, la respuesta que me habéis dado obligara a que os apretara los cordeles. Yo no quiero saber quién sois, cómo os llamáis o adónde vais: pero adviértoos que si os conviene mentir en este vuestro viaje, mintáis con más apariencia de verdad. Decís que vais a la Peña de Francia, y dejáisla a la mano derecha, más atrás deste lugar donde estamos bien treinta leguas; camináis de noche por llegar presto, y vais fuera de camino por entre bosques y encinares que no tienen sendas apenas, cuanto más caminos. Amigo, levantaos y aprended a mentir, y andad enhorabuena. Pero por este buen aviso que os doy, ¿no me diréis una verdad? (Que sí diréis, pues tan mal sabéis mentir.) Decidme: ¿sois por ventura uno que yo he visto muchas veces en la Corte, entre paje y caballero, que tenía fama de ser gran poeta, uno que hizo un romance y un soneto a una gitanilla que los días pasados andaba en Madrid, que era tenida por singular en la belleza? Decídmelo, que yo os prometo por la fe de caballero gitano de guardaros el secreto que vos viéredes que os conviene. Mira que negarme la verdad, de que no sois el que yo digo, no llevaría camino, porque este rostro que yo veo aquí es el que vi en Madrid. Sin duda alguna que la gran fama de vuestro entendimiento me hizo muchas veces que os mirase como a hombre raro e insigne, y así se me quedó en la memoria vuestra figura, que os he venido a conocer por ella, aun puesto en el diferente traje en que estáis agora del en que yo os vi entonces. No os turbéis; animaos, y no penséis que habéis llegado a un pueblo de ladrones, sino a un asilo que os sabrá guardar y defender de todo el mundo. Mirad: yo imagino una cosa, y si es ansí como la imagino, vos habéis topado con vuestra buena suerte en haber encontrado conmigo: lo que imagino es que, enamorado de Preciosa, aquella hermosa gitanica a quien hicisteis los versos, habéis venido a buscarla, por lo que yo no os tendré en menos, sino en mucho más; que, aunque gitano, la experiencia me ha mostrado adónde se extiende la poderosa fuerza de amor y las transformaciones que hace hacer a los que coge debajo de su jurisdic[c]ión y mando. Si esto es así, como creo que sin duda lo es, aquí está la gitanica.

—Sí, aquí está; que yo la vi anoche —dijo el mordido; razón con que Andrés quedó como difunto, pareciéndole que había salido al cabo con la confirmación de sus sospechas—. Anoche la vi —tornó a referir el mozo—; pero no me atreví a decirle quién era, porque no me convenía.

—Desa manera —dijo Andrés—, vos sois el poeta que yo he dicho.

—Sí soy —replicó el mancebo—; que no lo puedo ni lo quiero negar. Quizá podía ser que donde he pensado perderme hubiese venido a ganarme, si es que hay fidelidad en las selvas y buen acogimiento en los montes.

—Hayle, sin duda —respondió Andrés—, y entre nosotros, los gitanos, el mayor secreto del mundo. Con esta confianza podéis, señor, descubrirme vuestro pecho; que hallaréis en el mío lo que veréis, sin doblez alguno. La gitanilla es parienta mía, y está sujeta a lo [que] quisiere hacer della. Si la quisiéredes por esposa, yo y todos sus parientes gustaremos dello; y si por amiga, no usaremos de ningún melindre, con tal que tengáis dineros, porque la codicia por jamás sale de nuestros ranchos.

—Dinero traigo —respondió el mozo—; en estas mangas de camisa que traigo ceñida por el cuerpo vienen cuatrocientos escudos de oro.

Éste fue otro susto mortal que recibió Andrés, viendo que el traer tanto dinero no era sino para conquistar o comprar su prenda; y con lengua ya turbada, dijo:

—Buena cantidad es ésa; no hay sino descubriros, y manos a labor; que la muchacha, que no es nada boba, verá cuán bien le está ser vuestra.

—¡Ay, amigo! —dijo a esta sazón el mozo—. Quiero que sepáis que la fuerza que me ha hecho mudar de traje no es la de amor, que vos decís, ni de desear a Preciosa, que hermosas tiene Madrid que pueden y saben robar los corazones y rendir las almas tan bien y mejor que las más hermosas gitanas, puesto que confieso que la hermosura de vuestra parienta a todas las que yo he visto se aventaja. Quien me tiene en este traje, a pie y mordido de perros, no es amor, sino desgracia mía.

Con estas razones que el mozo iba diciendo iba Andrés cobrando los [109] espíritus perdidos, pareciéndole que se encami-

_____

[109] *los:* El texto, «lo».

naban a otro paradero del que él se imaginaba. Y deseoso de salir de aquella confusión, volvió a reforzarle la seguridad con que podía descubrirse, y así, él prosiguió diciendo:

—Yo estaba en Madrid en casa de un título, a quien servía no como a señor, sino como a pariente. Éste tenía un hijo único heredero suyo, el cual, así por el parentesco como por ser ambos de una edad y de una condición misma, me trataba con familiaridad y amistad grande. Sucedió que este caballero se enamoró de una doncella principal, a quien él escogiera de bonísima gana para su esposa, si no tuviera la voluntad sujeta como buen hijo a la de sus padres, que aspiraban a casarle más altamente; pero, con todo eso, la servía a hurto de todos los ojos que pudieran, con las lenguas, sacar a la plaza [110] sus deseos. Solos los míos eran testigos de sus intentos. Y una noche, que debía de haber escogido la desgracia para el caso que ahora os diré, pasando los dos por la puerta y calle desta señora, vimos arrimados a ella dos hombres, al parecer, de buen talle. Quiso reconocerlos mi pariente y apenas se encaminó hacia ellos, cuando echaron con mucha ligereza mano a las espadas y a dos broqueles, y se vinieron a nosotros, que hicimos lo mismo, y con iguales armas nos acometimos. Duró poco la pendencia, porque no duró mucho la vida de los dos contrarios, que de dos estocadas que guiaron los celos de mi pariente y la defensa que yo le hacía, las perdieron, caso extraño y pocas veces visto. Triunfando, pues, de lo que no quisiéramos, volvimos a casa, y secretamente, tomando todos los dineros que podimos, nos fuimos a San Jerónimo [111], esperando el día, que descubriese lo sucedido y las presunciones que se tenían de los matadores. Supimos que de nosotros no había indicio alguno, y aconsejáronnos los prudentes religiosos que nos volviésemos a casa y que no diésemos ni despertásemos con nuestra ausencia alguna sospecha contra nosotros; y ya que

---

[110] *sacar a plaza:* «Publicar y hacer notoria alguna cosa que estaba oculta, o se ignoraba» *(Aut.).*

[111] *San Jerónimo:* A la iglesia de San Jerónimo para refugiarse de la justicia. Después de matar a dos corchetes, Pablos y sus compañeros, en *El buscón,* se fueron a la Iglesia Mayor de Sevilla: «Y, al fin, nos acogimos a la Iglesia Mayor, donde nos amparamos del rigor de la justicia», pág. 279. Véase F. Rodríguez Marín, *El Loaysa de 'El celoso extremeño'* (Sevilla, 1901), págs. 192-93: «... Alonso, huyendo de los rigores de la justicia, estaba retraído en Santa Ana, ...». Véase Elías Tormo, *Las iglesias del antiguo Madrid,* Madrid, 1972.

estábamos determinados de seguir su parecer, nos avisaron que los señores alcaldes de Corte habían preso en su casa a los padres de la doncella y a la misma doncella, y que entre otros criados a quien tomaron la confesión, una criada de la señora dijo como mi pariente paseaba a su señora de noche y de día; y que con este indicio habían acudido a buscarnos, y no hallándonos sino muchas señales de nuestra fuga, se confirmó en toda la Corte ser nosotros los matadores de aquellos dos caballeros, que lo eran, y muy principales. Finalmente, con parecer del Conde mi pariente, y del de los religiosos, después de quince días que estuvimos escondidos en el monasterio, mi camarada, en hábito de fraile, con otro fraile se fue la vuelta de Aragón, con intención de pasarse a Italia, y desde allí a Flandes, hasta ver en qué paraba el caso. Yo quise dividir y apartar nuestra fortuna, y que no corriese nuestra suerte por una misma derrota; seguí otro camino diferente del suyo, y en hábito de mozo de fraile, a pie, salí con un religioso, que me dejó en Talavera. Desde allí aquí he venido solo y fuera de camino, hasta que anoche llegué a este encinal, donde me ha sucedido lo que habéis visto. Y si pregunté por el camino de la Peña de Francia fue por responder algo a lo que se me preguntaba; que en verdad que no sé dónde cae la Peña de Francia, puesto que sé que está más arriba de Salamanca.

—Así es verdad —respondió Andrés—, y ya la dejáis a mano derecha, casi veinte leguas[112] de aquí; porque veáis cuán derecho camino llevábades si allá fuérades.

—El que yo pensaba llevar —replicó el mozo— no es sino a Sevilla; que allí tengo un caballero ginovés, grande amigo del Conde mi pariente, que suele enviar a Génova gran cantidad de plata, y llevo disignio que me acomode con los que la suelen llevar, como uno de ellos, y con esta estratagema seguramente podré pasar hasta Cartagena, y de allí a Italia, porque han de venir dos galeras muy presto a embarcar esta plata. Ésta es, buen amigo, mi historia: mirad si puedo decir que nace más de desgracia pura que de amores aguados. Pero si estos señores gitanos quisiesen llevarme en su compañía hasta Sevilla, si es que van allá yo se lo pagaría muy bien; que me doy a entender que en su compañía iría más seguro, y no con el temor que llevo.

---

[112] *veinte leguas:* Andrés no está muy seguro de la geografía; aquí dice veinte leguas, antes «bien treinta».

—Sí llevarán —respondió Andrés—; y si no fuérades en nuestro aduar, porque hasta ahora no sé si va al Andalucía, iréis en otro que creo que habemos de topar dentro de dos días, y con darles algo de lo que lleváis, facilitaréis con ellos otros imposibles mayores.

Dejóle Andrés, y vino a dar cuenta a los demás gitanos de lo que el mozo había contado y de lo que pretendía, con el ofrecimiento que hacía de la buena paga y recompensa. Todos fueron de parecer que se quedase en el aduar. Sólo Preciosa tuvo el contrario, y la abuela dijo que ella no podía ir a Sevilla, ni a sus contornos, a causa que los años pasados había hecho una burla en Sevilla a un gorrero llamado Triguillos [113], muy conocido en ella, al cual le había hecho meter en una tinaja de agua hasta el cuello, desnudo en carnes, y en la cabeza puesta una corona de ciprés, esperando el filo de la media noche para salir de la tinaja a cavar y sacar un gran tesoro que ella le había hecho creer que estaba en cierta parte de su casa. Dijo [114] que como oyó el buen gorrero tocar a maitines, por no perder la coyuntura, se dio tanta priesa a salir de la tinaja, que dio con ella y con él en el suelo, y con el golpe y con los cascos se magulló las carnes, derramóse el agua y él quedó nadando en ella, y dando voces que se anegaba.

Acudieron su mujer y sus vecinos con luces, y halláronle haciendo efectos de nadador, soplando y arrastrando la barriga por el suelo, y meneando brazos y piernas con mucha priesa, y diciendo a grandes voces: «¡Socorro, señores, que me ahogo!»; tal le tenía el miedo, que verdaderamente pensó que se ahogaba [115]. Abrazáronse con él, sacáronle de aquel peligro, volvió en sí, contó la burla de la gitana, y, con todo eso, cavó en la parte señalada más de un estado en hondo, a pesar de todos cuantos le decían que era embuste mío; y si no se lo estorbara un vecino suyo, que tocaba ya en los cimientos de su casa, él diera con entrambas en el suelo, si le dejaran cavar todo cuanto él quisiera. Súpose este cuento por toda la ciudad, y hasta los muchachos le señalaban con el dedo y contaban su credulidad y mi embuste.

Esto contó la gitana vieja, y esto dio por excusa para no ir

---

[113] *Triguillos:* Según Rodríguez Marín, este Triguillos era de carne y hueso y «aun vivía ejerciendo su industria por agosto de 1599», *Novelas ejemplares,* I, pág. 96.

[114] *Dijo:* El texto, «dexo».

[115] *ahogaba:* El texto, «agogaba».

a Sevilla. Los gitanos, que ya sabían de Andrés Caballero que el mozo traía dineros en cantidad, con facilidad le acogieron en su compañía y se ofrecieron de guardarle y encubrirle todo el tiempo que él quisiese, y determinaron de torcer el camino a mano izquierda y entrarse en La Mancha y en el reino de Murcia.

Llamaron al mozo y diéronle cuenta de lo que pensaban hacer por él; él se lo agradeció, y dio cien escudos de oro para que los repartiesen entre todos. Con esta dádiva quedaron más blandos que unas martas; sólo a Preciosa no contentó mucho la quedada de don Sancho, que así dijo el mozo que se llamaba; pero los gitanos se le mudaron en el de Clemente, y así le llamaron desde allí adelante. También quedó un poco torcido Andrés, y no bien satisfecho de haberse quedado Clemente, por parecerle que con poco fundamento había dejado sus primeros designios; mas Clemente, como si le leyera la intención. entre otras cosas le dijo que se holgaba de ir al reino de Murcia, por estar cerca de Cartagena, adonde si viniesen galeras, como él pensaba que habían de venir, pudiese con facilidad pasar a Italia. Finalmente, por traelle más ante los ojos, y mirar sus acciones y escudriñar sus pensamientos, quiso Andrés que fuese Clemente su camarada, y Clemente tuvo esta amistad por gran favor que se le hacía. Andaban siempre juntos, gastaban largo, llovían escudos, corrían, saltaban, bailaban y tiraban la barra mejor que ninguno de los gitanos, y eran de las gitanas más que medianamente queridos, y de los gitanos en todo extremo respectados.

Dejaron, pues, a Extremadura y entráronse en la Mancha, y poco a poco fueron caminando al reino de Murcia. En todas las aldeas y lugares que pasaban había desafíos de pelota, de esgrima, de correr, de saltar, de tirar la barra y de otros ejercicios de fuerza, maña y ligereza, y de todos salían vencedores Andrés y Clemente, como de solo Andrés queda dicho; y en todo este tiempo, que fueron más de mes y medio, nunca tuvo Clemente ocasión, ni él la procuró, de hablar a Preciosa, hasta que un día, estando juntos Andrés y ella, llegó él a la conversación, porque le llamaron, y Preciosa le dijo:

—Desde la vez primera que llegaste a nuestro aduar te conocí, Clemente, y se me vinieron a la memoria los versos que en Madrid me diste; pero no quise decir nada, por no saber con qué intención venías a nuestras estancias; y cuando supe tu desgracia, me pesó en el alma, y se aseguró mi pecho, que estaba sobresaltado, pensando que como había don Juanes en el mundo, y que se mudaban en Andreses, así podía haber don Sanchos que se mudasen en otros nombres. Háblote desta manera porque Andrés me ha dicho que te ha dado cuenta de quién es y de la intención con que se ha vuelto gitano —y así era la verdad; que Andrés le había hecho sabidor de toda su historia, por poder comunicar con él sus pensamientos—. Y no pienses que te fue de poco provecho el conocerte, pues por mi respecto y por lo que yo de ti[116] dije, se facilitó el acogerte y admitirte en nuestra compañía, donde plega a Dios te suceda todo el bien que acertares a desearte. Este buen deseo quiero que me pagues en que no afees a Andrés la bajeza de su intento, ni le pintes cuán mal le está perseverar en este estado; que puesto que yo imagino que debajo de los candados de mi voluntad está la suya, todavía me pesaría de verle dar muestras, por mínimas que fuesen, de algún arrepentimiento.

A esto respondió Clemente:

—No pienses, Preciosa única, que don Juan con ligereza de ánimo me descubrió quién era: primero le conocí yo, y primero me descubrieron sus ojos sus intentos; primero le dije yo quién era, y primero le adiviné la prisión de su voluntad, que tú señalas; y él, dándome el crédito que era razón que me diese, fió de mi secreto el suyo, y él es buen testigo si alabé su determinación y escogido empleo; que no soy, ¡oh Preciosa!, de tan corto ingenio, que no alcance hasta dónde se extienden las fuerzas de la hermosura, y la tuya, por pasar de los límites de los mayores extremos de belleza, es disculpa bastante de mayores yerros, si es que deben llamarse yerros los que se hacen con tan forzosas causas. Agradézcote, señora, lo que en mi crédito dijiste, y yo pienso pagártelo en desear que estos enredos amorosos salgan a fines felices, y que tú goces de tu Andrés, y Andrés de su Preciosa, en conformidad y gusto de sus padres, porque de tan hermosa junta veamos en el mundo los más bellos renuevos que pueda formar la bien intencionada naturaleza. Esto desearé yo, Preciosa, y esto le diré siempre a tu Andrés, y no cosa alguna que le divierta de sus bien colocados pensamientos.

Con tales afectos dijo las razones pasadas Clemente, que estuvo en duda Andrés si las había dicho como enamorado, o como comedido; que la infernal enfermedad celosa es tan delicada y de tal manera, que en los átomos del sol se pega, y de

---

[116] *Ti:* El texto, «te».

los que tocan a la cosa amada se fatiga el amante y se desespera. Pero, con todo esto, no tuvo celos confirmados, más fiado de la bondad de Preciosa que de la ventura suya, que siempre los enamorados se tienen por infelices en tanto que no alcanzan lo que desean. En fin, Andrés y Clemente eran camaradas y grandes amigos, asegurándolo todo la buena intención de Clemente y el recato y prudencia de Preciosa, que jamás dio ocasión a que Andrés tuviese della celos.

Tenía Clemente sus puntas de poeta, como lo mostró en los versos que dio a Preciosa, y Andrés se picaba un poco, y entrambos eran aficionados a la música. Sucedió, pues, que estando el aduar alojado en un valle cuatro leguas de Murcia, una noche, por entretenerse, sentados los dos, Andrés al pie de un alcornoque, Clemente al de una encina, cada uno con una guitarra, convidados del silencio de la noche, comenzando Andrés y respondiendo Clemente, cantaron estos versos:

ANDRÉS

Mira, Clemente, el estrellado velo
con que esta noche fría
compite con el día,
de luces bellas adornando el cielo;
y en esta semejanza,
si tanto tu divino ingenio alcanza,
aquel rostro figura
donde asiste el extremo de hermosura.

CLEMENTE

Donde asiste el extremo de hermosura
y adonde la Preciosa
honestidad hermosa
con todo extremo de bondad se apura,
en un sujeto cabe,
que no hay humano ingenio que le alabe,
si no toca en divino,
en alto, en raro, en grave y peregrino.

ANDRÉS

En alto, en raro, en grave y peregrino
estilo nunca usado,
al cielo levantado,

por dulce al mundo y sin igual camino,
tu nombre, ¡oh gitanilla!,
causando asombro, espanto y maravilla,
la fama yo quisiera
que le llevara hasta la octava esfera.

CLEMENTE

Que le llevara hasta la octava esfera
fuera decente [117] y justo,
dando a los cielos gusto,
cuando el son de su nombre allá se oyera,
y en la tierra causara,
por donde el dulce nombre resonara,
música en los oídos
paz en las almas, gloria en los sentidos.

ANDRÉS

Paz en las almas, gloria en los sentidos
se siente cuando canta
la sirena, que encanta
y adormece a los más apercebidos;
y tal es mi Preciosa,
que es lo menos que tiene ser hermosa:
dulce regalo mío,
corona del donaire, honor del brío.

CLEMENTE

Corona del donaire, honor del brío
eres, bella gitana,
frescor de la mañana,
céfiro blando en el ardiente estío;
rayo con que Amor ciego
convierte el pecho más de nieve en fuego;
fuerza que ansí la hace,
que blandamente mata y satisface.

---

[117] *decente:* «la conveniente» *(Cov.);* «conveniente, razonable, acomodado» *(Aut.).*

Señales iban dando de no acabar tan presto el libre y el cautivo, si no sonara a sus espaldas la voz de Preciosa, que las suyas había escuchado. Suspendiólos el oírla, y sin moverse, prestándola maravillosa atención, la escucharon. Ella (o no sé si de improviso, o si en algún tiempo los versos que cantaba le compusieron), con extremada gracia, como si para responderles fueran hechos, cantó los siguientes:

—En esta empresa amorosa
donde el amor entretengo,
por mayor ventura tengo
ser honesta que hermosa.
　　La que es más humilde planta,
si la subida endereza,
por gracia o naturaleza
a los cielos se levanta.
　　En este mi bajo cobre,
siendo honestidad su esmalte,
no hay buen deseo que falte
ni riqueza que no sobre.
　　No me causa alguna pena
no quererme o no estimarme;
que yo pienso fabricarme
mi suerte y ventura buena.
　　Haga yo lo que en mí es,
que a ser buena me encamine,
y haga el cielo y determine
lo que quisiere después.
　　Quiero ver si la belleza
tiene tal prer[r]ogativa,
que me encumbre tan arriba,
que aspire a mayor alteza.
　　Si las almas son iguales,
podrá la de un labrador
igualarse por valor
con las que son imperiales.
　　De la mía lo que siento
me sube al grado mayor,
porque majestad y amor
no tienen un mismo asiento.

Aquí dio fin Preciosa a su canto, y Andrés y Clemente se levantaron a recebilla. Pasaron entre los tres discretas razones, y Preciosa descubrió en las suyas su discrección, su honestidad y su agudeza, de tal manera, que en Clemente halló disculpa la intención de Andrés, que aún hasta entonces no la había hallado, juzgando más a mocedad que a cordura su arrojada determinación.

Aquella mañana se levantó el aduar, y se fueron a alojar en un lugar de la jurisdic[c]ión de Murcia, tres leguas de la ciudad, donde le sucedió a Andrés una desgracia que le puso en punto de perder la vida. Y fue que, después de haber dado en aquel lugar algunos vasos y prendas de plata en fianzas, como tenían de costumbre, Preciosa y su abuela, y Cristina con otras dos gitanillas, y los dos, Clemente y Andrés, se alojaron en un mesón de una viuda rica, la cual tenía una hija de edad de diez y siete o diez y ocho años, algo más desenvuelta que hermosa, y, por más señas, se llamaba Juana Carducha. Ésta, habiendo visto bailar a las gitanas y gitanos, la tomó el diablo, y se enamoró de Andrés tan fuertemente, que propuso de decírselo y tomarle por marido, si él quisiese, aunque a todos sus parientes les pesase; y así, buscó coyuntura para decírselo, y hallóla en un corral donde Andrés había entrado a requerir dos pollinos. Llegóse a él, y con priesa, por no ser vista, le dijo:

—Andrés (que ya sabía su nombre), yo soy doncella y rica; que mi madre no tiene otro hijo sino a mí, y este mesón es suyo, y amén desto tiene muchos majuelos y otros dos pares de casas [118]. Hasme parecido bien: si me quieres por esposa, a ti está; respóndeme presto, y si eres discreto, quédate, y verás qué vida nos damos.

Admirado quedó Andrés de la resolución de la Carducha, y con la presteza que ella pedía le respondió:

—Señora doncella, yo estoy apalabrado para casarme, y los gitanos no nos casamos sino con gitanas; guárdela Dios por la merced que me quería hacer, de quien yo no soy digno.

No estuvo en dos dedos de caerse muerta la Carducha con la aceda respuesta de Andrés, a quien replicara si no viera que entraban en el corral otras gitanas. Salióse corrida y asendereada [119], y de buena gana se vengara si pudiera. Andrés, como

---

[118] *dos pares de casas:* dos casas, según la interpretación de Rodríguez Marín, ed., *Novelas ejemplares,* I, pág. 106.

[119] *asendereada:* perseguida; véase *Don Quijote,* IV, pág. 198: «podría ser que en algún rincón topase con ese alcázar, que le vea yo comido de perros, que así nos trae corridos y asendereados».

discreto, determinó de poner tierra en medio y desviarse de aquella ocasión que el diablo le ofrecía; que bien leyó en los ojos de la Carducha que sin los lazos matrimoniales se le entregara a toda su voluntad, y no quiso verse pie a pie y solo en aquella estacada; y así, pidió a todos los gitanos que aquella noche se partiesen de aquel lugar. Ellos, que siempre le obedecían, lo pusieron luego por obra, y cobrando sus fianzas aquella tarde, se fueron.

La Carducha, que vio que en irse Andrés se le iba la mitad de su alma, y que no le quedaba tiempo para solicitar el cumplimiento de sus deseos, ordenó de hacer quedar a Andrés por fuerza, ya que de grado no podía; y así, con la industria, sagacidad y secreto que su mal intento le enseñó, puso entre las alhajas de Andrés, que ella conoció por suyas, unos ricos corales y dos patenas de plata, con otros brincos suyos, y apenas habían salido del mesón, cuando dio voces, diciendo que aquellos gitanos le llevaban robadas sus joyas; a cuyas voces acudió la justicia y toda la gente del pueblo.

Los gitanos hicieron alto, y todos juraban que ninguna cosa llevaban hurtada y que ellos harían patentes todos los sacos y repuestos de su aduar. Desto se congojó mucho la gitana vieja, temiendo que en aquel escrutinio no se manifestasen los dijes de la Preciosa y los vestidos de Andrés, que ella con gran cuidado y recato guardaba; pero la buena de la Carducha lo remedió con mucha brevedad todo, porque al segundo envoltorio que miraron dijo que preguntasen cuál era el de aquel gitano tan bailador, que ella le había visto entrar en su aposento dos veces y que podría ser que aquél las llevase. Entendió Andrés que por él lo decía, y, riéndose, dijo:

—Señora doncella, ésta es mi recámara y éste es mi pollino; si vos halláredes en ella ni en él lo que os falta, yo os lo pagaré con las setenas [120], fuera de sujetarme al castigo que la ley da a los ladrones.

Acudieron luego los ministros de la justicia a desvalijar el pollino, y a pocas vueltas dieron con el hurto; de que quedó tan espantado Andrés, y tan absorto, que no pareció sino estatua, sin voz, de piedra dura.

---

[120] *setenas:* siete veces la multa, o en este caso, siete veces el valor de las alhajas; véase *Don Quijote,* I, pág. 160, n. 23: «Figuradamente, 'pagar con las sentenas' pasó a significar 'sufrir un castigo harto superior a la pena cometida'.»

—¿No sospeché yo bien? —dijo a esta sazón la Carducha—. ¡Mirad con qué buena cara se encubre un ladrón tan grande!

El Alcalde, que estaba presente, comenzó a decir mil injurias a Andrés y a todos los gitanos, llamándolos de públicos ladrones y salteadores de caminos. A todo callaba Andrés, suspenso e imaginativo, y no acababa de caer en la traición de la Carducha. En esto se llegó a él un soldado bizarro, sobrino del Alcalde, diciendo:

—¿No veis cuál se ha quedado el gitanico podrido de hurtar? Apostaré yo que hace melindres y que niega el hurto, con habérsele cogido en las manos; que bien haya quien nos os echa en galeras a todos. ¡Mirad si estuviera mejor este bellaco en ellas, sirviendo a su Majestad, que no andarse bailando de lugar en lugar y hurtando de venta en monte! A fe de soldado que estoy por darle una bofetada que le derribe a mis pies—. Y diciendo esto, sin más ni más, alzó la mano y le dio un bofetón tal, que le hizo volver de su embelesamiento y le hizo acordar que no era Andrés Caballero, sino don Juan y caballero. Y arremetiendo al soldado con mucha presteza y más cólera, le arrancó su misma espada de la vaina y se la envainó en el cuerpo, dando con él muerto en tierra.

Aquí fue el gritar del pueblo, aquí el amohinarse el tío Alcalde, aquí el desmayarse Preciosa y el turbarse Andrés de verla desmayada; aquí el acudir todos a las armas y dar tras el homicida. Creció la confusión, creció la grita, y por acudir Andrés al desmayo de Preciosa, dejó de acudir a su defensa, y quiso la suerte que Clemente no se hallase al desastrado suceso, que con los bagajes había ya salido del pueblo. Finalmente, tanto cargaron sobre Andrés, que le prendieron y le aherrojaron con dos muy gruesas cadenas. Bien quisiera el Alcalde ahorcarle luego, si estuviera en su mano; pero hubo de remitirle a Murcia, por ser de su jurisdic[c]ión. No le llevaron hasta otro día, y en el que allí estuvo pasó Andrés muchos martirios y vituperios, que el indignado Alcalde y sus ministros y todos los del lugar le hicieron. Prendió el Alcalde todos los más gitanos y gitanas que pudo, porque los más huyeron, y entre ellos Clemente, que temió ser cogido y descubierto.

Finalmente, con la sumaria del caso y con una gran cáfila [121] de gitanos, entraron el Alcalde y sus ministros con otra mucha

---

[121] *cáfila:* «Compañía de gente libre, que va de una parte a otra» *(Cov.).*

gente armada en Murcia, entre los cuales iba Preciosa y el pobre Andrés, ceñido de cadenas, sobre un macho y con esposas y piedeamigo [122]. Salió toda Murcia a ver los presos, que ya se tenía noticia de la muerte del soldado. Pero la hermosura de Preciosa aquel día fue tanta, que ninguno la miraba que no la bendecía, y llegó la nueva de su belleza a los oídos de la señora Corregidora, que por curiosidad de verla hizo que el Corregidor, su marido, mandase que aquella gitanica no entrase en la cárcel, y todos los demás sí, y a Andrés le pusieron en un estrecho calabozo, cuya escuridad y la falta de la luz de Preciosa le trataron de manera, que bien pensó no salir de allí sino para la sepultura. Llevaron a Preciosa con su abuela a que la Corregidora la viese, y así como la vio dijo:

—Con razón la alaban de hermosa.

Y llegándola a sí, la abrazó tiernamente, y no se hartaba de mirarla, y preguntó a su abuela que qué edad tendría aquella niña.

—Quince años —respondió la gitana—, dos meses más a menos.

—Ésos tuviera agora la desdichada de mi Costanza. ¡Ay, amigas, que esta niña me ha renovado mi desventura! —dijo la Corregidora.

Tomó en esto Preciosa las manos de la Corregidora, y besándoselas muchas veces, se las bañaba con lágrimas, y le decía:

—Señora mía, el gitano que está preso no tiene culpa, porque fue provocado: llamáronle ladrón, y no lo es; diéronle un bofetón en su rostro, que es tal que en él se descubre la bondad de su ánimo. Por Dios y por quien vos sois, señora, que le hagáis guardar su justicia, y que el señor Corregidor no se dé priesa a ejecutar en él el castigo con que las leyes le amenazan; y si algún agrado os ha dado mi hermosura, entretenedla con entretener el preso, porque en el fin de su vida está el de la

---

[122] *piedeamigo:* «Cierto género de esposas o prisiones de las manos con una barrilla que ase en la argolla del cuello, que pienso se llama por otro nombre piedeamigo» *(Cov., s.v.,* «arropeas»). Según Cervantes en otro lugar *(Don Quijote,* II, pág. 178), «la otra [cadena era] de las que llaman guardaamigo o piedeamigo; de la cual decendían dos hierros que llegaban a la cintura, en los cuales se asían dos esposas, donde llevaba las manos, cerradas con un grueso candado, de manera que ni con las manos podía llegar a la boca, ni podía bajar la cabeza a llegar a las manos».

mía. Él ha de ser mi esposo, y justos y honestos impedimentos han estorbado que aun hasta ahora no nos habemos dado las manos [123]. Si dineros fueren menester para alcanzar perdón de la parte, todo nuestro aduar se venderá en pública almoneda, y se dará aún más de lo que pidieren. Señora mía, si sabéis qué es amor, y algún tiempo le tuvistes, y ahora le tenéis a vuestro esposo, doleos de mí, que amo tierna y honestamente al mío.

En todo el tiempo que esto decía, nunca la dejó las manos, ni apartó los ojos de mirarla atentísimamente, derramando amargas y piadosas lágrimas en mucha abundancia. Asimismo la Corregidora la tenía a ella asida de las suyas, mirándola ni más ni menos con no menos ahínco y con no más pocas lágrimas. Estando en esto, entró el Corregidor, y hallando a su mujer y a Preciosa tan llorosas y tan encadenadas, quedó suspenso, así de su llanto como de la hermosura. Preguntó la causa de aquel sentimiento, y la respuesta que dio Preciosa fue soltar las manos de la Corregidora, y asirse de los pies del Corregidor, diciéndole:

—¡Señor, misericordia, misericordia! ¡Si mi esposo muere, yo soy muerta! Él no tiene culpa; pero si la tiene, déseme a mí la pena, y si esto no puede ser, a lo menos entreténgase el pleito en tanto que se procuran y buscan los medios posibles para su remedio; que podrá ser que al que no pecó de malicia le enviase el cielo la salud de gracia.

Con nueva suspensión quedó el Corregidor de oír las discretas razones de la gitanilla, y que ya, si no fuera por no dar inicios de flaqueza, le acompañara en sus lágrimas. En tanto que esto pasaba, estaba la [124] gitana vieja, considerando grandes, muchas y diversas cosas, y al cabo de toda esta suspensión y imaginación, dijo:

—Espérenme vuesas mercedes, señores míos, un poco, que yo haré que estos llantos se conviertan en risa, aunque a mí me cueste la vida.

Y así, con ligero paso, se salió de donde estaba, dejando a los presentes confusos con lo que dicho había. En tanto, pues, que ella volvía, nunca dejó Preciosa las lágrimas ni los ruegos de que se entretuviese la causa de su esposo, con intención de avisar a su padre que viniese a entender en ella. Volvió la gita-

---

[123] *dado las manos:* por celebrar esponsales; «es señal de amistad, y entre los desposados, ceremonia esencial» *(Cov.).*

[124] *la:* El texto, «le».

na con un pequeño cofre debajo del brazo, y dijo al Corregidor que con su mujer y ella se entrasen en un aposento, que tenía grandes cosas que decirles en secreto. El Corregidor, creyendo que algunos hurtos de los gitanos quería descubrirle, por tenerle propicio en el pleito del preso, al momento se retiró con ella y con su mujer en su recámara, adonde la gitana, hincándose de rodillas ante los dos, les dijo:

—Si las buenas nuevas que os quiero dar, señores, no merecieren alcanzar en albricias el perdón de un gran pecado mío, aquí estoy para recibir el castigo que quisiéredes darme; pero antes que les confiese quiero que me digáis, señores, primero, si conocéis estas joyas.

Y descubriendo un cofrecico donde venían las de Preciosa, se le puso en las manos al Corregidor, y en abriéndole, vio aquellos dijes pueriles; pero no cayó [en] lo que podían significar. Mirólos también la Corregidora, pero tampoco dio en la cuenta; sólo dijo:

—Estos son adornos de alguna pequeña criatura.

—Así es la verdad —dijo la gitana—; y de qué criatura sean lo dice ese escrito que está en ese papel doblado.

Abrióle con priesa el Corregidor, y leyó que decía:

«Llamábase la niña doña Constanza de Azevedo y de Meneses; su madre, doña Guiomar de Meneses, y su padre, don Fernando de Azevedo, caballero del hábito de Calatrava. Desparecíla día de la Ascensión del Señor, a las ocho de la mañana, del año de mil quinientos y noventa y cinco. Traía la niña puestos estos brincos que en este cofre están guardados.»

Apenas hubo oído la Corregidora las razones del papel, cuando reconoció los brincos, se los puso a la boca, y dándoles infinitos besos, se cayó desmayada. Acudió el Corregidor a ella, antes que a preguntar a la gitana por su hija, y habiendo vuelto en sí, dijo:

—Mujer buena, antes ángel que gitana, ¿adónde está el dueño, digo la criatura cuyos eran estos dijes?

—¿Adónde, señora? —respondió la gitana—. En vuestra casa la tenéis: aquella gitanica que os sacó las lágrimas de los ojos es su dueño, y es sin duda alguna vuestra hija; que yo la hurté en Madrid de vuestra casa el día y hora que ese papel dice.

Oyendo esto la turbada señora, soltó los chapines, y desalada y corriendo salió a la sala adonde había dejado a Preciosa, y hallóla rodeada de sus doncellas y criadas, todavía llorando. Arremetió a ella, y sin decirle nada, con gran priesa le desabrochó el pecho y miró si tenía debajo de la teta izquierda una señal pequeña, a modo de lunar blanco, con que había nacido, y hallóle ya grande, que con el tiempo se había dilatado. Luego, con la misma celeridad, la descalzó, y descubrió un pie de nieve y de marfil, hecho a torno, y vio en él lo que buscaba, que era que los dos dedos últimos del pie derecho se trataban el uno con el otro por medio con un poquito de carne, la cual, cuando niña, nunca se la había querido cortar, por no darle pesadumbre. El pecho, los dedos, los brincos, el día señalada del hurto, la confesión de la gitana y el sobresalto y alegría que habían recibido sus padres cuando la vieron, con toda verdad confirmaron en el alma de la Corregidora ser Preciosa su hija; y así cogiéndola en sus brazos, se volvió con ella adonde el Corregidor y la gitana estaban.

Iba Preciosa confusa, que no sabía a qué efeto se habían hecho con ella aquellas diligencias, y más viéndose llevar en brazos de la Corregidora, y que le daba de un beso hasta ciento. Llegó, en fin, con la preciosa carga doña Guiomar a la presencia de su marido, y trasladándola de sus brazos a los del Corregidor, le dijo:

—Recebid, señor, a vuestra hija Costanza, que ésta es sin duda; no lo dudéis, señor, en ningún modo, que la señal de los dedos juntos y la del pecho he visto, y más, que a mí me lo está diciendo el alma desde el instante que mis ojos la vieron.

—No lo dudo —respondió el Corregidor, teniendo en sus brazos a Preciosa—, que los mismos efetos han pasado por la mía que por la vuestra; y más, que tantas puntualidades juntas, ¿cómo podían suceder, si no fuera por milagro?

Toda la gente de casa andaba absorta, preguntando unos a otros qué sería aquello, y todos daban bien lejos del blanco; que ¿quién había de imaginar que la gitanilla era hija de sus señores?

El Corregidor dijo a su mujer, y a su hija, y a la gitana vieja, que aquel caso estuviese secreto hasta que él le descubriese; y asimismo dijo a la vieja que él la perdonaba el agravio que le había hecho en hurtarle el alma, pues la recompensa de habérsela vuelto mayores albricias recebía [125], y que sólo le pesaba de que, sabiendo ella la calidad de Preciosa, la hubiese desposado con un gitano, y más con un ladrón y homicida.

_____

[125] _recebía:_ Algunos editores prefieren la lectura de la llamada segunda edición de Madrid (1614), que reza «merecía».

—¡Ay! —dijo a esto Preciosa—, señor mío, que ni es gitano ni ladrón, puesto que es matador. Pero fuelo del que le quitó la honra, y no pudo hacer menos de mostrar quién era y matarle.

—¿Cómo que no es gitano, hija mía? —dijo doña Guiomar.

Entonces la gitana vieja contó brevemente la historia de Andrés Caballero, y que era hijo de don Francisco de Cárcamo, caballero del hábito de Santiago, y que se llamaba don Juan de Cárcamo [126]; asimismo del mismo hábito, cuyos vestidos ella tenía, cuando los mudó en los de gitano. Contó también el concierto que entre Preciosa y don Juan estaba hecho de aguardar dos años de aprobación para desposarse o no. Puso en su punto la honestidad de entrambos y la agradable condición de don Juan.

Tanto se admiraron desto como del hallazgo de su hija, y mandó el Corregidor a la gitana que fuese por los vestidos de don Juan. Ella lo hizo ansí, y volvió con otro gitano que los trujo.

En tanto que ella iba y volvía, hicieron sus padres a Preciosa cien mil preguntas, a quien respondió con tanta discreción y gracia, que aunque no la hubieran reconocido por hija, los enamorara. Preguntáronle si tenía alguna afición a don Juan. Respondió que no más de aquella que le obligaba a ser agradecida a quien se había querido humillar a ser gitano por ella; pero que ya no se extendería a más el agradecimiento de aquello que sus señores padres quisiesen.

—Calla, hija Preciosa —dijo su padre—, que este nombre de Preciosa quiero que se te quede, en memoria de tu pérdida y de tu hallazgo; que yo, como tu padre, tomo a cargo el ponerte en estado que no desdiga de quién eres.

Susiró oyendo esto Preciosa, y su madre, como era discreta, entendió que suspiraba de enamorada de don Juan, [y] dijo a su marido:

—Señor, siendo tan principal don Juan de Cárcamo como lo es, y queriendo tanto a nuestra hija, no nos estaría mal dársela por esposa.

Y él respondió:

---

[126] *Juan de Cárcamo:* Según las investigaciones de Rodríguez Marín, Juan de Cárcamo era —como Triguillos— hombre de carne y hueso; su padre no era Francisco, sino Alonso de Cárcamo, quien funcionaba como corregidor de varias ciudades, incluyendo las de Toledo (1595) y Valladolid (1604). Era caballero de Calatrava y no de Santiago, como escribió Cervantes.

—Aun hoy la habemos hallado ¿y ya queréis que la perdamos? Gocémosla algún tiempo; que en casándola, no será nuestra, sino de su marido.

—Razón tenéis, señor —respondió ella—; pero dad orden de sacar a don Juan, que debe de estar en algún calabozo.

—Sí estará —dijo Preciosa—; que a un ladrón, matador, y sobre todo gitano, no le habrán dado mejor estancia.

—Yo quiero ir a verle, como que le voy a tomar la confesión —respondió el Corregidor—, y de nuevo os encargo, señora, que nadie sepa esta historia hasta que yo lo quiera.

Y abrazando a Preciosa, fue luego a la cárcel y entró en el calabozo donde don Juan estaba, y no quiso que nadie entrase con él. Hallóle con entrambos pies en un cepo[127] y con las esposas a las manos, y que aún no le habían quitado el piedeamigo. Era la estancia escura; pero hizo que por arriba abriesen una lumbrera, por donde entraba luz, aunque muy escasa, y así como le vio, le dijo:

—¿Cómo está la buena pieza? ¡Qué así tuviera yo atraillados cuantos gitanos hay en España, para acabar con ellos en un día, como Nerón quisiera con Roma, sin dar más de un golpe! Sabed, ladrón puntoso, que yo soy el Corregidor desta ciudad, y vengo a saber, de mí a vos, si es verdad es vuestra esposa una gitanilla que viene con vosotros.

Oyendo esto Andrés, imaginó que el Corregidor se debía de haber enamorado de Preciosa; que los celos son de cuerpos sutiles y se entran por otros cuerpos sin romperlos, apartarlos ni dividirlos; pero, con todo esto, respondió:

—Si ella ha dicho que yo soy su esposo, es mucha verdad; y si ha dicho que no lo soy, también ha dicho verdad, porque no es posible que Preciosa diga mentira.

—¿Tan verdadera es? —respondió el Corregidor—. No es poco serlo, para ser gitana. Ahora bien, mancebo, ella ha dicho que es vuestra esposa; pero que nunca os ha dado la mano. Ha sabido que, según es vuestra culpa, habéis de morir por ella, y hame pedido que antes de vuestra muerte la des-

---

[127] *cepo:* «Los cepos que hoy día usan en las prisiones son diferentes a los antiguos; porque los modernos, aunque sean de madera, son unas vigas largas partidas por medio, donde hay ciertos agujeros ajustados con la garganta del pie de un hombre, y metiéndole allí y echándole el candado, no puede sacar los pies ni menearse. También hay cepos donde los ponen de cabeza, y esto más se hace por género de castigo que por custodia» *(Cov.).*

pose con vos, porque se quiere honrar con quedar viuda de un tan gran ladrón como vos.

—Pues hágalo vuesa merced, señor Corregidor, como ella lo suplica; que como yo me despose con ella, iré contento a la otra vida, como parta désta con nombre de ser suyo.

—¡Mucho la debéis de querer! —dijo el Corregidor.

—Tanto —respondió el preso—, que a poderlo decir, no fuera nada. En efeto, señor Corregidor, mi causa se concluya; yo maté al que me quiso quitar la honra; yo adoro a esa gitana: moriré contento si muero en su gracia, y sé que no nos ha de faltar la de Dios, pues entrambos habremos guardado honestamente y con puntualidad lo que nos prometimos.

—Pues esta noche enviaré por vos —dijo el Corregidor—, y en mi casa os desposaréis con Preciosica, y mañana a mediodía estaréis en la horca; con lo que yo habré cumplido con lo que pide la justicia y con el deseo de entrambos.

Agradecióselo Andrés, y el corregidor volvió a su casa y dio cuenta a su mujer de lo que con Juan había pasado, y de otras cosas que pensaba hacer.

En el tiempo que él faltó dio cuenta Preciosa a su madre de todo el discurso de su vida, y de como siempre había creído ser gitana y nieta de aquella vieja; pero que siempre se había estimado en mucho más de lo que de ser gitana se esperaba.

Preguntóle su madre que le dijese la verdad, si quería bien a don Juan de Cárcamo. Ella, con vergüenza y con los ojos en el suelo, le dijo que por haberse considerado gitana, y que mejoraba su suerte con casarse con un caballero de hábito y tan principal como don Juan de Cárcamo, y por haber visto por experiencia su buena condición y honesto trato, alguna vez le había mirado con ojos aficionados; pero que, en resolución, ya había dicho que no tenía otra voluntad que aquella que ellos quisiesen.

Llegóse la noche, y siendo casi las diez, sacaron a Andrés de la cárcel, sin las esposas y el piedeamigo, pero no sin una gran cadena que desde los pies todo el cuerpo le ceñía. Llegó deste modo, sin ser visto de nadie, sino de los que le traían, en casa del Corregidor, y con silencio y recato le entraron en un aposento, donde le dejaron solo. De allí a un rato entró un clérigo y le dijo que se confesase, porque había de morir otro día. A lo cual respondió Andrés:

—De muy buena gana me confesaré; pero ¿cómo no me desposan primero? Y si me han de desposar, por cierto que es muy malo el tálamo que me espera.

131

Doña Guiomar, que todo esto sabía, dijo a su marido que eran demasiados los sustos que a don Juan daba; que los moderase, porque podría ser perdiese la vida con ellos. Parecióle buen consejo al Corregidor, y así entró a llamar al que le confesaba, y díjole que primero habían de desposar al gitano con Preciosa, la gitana, y que después se confesaría, y que se encomendase a Dios de todo corazón, que muchas veces suele llover sus misericordias en el tiempo que están más secas las esperanzas.

En efeto, Andrés salió a una sala donde estaban solamente doña Guiomar, el Corregidor, Preciosa y otros dos criados de casa. Pero cuando Preciosa vio a don Juan ceñido y aherrojado con tan gran cadena, descolorido el rostro y los ojos con muestra de haber llorado, se le cubrió el corazón y se arrimó al brazo de su madre, que junto a ella estaba, la cual, abrazándola consigo, le dijo:

—Vuelve en ti, niña, que todo lo que ves ha de redundar en tu gusto y provecho.

Ella, que estaba ignorante de aquello, no sabía cómo consolarse, y la gitana vieja estaba turbada, y los circunstantes, colgados del fin de aquel caso.

El Corregidor dijo:

—Señor tiniente cura, este gitano y esta gitana son los que vuesa merced ha de desposar.

—Eso no podré yo hacer si no preceden primero las circunstancias que para tal caso se requieren. ¿Dónde se han hecho las amonestaciones? ¿Adónde está la licencia de mi superior, para que con ella [128] se haga el desposorio?

—Inadvertencia ha sido mía —respondió el Corregidor—; pero yo haré que el vicario la dé.

—Pues hasta que la vea —respondió el tiniente cura—, estos señores perdonen.

Y sin replicar más palabras [129], por que no sucediese algún escándalo, se salió de casa y los dejó a todos confusos.

—El padre ha hecho muy bien —dijo a esta sazón el Corregidor—, y podría ser fuese providencia del cielo ésta, para que el suplicio de Andrés se dilate, porque, en efeto, él se ha de desposar con Preciosa y han de preceder primero las amonesta-

---

[128] *con ella:* El texto, «con ellas»; se puede (en el plural) referir, sin embargo, a las amonestaciones.

[129] *palabras:* El texto, «palabra».

ciones, donde se dará tiempo al tiempo, que suele dar dulce salida a muchas amargas dificultades; y con todo esto, quería saber de Andrés, si la suerte encaminase sus sucesos de manera que sin estos sustos y sobresaltos se hallase esposo de Preciosa, si se tendría por dichoso, ya siendo Andrés Caballero, o ya don Juan de Cárcamo.

Así como oyó Andrés nombrarse por su nombre, dijo:

—Pues Preciosa no ha querido contenerse en los límites del silencio y ha descubierto quién soy, aunque esa buena dicha me hallara hecho monarca del mundo, la tuviera en tanto, que pusiera término a mis deseos, sin osar desear otro bien sino el del cielo.

—Pues por ese buen ánimo que habéis mostrado, señor don Juan de Cárcamo, a su tiempo haré que Preciosa sea vuestra legítima consorte, y agora os la doy y entrego en esperanza por la más rica joya de mi casa, y de mi vida, y de mi alma; y estimadla en lo que decís, porque en ella os doy, a doña Costanza de Meneses, mi única hija, la cual, si os iguala en el amor, no os desdice nada en el linaje.

Atónito quedó Andrés viendo el amor que le mostraban, y en breves razones doña Guiomar contó la pérdida de su hija y su hallazgo, con las certísimas señas que la gitana vieja había dado de su hurto; con que acabó don Juan de quedar atónito y suspenso, pero alegre sobre todo encarecimiento; abrazó a sus suegros, llamólos padres y señores suyos; besó las manos a Preciosa, que con lágrimas le pedía las suyas.

Rompióse el secreto, salió la nueva del caso con la salida de los criados que habían estado presentes; el cual sabido por el Alcalde, tío del muerto, vio tomados los caminos de su venganza, pues no había de tener lugar el rigor de la justicia para ejecutarla en el yerno del Corregidor.

Vistióse don Juan los vestidos de camino que allí había traído la gitana; volviéronse las prisiones y cadenas de hierro en libertad y cadenas de oro; la tristeza de los gitanos presos, en alegría, pues otro día los dieron en fiado[130]. Recibió el tío del muerto la promesa de dos mil ducados, que le hicieron por que bajase de la querella y perdonase a don Juan, el cual, no olvidándose de su camarada Clemente, le hizo buscar; pero

---

[130] *en fiado:* Lo puso en libertad bajo fianza; véase *El buscón,* pág. 193: «En que trata los sucesos de la cárcel, hasta salir la vieja azotada, los compañeros a la vergüenza y yo en fiado.»

no le hallaron ni supieron dél, hasta que desde allí a cuatro días tuvo nuevas ciertas que se había embarcado en una de dos galeras de Génova que estaban en el puerto de Cartagena, y ya se había [131] partido.

Dijo el corregidor a don Juan que tenía por nueva cierta que su padre, don Francisco de Cárcamo, estaba proveído por Corregidor de aquella ciudad, y que sería bien esperalle, para que con sus beneplácito y consentimiento se hiciesen las bodas. Don Juan dijo que no saldría de lo que él ordenase; pero que, ante todas [las] cosas, se había de desposar con Preciosa.

Concedió licencia el Arzobispo para que con sola una amonestación se hiciese. Hizo fiestas la ciudad, por ser muy bien quisto el Corregidor, con luminarias, toros y cañas el día del desposorio; quedóse la gitana vieja en casa, que no se quiso apartar de su nieta Preciosa.

Llegaron las nuevas a la Corte del caso y casamiento de la gitanilla; supo don Francisco de Cárcamo ser su hijo el gitano y ser la Preciosa la gitanilla que él había visto, cuya hermosura disculpó con él la liviandad de su hijo, que ya le tenía por perdido, por saber que no había ido a Flandes; y más porque vio cuán bien le estaba el casarse con hija de tan gran caballero y tan rico como era don Fernando de Azevedo. Dio priesa a su partida, por llegar presto a ver a sus hijos, y dentro de veinte días ya estaba en Murcia, con cuya llegada se renovaron los gustos, se hicieron las bodas, se contaron las vidas, y los poetas de la ciudad, que hay algunos, y muy buenos, tomaron a cargo celebrar el extraño caso, juntamente con la sin igual belleza de la gitanilla. Y de tal manera escribió el famoso licenciado Pozo [132], que en sus versos durará la fama de la Preciosa mientras los siglos duraren.

Olvidábaseme de decir cómo la enamorada mesonera descubrió a la justicia no ser verdad lo del hurto de Andrés el gitano, y confesó su amor y su culpa, a quien no respondió pena alguna, porque en la alegría del hallazgo de los desposados se enterró la venganza y resucitó la clemencia.

---

[131] *había:* El texto, «auian».
[132] *el licenciado Pozo:* Existió de veras según Rodríguez Marín: «Francisco del Pozo, ... cabalmente en Murcia, a 22 de noviembre de 1602, había aprobado la comedia de Lope de Vega intitulada *El veneno saludable* ...» *(Novelas ejemplares,* I, pág. 129, n.).

Novela del amante liberal

—¡Oh lamentables ruinas de la desdichada Nicosia[1], apenas enjutas de la sangre de vuestros valerosos y mal afortunados defensores! Si como carecéis de sentido, le tuviérades ahora, en esta soledad donde estamos, pudiéramos lamentar juntas nuestras desgracias, y quizá el haber hallado compañía en ellas aliviara nuestro tormento. Esta esperanza os puede haber quedado, ¡mal derribados torreones!, que otra vez, aunque no para tan justa defensa como la en que os derribaron, os podéis ver levantados. Mas yo, desdichado, ¿qué bien podré esperar en la miserable estrecheza en que me hallo, aunque vuelva al estado en que estaba antes deste en que me veo? Tal es mi desdicha, que en la libertad fui sin ventura, y en el cautiverio, ni la tengo ni la espero—.

Estas razones decía un cautivo cristiano, mirando desde un recuesto las murallas derribadas de la ya perdida Nicosia, y así hablaba con ellas, y hacía comparación de sus miserias a las suyas, como si ellas fueran capaces de entenderle; propia condición de afligidos que, llevados de sus imaginaciones, hacen y dicen cosas ajenas de toda razón y buen discurso.

---

[1] *Nicosia:* Los turcos invadieron la isla de Chipre en el mes de julio de 1570. En septiembre de ese año se rindió la capital (Nicosia), pero las noticias de la victoria turca no llegaron a Madrid hasta el 19 de diciembre. El pequeño puerto de Famagusta, defendido por venecianos, no se perdió hasta agosto del año siguiente. Según F. Braudel, mientras atacaban Nicosia los turcos, «les habitants de toutes conditions ... étaient restés presque tous à dormir dans leurs maisons» (una cita tomada de los *Annali di Venezia,* Famagusta, el 8 de octubre de 1570), en *La Mediterranée et le monde Mediterranéen à l'époque de Philippe II,* 2 vols., París, 1966, I, pág. 143. Véase también el interesante artículo de A. Hess, «The Battle of Lepanto and Its Place in Mediterranean History», *Past and Present,* n.º 57 (1972), págs. 53-73.

En esto salió de un pabellón o tienda, de cuatro que estaban en aquella compaña puestas, un turco[2], mancebo de muy buena disposición y gallardía, y llegándose al cristiano le dijo:

—Apostaría yo, Ricardo amigo, que te traen por estos lugares tus continuos pensamientos.

—Sí traen —respondió Ricardo, que éste era el nombre del cautivo—; mas ¿qué aprovecha si en ninguna parte a do voy hallo tregua ni descanso en ellos, antes me los han acrecentado estas ruinas que desde aquí se descubren?

—Por las de Nicosia dirás —dijo el turco.

—Pues ¿por cuáles quieres que [lo] diga —repitió Ricardo—, si no hay otras que a los ojos por aquí se ofrezcan?

—Bien tendrás que llorar —replicó el turco—, si en esas contemplaciones entras; porque los que vieron habrá dos años a esta nombrada y rica isla de Chipre en su tranquilidad y sosiego, gozando sus moradores en ella de todo aquello que la felicidad humana puede conceder a los hombres, y ahora los ve o contempla, o desterrados della o en ella cautivos y miserables, ¿cómo podrá dejar de no dolerse de su calamidad y desventura? Pero dejemos estas cosas, pues no llevan remedio, y vengamos a las tuyas, que quiero ver si le tienen; y así te ruego, por lo que debes a la buena voluntad que te he mostrado y por lo que te obliga el ser entrambos de

---

[2] *un turco:* Para los turcos «literarios» (y hay aquí uno de los más «cristianos»), véase A. Mas, *Les Turcs dans la littérature espagnole du Siècle d'Or,* 2 vols., París, 1967; y para los turcos y Cervantes, el primer tomo de Mas, págs. 289-374. De interés especial para nuestros comentarios son los libros de ¿Andrés Laguna?, *Viaje de Turquía:* de Diego de Haedo, *Topografía e historia general de Argel* (Valladolid, 1612) y de Diego Galán, *Cautiverio y trabajos de Diego Galán, natural de Consuegra y vecino de Toledo* (ca 1589—1600; ed. Madrid, 1913). Diego de Haedo dice, por ejemplo, que los turcos «son de dos maneras: unos que lo son de naturaleza y otros de profesión; llámanse turcos de naturaleza los que han venido o sus padres de Turquía, ...[y los de «profesión» son] gente vellísima, torpes y villanos, a que ellos llaman Chacales; pero algunos han salido y salen hombres de hecho y valerosos. Son todos de cuerpo robustos, porque desde niños se crían sin ninguna crianza o temor y a rienda suelta como brutos animales en todo género de vicio que les representa o apetece la carne» (fol. 9r; modernizo el texto).

una misma patria, y habernos criado en nuestra niñez juntos. que me digas qué es la causa que te trae tan demasiadamente triste; que puesto caso que sola la del cautiverio es bastante para entristecer el corazón más alegre del mundo, todavía imagino que de más atrás traen la corriente tus desgracias. Porque los generosos ánimos como el tuyo no suelen rendirse a las comunes desdichas tanto que den muestras de extraordinarios sentimientos: y háceme creer esto, el saber yo que no eres tan pobre que te falte para dar cuanto pidieren por tu rescate; ni estás en las torres del mar Negro[3], como cautivo de consideración que tarde o nunca alcanza la deseada libertad. Así que, no habiéndote quitado la mala suerte las esperanzas de verte libre, y con todo esto, verte rendido a dar miserables muestras de tu desventura, no es mucho que imagine que tu pena procede de otra causa que de la libertad que perdiste, la cual causa te suplico me digas, ofreciéndote cuanto puedo y valgo; quizá para que yo te sirva ha traído la fortuna este rodeo de haberme hecho vestir deste hábito, que aborrezco. Ya sabes, Ricardo, que es mi amo el cadí[4] desta ciudad, que es lo mismo que ser su obispo. Sabes también lo mucho que vale y lo mucho que con él puedo. Juntamente con esto no ignoras el deseo encendido que tengo de no morir en este estado que parece que profeso, pues cuando más no pueda, tengo de confesar y publicar a voces la fe de Jesucristo, de quien me apartó mi poca edad y menos entendimiento, puesto que sé que tal confesión me ha de costar la vida, que a trueco

---

[3] *las torres del Mar Negro:* Andrés Laguna, *Viaje de Turquía,* las menciona: «Lo primero que yendo de acá topamos de Constantinopla se llama Iedicula, las Siete Torres, donde están juntas siete torres fuertes y bien hechas. Dicen que solían estar llenas de dinero. Yo entré en dos dellas, y no vi sino heno. En aquella parte se mata la mayor parte de la carne que se gasta en la cibdad, y de alli se distribuye a las carnecerias, que me hareis dezir que son tantas como casas tiene Burgos» (ed. M. Serrano y Sanz, *Autobiografías y memorias,* Nueva Biblioteca de Autores Españoles, vol. 2, Madrid, 1905, pág. 147b).

[4] *cadí:* Del árabe *qadi,* «juez» (Corominas, I, pág. 573a); véase Diego de Haedo, fol. 35r; «También es causa deshacer el matrimonio ser el marido con la mujer sodomita como de ordinario lo son muchos, y en tal caso, cuando la mujer demanda justicia al cadí (que es el juez), sin hablar ni decir palabra, llegando delante el cadí toma su zapato y le pone delante dél con la suela para arriba, significando que el marido la conoce al revés, y es admitida a probanza.»

de no perder la del alma, daré por bien empleado perder la del cuerpo. De todo lo dicho quiero que infieras y que consideres que te puede ser de algún provecho mi amistad, y que para saber qué remedios o alivios puede tener tu desdicha, es menester que me la cuentes como ha menester el médico la relación del enfermo, asegurándote que la depositaré en lo más escondido del silencio.

A todas estas razones estuvo callando Ricaredo, y viéndose obligado dellas y de la necesidad, le respondió con éstas:

—Si así como has acertado, ¡oh amigo Mahamut! —que así se llamaba el turco—, en lo que de mi desdicha imaginas, acertaras en su remedio, tuviera por bien perdida mi libertad, y no trocara mi desgracia con la mayor ventura que imaginarse pudiera; mas yo sé que ella es tal que todo el mundo podrá saber bien la causa de donde procede, mas no habrá en él persona que se atreva, no sólo a hallarle remedio, pero ni aun alivio. Y para que quedes satisfecho desta verdad, te la contaré en las menos razones que pudiere; pero antes que entre en el confuso laberinto de mis males, quiero que me digas qué es la causa que Hazán Bajá, mi amo, ha hecho plantar en esta campaña estas tiendas y pabellones antes de entrar en Nicosia, adonde viene proveído por virrey o por bajá[5], como los turcos llaman a los virreyes.

—Yo te satisfaré brevemente —respondió Mahamut—; y así has de saber que es costumbre entre los turcos que los que van por virreyes de alguna provincia no entran en la ciudad donde su antecesor habita hasta que él salga della y deje hacer libremente al que viene la residencia[6]; y en tanto que el bajá nuevo la hace, el antiguo se está en la campaña esperando lo que resulta de sus cargos, los cuales se le hacen sin que él pueda

---

[5] *bajá:* «Bassá o baxá vale en lengua turquesca tanto como gran personaje del consejo de estado y de guerra. Francisco Sánchez Brocense, baxá, capitán del turco» *(Cov.).* Diego de Haedo lo define más detalladamente: «A este governador en lengua turquesca llaman Baxá, que es título que entre los turcos tienen los governadores de grandes reinos, porque los que goviernan otros estados y provincias pequeñas se dicen sanjachaboy, y como entre turcos no hay más otro rey que el mismo turco, si habíamos de hablar propiamente. Bajá no quiere decir rey, mas governador, y de la misma manera se había de llamar el que govierna Argel y todas las tierras a él sujetas. Pero entre cristianos está ya en uso llamarse rey el governador de Argel, y el de Túnez, y de Trypol y otros» (fol. 44v).

[6] *residencia:* Ver *La gitanilla,* nota 51.

intervenir a valerse de sobornos ni amistades, si ya primero no lo ha hecho. Hecha, pues, la residencia, se la dan al que deja el cargo en un pergamino cerrado y sellado, y con ella se presenta a la Puerta del Gran Señor, que es como decir en la Corte ante un Gran Consejo del Turco; la cual vista por el visirbajá, y por los otros cuatro bajaes menores, como si dijésemos ante el presidente del Real Consejo y oidores, o le premian o le castigan, según la relación de la residencia; puesto que si viene culpado, con dineros rescata y excusa el castigo. Si no viene culpado y no le premian, como sucede de ordinario, con dádivas y presentes alcanza el cargo que más se le antoja, porque no se dan allí los cargos y oficios por merecimientos, sino por dineros: todo se vende y todo se compra. Los proveedores de los cargos roban [a] los proveídos en ellos y los desuellan; deste oficio comprado sale la sustancia para comprar otro que más ganancia promete. Todo va como digo, todo este imperio es violento, señal que prometía no ser durable; pero a lo que yo creo, y así debe de ser verdad, le tienen sobre sus hombros nuestros pecados, quiero decir, los de aquellos que descaradamente y a rienda suelta ofenden a Dios, como yo hago: Él se acuerde de mí por quien Él es. Por la causa que he dicho, pues, tu amo, Hazán Bajá, ha estado en esta campaña cuatro días, y si el de Nicosia no ha salido como debía, ha sido por haber estado muy malo; pero ya está mejor y saldrá hoy o mañana, sin duda alguna, y se ha de alojar en unas tiendas que están detrás deste recuesto que tú no has visto, y tu amo entrará luego en la ciudad; y esto es lo que hay que saber de lo que me preguntaste.

—Escucha, pues —dijo Ricardo—; mas no sé si podré cumplir lo que antes dije, que en breves razones te contaría mi desventura, por ser ella tan larga y desmedida, que no se puede medir con razón alguna; con todo esto, haré lo que pudiere y lo que el tiempo diere lugar: y así te pregunto primero si conoces en nuestro lugar de Trápana[7] una doncella a quien la

---

7 *Trápana:* Trápani (el antiguo *Drepanum*) se encuentra en el extremo occidental de la isla de Sicilia; era un puerto importante de la cadena de rutas antiguas de comercio; véase F. Braudel, *La Mediterranée,* I, pág. 110. Cfr. Alonso de Contreras, *Derrotero universal desde el Cabo de San Vicente ...* (incluido como apéndice de su *Vida,* editada por José María de Cossío en el tomo 90 de la B.A.E. [Madrid, 1956], págs. 145-248. La *Vida* fue escrita hacia 1630): «Para pasar el Cabo Trápana la vuelta de Marzala, que está

fama daba nombre de la más hermosa mujer que había en toda Sicilia; una doncella, digo, por quien decían todas las curiosas lenguas y afirmaban los más raros entendimientos que era la de más perfecta hermosura que tuvo la edad pasada, tiene la presente y espera tener la que está por venir; una por quien los poetas cantaban que tenía los cabellos de oro, y que eran sus ojos dos resplandecientes soles, y sus mejillas purpúreas rosas, sus dientes perlas, sus labios rubíes, su garganta alabastro, y que sus partes con el todo, y el todo con sus partes, hacían una maravillosa y concertada armonía, esparciendo naturaleza sobre todo una suavidad de colores tan natural y perfecta, que jamás pudo la envidia hallar cosa en que ponerle tacha. Que, ¿es posible, Mahamut, que ya no me has dicho quién es y cómo se llama? Sin duda creo, o que no me oyes, o que cuando en Trápana estabas, carecías de sentido.

—En verdad, Ricardo —respondió Mahamut—, que si la que has pintado con tantos extremos de hermosura no es Leonisa, la hija de Rodolfo Florencio, no sé quién sea; que ésta sola tenía la fama que dices.

—Ésa es, ¡oh Mahamut! —respondió Ricardo—; ésa es, amigo, la causa principal de todo mi bien y de toda mi desventura; ésa es, que no la perdida libertad, por quien mis ojos han derramado, derraman y derramarán lágrimas sin cuento, y la por quien mis sospiros encienden el aire, cerca y lejos, y la por quien mis razones cansan al cielo que las escucha y a los oídos que las oyen; ésa es por quien tú me has juzgado por loco o, por lo menos, por de poco valor y menos ánimo; esta Leonisa, para mí leona, y mansa cordera para otro, es la que me tiene en este miserable estado. Porque has de saber que desde mis tiernos años, o a lo menos desde que tuve uso de razón, no sólo la amé, mas la adoré y serví con tanta solicitud como si no tuviera en la tierra ni en el cielo otra deidad a quien sirviese ni adorase. Sabían sus deudos y sus padres mis deseos, y jamás dieron muestra de que les pesase, considerando que iban encaminados a fin honesto y virtuoso, y así muchas veces sé yo que se lo dijeron a Leonisa, para disponerle la voluntad a que por su esposo me recibiese. Mas ella, que tenía puestos los ojos en

---

en la costa de Mediodía de Sicilia, han de arrimarse las galeras a La Flaviana, porque a la banda de Sicilia hay muchos secanos. Trápana es una ciudad en la marina; tiene razonable puerto, con muchos arrecifes y secanos» (págs. 244-45).

Cornelio, el hijo de Ascanio Rótulo, que tú bien conoces: mancebo galán, atildado, de blandas manos y rizos cabellos, de voz meliflua y de amorosas palabras, y, finalmente, todo hecho de ámbar y de alfeñique, guarnecido de telas y adornado de brocados, no quiso ponerlos en mi rostro, no tan delicado como el de Cornelio, ni quiso agradecer siquiera mis muchos y continuos servicios, pagando mi voluntad con desdeñarme y aborrecerme; y a tanto llegó el extremo de amarla, que tomara por partido dichoso que me acabara a pura fuerza de desdenes y desagradecimientos, con que no diera descubiertos aunque honestos favores a Cornelio. ¡Mira, pues, si llegándose a la angustia del desdén y aborrecimiento la mayor y más cruel rabia de los celos, cuál estaría mi alma de dos tan mortales pestes combatida! Disimulaban los padres de Leonisa los favores que a Cornelio hacía, creyendo, como estaba en razón que creyesen, que atraído el mozo de su incomparable y bellísima hermosura, la escogería por su esposa, y en ello granjearían yerno más rico que conmigo; y bien pudiera ser, si así fuera; pero no le alcanzaran, sin arrogancia sea dicho, de mejor condición que la mía, ni de más altos pensamientos, ni de más conocido valor que el mío. Sucedió, pues, que en el discurso de mi pretensión, alcancé a saber que un día del mes pasado de mayo, que éste de hoy hace un año, tres días y cinco horas, Leonisa y sus padres, y Cornelio y los suyos, se iban a solazar con toda su parentela y criados al jardín de Ascanio, que está cercano a la marina, en el camino de las Salinas.

—Bien lo sé —dijo Mahamut—: pasa adelante, Ricardo, que más de cuatro días tuve en él, cuando Dios quiso, más de cuatro buenos ratos.

—Súpelo —replicó Ricardo—, y al mismo instante que lo supe me ocupó el alma una furia, una rabia y un infierno de celos, con tanta vehemencia y rigor, que me sacó de mis sentidos, como lo verás por lo que luego hice, que fue irme al jardín donde me dijeron que estaban, y hallé a la más de la gente solazándose, y debajo de un nogal sentados a Cornelio y a Leonisa, aunque desviados un poco. Cuál ellos quedaron de mi vista, no lo sé; de mí sé decir que quedé tal con la suya, que perdí la de mis ojos, y me quedé como estatua sin voz ni movimiento alguno. Pero no tardó mucho en despertar el enojo a la cólera, y la cólera a la sangre del corazón, y la sangre a la ira, y la ira a las manos y a la lengua; puesto que las manos se ataron con el respecto a mi parecer debido al hermoso rostro que tenía delante. Pero la lengua rompió el silencio con estas razones: «Contenta estarás, ¡oh enemiga mortal de mi descanso!, en tener con tanto sosiego delante de tus ojos la causa que hará que los míos vivan en perpetuo y doloroso llanto. Llégate, llégate, cruel, un poco más, y enrede tu yedra a ese inútil tronco que te busca; peina o ensortija aquellos cabellos de ese tu nuevo Ganimedes[8], que tibiamente te solicita; acaba ya de entregarte a los banderizos años dese mozo en quien contemplas, por que perdiendo yo la esperanza de alcanzarte, acabe con ella la vida que aborrezco. ¿Piensas, por ventura, soberbia y mal considerada doncella, que contigo sola se han de romper y faltar las leyes y fueros que en semejantes casos en el mundo se usan? ¿Piensas, quiero decir, que este mozo, altivo por su riqueza, arrogante por su gallardía, inexperto por su edad poca, confiado por su linaje, ha de querer, ni poder, ni saber guardar firmeza en sus amores, ni estimar lo inestimable, ni conocer lo que conocen los maduros y experimentados años? No lo pienses, si lo piensas, porque no tiene otra cosa buena el mundo, sino hacer sus acciones siempre de una misma manera, por que no se engañe nadie sino por su propia ignorancia. En los pocos años está la inconstancia mucha; en los ricos, la soberbia; la vanidad, en los arrogantes, y en los hermosos, el desdén, y en los que todo esto tienen, la necedad, que es madre de todo mal suceso. Y tú, ¡oh mozo!, que tan a tu salvo piensas llevar el premio más debido a mis buenos deseos que a los ociosos tuyos, ¿por qué no te levantas de ese estrado de flores donde yaces, y vienes a sacarme el alma, que tanto la tuya aborrece? Y no porque me ofendas en lo que haces, sino porque no sabes estimar el bien que la ventura te concede; y vese claro que le tienes en poco, en que no quieres moverte a defendelle por no ponerte a riesgo de descomponer la afeitada compostura de tu galán vestido. Si esa tu reposada condición tuviera Aquiles, bien seguro estuviera Ulises de no salir con su empresa, aunque más le mostrara resplandecientes armas y

---

[8] *Ganimedes:* véase Juan Pérez de Moya, *Philosophia secreta,* ed. cit., II, pág. 142: «Finge Ovidio y otros poetas haber sido arrebatado Ganimedes del águila y llevado al cielo para servir de copero a Júpiter en lugar de Hebe, hija de Iuno … Otros, como Apolonio dicen que no fue llevado para que fuese paje de copa de Júpiter, sino porque gozase y conservase con los dioses.»

acerados alfanjes[9]. Vete, vete, y recréate entre las doncellas de tu madre, y allí ten cuidado de tus cabellos y de tus manos, más despiertas a devanar blando sirgo que a empuñar la dura espada.»

«A todas estas razones jamás se levantó Cornelio del lugar donde le hallé sentado, antes se estuvo quedo, mirándome como embelesado sin moverse; y a las levantadas voces con que le dije lo que has oído, se fue llegando la gente que por la huerta andaba, y se pusieron a escuchar otros más impropios que a Cornelio dije, el cual, tomando ánimo con la gente que acudió, porque todos o los más eran sus parientes, criados o allegados, dio muestras de levantarse; mas antes de que se pusiese en pie, puse mano a mi espada y acometíle, no sólo a él, sino a todos cuantos allí estaban. Pero apenas vio Leonisa relucir mi espada, cuando le tomó un recio desmayo, cosa que me puso en mayor coraje y mayor despecho. Y no te sabré decir si los muchos que me acometieron atendían no más de a defenderse, como quien se defiende de un loco furioso, o si fue mi buena suerte y diligencia, o el cielo, que para mayores males quería guardarme, porque, en efeto, herí siete o ocho de los que hallé más a mano. A Cornelio le valió su buena diligencia, pues fue tanta la que puso en los pies, huyendo, que se escapó de mis manos. Estando en este tan manifiesto peligro, cercado de mis enemigos, que ya como ofendidos procuraban vengarse, me socorrió la ventura con un remedio que fuera mejor haber dejado allí la vida, que no, restaurándola por tan no pensado camino, venir a perderla cada hora mil y mil veces; y fue que de improviso dieron en el jardín mucha cantidad de turcos de dos galeotas de cosarios[10] de Biserta[11], que en una cala, que allí cerca estaba, habían

---

[9] *alfanjes:* «Es una cuchilla curva, a modo de hoz, salvo que tiene el corte por la parte conveja» *(Cov.);* véase *Viaje de Turquía,* edición citada, pág. 31b: «El otro desembainó una zimitarra, que es alfange turquesco, y fue para mí.» Cfr. D. Enrique de Leguina, *Glosario de armería,* Madrid, 1912, págs. 48-49.

[10] *cosarios:* corsarios, piratas; véase Diego de Haedo, *Topografía de Argel,* fol. 47v: «Los cosarios son aquellos que viven de robar de continuo por la mar, y dado caso que dellos hay algunos que son turcos de nación y algunos moros, pero casi todos son renegados de todas las naciones y todos muy pláticos en las riberas marinas y costas de toda la cristiandad.»

[11] *Biserta:* Es una ciudad y puerto en la costa norte de Túnez, al sur de Cabo Blanco; véase Contreras, *Derrotero universal,* pág. 224:

desembarcado sin ser sentidos de las centinelas de las torres de la marina, ni descubiertos de los corredores[12] o atajadores[13] de la costa. Cuando mis contrarios los vieron, dejándome solo, con presta celeridad se pusieron en cobro[14]; de cuantos en el jardín estaban, no pudieron los turcos cautivar más de a tres personas y a Leonisa, que aún estaba desmayada; a mí me cogieron con cuatro disformes heridas, vengadas antes por mi mano con cuatro turcos, que de otras cuatro dejé sin vida tendidos en el suelo. Este asalto hicieron los turcos con su acostumbrada diligencia, y no muy contentos del suceso, se fueron a embarcar, y luego se hicieron a la mar, y a vela y remo[15] en breve espacio se pusieron en la Fabiana[16]. Hicieron reseña por ver qué gente les faltaba, y viendo que los muertos eran cuatro soldados de aquellos que ellos llaman! leventes[17], y de los mejores y más estimados que traían, quisieron tomar en mí la venganza, y así mandó el arráez[18] de la capitana bajar la entena para ahorcarme.

«De la isla de Cani, pasadas diez millas de playa deshabitada está Biserta. Es un río con un mar muerto dentro; gira seis millas. ... Llámase en arábigo Chavalaviat, que quiere decir Monte Blanco. Aquí podrá desembarcar nuestra gente para tomar a Biserta.»

[12] *corredores:* «El soldado o soldados que se envían para descubrir, reconocer y explorar la campaña» *(Aut.);* y el texto que cita de Diego de Mendoza, *Guerra de Granada:* «Enviando por corredores ... a Farax Aben Farax, con hasta ciento y cincuenta hombres, gente suelta.»

[13] *atajadores:* «el que tiene por oficio y ejercicio en tiempo de guerra el correr la tierra, así de pie como a caballo, para reconocer si han entrado en ella los enemigos, por dónde han andado, y por dónde han salido» *(Aut.);* y el texto de Diego de Mendoza, *Guerra de Granada:* «Atajadores llaman, entre gente del campo, hombre de a pie y de a caballo, diputados a rodear la tierra para ver si han entrado en ella enemigos, o salido.»

[14] *se pusieron en cobro:* Acogerse, refugiarse con seguridad.

[15] *a vela y remo:* «navegar a vela y a remo es hacer un negocio con presteza» *(Cov.).*

[16] *la Fabiana:* La isla de Favignana, la mayor de las islas Egades, está localizada cerca de la costa oeste de Sicilia; Alonso de Contreras, *Derrotero universal,* pág. 244: «tiene buenos abrigos, agua y un castillo fuerte».

[17] *leventes: Viaje de Turquía,* pág. 141b: «Juan. —¿Qué llaman leventes? Pedro. —Gente de la mar, los que nosotros decimos corsarios; truhanes también tienen, que los llaman mazcara, ...» Véase también *Topografía de Argel,* fol. 36r y *passim.*

[18] *arráez:* «unos dicen que vale capitán, otros añaden capitán de

»Todo esto estaba mirando Leonisa, que ya había vuelto en sí, y viéndose en poder de los cosarios, derramaba abundancia de hermosas lágrimas, y torciendo sus manos delicadas, sin hablar palabra, estaba atenta a ver si entendía lo que los turcos decían. Mas uno de los cristianos del remo le dijo en italiano como el arráez mandaba ahorcar a aquel cristiano, señalándome a mí, porque había muerto en su defensa cuatro de los mejores soldados de las galeotas. Lo cual oído y entendido por Leonisa, la vez primera que se mostró para mí piadosa, dijo al cautivo que dijese a los turcos que no me ahorcasen, porque perderían un gran rescate, y que les rogaba volviesen a Trápana, que luego me rescatarían. Ésta, digo, fue la primera y aun será la última caridad que usó conmigo Leonisa, y todo para mayor mal mío. Oyendo, pues, los turcos lo que el cautivo les decía, le creyeron, y mudóles el interés la cólera. Otro día[19] por la mañana, alzando la bandera de paz volvieron a Trápana; aquella noche la pasé con el dolor que imaginarse puede, no tanto por el que mis heridas me causaban, cuanto por imaginar el peligro en que la cruel enemiga mía entre aquellos bárbaros estaba.

»Llegados, pues, como digo, a la ciudad, entró en el puerto la una galeota y la otra se quedó fuera; coronóse luego todo el puerto y la ribera toda de cristianos, y el lindo de Cornelio, desde lejos, estaba mirando lo que en la galeota pasaba. Acudió luego un mayordomo mío a tratar de mi rescate, al cual dije que en ninguna manera tratase de mi libertad, sino de la de Leonisa, y que diese por ella todo cuanto valía mi hacienda; y más le ordené, que volviese a tierra y dijese a los padres de Leonisa que le dejasen a él tratar de la libertad de su hija, y que no se pusiesen en trabajo por ella. Hecho esto, el arráez principal, que era un renegado griego llamado Yzuf, pidió por Leonisa seis mil escudos, y por mí cuatro mil, añadiendo que no daría el uno sin el otro: pidió esta gran suma[20], según

<hr />

navío. Diego de Urrea dice que vale cabeza o el que gobierna y manda; y está contraído a que significa el capitán de galera o la cabeza de la escuadra» *(Cov.); Viaje de Turquía,* pág. 15b: «Mata. —¿Y arraez? Pedro. —Capitán de una galera.»

[19] *Otro día:* el día siguiente; véase J. Gillet, ed., *Propalladia,* III, págs. 362-63, con abundantes ejemplos.

[20] *esta gran suma:* Se pagaron 500 escudos por el rescate de Cervantes; véase Amezúa y Mayo, *Cervantes,* I, pág. 8 y notas, y Diego de Haedo, *Topografía,* fol. 185r. Cf. J. Mathiez, «Trafic et

después supe, porque estaba enamorado de Leonisa y no quisiera él rescatalla, sino darle al arráez de la otra galeota, con quien había de partir las presas que se hiciesen por mitad, a mí, en precio de cuatro mil escudos, y mil en dinero, que hacían cinco mil, y quedarse con Leonisa por otros cinco mil. Y ésta fue la causa por que nos apreció a los dos en diez mil escudos. Los padres de Leonisa no ofrecieron de su parte nada, atenidos a la promesa que de mi parte mi mayordomo les había hecho; ni Cornelio movió los labios en su provecho; y así, después de muchas demandas y respuestas, concluyó mi mayordomo en dar por Leonisa cinco mil, y por mí, tres mil escudos.

»Aceptó Yzuf este partido, forzado de las persuasiones de su compañero y de lo que todos sus soldados le decían. Mas como mi mayordomo no tenía junta tanta cantidad de dinero, pidió tres días de término para juntarlos, con intención de malbaratar mi hacienda hasta cumplir el rescate. Holgóse desto Yzuf, pensando hallar en este tiempo ocasión para que el concierto no pasase adelante; y volviéndose a la isla de la Fabiana, dijo que llegado el término de los tres días volvería por el dinero. Pero la ingrata fortuna, no cansada de maltratarme, ordenó que estando desde lo más alto de la isla puesta a la guarda una centinela[21] de los turcos, bien dentro a la mar, descubrió seis velas latinas, y entendió, como fue verdad, que debían ser o la escuadra de Malta, o algunas de las de Sicilia. Bajó corriendo a dar la nueva, y en un pensamiento se embarcaron los turcos que estaban en tierra, cuál guisando de comer, cuál lavando su ropa; y zarpando con no vista presteza dieron al agua los remos y al viento las velas, y puestas las proas en[22] Berbería, en menos de dos horas perdieron de vista las galeras; y así, cubiertos con la isla y con la noche, que venía cerca, se aseguraron del miedo que habían cobrado. A tu buena consideración dejo, ¡oh Mahamut, amigo!, que considere[s] cuál iría mi ánimo en aquel viaje tan contrario del que yo esperaba; y más cuando otro día, habiendo llegado las dos galeotas a la isla de la Pantanalea[23], por la parte del mediodía,

---

prix de l'homme en Méditerranée aux XVIIe et XVIIIe siècles», *Annales E.S.C.*, 1954, págs. 157-164.

[21] *centinela:* Palabra femenina durante la época de Cervantes, como eran las palabras camarada, espía, guía, etc.

[22] *proas en:* hacia la dirección de Berbería.

[23] *Pantanalea:* Alonso de Contreras, *Derrotero universal,* pág. 248:

los turcos saltaron en tierra a hacer leña y carne[24], como ellos dicen; y más cuando vi que los arraeces saltaron en tierra y se pusieron a hacer las partes de todas las presas que habían hecho. Cada acción déstas fue para mí una dilatada muerte. Viniendo, pues, a la partición mía y de Leonisa, Yzuf dio a Fetala, que así se llamaba el arráez de la otra galeota, seis cristianos, los cuatro para el remo, y dos muchachos hermosísimos, de nación corsos, y a mí con ellos, por quedarse con Leonisa, de lo cual se contentó Fetala; y aunque estuve presente a todo esto, nunca pude entender lo que decían, aunque sabía lo que hacían, ni entendiera por entonces el modo de la partición si Fetala no se llegara a mí y me dijera en italiano: «Cristiano, ya eres mío; en dos mil escudos de oro te me han dado; si quieres libertad, has de dar cuatro mil; si no, acá morir.» Preguntéle si era también suya la cristiana: díjome que no, sino que Yzuf se quedaba con ella, con intención de volverla mora y casarse con ella. Y así era la verdad, porque me lo dijo uno de los cautivos del remo que entendía bien el turquesco, y se lo había oído tratar a Yzuf y a Fetala. Díjele a mi amo que hiciese de modo como se quedase con la cristiana, y que le daría por su rescate solo diez mil escudos de oro en oro. Respondióme no ser posible, pero que haría que Yzuf supiese la gran suma que él ofrecía por la cristiana; quizá, llevado del interés, [se]mudaría de intención y la rescataría. Hízolo así, y mandó que todos los de su galeota se embarcasen luego[25], porque se quería ir a Trípol de Berbería[26], de donde él era. Yzuf asimismo determinó irse a Biserta; y así se embarcaron con la misma priesa que suelen

---

«Pantalaria [sic]: De la Campadosa [Lampadosa] la vuelta de la Tramantona al Maestral sesenta millas está la Pantalaria. Es isla del Rey de España; tiene una buena fortaleza con presidio de españoles; el puerto es pequeño y malo.»

[24] *hacer leña y carne:* hacer bastimentos; véase Alonso de Contreras, *Derrotero universal,* pág. 244: «tiene [la isla de Femine] una torre con artillería; puédese hacer agua y leña».

[25] *luego:* en seguida; véase Keniston, *Syntax,* 39.6 (pág. 587).

[26] *Trípol de Berbería;* Alonso de Contreras, *Derrotero universal,* pág. 220: «De Puerto Ramensa corriendo la costa la vuelta de Poniente cien millas está Trípol de Berbería. Es buen puerto; sólo Levante es travesía; pueden entrar dentro setenta galeras. Sobre el Cabo de Trípol está un arrecife descubierto, que hace a manera de muelle. Tiene su alcazaba con artillería. Será Trípol del tamaño de Cartagena, de las murallas adentro.»

cuando descubren o galeras de quien temer, o bajeles a quien robar. Movióles a darse priesa, por parecerles que el tiempo mudaba con muestras de borrasca. Estaba Leonisa en tierra; pero no en parte que yo la pudiese ver, sino fue que al tiempo del embarcarnos llegamos juntos a la marina. Llevábala de la mano su nuevo amo y su más nuevo amante, y al entrar por la escala que estaba puesta desde tierra a la galeota, volvió los ojos a mirarme, y los míos, que no se quitaban della, la miraron con tan tierno sentimiento y dolor, que sin saber cómo, se me puso una nube ante ellos, que me quitó la vista, y sin ella y sin sentido alguno di conmigo en el suelo. Lo mismo me dijeron después que había sucedido a Leonisa, porque la vieron caer de la escala a la mar, y que Yzuf se había echado tras della y la sacó en brazos. Esto me contaron dentro de la galeota de mi amo, donde me habían puesto sin que yo lo sintiese; mas cuando volví de mi desmayo y me vi solo en la galeota, y que la otra, tomando otra derrota[27], se apartaba de nosotros, llevándose consigo la mitad de mi alma, o, por mejor decir, toda ella, cubrióseme el corazón de nuevo, y de nuevo maldije mi ventura y llamé a la muerte a voces; y eran tales los sentimientos que hacía, que mi amo, enfadado de oírme, con un grueso palo me amenazó que si no callaba me maltrataría. Reprimí las lágrimas, recogí los suspiros, creyendo que con la fuerza que les hacía reventarían por parte que abriesen puerta al alma, que tanto deseaba desamparar este miserable cuerpo; mas la suerte, aún no contenta de haberme puesto en tan encogido estrecho[28], ordenó de acabar con todo, quitándome las esperanzas de todo mi remedio; y fue que en un instante se declaró la borrasca que ya se temía, y el viento que de la parte de mediodía soplaba y nos embestía por la proa, comenzó a reforzar con tanto brío, que fue forzoso volverle la popa y dejar correr el bajel por donde el viento quería llevarle.

---

[27] *derrota:* «El viaje que hacen los navíos por la mar» *(Cov.);* pero aquí significa la dirección en que va el navío, la dirección del viaje; véase Enrico Zaccaria, *La ricchezza, la grandezza dell'uso e l'importanza che nei rami nautico, commericiale ed amministrativo aveva nei sec. 15, 16 e 17 il linguaggio spagnuolo-portoghese dimostrate specialmente col Navarrete e coll'Oviedo,* Villafranca, 1907), págs. 5-6 («avviamento, direzione o rombo del mare che seguono le navi nel navigare»).

[28] *estrecho:* «Estar puesto en estrecho, estar en necesidad y en peligro» *(Cov.).*

»Llevaba designio el arráez de despuntar[29] la isla y tomar abrigo en ella por la banda del norte; mas sucedióle al revés su pensamiento, porque el viento cargó con tanta furia, que todo lo que habíamos navegado en dos días, en poco más de catorce horas nos vimos a seis millas o siete de la propia isla de donde habíamos partido, y sin remedio alguno íbamos a enbestir en ella, y no en ninguna playa, sino en unas muy levantadas peñas que a la vista se nos ofrecían, amenazando de inevitable muerte a nuestras vidas. Vimos a nuestro lado la galeota de nuestra conserva, donde estaba Leonisa, y todos sus turcos y cautivos remeros haciendo fuerza con los remos para entretenerse y no dar en las peñas. Lo mismo hicieron los de la nuestra, con más ventaja y esfuerzo, a lo que pareció, que los de la otra, los cuales, cansados del trabajo y vencidos del tesón del viento y de la tormenta, soltando los remos, se abandonaron y se dejaron ir a vista de nuestros ojos a enbestir en las peñas, donde dio la galeota tan grande golpe, que toda se hizo pedazos. Comenzaba a cerrar la noche, y fue tamaña la grita de los que se perdían y el sobresalto de los que en nuestro bajel temían perderse, que ninguna cosa de las que nuestro arráez mandaba se entendía ni se hacía; sólo se atendía a no dejar los remos de las manos, tomando por remedio volver la proa al viento y echar las dos áncoras a la mar para entretener con esto algún tiempo la muerte que por cierta tenían. Y aunque el miedo de morir era general en todos, en mí era muy al contrario, porque con la esperanza engañosa de ver en el otro mundo a la que había tan poco que déste se había partido, cada punto que la galeota tardaba en anegarse o en embestir en las peñas, era para mí un siglo de más penosa muerte. Las levantadas olas que por encima del bajel y de mi cabeza pasaban, me hacían estar atento a ver si en ellas venía el cuerpo de la desdichada Leonisa.

»No quiero detenerme ahora, ¡oh Mahamut!, en contarte por menudo los sobresaltos, los temores, las ansias, los pensamientos que en aquella luenga y amarga noche tuve y pasé, por no ir contra lo que primero propuse de contarte brevemente mi desventura. Basta decirte que fueron tantos y tales,

---

[29] *despuntar:* «En la náutica significa montar o doblar algún cabo o punta que forma la tierra» *(Aut.);* Enrico Zaccaria, *La ricchezza,* pág. 70.

que si la muerte viniera en aquel tiempo, tuviera bien poco que hacer en quitarme la vida.

»Vino el día con muestras de mayor tormenta que la pasada, y hallamos que el bajel había virado un gran trecho, habiéndose desviado de las peñas un buen trecho, y llegádose a una punta de la isla: y viéndose tan a pique de doblarla, turcos y cristianos, con una nueva esperanza y fuerzas nuevas, al cabo de seis horas doblamos la punta, y hallamos más blando el mar y más sosegado, de modo que más facilmente nos aprovechamos de los remos, y abrigados con la isla tuvieron lugar los turcos de saltar en tierra para ir a ver si había quedado alguna reliquia de la galeota que la noche antes dio en las peñas; mas aún no quiso el cielo concederme el alivio que esperaba tener de ver en mis brazos el cuerpo de Leonisa, que, aunque muerto y despedazado, holgara de verle, por romper aquel imposible que mi estrella me puso de juntarme con él como mis buenos deseos merecían; y así rogué a un renegado que quería desembarcarse que le buscase y viese si la mar lo había arrojado a la orilla. Pero, como ya he dicho, todo esto me negó el cielo, pues al mismo instante tornó a embravecerse el viento de manera que el amparo de la isla no fue de algún provecho. Viendo esto Fetala, no quiso contrastar contra la fortuna, que tanto le perseguía, y así mandó poner el trinquete al árbol y hacer un poco de vela; volvió la proa a la mar y la popa al viento; y tomando él mismo el cargo del timón, se dejó correr por el ancho mar, seguro que ningún impedimento le estorbaría su camino; iban los remos igualados en la crujía y toda la gente sentada por los bancos y ballesteras[30], sin que en toda la galeota se descubriese otra persona que la del cómitre[31], que por más seguridad suya se hizo atar fuertemente al estanterol[32]. Volaba el bajel con tanta lijereza, que en tres días y tres noches, pasando a la vista de Trápana, de Melazo[33]

---

[30] *ballesteras:* «La tronera o abertura por donde en las naves o muros se disparaban las ballestas» *(Aut.).*

[31] *cómitre:* «Cierto ministro de la galera, a cuyo cargo está la orden y castigo de los remeros» *(Cov.); Viaje de Turquía,* pág. 15b: «Juan. —¿Qué quiere decir comite [*sic*]? Pedro. —El que govierna la galera y la rije.»

[32] *estanterol:* «Una columna que media entre la popa de la galera y crujía, a donde el capitán de la nave o galera asiste para mirar si va bien» *(Cov.).*

[33] *Melazo:* Es Milazzo, ciudad y puerto en la costa noreste de Sicilia; A. de Contreras, *Derrotero universal,* pág. 242: «De Cabo

y de Palermo, embocó por el Faro de Micina[34], con maravilloso espanto de los que iban dentro y de aquellos que desde la tierra los miraban.

»En fin, por no ser tan prolijo en contar la tormenta como ella lo fue en su porfía, digo que cansados, hambrientos y fatigados con tan largo rodeo, como fue bajar casi toda la isla de Sicilia, llegamos a Trípol de Berbería, adonde a mi amo, antes de haber hecho con sus levantes[35] la cuenta del despojo, y dádoles lo que les tocaba, y su quinto al rey, como es costumbre, le dio un dolor de costado tal, que dentro de tres días dio con él en el infierno. Púsose luego el virrey de Trípol en toda su hacienda, y el alcaide de los muertos que allí tiene el Gran Turco, que, como sabes, es heredero de los que no le dejan en su muerte; estos dos tomaron toda la hacienda de Fetala, mi amo, y yo cupe a éste que entonces era virrey de Trípol, y de allí a quince días le vino la patente de virrey de Chipre, con el cual he venido hasta aquí sin intento de rescatarme, porque él me ha dicho muchas veces que me rescate, pues soy hombre principal, como se lo dijeron [a] los soldados de Fetala, jamás he acudido a ello, antes le he dicho que le engañaron los que le dijeron grandezas de mi posibilidad. Y si quieres, Mahamut, que te diga todo mi pensamiento, has de saber que no quiero volver a parte donde por alguna vía pueda tener cosa que me consuele, y quiero que juntándose a la vida del cautiverio los pensamientos y memorias que jamás me dejan de la muerte de Leonisa, vengan a ser parte para que yo no la tenga jamás de gusto alguno. Y si es verdad que los conti[n]uos dolores forzosamente se han de acabar o acabar a quien los padece, los míos no podrán dejar de hacerlo, porque pienso darles rienda de manera que a pocos días den alcance a la miserable vida que tan contra mi voluntad sostengo.

Mortele veinticuatro millas al Poniente está Melaso, lugar pequeño con redoso.»

[34] *Micina:* Mesina; al doblar el Cabo de Milazzo —en la dirección que van estas galeras (Trápana, Palermo, Milazzo)— se encuentra Mesina; A. de Contreras, *Derrotero universal,* pág. 246: «De Cabo Santa Cruz seis millas a la Tramontana se pasa el Golfo de Catania y se va a Mecina. Es muy buen puerto y grande; tiene un castillo a la boca que llaman El Salvador.»

[35] *levantes:* leventes (véase nota 17); la oscilación de la ortografía se hace a menudo durante la época. Véase *Don Quijote,* ed. cit., III, pág. 175, nota.

»Éste es, ¡oh Mahamut hermano!, el triste suceso mío; ésta es la causa de mis suspiros y de mis lágrimas; mira tú ahora y considera si es bastante para sacarlos de lo profundo de mis entrañas y para engendrarlos en la sequedad de mi lastimado pecho. Leonisa murió, y con ella mi esperanza, que puesto que la que tenía ella viviendo se sustentaba de un delgado cabello, todavía, todavía...

Y en este «todavía» se le pegó la lengua al paladar, de manera que no pudo hablar más palabra ni detener las lágrimas que, como suele decirse, hilo a hilo le corrían por el rostro en tanta abundancia, que llegaron a humedecer el suelo. Acompañóle en ellas Mahamut; pero pasándose aquel parasismo causado de la memoria renovada en el amargo cuento, quiso Mahamut consolar a Ricardo con las mejores razones que supo; mas él se las atajó, diciéndole;

—Lo que has de hacer, amigo, es aconsejarme qué haré yo para caer en desgracia de mi amo y de todos aquellos con quien yo comunicare, para que, siendo aborrecido dél y dellos, los unos y los otros me maltraten y persigan de suerte que, añadiendo dolor a dolor y pena a pena, alcance con brevedad lo que deseo, que es acabar la vida.

—Ahora he hallado ser verdadero —dijo Mahamut—, lo que suele decirse, que lo que se sabe sentir se sabe decir, puesto que algunas veces el sentimiento enmudece la lengua; pero como quiera que ello sea, Ricardo, ora llegue tu dolor a tus palabras, ora ellas se le aventajen, siempre has de hallar en mí un verdadero amigo o para ayuda o para consejo; que aunque mis pocos años y el desatino que he hecho en vestirme este hábito están dando voces que de ninguna destas dos cosas que te ofrezco se puede fiar ni esperar alguna, yo procuraré que no salga verdadera esta sospecha, ni pueda tenerse por cierta tal opinión, y puesto que tú no quieras ni ser aconsejado ni favorecido, no por eso dejaré de hacer lo que te conviniere, como suele hacerse con el enfermo que pide lo que no le dan y le dan lo que le conviene. No hay en toda esta ciudad quien pueda ni valga más que el cadí, mi amo, ni aun el tuyo, que viene por visorrey [36] della, ha de poder tanto; y siendo esto así, como lo es, yo puedo decir que soy el que más puede en la ciudad, pues puedo con mi patrón todo lo que quiero. Digo esto, porque podría ser dar traza con él para

---

[36] *visorrey:* virrey; «El que está en alguna provincia representando como ministro supremo la persona del rey» *(Cov.).*

que vinieses a ser suyo, y estando en mi compañía, el tiempo nos dirá lo que habemos de hacer, a ti[37] para consolarte, si quieres o pudieres tener consuelo, y a mí para salir désta a mejor vida, o, al menos, a parte donde la tenga más segura cuando la deje.

—Yo te agradezco —respondió Ricardo—, Mahamut, la amistad que me ofreces, aunque estoy cierto que, con cuanto hicieres, no has de poder cosa que en mi provecho resulte. Pero dejemos ahora esto, y vamos a las tiendas, porque, a lo que veo, sale de la ciudad mucha gente, y sin duda es el antiguo virrey que sale a estarse en la campaña por dar lugar a mi amo que entre en la ciudad a hacer la residencia.

—Así es —dijo Mahamut—; ven, pues, Ricardo, y verás las ceremonias con que se reciben; que sé que gustarás de verlas.

—Vamos en buena hora —dijo Ricardo—; quizá te habré menester, si acaso el guardián de los cautivos de mi amo me ha echado menos[38], que es un renegado, corso de nación y de no muy piadosas entrañas.

Con esto dejaron la plática, y llegaron a las tiendas a tiempo que llegaba el antiguo bajá, y el nuevo le salía a recebir a la puerta de la tienda.

Venía acompañado Alí Bajá, que así se llamaba el que dejaba el gobierno, de todos los jenízaros[39] que de ordinario están de presidio en Nicosia después que los turcos la ganaron, que serían hasta quinientos. Venían en dos alas o hileras, los unos con escopetas y los otros con alfanjes desnudos. Llegaron a la puerta del nuevo bajá Hazán, la rodearon todos, y Alí Bajá, inclinando el cuerpo, hizo reverencia a Hazán, y él con menos in-

---

[37] *a ti:* El texto, «assi».

[38] *echar menos:* Se empleaba en los siglos XVI y XVII sin preposición; véase *Don Quijote,* ed. cit., II, pág. 25, nota; III, pág. 205, nota; VII, pág. 115 y nota.

[39] *jenízaros: Viaje a Turquía,* pág. 118b: «Traen por insignias los genízaros unas escofias de fieltro blanco a manera de mitras con una cola que vuelve atrás y hasta en medio labrada de hilo de oro, y un cuerno delante de plata tan grande con la escofia, lleno de piedras los que las tienen. Estos son gente de a pie, y si no es los capitanes de ellos, que son diez principales de a mil, y ciento menores de a cada ciento, no puede en la guerra nadie ir a caballo.» Diego de Haedo escribe una observación interesante acerca del genízaro: «Sólo el ser genízaro tiene alguna manera de honra, porque no osa ninguno tocarle, y él a todos dará de palos, aunque sea el más principal y más rico» (fol. 36r).

clinación le saludó; luego se entró Alí en el pabellón de Hazán, y los turcos le subieron sobre un poderoso caballo, ricamente aderezado, y trayéndole a la redonda de las tiendas[40] y por todo un buen espacio de la campaña, daban voces y gritos, diciendo en su lengua: «¡Viva, viva Solimán sultán[41] y Hazán Bajá en su nombre!». Repitieron esto muchas veces, reforzando las voces y los alaridos, y luego le volvieron a la tienda, donde había quedado Alí Bajá, el cual, con el cadí y Hazán, se encerraron en ella por espacio de una hora solos.

Dijo Mahamut a Ricardo que se habían encerrado a tratar de lo que convenía hacer en la ciudad acerca de las obras que Alí dejaba comenzadas. De allí a poco tiempo salió ·el cadí a la puerta de la tienda, y dijo a voces en lengua turquesa, arábiga y griega, que todos los que quisiesen entrar a pedir justicia, o otra cosa contra Alí Bajá, podrían entrar libremente; que allí estaba Hazán Bajá, a quien el Gran Señor enviaba por virrey de Chipre que les guardaría toda razón y justicia. Con esta licencia, los jenízaros dejaron desocupada la puerta de la tienda y dieron lugar a que entrasen los que quisiesen. Mahamut hizo que entrase con él Ricardo, que, por ser esclavo de Hazán, no se le impidió la entrada.

Entraron a pedir justicia, así griegos cristianos como algunos turcos, y todos de cosas de tan poca importancia, que las más despachó el cadí sin dar traslado a la parte, sin autos, demandas ni respuestas, que todas las causas, si no son las matrimoniales, se despachan en pie y en un punto, más a juicio de buen varón que por ley alguna. Y entre aquellos bárbaros, si lo son en esto, el cadí es el juez competente de todas las causas, que las abrevia en la uña y las sentencia en un soplo, sin que haya apelación de su sentencia para otro tribunal.

En esto entró un chauz[42], que es como alguacil, y dijo que

---

[40] *a la redonda de las tiendas:* Es decir, lo llevan alrededor de las tiendas.

[41] *Solimán:* Solimán «el Magnífico» o «el Grande» (1494-1566), «sucedió a su padre, Selim I, y llevó el imperio turco a su máximo esplendor. Hizo brillante carrera militar, iniciada en Rodas (1522), para asegurar su posición en Asia Menor y continuada después, en tierra firme, contra los magiares ... [...] Derrotó a la escuadra de Doria en Prevezza (1538), a la flota española en Argel (1541) y se convirtió en el terror del Mediterráneo entre Niza y Trípoli, que ocupó en 1557» *(Dicc. de Historia de España,* III, *s.v.* Solimán); véase nota 52.

[42] *chauz:* Diego de Haedo, *Topografía de Argel:* «Tienen [los

estaba a la puerta de la tienda un judío que traía a vender una hermosísima cristiana; mandó el cadí que le hiciese entrar; salió el chauz, y volvió a entrar luego, y con él un venerable judío, que traía de la mano a una mujer vestida en hábito berberisco, tan bien aderezada y compuesta, que no lo pudiera estar tan bien la más rica mora de Fez ni de Marruecos, que en aderezarse llevan la ventaja a todas las africanas, aunque entren las de Argel con sus perlas tantas. Venía cubierto el rostro con tafetán carmesí; por las gargantas de los pies que se descubrían, parecían[43] dos carcajes[44], que así se llaman las manillas[45] en arábigo, al parecer[46] de puro oro; y en los brazos, que asimismo por una camisa de cendal[47] delgado se descubrían o traslucían, traía otros carcajes de oro sembrados de muchas perlas; en resolución, en cuanto el traje, ella venía rica y gallardamente aderezada.

Admirados desta primera vista el cadí y los demás bajaes, antes que otra cosa dijesen ni preguntasen, mandaron al judío que hiciese que se quitase el antifaz la cristiana; hízolo así, y descubrió un rostro que así deslumbró los ojos y alegró los corazones de los circunstantes, como el sol que por entre cerradas nubes, después de mucha escuridad, se ofrece a los ojos de los que le desean: tal era la belleza de la cautiva cristiana, y tal su brío y su gallardía. Pero en quien con más efeto hizo impresión la maravillosa luz que había descubierto, fue en el lastimado Ricardo, como en aquel que mejor que otro la conocía, pues era su cruel y amada Leonisa, que tantas

---

cadís] también algunos porteros a que llaman chauzes, que sirven de executores de las sentencias y mandatos, y de porteros para llamar a juicio y citar a las partes, y aun de verdugos. (fol. 45r). Y Diego Galán, *Cautiverio y trabajos,* ed. cit., pág. 103: «A la izquierda [del Gran Turco] van los chauces, que es lo propio que embajadores, aunque sea verdad que ninguno dellos usa y ejerce tal oficio en toda su vida, con todo eso gozan del nombre y privilegios de embajadores.»

[43] *parecían:* Es decir, veían; véase *Don Quijote,* I, pág. 259; V, pág. 240, 245; VII, pág. 208.

[44] *carcajes:* «ajorca para los pies» (Corominas, I, pág. 674b).

[45] *manillas:* «Las ['axorcas'] que por otro nombre llamamos manillas, que son los cercos de oro o plata que se traen en las muñecas y junturas del brazo y la mano» *(Cov.).*

[46] *al parecer:* a los ojos, a la vista.

[47] *cendal:* «Tela de seda muy delgada, o de otra tela de lino muy sutil» *(Cov.).* Cfr. Luis Márquez Villegas, *Un léxico de la artesanía granadina* (Granada, 1961), págs. 47-8.

veces y con tantas lágrimas por él había sido tenida y llorada por muerta. Quedó a la improvisa vista de la singular belleza de la cristiana, traspasado y rendido el corazón de Alí, y en el mismo grado y con la misma herida se halló el de Hazán, sin quedarse exento de la amorosa llaga el del cadí, que más suspenso que todos, no sabía quitar los ojos de los hermosos de Leonisa. Y para encarecer las poderosas fuerzas de amor, se ha de saber que en aquel mismo punto nació en los corazones de los tres una, a su parecer, firme esperanza de alcanzarla y de gozarla; y así, sin querer saber el cómo, ni el dónde, ni en cuándo había venido a poder del judío, le preguntaron el precio que por ella quería.

El codicioso judío respondió que cuatro mil doblas, que vienen ser dos mil escudos; mas apenas hubo declarado el precio, cuando Alí Bajá dijo que él los daba por ella, y que fuesen luego a contar el dinero a su tienda; empero Hazán Bajá, que estaba de parecer de no dejarla, aunque aventurase en ello la vida, dijo:

—Yo asimismo doy por ella las cuatro mil doblas que el judío pide, y no las diera ni me pusiera a ser contrario de lo que Alí ha dicho si no me forzara lo que él mismo dirá que es razón que me obligue y fuerce, y es que esta gentil esclava no pertenece para ninguno de nosotros, sino para el Gran Señor solamente; y así digo que en su nombre la compro: veamos ahora quién será el atrevido que me la quite.

—Yo seré —replicó Alí—, porque para el mismo efeto la compro, y estáme a mí más a cuento hacer al Gran Señor este presente por la comodidad de llevarla luego a Constantinopla, granjeando con él la voluntad del Gran Señor; que como hombre que quedo, Hazán, como tú ves, sin cargo alguno, he menester buscar medios de tenelle, de lo que tú estás seguro por tres años, pues hoy comienzas a mandar y a gobernar este riquísimo reino de Chipre; así que por estas razones y por haber sido yo el primero que ofrecí el precio por la cautiva, está puesto en razón, ¡oh Hazán!, que me la dejes.

—Tanto más es de agradecerme a mí —respondió Hazán— el procurarla y enviarla al Gran Señor, cuanto lo hago sin moverme a ello interés alguno; y en lo de comodidad de llevarla, una galeota armaré con sola mi chusma[48] y mis esclavos, que la lleve. Azoróse con estas razones Alí, y, levantándose en pie, empuñó el alfanje, diziendo:

---

[48] *chusma:* «La gente de servicio de la galera»*(Cov.);* es decir, los remeros.

—Siendo, ¡oh Hazán!, mis intentos unos, que es presentar y llevar esta cristiana al Gran Señor, y habiendo sido yo el comprador primero, está puesto en razón y en justicia que me la dejes a mí; y cuando otra cosa pensares, este alfanje que empuño defenderá mi derecho y castigará tu atrevimiento.

El cadí, que a todo estaba atento, y que no menos que los dos ardía, temeroso de quedar sin la cristiana, imaginó cómo poder atajar el gran fuego que se había encendido, y juntamente quedarse con la cautiva, sin dar alguna sospecha de su dañada intención; y así, levantándose en pie, se puso entre los dos, que ya también lo estaban, y dijo:

—Sosiégate, Hazán, y tú, Alí, estáte quedo; que yo estoy aquí, que sabré y podré componer vuestras diferencias de manera que los dos consigáis vuestros intentos, y el Gran Señor, como deseáis, sea servido.

A las palabras del cadí obedecieron luego; y aun si otra cosa más dificultosa les mandara, hicieran lo mismo, tanto es el respecto que tienen a sus canas los de aquella dañada secta. Prosiguió, pues, el cadí, diciendo:

—Tú dices, Alí, que quieres esta cristiana para el Gran Señor, y Hazán dice lo mismo; tú alegas que por ser el primero en ofrecer el precio ha de ser tuya; Hazán te lo contradice; y aunque él no sabe fundar su razón, yo hallo que tiene la misma que tú tienes, y es la intención, que sin duda debió de nacer a un mismo tiempo que la tuya, en querer comprar la esclava para el mismo efeto; sólo le llevaste tú la ventaja en haberte declarado primero, y esto no ha de ser parte para que de todo en todo quede defraudado su buen deseo; y así me parece ser bien concertaros en esta forma: que la esclava sea de entrambos, y pues el uso della ha de quedar a la voluntad del Gran Señor, para quien se compró, a él toca disponer della y en tanto pagarás tú, Hazán, dos mil doblas, y Alí otras dos mil, y quedárase la cautiva en poder mío para que en nombre de entrambos yo la envíe a Constantinopla, por que no quede sin algún premio, siquiera por haberme hallado presente; y así me ofrezco de enviarla a mi costa, con la autoridad y decencia que se debe a quien se envía, escribiendo al Gran Señor todo lo que aquí ha pasado y la voluntad que los dos habéis mostrado a su servicio.

No supieron, ni pudieron, ni quisieron contradecirle los dos enamorados turcos, y aunque vieron que por aquel camino no conseguían su deseo, hubieron de pasar por el parecer del cadí, formando y criando cada uno allá en su ánimo una esperanza que, aunque dudosa, les prometía poder llegar al fin de sus encendidos deseos. Hazán, que se quedaba por virrey en Chipre, pensaba dar tantas dádivas al cadí, que, vencido y obligado, le diese la cautiva. Alí imaginó de hacer un hecho que le aseguró salir con lo que deseaba, y teniendo por cierto cada cual su designio, vinieron con facilidad en lo que el cadí quiso, y de consentimiento y voluntad de los dos se la entregaron luego, y luego pagaron al judío cada uno dos mil doblas. Dijo el judío que no la había de dar con los vestidos que tenía, porque valían otras dos mil doblas, y así era la verdad, a causa que en los cabellos que parte por las espaldas sueltos traía, y parte atados y enlazados por la frente, se parecían algunas hileras de perlas que con extremada gracia se enredaban con ellos. Las manillas de los pies y manos asimismo venían llenas de gruesas perlas. El vestido era una almalafa[49] de raso verde, toda bordada y llena de trencillas de oro: en fin, les pareció a todos que el judío anduvo corto en el precio que pidió por el vestido, y el cadí, por no mostrarse menos liberal que los dos bajaes, dijo que él quería pagarle, porque de aquella manera se presentase al Gran Señor la cristiana. Tuviéronlo por bien los dos competidores, creyendo cada uno que todo había de venir a su poder.

Falta ahora por decir lo que sintió Ricardo de ver andar en almoneda su alma, y los pensamientos que en aquel punto le vinieron, y los temores que le sobresaltaron viendo que el haber hallado a su querida prenda era para más perderla; no sabía darse a entender si estaba durmiendo o despierto, no dando crédito a sus mismos ojos de lo que veían, porque le parecía cosa imposible ver tan impensadamente delante dellos a la que pensaba que para siempre los había cerrado; llegóse en esto a su amigo Mahamut, y díjole:

—¿No la conoces, amigo?

—No la conozco —dijo Mahamut.

—Pues has de saber —replicó Ricardo— que es Leonisa.

—¿Qué es lo que dices, Ricardo? —dijo Mahamut.

—Lo que has oído —dijo Ricardo.

---

[49] *almalafa:* «'especie de manto o velo grande con que se cubren los moros de la cabeza a los pies' ... Aunque por lo común era traje de las moras ... también lo llevaban hombres» (Corominas, I, pág. 142a); véase Carmen Bernis, *Indumentaria española,* pág. 75 y Juan Martínez Ruiz, *Inventarios de bienes moriscos del reino de Granada (siglo XVI),* Madrid, 1972, págs. 48-9.

—Pues calla y no la descubras —dijo Mahamut—, que la ventura va ordenando que la tengas buena y próspera, porque ella va a poder de mi amo.

—¿Parécete —dijo Ricardo— que será bien ponerme en parte donde pueda ser visto?

—No —dijo Mahamut—, por que no la sobresaltes o te sobresaltes, y no vengas a dar indicio de que la conoces ni que la has visto; que podría ser que redundase en perjuicio de mi designio.

—Seguiré tu parecer —respondió Ricardo.

Y así anduvo huyendo de que sus ojos se encontrasen con los de Leonisa, la cual tenía los suyos, en tanto que esto pasaba, clavados en el suelo, derramando algunas lágrimas. Llegóse el cadí a ella, y asiéndola de la mano se la entregó a Mahamut, mandándole que la llevase a la ciudad y se la entregase a su señora Halima, y le dijese la tratase como esclava del Gran Señor. Hízolo así Mahamut y dejó solo a Ricardo, que con los ojos fue siguiendo a su estrella hasta que se le encubrió con la nube de los muros de Nicosia. Llegóse al judío y preguntóle que adónde había comprado, o en qué modo había venido a su poder aquella cautiva cristiana. El judío le respondió que en la isla de la Pantanalea la había comprado a unos turcos que allí habían dado al través; y queriendo proseguir adelante, lo estorbó el venirle a llamar de parte de los bajaes, que querían preguntarle lo que Ricardo deseaba saber; y con esto se despidió dél.

En el camino que había desde las tiendas a la ciudad, tuvo lugar Mahamut de preguntar a Leonisa en lengua italiana que de qué lugar era. La cual le respondió que de la ciudad de Trápana; preguntóle asimismo Mahamut si conocía en aquella ciudad a un caballero rico y noble que se llamaba Ricardo. Oyendo la cual Leonisa, dio un gran suspiro y dijo:

—Sí, conozco, por mi mal.

—¿Cómo por vuestro mal? —dijo Mahamut.

—Porque él me conoció a mí por el suyo y por mi desventura —respondió Leonisa.

—¿Y por ventura —preguntó Mahamut— conocisteis también en la misma ciudad a otro caballero de gentil disposición, hijo de padres muy ricos, y él por su persona muy valiente, muy liberal y muy discreto, que se llamaba Cornelio?

—También le conozco —respondió Leonisa—, y podré decir más por mi mal que no a Ricardo; más ¿quién sois vos, señor, que los conocéis y por ellos me preguntáis?

—Soy —dijo Mahamut— natural de Palermo, que por varios accidentes estoy en este traje y vestido diferente del que yo solía traer, y conózcolos porque no ha muchos días que entrambos estuvieron en mi poder, que a Cornelio le cautivaron unos moros de Trípol de Berbería y le vendieron a un turco que le trujo a· esta isla, donde vino con mercancías, porque es mercader de Rodas, el cual fiaba de Cornelio toda su hacienda.

—Bien se la sabrá guardar —dijo Leonisa— porque sabe guardar muy bien la suya; pero decidme, señor, ¿cómo o con quién vino Ricardo a esta isla?

—Vino —respondió Mahamut— con un cosario que le cautivó estando en un jardín de la marina de Trápana, y con él dijo que habían cautivado a una doncella que nunca me quiso decir su nombre. Estuvo aquí algunos días con su amo, que iba a visitar el sepulcro de Mahoma, que está en la ciudad de Almedina, y al tiempo de la partida cayó Ricardo tan[50] enfermo y indispuesto, que su amo me lo dejó por ser de mi tierra, para que le curase y tuviese cargo dél hasta su vuelta, o que si por aquí no volviese, se le enviase a Constantinopla, que él me avisaría cuando allá estuviese; pero el cielo lo ordenó de otra manera, pues el sin ventura de Ricardo, sin tener accidente alguno, en pocos días se acabaron los de su vida, siempre llamando entre sí a una Leonisa, a quien él me había dicho que quería más que a su vida y a su alma; la cual Leonisa me dijo que en una galeota que había dado al través en la isla de Pantanalea se había ahogado, cuya muerte siempre lloraba y siempre plañía, hasta que le trujo a término de perder la vida, que yo no le sentí enfermedad en el cuerpo, sin muestras de dolor en el alma.

—Decidme, señor —replicó Leonisa—, ese mozo que decís, en las pláticas que trató con vos, que, como de una patria, debieron ser muchas, ¿nombró alguna vez a esa Leonisa con todo el modo con que a ella y a Ricardo cautivaron?

—Sí, nombró —dijo Mahamut—, y me preguntó si había aportado por esta isla una cristiana dese nombre, de tales y tales señas, a la cual holgaría de hallar para rescatarla, si es que su amo se había ya desengañado de que no era tan rica como él pensaba, aunque podía ser que por haberla gozado la tuviese en menos; que como no pasasen de tre[s]cientos[51] o

[50] *tan:* El texto, «muy».
[51] *tre[s]cientos:* El texto, «trezientos».

cuatrocientos escudos, él los daría de muy buena gana por ella, porque un tiempo la había tenido alguna afición.

—Bien poca debía de ser —dijo Leonisa—, pues no pasaba de cuatrocientos escudos; más liberal es Ricardo, y más valiente y comedido: Dios perdone a quien fue causa de su muerte, que fui yo, que soy la sin ventura que él lloró por muerta; y sabe Dios si holgara de que él fuera vivo para pagarle con el sentimiento que viera que tenía de su desgracia el que él mostró de la mía. Yo, señor, como os ya he dicho, soy la poco querida de Cornelio y la bien llorada de Ricardo, que por muy muchos y varios casos he venido a este miserable estado en que me veo; y aunque es tan peligroso, siempre por favor del cielo he conservado en él la entereza de mi honor, con la cual vivo contenta en mi miseria. Ahora ni sé dónde estoy, ni quién es mi dueño, ni adónde han de dar conmigo mis contrarios hados, por lo cual os ruego, señor, siquiera por la sangre que de cristiano tenéis, me aconsejéis en mis trabajos; que puesto que el ser muchos me han hecho algo advertida, sobrevienen cada momento tantos y tales, que no sé cómo me he de avenir con ellos.

A lo cual respondió Mahamut que él haría lo que pudiese en servirla, aconsejando y ayudándola con su ingenio y con sus fuerzas; advirtióla de la diferencia que por su causa habían tenido los dos bajaes, y cómo quedaba en poder del cadí su amo para llevarla presentada al Gran Turco Selín[52], a Constantinopla; pero que antes que esto tuviese efeto, tenía esperanzas en el verdadero Dios, en quien él creía, aunque mal cristiano, que lo había de disponer de otra manera, y que la aconsejaba se hubiese bien con Halima, la mujer del cadí su amo, en cuyo poder había de estar hasta que la enviasen a Constantinopla, advirtiéndola de la condición de Halima; y con ésas le dijo otras cosas de su provecho, hasta que la dejó en su casa y en poder de Halima, a quien dijo el recaudo[53] de su amo.

Recibióla bien la mora por verla tan bien aderezada y tan hermosa. Mahamut se volvió a las tiendas a contar a Ricardo lo que con Leonisa le había pasado; y hallándole, se lo contó todo punto por punto, y cuando llegó al del sentimiento que

---

[52] *al Gran Turco Selín:* Selim II (1524-1574) era hijo de Solimán y después de la muerte de su padre (1566), comenzó la conquista de Chipre en 1571. Así era rey de los turcos cuando tuvo lugar la batalla de Lepanto.

[53] *recaudo:* recado.

Leonisa había hecho cuando le dijo que era muerto, casi se le vinieron las lágrimas a los ojos. Díjole cómo había fingido el cuento del cautiverio de Cornelio por ver lo que ella sentía; advirtióle la tibieza y la malicia con que de Cornelio había hablado; todo lo cual fue píctima[54] para el afligido corazón de Ricardo, el cual dijo a Mahamut:

—Acuérdome, amigo Mahamut, de un cuento que me contó mi padre, que ya sabes cuán curioso fue, y oíste cuánta honra le hizo el Emperador Carlos V, a quien siempre sirvió en honrosos cargos de la guerra. Digo que me contó que cuando el Emperador estuvo sobre Túnez, y la tomó con la fuerza de la Goleta, estando un día en la campaña y en su tienda, le trujeron a presentar una mora por cosa singular en belleza, y que al tiempo que se la presentaron entraban algunos rayos del sol por unas partes de la tienda y daban en los cabellos de la mora, que con los mismos del sol en ser rubios competían[55], cosa nueva en las moras que siempre se precian de tenerlos negros. Contaba que en aquella ocasión se hallaron en la tienda, entre otros muchos dos caballeros españoles; el uno era andaluz y el otro era catalán[56], ambos muy discretos, y ambos poetas; y habiéndola visto el andaluz, comenzó con admiración a decir unos versos que ellos llaman coplas, con unas consonancias o consonantes dificultosos, y parando en los cinco versos de la copla, se detuvo sin darle fin ni a la copla ni a la sentencia, por no ofrecérsele tan de improviso los consonantes necesarios para acabarla; mas el otro caballero, que estaba a su lado, y había oído los versos, viéndole suspenso, como si le hurtara la media copla de la boca, la prosiguió y acabó con las mismas consonancias. Y esto mismo se me vino a la memoria cuando vi entrar a la hermosísima Leonisa por la tienda del Bajá, no solamente escureciendo los rayos del sol si la tocaran, sino a todo el cielo con sus estrellas.

—Paso, no más —dijo Mahamut—; detente, amigo Ricardo, que a cada paso temo que has de pasar tanto la raya en las

---

[54]   *píctima:* «El emplasto o socrocio [*sic*] que se pone sobre el corazón para desahogarlo y alegrarlo» *(Cov.; s.v.* «pítima»).

[55]   *... competían:* Era una comparación poética muy corriente; cfr. Luis de Góngora, *Obras completas,* ed. Giménez, Madrid, 1961, pág. 447: «Mientras por competir con tu cabello, / oro bruñido el Sol relumbra en vano, / ...»

[56]»   *andaluz ... catalán:* Algunos lectores han pensado que es una referencia a Garcilaso y a Boscán.

alabanzas de tu bella Leonisa, que, dejando de parecer cristiano, parezcas gentil. Dime, si quieres, esos versos o coplas, o como los llamas, que después hablaremos en otros cosas que sean de más gusto, y aún quizá de más provecho.

—En buen hora —dijo Ricardo—, y vuélvote a advertir que los cinco versos dijo el uno, y los otros cinco el otro, todos de improviso, y son éstos:

> Como cuando el sol asoma,
> por una montaña baja,
> y de súpito nos toma,
> y con su vista nos doma
> nuestra vista, y la relaja;
>   como la piedra balaja [57],
> que no consiente carcoma,
> tal es tu rostro, Aja,
> dura lanza de Mahoma,
> que las mis entrañas raja.

—Bien me suenan al oído —dijo Mahamut—, y mejor me suena y me parece que estés para decir versos, Ricardo, porque el decirlos o el hacerlos requieren ánimos de ánimos desapasionados.

—También se suelen —respondió Ricardo— llorar endechas, como cantar himnos, y todo es decir versos; pero, dejando esto aparte, dime qué piensas hacer en nuestro negocio, que puesto que no entendí lo que los bajaes trataron en la tienda, en tanto que tú llevaste a Leonisa, me lo contó un renegado de mi amo, veneciano, que se halló presente y entiende bien la lengua turquesca; y lo que es menester ante todas cosas es buscar traza cómo Leonisa no vaya a mano del Gran Señor.

—Lo primero que se ha de hacer —respondió Mahamut— es que tú vengas a poder de mi amo; que esto hecho, después nos aconsejaremos en lo que más nos conviniere.

En esto vino el guardián de los cautivos cristianos de Hazán, y llevó consigo a Ricardo; el cadí volvió a la ciudad con Hazán, que en breves días hizo la residencia de Alí y se la dio cerrada y sellada, para que se fuese a Constantinopla. Él se fue luego, dejando muy encargado al cadí, que con brevedad enviase la

---

[57] *balaja:* Especie de rubí, según Covarrubias; cfr. Corominas, I, pág. 373b.

cautiva, escribiendo al Gran Señor de modo que le aprovechase para sus pretensiones. Prometióselo el cadí con traidoras entrañas, porque las tenía hechas ceniza por la cautiva. Ido Alí lleno de falsas esperanzas, y quedando Hazán no vacío dellas, Mahamut hizo de modo que Ricardo vino a poder de su amo. Íbanse los días, y el deseo de ver a Leonisa apretaba tanto a Ricardo, que no alcanzaba un punto de sosiego. Mudóse Ricardo el nombre en el de Mario, porque no llegase el suyo a oídos de Leonisa antes que él la viese, y el verla era muy dificultoso a causa que los moros son en extremo celosos y encubren de todos los hombres los rostros de sus mujeres, puesto que en mostrarse ellas a los cristianos no se les hace de mal; quizá debe de ser que por ser cautivos no los tienen por hombres cabales.

Avino, pues, que un día la señora Halima vio a su esclavo Mario, y tan visto y tan mirado fue, que se le quedó grabado en el corazón y fijo en la memoria; y quizá poco contenta de los abrazos flojos de su anciano marido, con facilidad dio lugar a un mal deseo, y con la misma dio cuenta dél a Leonisa, a quien ya quería mucho por su agradable condición y proceder discreto, y tratábala con mucho respeto, por ser prenda del Gran Señor. Díjole cómo el cadí había traído a casa un cautivo cristiano de tan gentil donaire y parecer, que a sus ojos no había visto más lindo hombre en toda su vida, y que decían que era chilibí[58], que quiere decir caballero, y de la misma tierra de Mahamut, su renegado, y que no sabía cómo darle a entender su voluntad sin que el cristiano la tuviese en poco por habérsela declarado. Preguntóle Leonisa cómo se llamaba el cautivo, y díjole Halima que se llamaba Mario; a lo cual replicó Leonisa:

—Si él fuera caballero y del lugar que dicen, yo le conociera; mas dese nombre Mario no hay ninguno en Trápana; pero haz, señora, que yo le vea y hable, que te diré quién es y lo que dél se puede esperar.

—Así será —dijo Halima—, porque el viernes, cuando esté el cadí haciendo la zalá[59] en la mezquita, le haré entrar acá

---

[58] *chilibí:* ¿Tiene parentesco con la palabra chilaba? Chilaba es «'traje de esclavo' derivado de 'galib' (esclavo) importado'» (Corominas, II, pág. 49a). Este caballero es en realidad un cautivo cristiano, muchos de los cuales se hacían esclavos.

[59] *zalá:* hacer zalemas; «Cierta ceremonia que hacen los moros, que vale tanto como hacer reverencia, venerar y adorar» *(Cov.).*

dentro, donde le podrás hablar a solas, y si te pareciere darle indicios de mi deseo, haráslo por el mejor modo que pudieres.

Esto dijo Halima a Leonisa, y no habían pasado dos horas cuando el cadí llamó a Mahamut y a Mario, y con no menos eficacia que Halima había descubierto su pecho a Leonisa, descubrió el enamorado viejo el suyo a sus dos esclavos, pidiéndoles consejo en lo que haría para gozar de la cristiana y cumplir con el Gran Señor, cuya ella era, diciéndoles que antes pensaba morir mil veces que entregalla una al Gran Turco. Con tales afectos decía su pasión el religioso moro, que la puso en los corazones de sus dos esclavos, que todo lo contrario de lo que él pensaba, pensaban. Quedó puesto entre ellos que Mario, como hombre de su tierra, aunque había dicho que no la conocía, tomase la mano[60] en solicitarla y en declararle la voluntad suya, y cuando por este modo no se pudiese alcanzar, que usaría él de la fuerza, pues estaba en su poder. Y esto hecho, con decir que era muerta se excusarían de enviarla a Constantinopla.

Contentísimo quedó el cadí con el parecer de sus esclavos, y con la imaginada alegría ofreció desde luego libertad a Mahamut, mandándole la mitad de su hacienda después de sus días; asimismo prometió a Mario, si alcanzaba lo que quería, libertad y dineros con que volviese a su tierra rico, honrado y contento. Si él fue liberal en prometer, sus cautivos fueron pródigos ofreciéndole de alcanzar la luna del cielo, cuanto más a Leonisa, como él diese comodidad de hablarla.

—Ésa daré yo a Mario cuanto él quisiere —respondió el cadí—, porque haré que Halima se vaya en casa de sus padres, que son griegos cristianos, por algunos días, y estando fuera, mandaré al portero que deje entrar a Mario dentro de casa todas las veces que él quisiere, y diré a Leonisa que bien que podrá hablar con su paisano cuando le diere gusto.

Zalá es oración. Véase *Viaje de Turquía,* pág. 106b: «Juan. —¿Y qué confesión tienen? Pedro. —Ir limpios quando van a hazer su oración, que llaman *zala,* y muy lavados; de manera que si han pecado se tienen de lavar todos con vnos aguamaniles, arremangados los brazos; y si han orinado o descargado el vientre, conviene que vayan lavadas lo primero las partes baxeras.» Cfr. también Diego Galán, *Cautiverio y trabajos,* pág. 79.

[60] *tomase la mano:* «Tomar la mano se dice el que se adelanta a los demás para hacer algún razonamiento» *(Cov.);* Correas, «Tomar la mano: Para negociar o hablar,» pág. 737a.

Desta manera comenzó a volver el viento de la ventura de Ricardo, soplando en su favor, sin saber lo que hacían sus mismos amos.

Tomando, pues, entre los tres este apuntamiento, quien primero le puso en plática[61] fue Halima, bien así como mujer, cuya naturaleza es fácil y arrojadiza para todo aquello que es de su gusto. Aquel mismo día dijo el cadí a Halima que cuando quisiese podría irse a casa de sus padres a holgarse con ellos los días que gustase. Pero como ella estaba alborozada con las esperanzas que Leonisa le había dado, no sólo no se fuera a casa de sus padres, sino al fingido paraíso de Mahoma no quisiera irse; y así le respondió que por entonces no tenía tal voluntad y que cuando ella la tuviese lo diría, mas que había de llevar consigo a la cautiva cristiana.

—Eso no —replicó el cadí—, que no es bien que la prenda del Gran Señor sea vista de nadie, y más que se le ha de quitar que converse con cristianos, pues sabéis que en llegando a poder del Gran Señor la han de encerrar en el serrallo y volverla turca, quiera o no quiera.

—Como ella ande conmigo —replicó Halima—, no importa que esté en casa de mis padres, ni que comunique con ellos, que más comunico yo, y no dejo por eso de ser buena turca; y más que lo más que pienso estar en su casa serán hasta cuatro o cinco días, porque el amor que os tengo no me dará licencia para estar tanto ausente y sin veros.

No la quiso replicar el cadí por no darle ocasión de engendrar alguna sospecha de su intención.

Llegóse en esto el viernes, y él se fue a la mezquita, de la cual no podía salir en casi cuatro horas; y apenas le vio Halima apartado de los umbrales de casa, cuando mandó llamar a Mario; mas no le dejaba entrar un cristiano corso que servía de portero en la puerta del patio si Halima no le diera voces que le dejase, y así entró confuso y temblando, como si fuera a pelear con un ejército de enemigos.

Estaba Leonisa del mismo modo y traje que cuando entró en la tienda del Bajá, sentada al pie de una escalera grande de mármol, que a los corredores subía. Tenía la cabeza inclinada sobre la palma de la mano derecha y el brazo sobre las rodillas, los ojos a la parte contraria de la puerta por donde entró Mario, de manera que, aunque él iba hacia la parte donde ella estaba, ella no le veía. Así como entró Ricardo, paseó toda la

---

[61] *puso en plática:* puso en práctica.

casa con los ojos, y no vio en toda ella sino un mudo y sosegado silencio, hasta que paró la vista donde Leonisa estaba. En un instante, al enamorado Ricardo le sobrevinieron tantos pensamientos, que le suspendieron y alegraron, considerándose veinte pasos a su parecer, o poco más, desviado de su felicidad y contento; considerábase cautivo, y a su gloria en poder ajeno. Estas cosas revolviendo entre sí mismo, se movía poco a poco, y con temor y sobresalto, alegre y triste, temeroso y esforzado, se iba llegando al centro donde estaba el de su alegría, cuando a deshora volvió el rostro Leonisa, y puso los ojos en los de Mario, que atentamente la miraba. Mas cuando la vista de los dos se encontraron, con diferentes efetos dieron señal de los que sus almas habían sentido. Ricardo se paró y no pudo echar pie adelante; Leonisa, que por la relación de Mahamut tenía a Ricardo por muerto, y el verle vivo tan no esperadamente, llena de temor y espanto, sin quitar dél los ojos ni volver las espaldas, volvió atrás cuatro o cinco escalones, y sacando una pequeña cruz del seno, la besaba muchas veces, y se santiguó infinitas, como si alguna fantasma[62] o otra cosa del otro mundo estuviera mirando.

Volvió Ricardo de su embelesamiento, y conoció por lo que Leonisa hacía la verdadera causa de su temor, y así le dijo:

—A mí me pesa, ¡oh hermosa Leonisa!, que no hayan sido verdad las nuevas que de mi muerte te dio Mahamut, porque con ella excusara los temores que ahora tengo de pensar si todavía está en su ser y entereza el rigor que contino[63] has usado conmigo. Sosiégate, señora, y baja, y si te atreves a hacer lo que nunca hiciste, que es llegarte a mí, llega y verás que no soy cuerpo fantástico; Ricardo soy, Leonisa; Ricardo, el de tanta ventura cuanta tú quisieres que tenga.

Púsose Leonisa en esto el dedo en la boca, por lo cual entendió Ricardo que era señal de que callase o hablase más quedo; y tomando algún poco de ánimo, se fue llegando a ella en distancia que pudo oír estas razones:

—Habla paso[64], Mario, que así me parece que te llamas ahora, y no trates de otra cosa de la que yo te tratare; y adviérte que podría ser que el habernos oído fuese parte para que nunca nos volviésemos a ver. Halima, nuestra ama, creo que

---

[62] *fantasma:* La palabra era femenina durante aquel entonces (como «centinela» antes citada).

[63] *contino:* continuadamente; cfr. *La gitanilla,* nota 39.

[64] *paso:* «Hablar paso, hablar quedo» *(Cov.).*

nos escucha, la cual me ha dicho que te adora; hame puesto por intercesora de su deseo. Si a él quisieres corresponder, aprovecharte ha más para el cuerpo que para el alma; y cuando no quieras, es forzoso que lo finjas, siquiera porque yo te lo ruego y por lo que merecen deseos de mujer declarados.

A esto respondió Ricardo:

—Jamás pensé ni pude imaginar, hermosa Leonisa, que cosa que me pidieras trujera consigo imposible de cumplirla; pero la que me pides me ha desengañado. ¿Es por ventura la voluntad tan ligera que se pueda mover y llevar donde quisieren llevarla, o estarle ha bien al varón honrado y verdadero fingir en cosas de tanto peso? Si a ti te parece que alguna destas cosas se debe o puede hacer, haz lo que más gustares, pues eres señora de mi voluntad; mas ya se que también me engañas en esto, pues jamás la has conocido, y así no sabes lo que has de hacer della. Pero a trueco que no digas que en la primera cosa que me mandaste dejaste de ser obedecida, yo perderé del derecho que debo a ser quien soy, y satisfaré tu deseo y el de Halima fingidamente, como dices, si es que se ha de granjear con esto el bien de verte; y así finge tú las respuestas a tu gusto, que desde aquí las firma y confirma mi fingida voluntad. Y en pago desto que por ti hago, que es lo más que a mi parecer podré hacer, aunque de nuevo te dé el alma que tantas veces te he dado, te ruego que brevemente me digas cómo escapaste de las manos de los cosarios y cómo veniste a las del judío que te vendió.

—Más espacio —respondió Leonisa— pide el cuento de mis desgracias; pero con todo eso, te quiero satisfacer en algo. Sabrás, pues, que a cabo de un día que nos apartamos, volvió el bajel de Yzuf con un recio viento a la misma isla de Pantanalea, donde también vimos a vuestra galeota, pero la nuestra, sin poderlo remediar, embistió en las peñas. Viendo, pues, mi amo tan a los ojos[65] su perdición, vació con gran presteza dos barriles que estaban llenos de agua, tapólos muy bien, y atólos con cuerdas el uno con el otro; púsome a mí entre ellos, desnudóse luego, y tomando otro barril entre los brazos, se ató con un cordel el cuerpo, y con el mismo cordel dio cabo[66] a mis

---

[65] *tan a los ojos:* tan cerca.

[66] *dio cabo:* «Dar cabo es término de marineros cuando cae alguno en la mar y le echan alguna maroma a que se asga» *(Cov.);* salvamento. Cfr. Enrico Zaccaria, *La ricchezza,* pág. 58: «gittar dalla nave una fune per aiutar alcuno cadutto in acqua.»

barriles, y con grande ánimo se arrojó a la mar, llevándome tras sí. Yo no tuve ánimo para arrojarme, que otro turco me impelió y me arrojó tras Yzuf, donde caí sin ningún sentido, ni volví en mí hasta que me hallé en tierra en brazos de dos turcos, que vuelta la boca al suelo me tenían, derramando gran cantidad de agua que había bebido. Abrí los ojos, atónita y espantada, y vi a Yzuf junto a mí, hecha la cabeza pedazos; que, según después supe, al llegar a tierra dio con ella en las peñas, donde acabó la vida. Los turcos asimismo me dijeron que tirando de la cuerda me sacaron a tierra casi ahogada; solas ocho personas se escaparon de la desdichada galeota.

«Ocho días estuvimos en la isla, guardándome los turcos el mismo respecto que si fuera su hermana, y aun más. Estábamos escondidos en una cueva, temerosos ellos que no bajasen de una fuerza de cristianos que está en la isla, y los cautivasen; sustentáronse con el bizcocho[67] mojado que la mar echó a la orilla, de lo que llevaban en la galeota, lo cual salían a coger de noche. Ordenó la suerte, para mayor mal mío, que la fuerza estuviese sin capitán, que pocos días había que era muerto, y en la fuerza no había sino veinte soldados; esto se supo de un muchacho que los turcos cautivaron, que bajó de la fuerza a coger conchas a la marina. A los ocho días llegó a aquella costa un bajel de moros que ellos llaman caramuzales[68]; viéronle los turcos, y salieron de donde estaban, haciendo señas al bajel, que estaba cerca de tierra, tanto, que conoció ser tur-

---

[67] *bizcocho:* «El pan que se cuece de propósito para la provisión y mataloje de las armadas y de todo género de bajeles» *(Cov.); Viaje de Turquía,* pág. 16a: «Mata. —¿Qué es vizcocho y mazamorra? Pedro. —Toman la harina sin cerner ni nada y hazenla pan; después aqello hacenlo quartos y recuezenlo hasta que está duro como piedra y metenlo en la galera; las migajas que se desmoronan de aquello y los suelos donde estuvo es mazamorra, y muchas vezes hai tanta necesidad, que dan de sola ésta, que quando habreis apartado a vna parte las chinches muertas que están entrello y las pajas y el estiercol de los ratones, lo que queda no es la quinta parte.» El esconderse en una cueva es lo que hizo Cervantes también; véase Diego de Haedo, *Topografía,* fol. 185r.

[68] *caramuzales:* «Embarcación de que usan los moros, la cual sirve por lo común para transportar géneros» *(Cov.); Viaje de Turquía,* pág. 67b: «Mata. —¿Qué tanto hai de las minas a donde se hunde? Pedro. —Veinticinco leguas por mar; sirben çient nabeçillas que llaman *caramuçalidades,* y acá *corchapines,* de llebar solamente de aquella tierra ...».

cos los que los llamaban. Ellos contaron sus desgracias, y los moros los recibieron en su bajel, en el cual venía un judío, riquísimo mercader, y toda la mercancía del bajel, o más, era suya; era de barraganes[69] y alquiceles[70], y de otras cosas que de Berbería se llevaban a Levante. En el mismo bajel los turcos se fueron a Trípol, y en el camino me vendieron al judío, que dio por mí dos mil doblas, precio excesivo, si no le hiciera liberal el amor que el judío me descubrió.

«Dejando, pues, los turcos en Trípol, tornó el bajel a hacer su viaje, y el judío dio en solicitarme descaradamente[71]. Yo le hice la cara que merecían sus torpes deseos. Viéndose, pues, desesperado de alcanzarlos, determinó de deshacerse de mí en la primera ocasión que se le ofreciese; y sabiendo que los dos bajaes Alí y Hazán estaban en aquesta isla, donde podía vender su mercaduría tan bien como en Xío[72], en que pensaba venderla, se vino aquí con intención de venderme a alguno de los dos bajaes, y por eso me vistió de la manera que ahora me ves, por aficionarles la voluntad a que me comprasen. He sabido que me ha comprado este cadí para llevarme a presentar al Gran Turco, de que estoy no poco temerosa. Aquí he sabido de tu fingida muerte, y séte decir, si lo quieres creer, que me pesó en el alma y que te tuve más envidia que lástima, y no por quererte mal, que ya que soy desamorada, no soy ingrata ni desconocida, sino porque habías acabado con la tragedia de tu vida.

—No dices mal, señora —respondió Ricardo—, si la muerte no me hubiera estorbado el bien de volver a verte; que ahora en más estimo este instante de gloria de gozo en mirarte,

---

[69] *barraganes:* Barragán es cierto tipo de paño (Corominas, I, pág. 409b).

[70] *alquiceles:* «Cubierta de banco, mesa o otra cosa, tejida sin costura a manera de manta» *(Cov.);* también, «vestidura morisca a modo de capa» (Corominas, I, pág. 167a).

[71] *descaradamente:* «Descararse, desvergonzarse, quitarse la máscara. Descarado, el desvergonzado, cara sin vergüenza» *(Cov.).*

[72] *Xío:* Es la isla de Chíos; véase Alonso de Contreras, *Derrotero universal,* pág. 202: «De Cabo Negro a la isla de Xío se va al Poniente veinte millas. En medio de la canal están tres islas bajas, parejas. Es muy buen puerto. Suelen despalmar allí las armadas; llámase Los Despalmados. La isla de Xío es grande; tiene de largo cincuenta millas y ancho veinticinco millas. [...] Es ciudad y vívese a la romana, con obispo por el Papa. Hay colegio de Teatinos, frailes Dominicos y Franciscanos.»

que otra ventura, como no fuera la eterna, que en la vida o en la muerte pudiera asegurarme mi deseo. El que tiene mi amo el cadí, a cuyo poder he venido por no menos varios accidentes que los tuyos, es el mismo para contigo que para conmigo lo es el de Halima; hame puesto a mí por intérprete de sus pensamientos. Acepté la empresa, no por darle gusto, sino por el que granjeaba en la comodidad de hablarte, porque veas, Leonisa, el término a que nuestras desgracias nos han traído, a ti a ser medianera de un imposible que en lo que me pides conoces, a mí a serlo también de la cosa que menos pensé, y de la que daré por no alcanzalla la vida, que ahora estimo en lo que vale la alta ventura de verte.

—No sé qué te diga, Ricardo —replicó Leonisa—, ni qué salida se tome al laberinto donde, como dices, nuestra corta ventura nos tiene puestos. Sólo sé decir que es menester usar en esto lo que de nuestra condición no se puede esperar, que es el fingimiento y engaño; y así digo que de tí daré a Halima algunas razones que antes la entretengan que desesperen. Tú de mí podrás decir al cadí lo que para seguridad de mi honor y de su engaño vieres que más convenga; y pues yo pongo mi honor en tus manos, bien puedes creer dél que le tengo con la entereza y verdad que podían poner en duda tantos caminos como he andado y tantos combates como he sufrido. El hablarnos será fácil y a mí será de grandísimo gusto el hacello, con presupuesto que jamás me has de tratar cosa que a tu declarada pretensión pertenezca, que en la hora que tal hicieres, en la misma me despediré de verte, porque no quiero que pienses que es de tan pocos quilates[73] mi valor que ha de hacer con él la cautividad lo que la libertad no pudo: como el oro tengo de ser, con el favor del cielo, que mientras más se acrisola, queda con más pureza y más limpio. Conténtate con que he dicho que no me dará, como solía, fastidio tu vista, porque te hago saber, Ricardo, que siempre te tuve por desabrido y arrogante, y que presumías de ti algo más de lo que debías. Confieso también que me engañaba, y que podría ser que hacer ahora la experiencia me pusiese la verdad delante de los ojos el desengaño, y estando desengañada, fuese con ser honesta más

---

[73] *quilates:* Es el peso de granos que sirve para pesar perlas y diamantes; aquí es una medida de valor: menos quilates, menos valor.

humana. Vete con Dios, que temo no nos haya escuchado Halima, la cual entiende algo de la lengua cristiana, a lo menos de aquella mezcla de lenguas que se usa, con que todos nos entendemos.

—Dices muy bien, señora —respondió Ricardo—, y agradézcote infinito el desengaño que me has dado, que le estimo en tanto como la merced que me haces en dejar verte; y como tú dices, quizá la experiencia te dará a entender cuán llana es mi condición y cuán humilde, especialmente para adorarte; y sin que tú pusieras término ni raya a mi trato, fuera él tan honesto para contigo, que no acertaras a desearle mejor. En lo que toca a entretener al cadí, vive descuidada; haz tú lo mismo con Halima, y entiende, señora, que después que te he visto ha nacido en mí una esperanza tal, que me asegura que presto hemos de alcanzar la libertad deseada. Y con esto quédate a Dios, que otra vez te contaré los rodeos por donde la fortuna me trujo a este estado, después que de ti me aparté, o, por mejor decir, me apartaron.

Con esto se despidieron, y quedó Leonisa contenta y satisfecha del llano proceder de Ricardo, y él contentísimo de haber oído una palabra de la boca de Leonisa sin aspereza.

Estaba Halima cerrada en su aposento, rogando a Mahoma trujese Leonisa buen despacho de lo que le había encomendado. El cadí estaba en la mezquita recompensando con los suyos los deseos de su mujer, teniéndolos solícitos y colgados de la respuesta que esperaba oír de su esclavo, a quien había dejado encargado hablase a Leonisa, pues para poderlo hacer le daría comodidad Mahamut, aunque Halima estuviese en casa. Leonisa acrecentó en Halima el torpe deseo y el amor, dándole muy buenas esperanzas que Mario haría todo lo que pidiese; pero que había de dejar pasar primero dos lunes antes que concibiese con lo que deseaba él mucho más que ella, y este tiempo y término pedía a causa que hacía una plegaria y oración a Dios para que le diese libertad. Contentóse Halima de la disculpa y de la relación de su querido Mario, a quien ella diera libertad antes del término devoto, como él concediera con su deseo; y así rogó a Leonisa le rogase dispensase con el tiempo y acortase la dilación, que ella le ofrecía cuanto el cadí pidiese por su rescate.

Antes que Ricardo respondiese a su amo, se aconsejó con Mahamut de qué le respondería; y acordaron entre los dos que le desesperasen y le aconsejasen que lo más presto que pudiese la llevase a Constantinopla, y que en el camino, o por grado o por fuerza, alcanzaría su deseo; y que para el inconveniente que se podía ofrecer de cumplir con el Gran Señor, sería bueno comprar otra esclava, y en el viaje fingir o hacer de modo como Leonisa cayese enferma, y que una noche echarían la cristiana comprada a la mar, diciendo que era Leonisa, la cautiva del Gran Señor, que se había muerto; y que esto se podía hacer y se haría en modo que jamás la verdad fuese descubierta, y él quedase sin culpa con el Gran Señor, y con el cumplimiento de su voluntad; y que, para la duración de su gusto, después se daría traza conveniente y más provechosa. Estaba tan ciego el mísero y anciano cadí, que si otros mil disparates le dijeran, como fueran encaminados a cumplir sus esperanzas, todos los creyera, cuanto más que le pareció que todo lo que le decían llevaba buen camino y prometía próspero suceso; y así era la verdad, si la intención de los dos consejeros no fuera levantarse con el bajel y darle a él la muerte en pago de sus locos pensamientos. Ofreciósele al cadí otra dificultad, a su parecer mayor de las que en aquel caso se le podía ofrecer; y era pensar que su mujer Halima no le había de dejar ir a Constantinopla si no la llevaba consigo; pero presto la facilitó, diciendo que en cambio de la cristiana que habían de comprar para que muriese por Leonisa, serviría Halima, de quien deseaba librarse más que de la muerte.

Con la misma facilidad que él lo pensó, con la misma se lo concedieron Mahamut y Ricardo; y quedando firmes en esto, aquel mismo día dio cuenta el cadí a Halima del viaje que pensaba hacer a Constantinopla a llevar la cristiana al Gran Señor, de cuya liberalidad esperaba que le hiciese gran cadí del Cairo o de Constantinopla. Halima le dijo que le parecía muy bien su determinación, creyendo que se dejaría a Ricardo en casa; mas cuando el cadí le certificó que le había de llevar consigo y a Mahamut también tornó a mudar de parecer y a desaconsejarle lo que primero le había aconsejado. En resolución, concluyó que si no la llevaba consigo no pensaba dejarle ir en ninguna manera. Contentóse el cadí de hacer lo que ella quería, porque pensaba sacudir presto de su cuello[74] aquella para él tan pesada carga.

No se descuidaba en este tiempo Hazán Bajá de solicitar al cadí le entregase la esclava, ofreciéndole montes de oro, y habiéndole dado a Ricardo de balde, cuyo rescate apreciaba

---

[74] *sacudirse* ... *de su cuello:* quitarse de ella.

en dos mil escudos, facilitábale la entrega con la misma industria que él se había imaginado de hacer muerta la cautiva cuando el Gran Turco enviase por ella. Todas estas dádivas y promesas aprovecharon con el cadí no más de ponerle en la voluntad que abreviase su partida; y así solicitado de su deseo y de las importunaciones de Hazán, y aun de las de Halima, que también fabricaba en el aire vanas esperanzas, dentro de veinte días aderezó un bergantín de quince bancos[75], y le armó de buenas boyas, moros y de algunos cristianos griegos. Embarcó en él toda su riqueza, y Halima no dejó en su casa cosa de momento, y rogó a su marido que la dejase llevar consigo a sus padres para que viesen a Constantinopla. Era la intenión de Halima la misma que la de Mahamut: hacer con él y con Ricardo que en el camino se alzasen con el bergantín; pero no les quiso declarar su pensamiento hasta verse embarcada, y esto con voluntad de irse a tierra de cristianos, y volverse a lo que primero había sido, y casarse con Ricardo, pues era de creer que llevando tantas riquezas consigo, y volviéndose cristiana, no dejaría de tomarla por mujer.

En este tiempo habló otra vez Ricardo con Leonisa, y le declaró toda su intención, y ella le dijo la que tenía Halima, que con ella había comunicado; encomendáronse los dos el secreto, y encomendándose a Dios, esperaban el día de la partida, el cual llegado, salió Hazán, acompañándolos hasta la marina con todos sus soldados, y no los dejó hasta que se hicieron a la vela, ni aun quitó los ojos del bergantín hasta perderle de vista; y parece que el aire de los suspiros que el enamorado moro arrojaba, impelía con mayor fuerza las velas, que le apartaban y llevaban el alma. Mas como aquel a quien el amor había tanto tiempo que sosegar no le dejaba, pensando en lo que había de hacer para no morir a mano de sus deseos, puso luego por obra lo que con largo discurso y resoluta determinación tenía pensado; y así, en un bajel

---

[75] *bergantín ... bancos:* «Embarcación de bajo bordado, de diez a doce remos, y bancos de un hombre en cada uno» *(Aut.);* también lleva velas. Recuérdese el famoso romance de Góngora. *Obras completas,* pág. 145: «Y según los vientos pisa / un bergantín genovés, / si no viste el temor alas, / de plumas tiene los pies.» Diego de Haedo, *Topografía de Argel,* fol. 18v, habla de «... cosarios hay de fragatas, que son bergantines, de ocho hasta trece bancos, y ordinariamente se hacen estos bajeles en Sargel, que está, como dijimos, veinte leguas que son sesenta millas de Argel para Poniente, adonde hay muy gran copia de madera para hacerlos».

de diez y siete bancos, que en otro puerto había hecho armar, puso en él cincuenta soldados, todos amigos y conocidos suyos, y a quien él tenía obligados con muchas dádivas y promesas, y dióles orden que saliesen al camino y tomasen el bajel del cadí y sus riquezas, pasando a cuchillo cuantos en él iban, si no fuese a Leonisa la cautiva; que a ella sola quería por despojo aventajado a los muchos haberes que el bergantín llevaba; ordenóles también que le echasen a fondo, de manera que ninguna cosa quedase que pudiese dar indicio de su perdición. La codicia del saco les puso alas en los pies y esfuerzo en el corazón, aunque bien vieron cuán poca defensa habían de hallar en los del bergantín, según iban desarmados y sin sospecha de semejante acontecimiento.

Dos días había ya que el bergantín caminaba, que al cadí se le hicieron dos siglos, porque luego en el primero quisiera poner en efeto su determinación; mas aconsejáronle sus esclavos que convenía primero hacer de suerte que Leonisa cayese mala, para dar color a su muerte, y que esto había de ser con algunos días de enfermedad. Él no quisiera sino decir que había muerto de repente, y acabar pronto con todo, y despachar a su mujer, y aplacar el fuego que las entrañas poco a poco le iba consumiendo; pero, en efeto, hubo de conde[s]cender con el parecer de los dos.

Ya en esto había Halima declarado su intento a Mahamut y a Ricardo, y ellos estaban en ponerlo por obra al pasar de las cruces de Alejandría[76], o al entrar de los castillos de la Natolia[77]. Pero fue tanta la priesa que el cadí les daba, que se ofrecieron de hacerlo en la primera comodidad que se les ofreciese. Y un día, al cabo de seis que navegaban y que ya le parecía al cadí que bastaba el fingimiento de la enfer-

[76] *Alejandría:* Es decir, Troya, hacia el estrecho de los Dardanelos y no la ciudad de tal nombre en Egipto; véase Alonso de Contreras, *Derrotero universal,* pag. 200. No menciona esta Alejandría, pero sí el Cabo Troya: «Es tierra pareja y llámase, por otro, Cabo de Troya, porque allí fue Troya. Vénse las murallas y ruinas. Hay allí algunos casares, habitación de pastores.» Véase nota 86.

[77] *Natolia:* Alonso de Contreras, *Derrotero universal,* págs. 198-99: «De la isla de Leiro, veinticinco millas al Levante, está la boca del Canal de Constantinopla o de Galípolis. Doce millas al Grego dentro de la canal están dos castillos grandes llamados los Dardanelos, frontero uno de otro; uno en la Natolia y otro en la Romania. El de la Natolia es más fuerte que el otro. Tiene cincuenta piezas de artillería cada uno.» Cfr. también *Viaje de Turquía,* pág. 26a-b.

medad de Leonisa, importunó a sus esclavos que otro día concluyesen con Halima, y la arrojasen al mar amortajada, diciendo ser la cautiva del Gran Señor.

Amaneciendo, pues, el día en que, según la intención de Mahamut y de Ricardo, había de ser el cumplimiento de sus deseos, o del fin de sus días, descubrieron un bajel que a vela y remo les venía dando caza. Temieron fuese de cosarios cristianos, de los cuales ni los unos ni los otros podían esperar buen suceso; porque, de serlo, se temía ser los moros cautivos, y los cristianos, aunque quedasen con libertad, quedarían desnudos y robados; pero Mahamut y Ricardo con la libertad de Leonisa y de la de entrambos se contentaron; con todo esto que se imaginaban, temían la insolencia de la gente cosaria, pues jamás la que se da a tales ejercicios, de cualquiera ley o nación que sea, deja de tener un ánimo cruel y una condición insolente. Pusiéronse en defensa, sin dejar los remos de las manos y hacer todo cuanto pudiesen. Pero pocas horas tardaron que vieron que les iban entrando, de modo que en menos de dos se les pusieron a tiro de cañón. Viendo esto, amainaron, soltaron los remos, tomaron las armas y los esperaron, aunque el cadí dijo que no temiesen, porque el bajel era turquesco, y que no les haría ningún daño. Mandó poner luego una banderita blanca de paz en el peñol de la popa, por que le viesen los que ya ciegos y codiciosos venían con gran furia a embestir el mal defendido bergantín. Volvió en esto la cabeza Mahamut y vio que de la parte de poniente venía una galeota, a su parecer de veinte bancos, y díjoselo al cadí, y algunos cristianos que iban al remo dijeron que el bajel que se descubría era de cristianos; todo lo cual les dobló la confusión y el miedo, y estaban suspensos sin saber lo que harían, temiendo y esperando el suceso que Dios quisiese darles.

Paréceme que diera el cadí en aquel punto por hallarse en Nicosia toda la esperanza de su gusto: tanta era la confusión en que se hallaba, aunque le quitó presto della el bajel primero, que sin respecto de las banderas de paz ni de lo que a su religión debían, embistieron con el del cadí con tanta furia, que estuvo poco [78] en echarle a fondo. Luego conoció el cadí los que le acometían, y vio que eran soldados de Nicosia, y adivinó lo que podía ser, y dióse por perdido

_____

[78] *estuvo poco en:* faltó poco.

y muerto; y si no fuera que los soldados se dieron antes a robar que a matar, ninguno quedara con vida. Mas cuando ellos andaban más encendidos y más atentos en su robo, dio un turco voces, diciendo:

—Arma, soldados, que un bajel de cristianos nos embiste.

Y así era la verdad, porque el bajel que descubrió el bergantín del cadí venía con insignias y banderas cristianescas, el cual llegó con toda furia a embestir el bajel de Hazán; pero antes que llegase preguntó uno desde la proa en lengua turquesca que qué bajel era aquel. Respondiéronle que era de Hazán Bajá, virrey de Chipre.

—¿Pues, cómo —replicó el turco— siendo vosotros mosolimanes [79], embestís y robáis a ese bajel, que nosotros sabemos que va en él el cadí de Nicosia?

A lo cual respondieron que ellos no sabían otra cosa más de que al bajel les habían ordenado le tomasen, y que ellos como sus soldados y obedientes habían hecho su mandamiento.

Satisfecho de lo que saber quería, el capitán del segundo bajel que venía a la cristianesca dejóle embestir al de Hazán, y acudió al del cadí, y a la primera rociada mató más de diez turcos de los que dentro estaban, y luego le entró con grande ánimo y presteza; mas apenas hubieron puesto los pies dentro, cuando el cadí conoció que el que le embestía no era cristiano, sino Alí Bajá, el enamorado de Leonisa, el cual, con el mismo intento que Hazán, había estado esperando su venida, y por no ser conocido había hecho vestidos a sus soldados como cristianos, para que con esta industria fuese más cubierto su hurto. El cadí, que conoció las intenciones de los amantes y traidores, comenzó a grandes voces a decir su maldad, diciendo:

—¿Qué es esto, traidor Alí Bajá? Cómo siendo tú mosolimán, (que quiere decir turco) me salteas como cristiano? Y vosotros, traidores de Hazán, ¿qué demonio os ha movido a [a]cometer tan grande insulto? ¿Cómo por cumplir el apetito lascivo del que aquí os emvía queréis ir contra vuestro natural señor?

A estas palabras suspendieron todos las armas, y unos a otros se miraron y se conocieron, porque todos habían sido

---

[79] mosolimanes: musulmanes; véase Corominas, III, pág. 485a: «Esporádicamente se había empleado en castellano la variante *mosolimán,* ... la cual procede del turco *muslimân* (con influjo de *solimán*, por etimología popular).»

soldados de un mismo capitán y militado debajo de una bandera, y confundiéndose con las razones del cadí y con su mismo maleficio, ya se les embotaron los filos de los alfanjes[80] y se les desmayaron los ánimos: sólo Alí cerró los ojos a los oídos a todo, y arremetiendo al cadí, le dio una tal cuchillada en la cabeza, que si no fuera por la defensa que hicieron cien varas de toca[81] con que venía ceñida, sin duda se la partiera por medio; pero con todo esto le derribó entre los bancos del bajel, y al caer dijo el cadí:

—¡Oh cruel renegado, enemigo de mi profeta! ¿Y es posible que no ha de haber quien castigue tu crueldad y tu grande insolencia? ¿Cómo, maldito, has osado poner las manos y las armas en tu cadí, y en un ministro de Mahoma?

Estas palabras añadieron fuerza a fuerza a las primeras, las cuales oídas de los soldados de Hazán, y movidos de temor que los soldados de Alí les habían de quitar la presa, que ya ellos por suya tenían, determinaron de ponerlo todo en aventura; y comenzando uno y siguiéndole todos, dieron en los soldados de Alí con tanta priesa, rancor[82] y brío, que en poco espacio los pararon tales, que, aunque eran muchos más que ellos, los redujeron a número pequeño; pero los que quedaron, volviendo sobre sí, vengaron a sus compañeros, no dejando de los de Hazán apenas cuatro con vida, y ésos muy malheridos.

Estábanlos mirando Ricardo y Mahamut, que de cuando en cuando sacaban la cabeza por el escotillón[83] de la cámara

---

[80] *alfanjes:* véase nota 9.

[81] *toca:* «En algunas partes de España no traen los hombres caperuzas ni sombreros, y usan de unas tocas revueltas en la cabeza, como son los vizcaínos y montañeses. Los moros usan las tocas encima de los bonetillos» *(Cov.);* véase Carmen Bernis, *Indumentaria,* pág. 106: «Las tocas se vendían por piezas; así, entre los gastos para el equipo de boda de Isabel de Aragón costa 'por veynte e ocho varas de unas tocas de hilo de seda a seys la vara syete ducados, e más por veinte e dos varas de tocas de seda e de algodón, quatro ducados'.» Así una toca de «cien varas», a pesar de ser exageración por parte de Cervantes, podía proteger una cabeza sin dificultad.

[82] *rancor:* rencor; véase Corominas, III, pág. 1086a: «Está claro que la forma *ranco* [por *renco*], más extendida en romance, ha 'de ser la primitiva.»

[83] *escotillón:* «La puerta o tapa corrediza que cierra en la galera la cámara de popa» *(Cov.);* véase Enrico Zaccaria, *La ricchezza,* pág. 66: «porta per cui entra il dispensiere sia a poppa sia a prora».

de popa, por ver en qué paraba aquella grande herrería que sonaba; y viendo como los turcos estaban casi todos muertos, y los vivos malheridos, y cuán fácilmente se podía dar cabo[84] de todos, llamó a Mahamut y a dos sobrinos de Halima, que ella había hecho embarcar consigo para que ayudasen a levantar el bajel, y con ellos y con su padre, tomando alfanjes de los muertos, saltaron en crujía, y apellidando «Libertad, libertad», y ayudados de las buenas boyas, cristianos griegos, con facilidad y sin recebir herida, los degollaron a todos, y pasando sobre la galeota de Alí, que sin defensa estaba, la rindieron y ganaron con cuanto en ella venía. De los que en el segundo encuentro murieron, fue de los primeros Alí Bajá, que un turco, en venganza del cadí, le mató a cuchilladas.

Diéronse luego todos, por consejo de Ricardo, a pasar cuantas cosas había de precio en su bajel y en el de Hazán a la galeota de Alí, que era bajel mayor y acomodado para cualquier cargo o viaje, y ser los remeros cristianos, los cuales, contentos con la alcanzada libertad y con muchas cosas que Ricardo repartió entre todos, se ofrecieron de llevarle hasta Trápana, y aun hasta el cabo del mundo si quisiese. Y con esto Mahamut y Ricardo, llenos de gozo por el buen suceso, se fueron a la mora Halima y le dijeron que, si quería volverse a Chipre, que con las buenas boyas le armarían su mismo bajel, y le darían la mitad de las riquezas que había embarcado; mas ella, que en tanta calamidad aún no había perdido el cariño y amor que a Ricardo tenía, dijo que quería irse con ellos a tierra de cristianos, de lo cual sus padres se holgaron en extremo.

El cadí volvió de su acuerdo, y le curaron como la ocasión les dio lugar, a quien también dijeron que escogiese una de dos: o que se dejase llevar a tierra de cristianos, o volverse en su mismo bajel a Nicosia. El respondió que, ya que la fortuna le había traído a tales términos, les agradecía la libertad que le daban, y que quería ir a Constantinopla a quejarse al Gran Señor del agravio que de Hazán y de Alí había recebido; mas cuando supo que Halima le dejaba y se quería volver cristiana, estuvo en poco de perder el juicio. En resolución, le armaron su mismo bajel y le proveyeron de todas las cosas necesarias para su viaje, y aun le dieron algunos

---

[84] *dar cabo:* aquí significa acabar, terminar.

cequíes[85] de los que habían sido suyos, y despidiéndose de todos con determinación de volverse a Nicosia, pidió antes que se hiciese a la vela que Leonisa le abrazase, que aquella merced y favor sería bastante para poner en olvido toda su desventura. Todos suplicaron a Leonisa diese aquel favor a quien tanto la quería, pues en ello no iría contra el decoro de su honestidad. Hizo Leonisa lo que le rogaron, y el cadí le pidió le pusiese las manos sobre la cabeza, por que él llevase esperanzas de sanar de su herida; en todo le contentó Leonisa. Hecho esto, y habiendo dado un barreno al bajel de Hazán, favoreciéndoles un levante fresco que parecía que llamaba las velas para entregarse en ellas, se las dieron, y en breves horas perdieron de vista al bajel del cadí, el cual, con lágrimas en los ojos, estaba mirando cómo se llevaban los vientos su hacienda, su gusto, su mujer y su alma.

Con diferentes pensamientos de los del cadí navegaban Ricardo y Mahamut; y así, sin querer tocar en tierra en ninguna parte, pasaron a la vista de Alejandría de golfo lanzado[86], y sin amainar velas, y sin tener necesidad de aprovecharse de los remos llegaron a la fuerte isla del Corfú, donde hicieron agua, y luego sin detenerse pasaron por los infamados riscos Acroceraunos[87], y desde lejos al segundo día descubrieron a

---

[85] *cequíes:* «Moneda de oro de que usaron los árabes en España» *(Cov.);* véase Mateu y Llopis, *Glosario,* pág. 296: «El *zechino,* moneda de oro de Venecia; también el *ducado* de oro de Cerdeña y otras monedas del mismo metal.» Diego de Haedo, *Topografía de Argel,* menciona también «zequin o saltanía de Constantinpla»: «El zequin o saltanía de Constantinopla vale 150 asperos y el motical de Fez 175; mas Jafer Bajá, año 180, subió el zequim o saltanía a 175 asperos y el motical a 225, y la causa desto fue haber poca desta moneda; ...» (fol.. 24v).

[86] *de golfo lanzado:* Según Schevill y Bonilla, eds. *Novelas ejemplares,* I, pág. 346, «es golfo pasado velozmente, de una vez, sin hacer escala en parte alguna». Covarrubias registra la expresión «lanzarse en casa» que signifia «recogerse con diligencia y presteza». Esta Alejandría puede ser una de las islas mencionadas por Diego Galán, *Cautiverio y trabajos,* pág. 55: «Partimos del cabo de las Colunas luego que la chusma hubo tomado alivio, y atravesamos el canal de Negroponto, quedando sobre mano izquierda, a la banda del Sur, las islas de Alejandría, Paros, Naxo, Misti, Argentara y San Juan de Palestina, donde San Juan evangelista escribió el Apocalipsis; todas las cuales islas están pobladas de griegos y turcos.»

[87] *Acroceraunos:* El texto, «Acrocerauros». Son montes así llamados por su altura, y son infames porque así los llamó Horacio (Oda III):

Paquino, promontorio de la fertilísima Tinacria[88], a la vista de la cual y de la insigne isla de Malta volaron, que no con menos ligereza navegaba el dichose leño.

En resolución, bajando la isla, de allí a cuatro días descubrieron la Lampadosa[89], y luego la isla donde se perdieron, con cuya vista se estremeció toda, viniéndole a la memoria el peligro en que en ella se había visto; otro día vieron delante de sí la deseada y amada patria; renovóse la alegría en sus corazones, alborotáronse sus espíritus con el nuevo contento, que es uno de los mayores que en esta vida se puede tener, llegar después de luengo cautiverio salvo y sano a la patria. Y al que a éste se le puede igualar es el que se recibe de la vitoria alcanzada de los enemigos.

Habíase hallado en la galeota una caja llena de banderetas y flámulas de diversas colores de sedas, con las cuales hizo Ricardo adornar la galeota. Poco después de amanecer sería, cuando se hallaron a menos de una legua de la ciudad, y bogando a cuarteles[90], y alzando de cuando en cuando alegres voces y gritos, se iban llegando al puerto, en el cual en un instante pareció infinita gente del pueblo, que habiendo visto cómo aquel bien adornado bajel tan de espacio se llegaba a tierra, no quedó gente en toda la ciudad que dejase de salir a la marina.

En este entretanto había Ricardo pedido y suplicado a Leo-

«Quem mortis timuit gradum, / Qui siccis oculis monstra natantia, / Qui vidit mare turgidum, et / Infames scopulos Acroceraunia?» Véase la nota de F. Rodríguez Marin, ed., *Viaje del Parnaso,* Madrid, 1935, págs. 240-41, nota 71.

[88] *Paquino ... Tinacria:* Paquino es Pachino, promontorio de la isla de Sicilia; la dirección del barco es hacia el suroeste, porque Malta se sitúa al suroeste de Sicilia.

[89] *Lampadosa:* Lampedusa. Cfr. A. de Contreras, *Derrotero universal,* pág. 248: «De esta isla treinta milas al Lebeche se va a La Lampadosa. Es tierra baja. Del Cabo de Levante en la isla, en la costa de Mediodía, diez millas al Poniente está el puerto principal; viniendo de mar en fuera se descubrirá una torre que está en el mismo puerto, llamada Torre de Orlando, donde se pone la guardia. Este puerto es capaz de doce galeras. Hay un pozo, lejos un tiro de piedra de la marina, el cual enseñará una senda que tiene hecha pero no es buena agua.»

[90] *bogando a cuarteles:* Bogar es «llevar la galera con os remos» *(Cov.);* así quiere decir que algunos remeros (los **pares**) «bogaban» mientras los otros (impares) se descansaban y viceversa.

nisa que se adornase y vistiese de la misma manera que cuando entró en la tienda de los bajaes, porque quería hacer una graciosa burla a sus padres. Hízolo así, y añadiendo galas a galas, perlas a perlas, y belleza a belleza, que suele acrecentarse con el contento, se vistió de modo que de nuevo causó admiración y maravilla. Vistióse asimismo Ricardo a la turquesca, y lo mismo hizo Mahamut y todos los cristianos del remo, que para todos hubo en los vestidos de los turcos muertos.

Cuando llegaron al puerto serían las ocho de la mañana, que tan serena y clara se mostraba, que parecía que estaba atenta mirando aquella alegre entrada. Antes de entrar en el puerto hizo Ricardo disparar las piezas de la galeota, que eran un cañón de crujía y dos falconetes; respondió la ciudad con otras tantas.

Estaba toda la gente confusa, esperando llegase el bizarro [91] bajel; pero cuando vieron de cerca que era turquesco, porque se divisaban los blancos turbantes de los que moros parecían, temerosos y con sospecha de algún engaño, tomaron las armas y acudieron al puerto todos los que en la ciudad son de milicia, y la gente de a caballo se tendió por toda la marina; de todo lo cual recibieron gran contento los que poco a poco se fueron llegando hasta entrar en el puerto, dando fondo junto a tierra, y arrojando en ella la plancha, soltando a una los remos, todos, uno a uno, como en procesión, salieron a tierra, la cual con lágrimas de alegría besaron una y muchas veces, señal clara que dio a entender ser cristianos que con aquel bajel se habían alzado. A la postre de todos salieron el padre y madre de Halima, y sus dos sobrinos, todos, como está dicho, vestidos a la turquesca; hizo fin y remate la hermosa Leonisa, cubierto el rostro con un tafetán carmesí; traíanla en medio Ricardo y Mahamut, cuyo espectáculo llevó tras sí los ojos de toda aquella infinita multitud que los miraba.

En llegando a tierra hicieron como los demás, besándola postrados por el suelo. En esto llegó a ellos el capitán y gobernador de la ciudad, que bien conoció que eran los principales de todos; mas apenas hubo llegado cuando conoció a Ricardo, y corrió con los brazos abiertos y con señales de grandísimo contento a abrazarle. Llegaron con el gobernador Cornelio y su padre, y los de Leonisa con todos sus parientes,

---

[91] *bizarro:* «... vestido de diversas colores» *(Cov.).*

y los de Ricardo, que todos eran los más principales de la ciudad. Abrazó Ricardo al gobernador, y respondió a todos los parabienes que le daban; trabó de la mano a Cornelio, el cual, como le conoció y se vio asido dél, perdió la color del rostro, y casi comenzó a temblar de miedo, y teniendo asimismo de la mano a Leonisa, dijo:

—Por cortesía os ruego, señores, que antes que entremos en la ciudad y en el templo a dar las debidas gracias a Nuestro Señor de las grandes mercedes que en nuestra desgracia nos ha hecho, me escuchéis ciertas razones que deciros quiero.

A lo cual el gobernador respondió que dijese lo que quisiese, que todos le escucharían con gusto y con silencio.

Rodeáronle luego todos los más de los principales, y él, alzando un poco la voz, dijo desta manera:

—Bien se os debe acordar, señores, de la desgracia que algunos meses ha en el jardín de las Salinas me sucedió con la pérdida de Leonisa; también no se os habrá caído de la memoria la diligencia que yo puse en procurar su libertad, pues, olvidándome del mío, ofrecí por su rescate toda mi hacienda, aunque ésta, que al parecer fue liberalidad, no puede ni debe redundar en mi alabanza, pues la daba por el rescate de mi alma. Lo que después acá a los dos ha sucedido requiere para más tiempo otra sazón y coyuntura, y otra lengua no tan turbada como la mía; basta [92] deciros por ahora que, después de varios y extraños acaescimientos, y después de mil perdidas esperanzas de alcanzar remedio de nuestras desdichas, el piadoso cielo, sin ningún merecimiento nuestro, nos ha vuelto a la deseada patria, cuanto llenos de contento, colmados de riquezas; y no nace dellas ni de la libertad alcanzada el sin igual gusto que tengo, sino del que imagino que tiene ésta en paz y en guerra dulce enemiga mía, así por verse libre, como por ver, como ve, el retrato de su alma; todavía me alegro de la general alegría que tienen los que me han sido compañeros en la miseria. Y aunque las desventuras y tristes acontecimientos suelen mudar las condiciones y aniquilar los ánimos valerosos, no ha sido así con el verdugo de mis buenas esperanzas; porque con más valor y entereza que buenamente decirse puede, ha pasado el naufragio de sus desdichas y los encuentros de mis ardientes cuanto honestas importunaciones; en lo cual se verifica que mudan el

---

[92] *basta:* El texto, «baste».

cielo, y no las costumbres, los que en ellas tal vez hicieron asiento. De todo esto que he dicho quiero inferir que yo le ofrecí mi hacienda en rescate, y le di mi alma en mis deseos; di traza en su libertad y aventuré por ella, más que por la mía, la vida; y todos estos que en otro sujeto más agradecido pudieran ser cargos de algún momento, no quiero yo que lo sean; sólo quiero lo sea éste en que te pongo ahora.

Y diciendo esto, alzó la mano y con honesto comedimiento quitó el antifaz del rostro de Leonisa, que fue como quitarse la nube que tal vez cubre la hermosa claridad del sol, y prosiguió diciendo.

—Ves aquí, ¡oh Cornelio!, te entrego la prenda que tú debes de estimar sobre todas las cosas que son dignas de estimarse; y ves aquí tú, ¡hermosa Leonisa!, te doy al que tú siempre has tenido en la memoria. Esta sí quiero que se tenga por liberalidad, en cuya comparación dar la hacienda, la vida y la honra no es nada. Recíbela, ¡oh venturoso mancebo!, recíbela, y si llega tu conocimiento a tanto que llegue a conocer valor tan grande, estímate por el más venturoso de la tierra. Con ella te daré asimismo todo cuanto me tocare de parte en lo que a todos el cielo nos ha dado, que bien creo que pasará de treinta mil escudos; de todo puedes gozar a tu sabor con libertad y quietud y descanso, y plega al cielo que sea por luengos y felices años. Yo sin ventura. pues quedo sin Leonisa, gusto de quedar pobre, que a quien Leonisa le falta, la vida le sobra.

Y en diciendo esto calló, como si al paladar se le hubiera pegado la lengua; pero desde allí a un poco, antes que ninguno hablase, dijo:

—¡Válame Dios, y cómo los apretados trabajos turban los entendimientos! Yo, señores, con el deseo que tengo de hacer bien, no he mirado lo que he dicho, porque no es posible que nadie pueda demostrarse liberal de lo ajeno: ¿qué jurisdic[c]ión tengo yo en Leonisa para darla a otro? O ¿cómo puedo ofrecer lo que está tan lejos de ser mío? Leonisa es suya, y tan suya, que, a faltarle sus padres, que felices años vivan, ningún opósito tuviera a su voluntad; y si se pudieran poner las obligaciones que como discreta debe de pensar que me tiene, desde aquí las borro, las cancelo y doy por ningunas; y así de lo dicho me desdigo, y no doy a Cornelio nada, pues no puedo; sólo confirmo la manda de mi hacienda hecha a Leonisa, sin querer otra recompensa sino que tenga por verdaderos mis honestos pensamientos, y que crea dellos que nunca se encaminaron ni miraron a otro punto que el que pide su incomparable honestidad, su grande valor e infinita hermosura.

Calló Ricardo en diciendo esto, a lo cual Leonisa respondió en esta manera:

—Si algún favor, ¡oh Ricardo!, imaginas que hice a Cornelio en el tiempo que tú andabas de mí enamorado y celoso, imagina que fue tan honesto como guiado por la voluntad y orden de mis padres, que, atentos a que le moviesen a ser mi esposo, permitían que se los diese; si quedas desto satisfecho, bien lo estarás de lo que de mí te ha mostrado la experiencia cerca de mi honestidad y recato. Esto digo por darte a entender, Ricardo, que siempre fui mía, sin estar sujeta a otro que a mis padres, a quien ahora humildemente, como es razón, suplico que me den licencia y libertad para disponer [de] la que tu mucha valentía y liberalidad me ha dado.

Sus padres dijeron que se la daban, porque fiaban de su discreción que usaría della de modo que siempre redundase en su honra y en su provecho.

—Pues con esa licencia —prosiguió la discreta Leonisa—, quiero que no se me haga de mal mostrarme desenvuelta, a trueque de no mostrarme desagradecida; y así, ¡oh valiente Ricardo!, mi voluntad, hasta aquí recatada, perpleja y dudosa, se declara en favor tuyo; porque sepan los hombres que no todas las mujeres son ingratas, mostrándome yo siquiera agradecida. Tuya soy, Ricardo, y tuya seré hasta la muerte, si ya otro mejor conocimiento no te mueve a negar la mano que de mi esposo te pido.

Quedó como fuera de sí a estas razones Ricardo, y no supo ni pudo responder con otras a Leonisa, que con hincarse de rodillas ante ella y besarle las manos, que le tomó por fuerza muchas veces, bañándoselas en tiernas y amorosas lágrimas. Derramólas Cornelio de pesar, y de alegría los padres de Leonisa, y de admiración y de contento todos los circunstantes. Hallóse presente el obispo o arzobispo de la ciudad, y con su bendición y licencia los llevó al templo, y dispensando en el tiempo, los desposó en el mismo punto. Derramóse la alegría por toda la ciudad, de la cual dieron muestra aquella noche infinitas luminarias, y otros muchos días la dieron muchos juegos y regocijos que hicieron los parientes de Ricardo y de Leonisa. Reconciliáronse con la Iglesia, Mahamut y Halima, la cual imposibilitada de cumplir el deseo de verse esposa de Ricardo, se contentó con serlo de Mahamut. A sus padres y a los sobrinos de Halima dio la liberalidad de Ricardo, de las partes que le cupieron del despojo, suficientemente con que viviesen. Todos, en fin, quedaron contentos, libres y satisfechos, y la fama de Ricardo, saliendo de los términos de Sicilia, se extendió por todos los de Italia y de otras muchas partes, debajo del nombre del *amante liberal,* y aun hasta hoy dura en los muchos hijos que tuvo en Leonisa, que fue ejemplo raro de discreción, honestidad, recato y hermosura.

Rinconete – hijo de butestre bulador.
(hombre cargado con las bulas de
Iglesia y plenary ——— . Se
compraba para asegurar su
en el paraíso.) Por eso puede

Monipodio – es
el más rústico
desforme bárbaro del
mundo

- detalles prefigurativos del realismo
- mostrar la vida picaresca de Sevilla
- autobiográfico (picaresca) but unlike pic. w/ R+C's falta de
  desarrollo psic.
- Rinconete no comete
  ninguna pillaría en
  el cuento, lleva
  espada, es receptor
  del
  Cortadillo – usa la lengua
  para manipular

toda esta corrupta

Sevilla

Novela de Rinconete y Cortadillo

muestra el mundo del pícaro

la interacción entre
Monipolio y los políticos del
alto nivel.

Los jovenes salen de su mundo estructurado
para encontrar una vida más estricta
y organizada de los pícaros

entretenimiento

los barcos que salían
a Las Américas salían
de Sevilla.

Cervantes
ridiculiza a esta
clase social por su lenguaje que refleja mal el lenguaje
de los nobles.

Monipodio → nombre sarcástico
que nos muestra su
mundo → monopolio

la organización – el libro, oficios específicos de los seguidores
renombra chicos – diminutivos, implica control
uso de símbolos religiosos para ganar respeto y lealdad,
y él es una extensión de Dios

En la venta del Molinillo[1], que está puesta en los fines de los famosos campos de Alcudia[2], como vamos de Castilla a la Andalucía, un día de los calurosos del verano se hallaron en ella acaso dos muchachos de hasta edad de catorce a quince años; el uno ni el otro no pasaban de diez y siete; ambos de buena gracia, pero muy descosidos, rotos y maltratados. Capa, no la tenían; los calzones eran de lienzo, y las medias, de

---

[1] *venta del Molinillo:* situada en el camino desde León (pasándose por Toledo y Córdoba) hasta Sevilla; según Juan de Villuga, *Repertorio de todos los caminos de España,* Medina del Campo, 1446; facsímil, 1902, la venta del Molinillo se encontraba en el camino 25 leguas al sur de Toledo y 21,5 al norte de Córdoba, dos leguas de Tartanedo y a cuatro de Almodóvar del Campo. En las *Relaciones topográficas hechas por mandado de Felipe II,* al responder al «interrogatorio» (1575). Se dice que «este pueblo [...] es muy pasajero y está en el camino real y cursado que va de Castilla para el Andalucía... y es paso forzoso y necesario entre las dichas dos provincias y hay en el término desta villa veinte casas de ventas públicas, las doce dellas están como se va y parte desta villa para la ciudad de Córdoba...», entre las cuales nombran, «la venta Tartaneda [Tartanedo] que es de María del Olmo, ... *la venta el Monillo [¿Molinillo?]* [que] es de María y Francisco Delgados, vecinos desta villa y vale mil y cuatrocientos ducados porque les renta cada año cuarenta mil maravedís poco más o menos» (ed. Carmelo Viñas y Ramón Paz, Madrid, 1971, págs. 78-9).

[2] *Alcudia:* En las *Relaciones topográficas* se da una descripción del Valle de Alcudia, que merece citar: «En el término desta villa está el Valle de Alcudia, [...] es tierra en partes rasa, y en otras poblada de muchas encinas, fertil y abundante de yerba y fruto para los ganados que en ellos se apacientan estrema muy abrigada y acomodada a los dichos ganados y en los inviernos la pastan y gozan ganados menores y reses vacunas y al fin es la mejor dehesa que Su Majestad tiene ni hay en el reino fuera de la Serena que es mayor y en esta de Alcudia

carne[3]. Bien es verdad que lo enmendaban los zapatos, porque los del uno eran alpargates[4], tan traídos como llevados, y los del otro picados[5] y sin suelas, de manera que más le servían de cormas[6] que de zapatos. Traía el uno montera[7] verde de cazador; el otro, un sombrero sin toquilla[8], bajo de copa y ancho de falda[9]. A la espalda, y ceñida por los pechos, traía el uno una camisa de color de camuza[10], encerrada, y recogida todo en una manga[11]; el otro venía escueto y sin alforjas, puesto que[12] en el seno se le parecía[13] un gran bulto, que, a lo que después pareció, era un cuello de los que llaman valones[14], almidonado con grasa, y tan deshilado de roto, que todo

hay y se han descubierto muchas minas de plata y plomo y alcohol...» (Viñas y Paz, pág. 68).

[3] *medias de carne:* «Absolutamente suele significar medias calzas» *(Cov.);* así los muchachos no llevaban media alguna; véase Carmen Bernis, págs. 79-80 («calzas»).

[4] *alpargates:* alpargatas; «Calzado tejido de cordel, de que usan mucho los moriscos» *(Cov.; s. v.* «alpargate»); Carmen Bernis, página 76: «Alpargatas de hilo azul y alpargatas de cáñamo figuran en un inventario de 1560.» Las alpargatas que llevan los muchachos semejan, claro está, las del tipo «morisco» más que la de «hilo azul».

[5] *picados:* Zapatos picados eran calzado de lujo; pero éstos, tan estropeados, distan mucho de ser lujos. Véase Rodríguez Marín, *Rinconete y Cortadillo,* pág. 352; *Don Quijote,* VII, pág. 197: «y volvámonos a andar por el suelo con pie llano; que si no le adornaren zapatos picados de cordobán, no le faltarán alpargatas toscas de cuerda».

[6] *cormas:* «Es un pedazo de madero que antiguamente echaban al pie del esclavo fugitivo, y ahora en algunas partes la echan a los muchachos que se huyen de sus padres o amos» *(Cov.).*

[7] *montera:* «Cobertura de cabeza de que usan los monteros» *(Cov.).*

[8] *toquilla:* Una guarnición; cintillo de sombrero; «adorno que rodeaba la copa por junto a la falda o ala», Rodríguez Marín, *Rinconete y Cortadillo,* pág. 352.

[9] *ancho de falda:* Es decir, de falda (ala) caída.

[10] *camuza:* Camuza (o gamuza en otros textos) es «la piel de la cabra montés» *(Aut.);* así, Cervantes habla del color de esta piel.

[11] *manga:* No es la manga de la camisa sino «cierto género de cojín o maleta, abierta por las dos cabeceras por donde se cierra y asegura con unos cordones» *(Aut.).*

[12] *puesto que:* aunque; véase Keniston, *Syntax,* 28.44.

[13] *se le parecía:* se le veía; véase *El amante liberal,* n. 43.

[14] *valones:* Valona debe decir porque «valonas» son un tipo de zaragüelles o gregüescos. La valona era un «adorno que se ponía al cuello, por lo regular unido al cabezón de la camisa, el cual consistía en una tira angosta de lienzo fino, que caía sobre la espalda y hombros; y por la parte de adelante era larga hasta la mitad del pecho» *(Aut.).*

parecía hilachas[15]. Venían en él envueltos y guardados unos naipes de figura ovada, porque de ejercitarlos se les habían gastado las puntas, y porque durasen más se las cercenaron y los dejaron de aquel talle. Estaban los dos quemados del sol, las uñas caireladas[16] y las manos no muy limpias; el uno tenía una media espada, y el otro, un cuchillo de cachas amarillas, que los suelen llamar vaqueros[17].

Saliéronse los dos a sestear en un portal o cobertizo que delante de la venta se hace, y sentándose frontero el uno del otro, el que parecía de más edad dijo al más pequeño:

—¿De qué tierra es vuesa merced, señor gentilhombre, y para adónde bueno camina?

—Mi tierra, señor caballero —respondió el preguntado—, no la sé, ni para dónde camino, tampoco.

—Pues en verdad —dijo el mayor— que no parece vuesa merced del cielo, y que éste no es lugar para hacer su asiento en él: que por fuerza se ha de pasar adelante.

—Así es —respondió el mediano—; pero yo he dicho verdad en lo que he dicho; porque mi tierra no es mía, pues no tengo en ella más que[18] un padre que no me tiene por hijo y una madrastra que me trata como alnado[19]; el camino que llevo es a la ventura, y allí le daría fin donde hallase quien me diese lo necesario para pasar esta miserable vida.

---

[15] *hilachas:* «Los hilitos destramados de la tela o lienzo para poner en las heridas para enjugarlas. Hilachas, los hilitos que despiden de las telas de lienzo» *(Cov.).*

[16] *uñas caireladas:* uñas largas; «[Cayrel] Un entretejido que se echa en las extremidades de las guarniciones, a modo de pasamanillo, salvo que el pasamano se teje en el telar, y el cairel en la misma ropa, dividiendo el aguja lo que había de hacer la trama en la lanzadera y los hilos de los lizos traen los dedos de las manos trocándose» *(Cov.);* véase F. de Quevedo, *Premáticas y aranceles generales:* «... y más las [manos] de algunos, que las traen llenas de sarna o lepra, y otros con uñas caireladas, que pone asco mirarlas» *(Obras,* ed. Felicidad Buendía [Madrid, 1961; Prosa], pág. 70b).

[17] *vaqueros:* E. de Leguina, *Glosario,* pág. 852, registra vaquero como «hierro de lanza. Los había de tres filos y de cuatro o de Milán». Del contexto se puede deducir que es un cuchillo grande que se usaba en los mataderos para matar el ganado o para cortarlo en las carnicerías.

[18] *que:* El texto, «de».

[19] *alnado:* «El hijo que trae cualquiera de los casados al segundo matrimonio, que también llaman antenado [entenado]» *(Cov.).*

—Y ¿sabe vuesa merced algún oficio? —preguntó el grande. Y el menor respondió:

—No sé otro sino que corro como una liebre, y salto como un gamo, y corto de tijera muy delicadamente.

—Todo eso es muy bueno, útil y provechoso —dijo el grande—, porque habrá sacristán que le dé a vuesa merced la ofrenda de Todos Santos[20] por que para el Jueves Santo le corte florones de papel para el monumento.

—No es mi corte desa manera —respondió el menor—, sino que mi padre, por la misericordia del cielo, es sastre y calcetero, y me enseñó a cortar antiparas, que, como vuesa merced bien sabe, son medias calzas con avampiés, que por su propio nombre se suelen llamar polainas[21], y córtolas tan bien, que en verdad que me podría examinar de maestro, sino que la corta suerte me tiene arrinconado.

—Todo eso y más acontece por los buenos —respondió el grande—, y siempre he oído decir que las buenas habilidades son las más perdidas; pero aún edad tiene vuesa merced para enmendar su ventura. Mas si yo no me engaño y el ojo no me miente, otras gracias tiene vuesa merced secretas, y no las quiere manifestar.

—Sí tengo —respondió el pequeño—; pero no son para el público, como vuesa merced ha muy bien apuntado.

A lo cual replicó el grande:

—Pues yo le sé decir que soy uno de los más secretos mozos que en gran parte se puedan hallar; y para obligar a vuesa merced que descubra su pecho y descanse conmigo, le quiero obligar con descubrirle el mío primero; porque imagino que no sin misterio nos ha juntado aquí la suerte, y pienso que habemos de ser, déste hasta el último día de nuestra vida, verdaderos amigos. Yo, señor hidalgo, soy natural de la Fuenfrida[22],

---

[20] *ofrenda de Todos los Santos:* Se las da de comer porque las ofrendas eran pan y vino; véase Rodríguez Marín, *Rinconete y Cortadillo,* pág. 357: «Y como el día de los Difuntos, siguiente al de Todos Santos, se dicen gran número de misas de sufragio, era muy pingüe la ofrenda...»

[21] *polainas:* «Medias calzas de labradores sin soletas, que caen encima del zapato sobre el empeine» *(Cov.);* pero las había de lujo también; véase a Carmen Bernis, *Indumentaria,* quien cita un pasaje del *Diálogo que trata de las transformaciones de Pitágoras* (Cristóbal de Villalón). «Con camisas gayadas y polainas muy galanas y polidas» (pág. 100).

[22] *Fuenfrida:* Había varios «Fuenfrías» en España, pero éste, porque

194

¿Que son bulas? (see p189)

lugar conocido y famoso por los ilustres pasajeros que por él de contino pasan; mi nombre es Pedro del Rincón; mi padre es persona de calidad, porque es ministro de la Santa Cruzada: quiero decir que es bulero, o buldero[23], como los llama el vulgo. Algunos días le acompañé en el oficio, y le aprendí de manera, que no daría ventaja en echar las bulas al que más presumiese en ello. Pero habiéndome un día aficionado más al dinero de las bulas que a las mismas bulas, me abracé con un talego, y di conmigo y con él en Madrid, donde con las comodidades que allí de ordinario se ofrecen, en pocos días saqué las entrañas al talego, y le dejé con más dobleces que pañizuelo[24] de desposado. Vino el que tenía a cargo el dinero tras mí; prendiéronme; tuve poco favor; aunque, viendo aquellos señores mi poca edad, se contentaron con que me arrimasen al aldabilla[25] y me mosqueasen[26] las espaldas por un rato y con que saliese desterrado por cuatro años de la Corte. Tuve paciencia, encogí los hombros, sufrí la tanda y mosqueo, y salí a cumplir mi destierro, con tanta priesa, que no tuve lugar de buscar cabalgaduras. Tomé de mis alhajas las que pude y las

---

pasa por allí «ilustres pasajeros», tiene que ser el puerto de Fuenfría, localizado por Villuga a tres leguas de Segovia en la Sierra Guadarrama. El único puerto a los sitios reales de Valsaín y San Ildefonso —hasta abrir el Puerto de Navacerrada— era Fuenfría. Enrique Cock en *La jornada de Tarazona* (1592), describe un viaje real de Madrid a Segovia: «Al salir de la Torre es el camino áspero como dos leguas, por ser entre sierra, y a la tercera legua están unas ventas, donde a mano derecha parte el camino para la Fuenfría, que va a Segovia y Valladolid. Vese a mano izquierda el convento de San Lorenzo el Real, que está como a dos leguas de Guadarrama» *(Viajes de extranjeros*, ed. J. García Mercadat, I, pág. 1413b). *(papal bulls)*

[23] *buldero;* El que predica las bulas; recuérdese del amo de Lazarillo de Tormes: «En el quinto por mi ventura di, que fue un buldero, el más desenvuelto y desvergonzado y el mayor echador dellas que jamás yo vi ni ver espero...»; véase J. Goñi Gaztambide, *Historia de la Bula de la Cruzada en España* (Vitoria, 1958).

[24] *pañizuelo:* pañuelo.

[25] *aldabilla:* «Había en las cárceles reales una aldabilla a la cual amarraban para azotarlos a los delincuentes que, por mozos, no parecía bien sacar *por las acostumbradas* a que recibiesen en público la tanda y tunda» (Rodríguez Marín, *Rinconete y Cortadillo*, pág. 359); para los castigos en la cárcel de Sevilla, véase P. Herrera Puga, *Sociedad y delincuencia en el Siglo de Oro*, Granada, 1971, págs. 255-6, *passim*.

[26] *mosqueasen:* Véase *La Gitanilla*, n. 95.

que me parecieron más necesarias, y entre ellas saqué estos
naipes (y a este tiempo descubrió los que se han dicho, que en
el cuello traía), con los cuales he ganado mi vida por los meso-
nes y ventas que hay desde Madrid aquí, jugando a la veintiuna[27]; y aunque vuesa merced los ve tan astrosos y maltratados, usan de una maravillosa virtud con quien los entiende,
que no alzará que no quede un as debajo. Y si vuesa merced
es versado en este juego, verá cuánta ventaja lleva el que sabe
que tiene cierto un as a la primera carta, que le puede servir
de un punto y de once; que con esta ventaja, siendo la veintiuna envidada, el dinero se queda en casa. Fuera desto, aprendí
de un cocinero de un cierto embajador ciertas tretas de quínolas[28], y del parar, a quien también llaman el andaboba[29], que
así como vuesa merced se puede examinar en el corte de sus
antiparas, así puedo yo ser maestro en la ciencia vilhanesca[30].
Con esto voy seguro de no morir de hambre, porque aunque

---

[27] *veintiuna:* El que gana veintiún puntos, o el que llega más cerca
de esta suma, gana el juego. Es conocidísimo que el que da las cartas
tiene la ventaja porque el otro jugador o pide demasiados naipes o
juega de manera conservadora y no pide bastantes; así dice Rincón
que el «dinero se queda en casa», que quiere decir que el que da las
cartas gana por lo general.

[28] *quínolas:* «Juego de naipes en que el lance principal consiste en
hacer cuatro cartas, cada una de su palo, y si la hacen dos, gana la
que incluye más punto» *(Aut.);* véase *Don Quijote,* VI, pág. 14, n. 2;
Guzmán de Alfarache, ed. F. Rico, pág. 259.

[29] *parar... andaboba:* «Juego de naipes, que se hace entre muchas
personas, sacando el que le lleva una carta de la baraja, a la cual
apuestan lo que quieren los demás (que si es encuentro como de rey
y rey, gana el que lleva el naipe) y si sale primero la de éste, gana la
parada, y la pierde ni sale el de los paradores» *(Aut.);* era juego
prohibido. Véase Rodríguez Marín, *Rinconete y Cortadillo,* pág. 361,
quien cita un pregón de los *Libros de gobierno de Madrid* (1595-6):
«Mandan los señores alcaldes de la casa y corte de su Magestad que
ninguna persona de cualquier estado, calidad y condición que sea o no
sea osado de jugar al juego del *parar llano* y ni *presa y pinta,* ni el
juego del *treinta por fuerza,* ni el juego de las *pintillas,* ni el juego del
sacamete, ni al juego que llaman *andabobilla,* ni los demás juegos semejantes a estos, en poca ni en mucha cantidad, so la pena questá establecida...»

[30] *ciencia vilhanesca:* El jugar naipes es ciencia vilhanesca porque
fue inventada por Vilhán, hombre de nación desconocida, pero según
las teorías de Luque Fajardo, era o árabe, o francés, o español o «natural de una ciudad llamada Petforath, cerca el río Eufrates, vecino
a Mesopotamia» (I, págs. 96-100).

llegue a un cortijo, hay quien quiera pasar tiempo jugando un rato. Y desto hemos de hacer luego la experiencia los dos: armemos la red, y veamos si cae algún pájaro destos arrieros que aquí hay: quiero decir que jugaremos los dos a la veintiuna como si fuese de veras; que si alguno quisiese ser tercero, él será el primero que deje la pecunia[31].

—Sea en buen hora —dijo el otro—, y en merced muy grande tengo la que vuesa merced me ha hecho en darme cuenta de su vida, con que me ha obligado a que no le encubra la mía, que, diciéndola más breve, es ésta: Yo nací en el piadoso lugar puesto entre Salamanca y Medina del Campo[32], mi padre es sastre; enseñóme su oficio, y de corte de tisera[33], con mi buen ingenio, salté a cortar bolsas. Enfadóme la vida estrecha del aldea y el desamorado trato de mi madrastra. Dejé mi pueblo, vine a Toledo a ejercitar mi oficio, y en él he hecho maravillas; porque no pende relicario de toca ni hay faldriquera tan escondida que mis dedos no visiten ni mis tiseras no corten, aunque le estén guardando con [los] ojos de Argos. Y en cuatro meses que estuve en aquella ciudad, nunca fui cogido entre puertas[34], ni sobresaltado ni corrido de corchetes, ni soplado de ningún cañuto[35]. Bien es verdad que habrá ocho días que una espía doble dio noticia de mi habilidad al Corregidor, el cual, aficionado a mis buenas partes, quisiera verme; mas yo, que, por ser humilde, no quiero tratar con personas tan graves, procuré de no verme con él, y así, salí de la ciudad con tanta priesa, que no tuve lugar de acomodarme de cabal-

---

[31] *pecunia:* «Comúnmente significa la moneda» *(Cov.).*

[32] *piadoso lugar:* El «piadoso lugar» según Rodríguez Marín, *Rinconete y Cortadillo,* pág. 362, será Mollorido «recámara del obispo de Salamanca».

[33] *tisera:* tijera; Covarrubias escribe «tisera» y «tixera». Para la pronunciación de la «s» y «x» intervocales, véase Amado Alonso, *De la pronunciación medieval a la moderna en español,* I, Madrid, 1955, II, Madrid, 1969, págs. 47 (I), *passim.*

[34] *cogido entre puertas:* «Es aprehender a alguno en pasaje de donde no puede escapar» *(Aut.).* Cfr. *El Buscón,* pág. 69: «Yo todavía me estaba debajo de la cama, quejándome como perro cogido entre puertas, tan encogido que parecía galgo con calambre.» Correas, página 711, explica: «Coger entre puertas: A semejanza de un perro que le aprietan en ellas, al que cogen dentro en casa y le apalean o hacen casar.»

[35] *cañuto:* denunciado por soplón; véase Hill, *Voces,* pág. 42, con abundantes ejemplos.

gaduras ni blancas, ni de algún coche de retorno, o por lo menos de un carro.

—Eso se borre —dijo Rincón—; y pues ya nos conocemos, no hay para qué aquesas grandezas ni altiveces: confecemos llanamente que no teníamos blanca, ni aún zapatos.

—Sea así —respondió Diego Cortado, que así dijo el menor que se llamaba—; y pues nuestra amistad, como vuesa merced, señor Rincón, ha dicho, ha de ser perpetua, comencémosla con santas y loables ceremonias.

Y levantándose Diego Cortado, abrazó a Rincón, y Rincón a él, tierna y estrechamente, y luego se pusieron los dos a jugar a la veintiuna con los ya referidos naipes, limpios de polvo y de paja [36], mas no de grasa y malicia, y a pocas manos, alzaba tan bien por el as Cortado, como Rincón, su maestro.

Salió en esto un arriero a refrescarse al portal, y pidió que quería hacer tercio. Acogiéronle de buena gana, y en menos de media hora le ganaron doce reales y veinte y dos maravedís, que fue darle doce lanzadas y veinte y dos mil pesadumbres. Y creyendo el arriero que por ser muchachos no se lo defenderían [37], quiso quitalles el dinero; mas ellos, poniendo el uno mano a su media espada y el otro al de las cachas amarillas, le dieron tanto que hacer, que a no salir sus compañeros, sin duda lo pasara mal.

A esta sazón pasaron acaso por el camino una tropa de caminantes a caballo, que iban a sestear a la venta del Alcalde [38], que está media legua más adelante, los cuales, viendo la pendencia del arriero con los dos muchachos, los apaciguaron, y les dijeron que si acaso iban a Sevilla, que se viniesen con ellos.

—Allá vamos —dijo Rincón—, y serviremos a vuesas mercedes en todo cuanto nos mandaren.

Y sin más detenerse, saltaron delante de las mulas y se fueron con ellos, dejando al arriero agraviado y enojado, y a la ventera admirada de la buena crianza de los pícaros, que les

---

[36] *limpio de polvo y paja:* «Lo que se da apurado y sin ninguna carga ni estorbo» *(Cov.);* Correas, pág. 649: «Cuando se dice que goza o le dieron tanto o cuanto.»

[37] *defenderían:* «Defender vale vedar» *(Cov.).*»

[38] *venta del Alcalde:* «La venta del Alcalde que es de los hijos y herederos de Esteban Sánchez, difunto, y vale mil y quinientos ducados porque renta más de cuarenta mil maravedís y allí hay correo de postas» *(Relaciones topográficas,* pág. 79).

había estado oyendo su plática sin que ellos advirtiesen en ello. Y cuando dijo al arriero que les había oído decir que los naipes que traían eran falsos, se pelaba las barbas y quisiera ir a la venta tras ellos a cobrar su hacienda, porque decía que era grandísima afrenta y caso de menos valer que dos muchachos hubiesen engañado a un hombrazo tan grande como él. Sus compañeros le detuvieron y aconsejaron que no fuese, siquiera por no publicar su inhabilidad y simpleza. En fin, tales razones le dijeron, que aunque no le consolaron, le obligaron a quedarse.

En esto, Cortado y Rincón se dieron tan buena maña en servir a los caminantes, que lo más del camino los llevaban a las ancas; y aunque se les ofrecían algunas ocasiones de tentar las valijas de sus medios amos, no las admitieron, por no perder la ocasión tan buena del viaje de Sevilla, donde ellos tenían grande deseo de verse.

Con todo esto, a la entrada de la ciudad, que fue a la oración, y por la puerta de la Aduana[39], a causa del registro y almojarifazgo que se paga, no se pudo contener Cortado de no cortar la valija o maleta que a las ancas traía un francés de la camarada; y así, con el de sus cachas le dio tan larga y profunda herida, que se parecían patentemente las entrañas, y sutilmente le sacó dos camisas buenas, un reloj de sol y un librillo de memoria[40], cosas que cuando las vieron no les dieron mucho gusto, y pensaron que pues el francés llevaba a las ancas aquella maleta, no la había de haber ocupado con tan poco peso como era el que tenían aquellas preseas, y quisieran volver a darle otro tiento; pero no lo hicieron, imaginando que ya lo habrían echado menos y puesto en recaudo lo que quedaba.

Habíanse despedido antes que el salto[41] hiciesen de los que hasta allí los habían sustentado, y otro día vendieron las camisas en el malbaratillo[42] que se hace fuera de la puerta del

---

[39] *puerta de la Aduana:* «Era la llamada puerta o, más vulgarmente, postigo del Carbón, antes nombrado de los Azacanes, junto a las Atarazanas, en una parte de cuyo espacio, con entrada por la ciudad y salida al Arenal, se edificó una amplia y hermosa Aduana, terminada en 1587, en lugar de la antigua, que estaba enfrente del arquillo de San Miguel», Rodríguez Marín, *Rinconete y Cortadillo,* pág. 368. Véase Ruth Pike, *Enterprise and Adventure: The Genoese in Seville and the Opening of the New World,* Ithaca, N. Y., 1966, págs. 24, 40.

[40] *de memoria:* cuaderno de apuntes.

[41] *salto:* asalto, robo; «saltear es robar» *(Cov.).*

[42] *malbaratillo:* Cristóbal de Chaves, *Relación de la cárcel de Se-*

Arenal, y dellas hicieron veinte reales. Hecho esto, se fueron a ver la ciudad, y admiróles la grandeza y sumptuosidad de su mayor iglesia, el gran concurso de gentes del río, porque era en tiempo de cargazón de flota y había en él seis galeras, cuya vista les hizo suspirar[43], y aun temer el día que sus culpas les habían de traer a morar en ellas de por vida[44]. Echaron de ver los muchos muchachos de la esportilla que por allí andaban; informáronse de uno dellos qué oficio era aquél, y si era de mucho trabajo, y de qué ganancia.

Un muchacho asturiano, que fue a quien le hicieron la pregunta, respondió que el oficio era descansado y de que no se pagaba alcabala, y que algunos días salía con cinco y con seis reales de ganancia, con que comía y bebía y triunfaba como cuerpo de rey, libre de buscar amo a quien dar fianzas y seguro de comer a la hora que quisiese, pues a todas lo hallaba en el más mínimo bodegón de toda la ciudad.

No les pareció mal a los dos amigos la relación del asturianillo, ni les descontentó el oficio, por parecerles que venía como de molde para poder usar el suyo con cubierta y seguridad, por la comodidad que ofrecía de entrar en todas las casas; y luego determinaron de comprar los instrumentos necesarios para usalle, pues lo podían usar sin examen. Y preguntándole al asturiano qué habían de comprar, les respondió que sendos costales pequeños, limpios o nuevos, y cada uno tres espuertas de palma, dos grandes y una pequeña, en las cuales se repar-

---

villa, ed. Gallardo, *Ensayo de una biblioteca española de libros raros y curiosos,* ed. facsímil, Madrid, 1968, vol. I, col. 1358: «Hay otros que ganan de comer a llevar de la cárcel prendas a vender al *baratillo,* tanto de cada real; y entre ellas van también las que hurtan en la mesma cárcel»; véase Rodríguez Marín, *Rinconete y Cortadillo,* página 369: «En él [Arenal], no lejos del Cerrillo (en donde, va para dos siglos, edificó la Maestranza de Caballería la plaza de toros), había unas casucas llamadas *del Baratillo,* por el que sus moradores hacían, constantemente, de trastos viejos y, en especial, de ropas usadas, para lo cual tenían alcanzada licencia del cabildo de la ciudad.»

[43] *les hizo suspirar:* Para una descripción animada del Arenal, véase la comedia de Lope de Vega, *El Arenal de Sevilla* (1603).

[44] *de por vida:* siempre, hasta la muerte. Trabajaban «procuradores de por vida» en la cárcel de Sevilla, «que si lo son de uno que cometió un delito y por él salió desterrado, todo lo que de allí adelante le sucede no osan dar poder a otro, de temor que aquel sabe su vida; y así tiene derecho a él y a su hacienda» (Gallardo, *Ensayo,* vol. I, col. 1358).

tía la carne, pescado y fruta, y en el costal, el pan; y él los guió donde lo vendían, y ellos, del dinero de la galima[45] del francés, lo compraron todo, y dentro de dos horas pudieran estar graduados en el nuevo oficio, según les ensayaban las esportillas y asentaban los costales. Avisóles su adalid de los puestos donde habían de acudir; por las mañanas, a la Carnicería[46] y a la plaza de San Salvador[47]; los días de pescado, a la Pescadería[48] y a la Costanilla[49], todas las tardes, al río; los jueves, a la Feria.

Toda esta lición[50] tomaron bien de memoria, y otro día bien de mañana se plantaron en la plaza de San Salvador, y apenas hubieron llegado, cuando los rodearon otros mozos del oficio, que por lo flamante de los costales y espuertas vieron ser nue-

sacks?

[45] *galima:* saqueo, pillaje, pero aquí «robo;» cfr. Diego de Haedo, *Topografía:* «... no salen en corso por ellos mares, y no hacen (como ellos dicen) galima, y robos, ellos, y sus hijos...» (fol. 116).

[46] *Carnicería:* Había varias carnicerías en Sevilla a fines del siglo XVI. La más famosa y la mayor, según Alonso Morgado, *Historia de Sevilla,* Sevilla, 1587, estaba en la «Collación de San Isidro, con cuarenta y ocho tablas para en que pesar la carne, que ocupan sus cuatro lienzos a la redonda, atajada cada una tabla con rejas, puertas y cerraduras de hierro» (fol. 52v); véase también Féliz González de León, *Noticia del origen de los nombres de las calles en Sevilla,* página 35; dice que se encontraba «a la salida de la Alcaicería de la Loza».

[47] *plaza de San Salvador:* Había dos plazas junto a la iglesia de San Salvador: la Plaza del Pan (al norte) y la Plaza de San Salvador (al sur); véase Félix G. de León, *Calles,* pág. 350.

[48] *Pescadería:* Alonso Morgado, *Historia de Sevilla,* fol. 54v: «Para en que pesar este pescado en mejor govierno de la ciudad, tiene una gran pescadería señalada y pública, que después de otras partes, solía estar en la Plaza de San Francisco en tiempo de los Católicos Reyes; los cuales por una su carta fecha en Barcelona a veinte y cuatro de febrero de mil cuatrocientos noventa y tres, dieron licencia a Sevilla, para que la ciudad tomase una de las Naves de las Atarazanas, que son por la vanda del Guadalquivir, para que sirviese de Pescadería. De la cual se ha servido despues acá, con un alcaide, y diez y ocho lonjas, y su reposo en oposito del daño y engaño de los pesos falsos.»

[49] *Costanilla:* Alonso Morgado no menciona tal lugar; Rodríguez Marín, ed. *Rinconete y Cortadillo,* págs. 374-75: «La Costanilla era una placeta en forma de cuesta (de donde tomó el nombre), cercana a la iglesia de San Isidro, hoy llamada de San Isidoro, y que en 1572 tenía quince casas, ...»

[50] *lición:* lección; cfr. Corominas, III, pág. 66a.

vos en la plaza; hiciéronles mil preguntas, y a todas respondían con discreción y mesura. En esto llegaron un medio estudiante y un soldado, y convidados de la limpieza de las espuertas de los dos novatos, el que parecía estudiante llamó a Cortado, y el soldado, a Rincón.

—En nombre sea de Dios —dijeron ambos.

—Para bien se comience el oficio —dijo Rincón—, que vuesa merced me estrena, señor mío.

A lo cual respondió el soldado:

—La estrena no será mala, porque estoy de ganancia[51] y soy enamorado, y tengo de hacer hoy banquete a unas amigas de mi señora.

—Pues cargue vuesa merced a su gusto, que ánimo tengo y fuerzas para llevarme toda esta plaza, y aun si fuere menester que ayude a guisarlo, lo haré de muy buena voluntad.

Contentóse el soldado de la buena gracia del mozo, y díjole que si quería servir, que él le sacaría de aquel abatido oficio; a lo cual respondió Rincón que, por ser aquel día el primero que le usaba, no le quería dejar tan presto, hasta ver, a lo menos, lo que tenía de malo y bueno; y cuando no le contentase, él daba su palabra de servirle a él antes que a un canónigo.

Rióse el soldado, cargóle muy bien, mostróle la casa de su dama para que la supiese de allí adelante y él no tuviese necesidad, cuando otra vez le enviase, de acompañarle. Rincón prometió fidelidad y buen trato. Diole el soldado tres cuartos, y en un vuelo volvió a la plaza, por no perder coyuntura; porque también desta diligencia les advirtió el asturiano, y de que cuando llevasen pescado menudo, conviene a saber, albures, o sardinas, o acedías, bien podían tomar algunas y hacerles la salva[52], siquiera para el gasto de aquel día; pero que esto había de ser con toda sagacidad y advertimiento, por que no se perdiese el crédito, que era lo que más importaba en aquel ejercicio.

---

[51] *estoy de ganancia:* estoy de compras.

[52] *hacerles la salva:* «Previnieron [reyes y príncipes] que el maestre sala poniendo el servicio delante del señor le gustase primero, sacando del plato alguna cosa de aquella parte de donde el príncipe había de comer, haciendo lo mismo con la bebida, derramando del vaso en que ha de beber el señor alguna parte sobre una fuentecica y bebiéndola. Esta ceremonia se llamó *hacer la salva,* porque da a entender que está salvo de toda traición y engaño» *(Cov.);* así el asturiano le aconseja comer un poco de las provisiones antes de traerlas a casa.

Por presto que volvió Rincón, ya halló en el mismo puesto a Cortado. Llegóse Cortado a Rincón, y preguntóle que cómo le había ido. Rincón abrió la mano y mostróle los tres cuartos. Cortado entró la suya en el seno y sacó una bolsilla, que mostraba haber sido de ámbar en los pasados tiempos; venía algo hinchada, y dijo:

—Con ésta me pagó su reverencia del estudiante, y con dos cuartos; mas tomadla vos, Rincón, por lo que puede suceder.

Y habiéndosela ya dado secretamente, veis aquí do vuelve el estudiante trasudado y turbado de muerte, y viendo a Cortado, le dijo si acaso había visto una bolsa de tales y tales señas, que, con quince escudos de oro en oro y con tres reales de a dos y tantos maravedís en cuartos y en octavos, le faltaba, y que le dijese si la había tomado en el entretanto que con él había andado[53] comprando. A lo cual, con extraño disimulo, sin alterarse ni mudarse en nada, respondió Cortado:

—Lo que yo sabré decir desa bolsa es que no debe de estar perdida, si ya no es que vuesa merced la puso a mal recaudo.

—¡Eso es ello, pecador de mí —respondió el estudiante—: que la debí de poner a mal recaudo, pues me la hurtaron!

—Lo mismo digo yo —dijo Cortado—; pero para todo hay remedio, si no es para la muerte, y el que vuesa merced podrá tomar es, lo primero y principal, tener paciencia; que de menos nos hizo Dios[54] y un día viene tras otro día[55], y donde las dan las toman, y podría ser que, con el tiempo, el que llevó la bolsa se viniese a arrepentir y se la volviese a vuesa merced sahumada[56].

—El sahumerio le perdonaríamos —respondió el estudiante.

Y Cortado prosiguió, diciendo:

—Cuanto más, que cartas de descomunión hay, paulinas[57],

---

[53] *andado:* El texto, «andando».

[54] *de menos nos hizo Dios:* «De menos le hizo Dios … nos hizo Dios … la hizo Dios. Dícese dando esperanza en la vida de alguno cuando otros le desahuzian» *(Correas,* pág. 685a).

[55] *un día … día:* «Un día viene tras otro y un tiempo tras otro. Que se hará lo que no se pudo hacer antes» *(Correas,* pág. 177a).

[56] *… sahumada:* «Sahumado. Encareciendo que cobrará, y hará volver y pagar algo muy pagado. "Hámelo de volver sahumado"; "Le he de hacer que me lo vuelva sahumado"» *(Correas,* pág. 668b); «Volver una cosa a su dueño sahumada, es volverla más bien tratada que él la dió» *(Cov.).*

[57] *cartas de descomunión hay, paulinas:* Como explicó muy bien Rodríguez Marín, *Rinconete y Cortadillo,* pág. 379, «las antiguas

y buena diligencia, que es madre de la buena ventura; aunque, a la verdad, no quisiera yo ser el llevador de tal bolsa, porque si es que vuesa merced tiene alguna orden sacra, parecermehía a mí que había cometido algún grande incesto, o sacrilegio.

—Y ¡cómo que ha cometido sacrilegio! —dijo a esto el adolorido estudiante—: que puesto que yo no soy sacerdote, sino sacristán de unas monjas, el dinero de la bolsa era del tercio de una capellanía, que me dio a cobrar un sacerdote amigo mío, y es dinero sagrado y bendito.

—Con su pan se lo coma —dijo Rincón a este punto—; no le arriendo la ganancia: día de juicio hay, donde todo saldrá en la colada[58], y entonces se verá quién fue Callejas[59] y el atrevido que se atrevió a tomar, hurtar y menoscabar el tercio de la capellanía. Y ¿cuánto renta cada año? Dígame, señor sacristán, por su vida.

—¡Renta la puta que me parió! Y ¿estoy yo agora para decir lo que renta? —respondió el sacristán con algún tanto de demasiada cólera—. Decidme, hermano, si sabéis algo; si no, quedad con Dios, que yo la quiero hacer pregonar.

—No me parece mal remedio ése —dijo Cortado—; pero advierta vuesa merced que no se le olviden las señas de la bolsa, ni la cantidad puntualmente del dinero que va en ella; que si yerra en un ardite, no parecerá en días del mundo, y esto le doy por hado.

—No hay que temer deso —respondió el sacristán—, que lo tengo más en la memoria que el tocar de las campanas: no me erraré en un átomo.

Sacó, en esto, de la faldriquera un pañuelo randado[60] para

---

cartas de excomunión contra los que retenían lo hurtado y mal allegado de cualquier manera, dábanlas los obispos y sus tribunales». Carta paulina era la «carta o edicto de excomunión, que se expide en el Tribunal de la Nunciatura u otro pontificio. Llamóse así porque en tiempo de Paulo III tomó fuerza la costumbre de estos edictos» *(Aut.)*; según Rodríguez Marín, las «paulinas» eran «cosa más grave».

[58] *saldrá en la colada:* «... de alguna cosa que parece se deja sin advertir y castigar, suele decir: "Todo saldrá en la colada"; conviene a saber, cuando se remate con la última cuenta» *(Cov.);* Correas, página 503a.

[59] ... *fue Callejas:* Es decir, van a saber con quien tendrán que negociar o tratar.

[60] *randado:* «Adorno que se suele poner en vestidos y ropas, y es una especie de encaje, labrado con aguja o tejido, el cual es más grue-

limpiarse el sudor, que llovía de su rostro como de alquitara, y apenas le hubo visto Cortado, cuando le marcó por suyo[61]. Y habiéndose ido el sacristán, Cortado le siguió y le alcanzó en las Gradas[62], donde le llamó y le retiró a una parte, y allí le comenzó a decir tantos disparates, al modo de lo que llaman bernardinas[63], cerca del hurto y hallazgo de su bolsa, dándole buenas esperanzas, sin concluir jamás razón que comenzase, que el pobre sacristán estaba embelesado escuchándole. Y como no acababa de entender lo que le decía, hacía que le replicase la razón dos y tres veces.

Estábale mirando Cortado a la cara atentamente y no quitaba los ojos de sus ojos. El sacristán le miraba de la misma manera, estando colgado de sus palabras. Este tan grande embelesamiento dio lugar a Cortado que concluyese su obra, y sutilmente le sacó el pañuelo de la faldriquera, y despidiéndose dél, le dijo que a la tarde procurase de verle en aquel mismo lugar, porque él traía entre ojos que un muchacho de su mismo oficio y de su mismo tamaño, que era algo ladroncillo, le había tomado la bolsa, y que él se obligaba a saberlo, dentro de pocos o de muchos días.

Con esto se consoló algo el sacristán, y se despidió de Cortado, el cual se vino donde estaba Rincón, que todo lo había visto un poco apartado dél; y más abajo estaba otro mozo de la esportilla, que vio todo lo que había pasado y cómo Cortado daba el pañuelo a Rincón, y llegándose a ellos les dijo:

so, y los nudos más apretados que los que se hacen con palillos» *(Aut., s. v. «randa»).*

[61] *marcó por suyo:* señaló por suyo; véase Hill, págs. 121-22.

[62] *las Gradas:* Alonso Morgado, *Historia de Sevilla,* fol. 56r: «... haciendo camino a la misma Puerta de Jerez, por la otra parte de la Santa Iglesia Mayor, que mira al occidente, se cuentan con sus Gradas tan famosas, cuanto lo es su nombre de Gradas de Sevilla, donde asisten de ordinario todos los días, que no son de guardar, aquellos pregoneros que por excelencia y anciana (conforme a sus Ordenanzas) traen almonedas y venden cuanto les dan que vendan. Acerca de lo cual se puede notar por grandeza de Sevilla, la continua, perpetua y grande abundancia de prendas de gran valor que allí se rematan, así de oro y plata labrada, como de grandes posesiones, ropas costosísimas, tapicerías riquísimas y muchísimos esclavos, con toda suerte de armas y cuantas riquezas puedan imaginarse».

[63] *bernardinas:* «Son unas razones que ni atan ni desatan, y no significando nada. Pretende el que las dice, con su disimulación, engañar a los que le están oyendo» *(Cov.).*

—Díganme, señores galanes: ¿voacedes son de mala entrada[64], o no?

—No entendemos esa razón, señor galán —respondió Rincón.

—¿Que no entrevan[65], señores murcios[66]? —respondió el otro.

—No somos de Teba ni de Murcia —dijo Cortado—. Si otra cosa quiere, dígala; si no, váyase con Dios.

—¿No lo entienden? —dijo el mozo—. Pues yo se lo daré a entender, y a beber, con una cuchara de plata: quiero decir, señores, si son vuesas mercedes ladrones. Mas no sé para qué les pregunto esto, pues sé ya que lo son. Mas díganme: ¿cómo no han ido a la aduana del señor Monipodio?

—¿Págase en esta tierra almojarifazgo[67] de ladrones, señor galán? —dijo Rincón.

—Si no se paga —respondió el mozo—, a lo menos regístranse ante el señor Monipodio, que es su padre, su maestro y su amparo; y así, les aconsejo que vengan conmigo a darle obediencia, o si no, no se atrevan a hurtar sin su señal, que les costará caro.

—Yo pensé —dijo Cortado— que el hurtar era oficio libre, horro de pecho[68] y alcabala, y que si se paga, es por junto, dando por fiadores a la garganta y a las espaldas; pero pues así es, y en cada tierra hay su uso, guardemos nosotros el désta, que por ser la más principal del mundo será el más acertado de todo él. Y así puede vuesa merced guiarnos donde está ese caballero que dice, que ya yo tengo barruntos,

---

[64] *de mala entrada:* Son ladrones, como explica más tarde; también puede ser una pregunta que se refiere al vocabulario de comercio ladronesco porque les pregunta más tarde si han pasado primero por la aduana de Monipodio. Así la «mala entrada» parece indicar que han entrado en el mundo de Sevilla sin ver a Monipodio; véase la Introducción.

[65] *entrevan:* entienden; véase Hill, pág. 73.

[66] *murcios:* ladrones; véase Hill, pág. 130.

[67] *almojarifazgo:* «... se pagaba la octava parte de las mercadurías que entraban de otros reinos, o se sacaban del nuestro para ellos, el cual derecho se llamó con nombre arábico, almojarifazgo» *(Cov.; s.v.* «alcavala»).

[68] *horro de pecho:* horro de impuestos; los pecheros (hidalgos) no pagaban impuestos; «[pecho] vale cierto tributo que se da al rey» *(Cov.).*

según lo que he oído decir, que es muy calificado y generoso, y además [69] hábil en el oficio.

—¡Y cómo que es calificado, hábil y suficiente! —respondió el mozo—. Eslo tanto, que en cuatro años que ha que tiene el cargo de ser nuestro mayor y padre no han padecido sino cuatro en el *finibusterrae* [70], y obra de treinta envesados [71] y de sesenta y dos en gurapas [72].

—En verdad, señor —dijo Rincón—, que así entendemos esos nombres como volar.

—Comencemos a andar, que yo los iré declarando por el camino —respondió el mozo—, con otros algunos que así les conviene saberlos como el pan de la boca.

Y así, les fue diciendo y declarando otros nombres de los que ellos llaman *germanescos* o *de la germanía,* en el discurso de su plática, que no fue corta, porque el camino era largo. En el cual dijo Rincón a su guía:

—¿Es vuesa merced, por ventura, ladrón?

—Sí —respondió él—, para servir a Dios y a las buenas gentes, aunque no de los muy cursados; que todavía estoy en el año del noviciado.

A los cual respondió Cortado:

—Cosa nueva es para mí que haya ladrones en el mundo para servir a Dios y a la buena gente.

A lo cual respondió el mozo:

—Señor, yo no me meto en tologías [73]; lo que sé es que cada uno en su oficio puede alabar a Dios, y más con la orden que tiene dada Monipodio a todos sus ahijados.

—Sin duda —dijo Rincón— debe de ser buena y santa, pues hace que los ladrones sirvan a Dios.

—Es tan santa y buena —replicó el mozo—, que no sé yo si se podrá mejorar en nuestro arte. El tiene ordenado que de lo que hurtáremos demos alguna cosa o limosna para el aceite de

---

[69] *además*: demasiado *(Aut.;* «con exceso, con demasía»); véase *Don Quijote,* ed. cit., I, pág. 114, n. 2: «*Además* o *a demás* (que así se imprimió siempre en el *Quijote),* es un modo adverbial que equivale a *extremada* o *demasiadamente, con exceso, en demasía.*»

[70] *finibusterrae:* la horca; véase Hill, *Voces germanescas,* pág. 82; *La ilustre fregona,* v. II, nota 11.

[71] *envesados:* azotados; véase Hill, pág. 75; Chaves, *La cárcel de Sevilla,* ed. cit., col. 1360, «envesado, azotado».

[72] *gurapas:* las galeras; véase Hill, pág. 101; *Don Quijote,* ed. cit., II, pág. 164 y nota.

[73] *tologías:* teologías.

la lámpara de una imagen muy devota que está en esta ciudad, y en verdad que hemos visto grandes cosas por esta buena obra; porque los días pasados dieron tres ansias[74] a un cuatrero[75] que había murciado dos roznos[76], y con estar flaco y cuartanario, así las sufrió sin cantar[77] como si fueran nada. Y esto atribuimos los del arte a su buena devoción, porque sus fuerzas no eran bastantes para sufrir el primer desconcierto del verdugo[78]. Y porque sé que me han de preguntar algunos vocablos de los que he dicho, quiero curarme en salud y decírselo antes que me lo pregunten. Sepan voacedes que *cuatrero* es ladrón de bestias; *ansia* es el tormento; *roznos,* los asnos, hablando con perdón; *primer desconcierto* es las primeras vueltas de cordel que da el verdugo. Tenemos más: que rezamos nuestro rosario, repartido en toda la semana, y muchos de nosotros no hurtamos el día del viernes, ni tenemos conversación con mujer que se llame María el día del sábado.

—De perlas me parece todo eso —dijo Cortado—; pero dígame vuesa merced: ¿hácese otra restitución o otra penitencia más de la dicha?

—En eso de restituir no hay que hablar —respondió el mozo—, porque es cosa imposible, por las muchas partes en que se divide lo hurtado, llevando cada uno de los ministros y contrayentes la suya; y así, el primer hurtador no puede restituir nada; cuanto más que no hay quien nos mande hacer esta diligencia, a causa que nunca nos confesamos, y si sacan cartas de excomunión, jamás llegan a nuestra

---

[74] *ansias:* agua, pero aquí, tormento de agua (o de toca); véase *La gitanilla,* nota 81.

[75] *cuatrero:* «ladrón que hurta bestias» (Hill, pág. 57); *Don Quijote,* ed. cit., II, pág. 167: «que era ser cuatrero, que es ser ladrón de bestias».

[76] *murciado ... roznos:* robado dos asnos; véase Hill, pág. 158.

[77] *cantar:* confesar; véase Hill, pág. 41: «descubrir o confesar lo secreto».

[78] *desconcierto ... verdugo:* Para una descripción muy viva del tormento de un verdugo (con los «ayes» registrados del torturado), véase P. Tomás y Valiente, *La tortura en España,* págs. 16-26: «Y visto por el dicho Señor Teniente que no quiere decir la verdad, mandó el dicho executor tire la primera vuelta de la manquerda; el cual empezó a dar tormento y tirar la primera vuelta a las tres y media de la mañana poco más o menos» (pág. 19).

noticia, porque jamás vamos a la iglesia al tiempo que se leen, si no es los días de jubileo, por la ganancia que nos ofrece el concurso de la mucha gente.

—¿Y con sólo eso que hacen, dicen esos señores —dijo Cortadillo— que su vida es santa y buena?

—Pues ¿qué tiene de malo? —replicó el mozo—. ¿No es peor ser hereje o renegado, o matar a su padre y madre, o ser solomico?

—*Sodomita* querrá decir vuesa merced —respondió Rincón.

—Eso digo —dijo el mozo.

—Todo es malo —replicó Cortado—. Pero pues nuestra suerte ha querido que entremos en esta cofradía, vuesa merced alargue el paso; que muero por verme con el señor Monipodio, de quien tantas virtudes se cuentan.

—Presto se les cumplirá su deseo —dijo el mozo—, que ya desde aquí se descubre su casa. Vuesas mercedes se queden a la puerta, que yo entraré a ver si está desocupado, porque éstas son las horas cuando él suele dar audiencia.

—En buena sea —dijo Rincón.

Y adelantándose un poco el mozo, entró en una casa no muy buena, sino de muy mala apariencia, y los dos se quedaron esperando a la puerta. El salió luego y los llamó, y ellos entraron, y su guía les mandó esperar en un pequeño patio ladrillado, que de puro limpio y aljimifrado[79] parecía que vertía carmín de lo más fino. Al un lado estaba un banco de tres pies y al otro un cántaro desbocado, con un jarrillo encima, no menos falto que el cántaro; a otra parte estaba una estera de enea, y en el medio, un tiesto, que en Sevilla llaman *maceta,* de albahaca.

Miraban los mozos atentamente las alhajas[80] de la casa en tanto que bajaba el señor Monipodio; y viendo que tardaba, se atrevió Rincón a entrar en una sala baja, de dos pequeñas que en el patio estaban, y vio en ella dos espadas de esgrima y dos broqueles de corcho, pendientes de cuatro clavos, y una arca grande, sin tapa ni cosa que la cubriese, y otras tres esteras de enea tendidas por el suelo. En la pared frontera estaba pegada a la pared una imagen de Nuestra Señora, destas de mala estampa, y más abajo pen-

---

[79] *aljimifrado:* ¿Errata por «aljofilado»? Corominas, I, pág. 137b, cree que sí; así significa fregado y limpio (Nebrija, «aljofifar ladrillado; assarotum lavo»).

[80] *alhajas:* En el sentido de «cosas», como muebles, etc.

día una esportilla de palma, y, encajada en la pared, una almofía [81] blanca, por do coligió Rincón que la esportilla servía de cepo [82] para limosna, y la almofía, de tener agua bendita, y así era la verdad.

Estando en esto, entraron en la casa dos mozos de hasta veinte años cada uno, vestidos de estudiantes, y de allí a poco, dos de la esportilla y un ciego; y sin hablar palabra ninguno, se comenzaron a pasear por el patio. No tardó mucho, cuando entraron dos viejos de bayeta [83], con antojos, que los hacían graves y dignos de ser respectados, con sendos rosarios de sonadoras cuentas en las manos. Tras ellos entró una vieja halduda [84], y, sin decir nada, se fue a la sala, y habiendo tomado agua bendita, con grandísima devoción se puso de rodillas ante la imagen, y a cabo de una buena pieza, habiendo primero besado el suelo y levantados los brazos y los ojos al cielo otras tantas, se levantó y echó su limosna en la esportilla, y se salió con los demás al patio. En resolución, en poco espacio se juntaron en el patio hasta catorce personas de diferentes trajes y oficios. Llegaron también de los postreros dos bravos y bizarros mozos, de bigotes largos, sombreros de grande falda, cuellos a la valona, medias de color, ligas de gran balumba [85], espadas de más de marca [86], sendos pistoletes cada uno en lugar de dagas, y sus broqueles pendientes de la pretina; los cuales, así como entraron, pusieron los ojos de través en Rincón y Cortado, a modo de que los extrañaban y no conocían. Y llegándose a ellos, les

---

[81] *almofía:* «Escudilla grande» *(Cov.).*

[82] *cepo:* «... la media columna, que por lo alto está hueca y cerrada con una tapa de hierro y una abertura por donde se pueda echar la moneda que se da de limosna» *(Cov.).*

[83] *... bayeta:* vestidos de bayeta; bayeta era «una especie de paño flojo y de poco peso, del cual usamos en Castilla, para aforros y para luto» *(Cov., s.v.* «vayeta»).

[84] *halduda:* vestida de faldas anchas; véase Corominas, II, pág. 476.

[85] *gran balumba:* «El bulto que hacen muchas cosas cubiertas, mal juntas y amontonadas» *(Cov.);* mucho volumen (del catalán *volum),* Corominas, I, pág. 382a.

[86] *espadas ... marca:* Son espadas prohibidas según la ley: «... ninguna persona de cualquier calidad y condición que sea, no sea osado de traer ni traiga espadas, verdugos ni estoques de más de cinco cuartas de vara de cuchilla en largo [1564] ...»; citado por Rodríguez Marín, ed. *Rinconete y Cortadillo,* pág. 398.

preguntaron si eran de la cofradía. Rincón respondió que sí, y muy servidores de sus mercedes.

Llegóse en esto la sazón y punto en que bajó el señor Monipodio, tan esperado como bien visto de toda aquella virtuosa compañía. Parecía de edad de cuarenta y cinco a cuarenta y seis años, alto de cuerpo, moreno de rostro, cecijunto, barbinegro y muy espeso; los ojos, hundidos. Venía en camisa, y por la abertura de delante descubría un bosque: tanto era el vello que tenía en el pecho. Traía cubierta una capa de bayeta casi hasta los pies, en los cuales traía unos zapatos enchancletados[87], cubríanle las piernas unos zaragüelles[88] de lienzo, anchos y largos hasta los tobillos; el sombrero era de los de la hampa, campanudo de copa y tendido de falda; atravesábale un tahalí[89] por espalda y pechos, a do colgaba una espada ancha y corta, a modo de las del perrillo[90]: las manos eran cortas, pelosas, y los dedos, gordos, y las uñas, hembras y remachadas; las piernas no se le parecían; pero los pies eran descomunales, de anchos y juanetudos[91]. En efeto, él representaba el más rústico y disforme bárbaro del mundo. Bajó con él la guía de los dos, y trabándoles de las manos, los presentó ante Monipodio, diciéndole:

—Estos son los dos buenos mancebos que a vuesa merced dije, mi sor[92] Monipodio: vuesa merced los desamine y verá como son dignos de entrar en nuestra congregación.

---

[87] *enchancletados:* «Un género de calzado sin talón, como chinelas: y de allí decimos llevar los zapatos enchancletados cuando no alzamos el talón» *(Cov.).*

[88] *zaragüelles:* «… antes y todavía en muchos dialectos *zaragüel (zaragüeles),* tomado del ár. *Saráwíl,* plural de *sirwâl,* "pantalón muy ancho", "calzoncillos"» (Corominas, IV, págs. 840-1).

[89] *tahalí:* «Un cincho o cinto ancho que cuelga desde el hombro derecho hasta lo bajo del brazo izquierdo, del cual hoy día los turcos cuelgan sus alfanjes, y muchos de los nuestros, enfermos de los riñones por hacerles daño la pretina, cuelgan las espadas de los tahalíes» *(Cov.).*

[90] *las del perrillo:* las espadas de el Perillo, según Rodríguez Marín, *Novelas ejemplares,* I, pág. 165, que «fue un espadero morisco a quien llamaban así, y que por este apodo adoptó por marca para sus espadas la que tan famosa llegó a ser andando el tiempo».

[91] *juanetudos:* Pies que tienen juanetes que «son los huecezuelos salidos de los dedos pulgares, así de las manos como de los pies» *(Cov.).* Sigue diciendo que la palabra viene de «Juan», «cuando tomamos este nombre por el simple y rústico».

[92] *sor:* de «señor».

—Eso haré yo de muy buena gana —respondió Monipodio. Olvidábaseme de decir que así como Monipodio bajó, al punto todos los que aguardándole estaban le hicieron una profunda y larga reverencia, excepto los dos bravos, que a medio magate[93], como entre ellos se dice, se[94] quitaron los capelos, y luego volvieron a su paseo por una parte del patio, y por la otra se paseaba Monipodio, el cual preguntó a los nuevos el ejercicio, la patria y padres.

A lo cual Rincón respondió:

—El ejercicio ya está dicho, pues venimos ante vuesa merced; la patria no me parece de mucha importancia decilla, ni los padres tampoco, pues no se ha de hacer información para recebir algún hábito honroso.

A lo cual respondió Monipodio:

—Vos, hijo mío, estáis en lo cierto, y es cosa muy acertada encubrir eso que decís; porque si la suerte no corriere como debe, no es bien que quede asentado debajo de signo de escribano, ni en el libro de las entradas: «Fulano, hijo de Fulano, vecino de tal parte, tal día le ahorcaron, o le azotaron», o otra cosa semejante, que, por lo menos, suena mal a los buenos oídos; y así, torno a decir que es provechoso documento callar la patria, encubrir los padres y mudar los propios nombres; aunque para entre nosotros no ha de haber nada encubierto, y sólo ahora quiero saber los nombres de los dos.

Rincón dijo el suyo, y Cortado también.

—Pues de aquí adelante —respondió Monipodio— quiero y es mi voluntad que vos, Rincón, os llaméis *Rinconete,* y vos, Cortado, *Cortadillo,* que son nombres que asientan como de molde a vuestra edad y a nuestras ordenanzas, debajo de las cuales cae tener necesidad de saber el nombre de los padres de nuestros cofrades, porque tenemos de costumbre de hacer decir cada año ciertas misas por las ánimas de nuestros difuntos y bienhechores, sacando el estupendo[95] para la limosna de quien las dice de alguna parte de lo que se garbea[96],

---

[93] *magate:* mogate, que es «cubertura o baño·que cubre alguna cosa: y así particularmente llamamos mogate el vidriado basto y grosero con que los alfahareros cubren el barro de los platos y escudillas ...» *(Cov.).*

[94] *se:* El texto, «le».

[95] *estupendo:* estipendio.

[96] *garbear:* «... en la germanía vale robar o andar al pillaje» *(Aut.);* para «garbeo», véase Hill, pág. 87.

y estas tales misas, así dichas como pagadas, dicen que aprovecha[n] a las tales ánimas por vía de naufragio[97]; y caen debajo de nuestros bienhechores: el procurador que nos defiende, el guro[98] que nos avisa, el verdugo que nos tiene lástima, el que, cuando [uno] de nosotros va huyendo por la calle y detrás le van dando voces: «¡Al ladrón, al ladrón! ¡Deténganle, deténganle!», uno se pone en medio y se opone al raudal de los que le siguen, diciendo: «¡Déjenle al cuitado, que harta malaventura lleva! ¡Allá se lo haya; castíguele su pecado!» Son también bienhechoras nuestras las socorridas[99] que de su sudor nos socorren, ansí en la trena[100] como en las guras[101]; y también lo son nuestros padres y madres, que nos echan al mundo, y el escribano, que si anda de buena[102] no hay delito que sea culpa ni culpa a quien se dé mucha pena; y por todos estos que he dicho hace nuestra hermandad cada año su adversario[103] con la mayor popa·y solenidad que podemos.

—Por cierto —dijo Rinconete, ya confirmado con este nombre— que es obra digna del altísimo y profundísimo ingenio que hemos oído decir que vuesa merced, señor Monipodio, tiene. Pero nuestros padres aún gozan de la vida; si en ella les alcanzáremos, daremos luego noticia a esta felicísima y abogada confraternidad, para que por sus almas se les haga ese naufragio o tormenta, o ese adversario que vuesa merced dice, con la solenidad y pompa acostumbrada, si ya no es que se hace mejor con *popa y soledad*[104], como también apuntó vuesa merced en sus razones.

—Así se hará, o no quedará de mí pedazo —replicó Monipodio.

Y llamando a la guía, le dijo:

—Ven acá, Ganchuelo; ¿están puestas las postas?

—Sí —dijo la guía, que Ganchuelo era su nombre—: tres centinelas quedan avizorando[105], y no hay que temer que nos cojan de sobresalto.

---

[97] *naufragio:* sufragio, tormento.
[98] *guro:* alguacil; véase Hill, pág. 101.
[99] *socorridas:* socorredoras.
[100] *trena:* cárcel; véase Hill, pág. 177.
[101] *guras:* gurapas (galeras); véase nota 72.
[102] *andar de buena:* andar de buena disposición, actitud.
[103] *adversario:* aniversario.
[104] *popa y soledad:* pompa y solemnidad.
[105] *avizorando:* ojeando, columbrando; véase Hill, pág. 17.

—Volviendo, pues, a nuestro propósito —dijo Monipodio—, querría saber, hijos, lo que sabéis, para daros el oficio y ejercicio conforme a vuestra inclinación y habilidad.

—Yo —respondió Rinconete— sé un poquito de floreo de Vilhán [106]; entiéndeseme el retén [107]; tengo buena vista para el humillo [108]; juego bien de la sola, de las cuatro y de las ocho [109]; no se me va por pies el raspadillo, verrugeta y el colmillo [110]; entróme por la boca de lobo [111] como por mi casa, y atreveríame a hacer un tercio de chanza [112] mejor que un

---

[106] *floreo:* engaños, fullerías de naipes; véase Hill, pág. 82; y para Vilhán, nota 30.

[107] *retén:* Es una «flor» de naipes que consiste en «quedarse el fullero, al dar la baraja para alzar, con uno o más naipes ya conocidos (un *paquete,* que dicen hoy), poniéndolo luego sobre el que caía encima» (Rodríguez Marín, ed., *Rinconete y Cortadillo,* pág. 406); véase Hill, pág. 156, quien cita a Juan Hidalgo: «Es tener el naipe cuando el fullero juega, ...».

[108] *humillo:* Esta trampa «consistía en señalar sutilmente por el dorso tales o cuales suertes de naipes, o todos ellos, distinguiéndolos según los sitios en que estaban marcados» (Rodríguez Marín, ed., *Rinconete y Cortadillo,* pág. 406); véase Hill, pág. 106.

[109] ... *ocho:* Según Rodríguez Marín, ed., *Rinconete y Cortadillo,* págs. 406-407, «todo esto equivalía a lo que ahora llaman *el salto,* a *apandillar* o juntar las suertes, o algún encuentro (que hoy dicen *ligar),* llevándolo abajo o arriba; a reservarse uno o varios naipes mientras cortaban, poniéndolos luego, a dos por tres, donde era necesario para que salieran a la mesa, o se quedaran de por vida en la baraja».

[110] *raspadillo, verrugueta y el colmillo:* Son tres tretas para identificar los naipes al tacto, «ya raspándolos sutilmente en determinados sitios, según las suertes, ya apretando sobre la haz de tales o cuales de ellos la cabeza de un alfiler, de modo que por el envés la señal semejaba una verruguilla, o bien pulimentándolos extremadamente aquí o allá, operación que de ordinario se hacía con un colmillo de cerdo, de donde tomó el nombre esta *flor*» (Rodríguez Marín, ed., *Rinconete y Cortadillo,* pág. 407).

[111] *boca de lobo:* Es un hueco que se hace entre los naipes en la baraja y señala el lugar donde se la debe cortar; F. Luque Fajardo, *Fiel desengaño,* II, pág. 36, habla de «cierto caballero de hábito militar» que perdía mucho dinero jugando a las quínolas, «le ganó a su contrario con la flor llamada *boca de lobo,* cinco mil reales».

[112] *tercio de chanza:* Dos fulleros se ponen de acuerdo «para desvalijar al tercer jugador» (Rodríguez Marín, ed., *Rinconete y Cortadillo,* pág. 407); esta treta parece ser la que hicieron los muchachos al arriero en la venta del Molinillo.

tercio de Nápoles, y a dar un astillazo[113] al más pintado[114] mejor que dos reales prestados.

—Principios son —dijo Monipodio—; pero todas ésas son flores de cantueso viejas[115], y tan usadas, que no hay principiante que no las sepa, y sólo sirven para alguno que sea tan blanco[116], que se deje matar de media noche abajo; pero andará el tiempo, y vernos hemos: que asentando sobre ese fundamento media docena de liciones, yo espero en Dios que habéis de salir oficial famoso, y aun quizá maestro.

—Todo será para servir a vuesa merced y a los señores cofrades —respondió Rinconete.

—Y vos, Cortadillo, ¿qué sabéis? —preguntó Monipodio.

—Yo —respondió Cortadillo— sé la treta que dicen mete dos y saca cinco[117], y sé dar tiento a una faldriquera con mucha puntualidad y destreza.

—¿Sabéis más? —dijo Monipodio.

—No, por mis grandes pecados —respondió Cortadillo.

—No os aflijáis, hijo —replicó Monipodio—, que a puerto y a escuela habéis llegado donde ni os anegaréis ni dejaréis de salir muy bien aprovechado en todo aquello que más os conviniere. Y en esto del ánimo, ¿cómo os va, hijos?

—¿Cómo nos ha de ir —respondió Rinconete— sino muy bien? Ánimo tenemos para acometer cualquiera empresa de las que tocaren a nuestro arte y ejercicio.

—Está bien —replicó Monipodio...; pero querría yo que

---

[113] *astillazo:* F. Luque Fajardo, *Fiel desengaño,* II, págs. 25-26: «Cuando uno déstos [fulleros] quiere quitar las suertes, que derechamente vienen a su contrario, vuelve a recorrer las cartas, poniendo en medio otra; a esto llaman *dar astillazo*».

[114] *pintado:* «Significa lo mismo que al más sabio, al más hábil, prudente o experimentado» *(Aut.);* cfr. *Don Quijote,* I, pág. 19 («Prólogo»): «y tienes tu alma en tu cuerpo y tu libre albedrío, como el más pintado, y estás en tu casa, donde eres señor della ...».

[115] *flores ... cantueso viejas:* Literalmente el cantueso es una planta que «produce ciertas florecicas pequeñas y azules en unas espigas bayas, dentro de las cuales se hallan unos granillos pequeños hechos a tres esquinas» *(Cov.),* pero aquí significa engaños conocidos a todos.

[116] *blanco:* inocente, según la jerigonza de los tahúres; véase F. Luque Fajardo, *Fiel desengaño,* II, pág. 35: «Al hombre sencillo llaman blan[c]o; al fullero y saje doble llaman *negro;* todo allá en su algarabía o gerigonza, que no merece otro apellido su lenguaje».

[117] *mete dos y saca cinco:* Meter dos dedos y sacar monedas; véase *El Buscón,* ed. cit., pág. 16: «... mi padre metía el dos de bastos para sacar el as de oros».

también le tuviésedes para sufrir, si fuese menester, media docena de ansias sin desplegar los labios y sin decir «esta boca es mía».

—Ya sabemos aquí —dijo Cortadillo—, señor Monipodio, qué quiere decir *ansias*, y para todo tenemos ánimo; porque no somos tan ignorantes que no se nos alcance que lo que dice la lengua paga la gorja[118], y harta merced le hace el cielo al hombre atrevido, por no darle otro título, que le deja en su lengua su vida o su muerte: ¡cómo si tuviese más letras un *no* que un *sí*!

—¡Alto, no es menester más! —dijo a esta sazón Monipodio—. Digo que sola esta razón me convence, me obliga, me persuade y me fuerza a que desde luego asentéis por cofrades mayores y que se os sobrelleve el año del noviciado.

—Yo soy dese parecer —dijo uno de los bravos.

Y a una voz lo confirmaron todos los presentes, que toda la plática habían estado escuchando, y pidieron a Monipodio que desde luego les concediese y permitiese gozar de las inmunidades de su cofradía, porque su presencia agradable y su buena plática lo merecía todo.

Él respondió que, por dalles contento a todos, desde aquel punto se las concedía, advirtiéndoles que las estimasen en mucho, porque eran no pagar media nata[119] del primer hurto que hiciesen; no hacer oficios menores en todo aquel año, conviene a saber: no llevar recaudo de ningún hermano mayor a la cárcel, ni a la casa, de parte de sus contribuyentes; piar[120] el turco[121] puro; hacer banquete cuando, como y adonde quisieren, sin pedir licencia a su mayoral; entrar a la parte desde luego con lo que entrujasen[122] los hermanos mayores, como uno dellos, y otras cosas que ellos tuvieron por merced señaladísima, y los demás, con palabras muy comedidas, las agradecieron mucho.

Estando en esto, entró un muchacho corriendo y desalentado, y dijo:

---

[118] *gorja:* es la garganta; «Quitar a uno la gorja, degollarle» (*Cov.*).

[119] *media nata:* media anata es el derecho que se paga al obtener ciertos títulos, empleos o beneficios; «Es lo mismo que añada y así media anata vale los medios frutos de un año» (*Cov.*).

[120] *piar:* beber; véase Hill, pág. 144.

[121] *turco:* vino; véase Hill, pág. 179: «turca» es «embriaguez, borrachera».

[122] *entrujasen:* «entender, entrevar»; véase Hill, pág. 74.

—El alguacil de los vagabundos viene encaminado a esta casa, pero no trae consigo gurullada [123].

—Nadie se alborote —dijo Monipodio—, que es amigo y nunca viene por nuestro daño. Sosiéguense, que yo le saldré a hablar.

Todos se sosegaron, que ya estaban algo sobresaltados, y Monipodio salió a la puerta, donde halló al alguacil, con el cual estuvo hablando un rato, y luego volvió a entrar Monipodio, y preguntó:

—¿A quién le cupo hoy la plaza de San Salvador?

—A mí —dijo el de la guía.

—Pues ¿cómo —dijo Monipodio— no se me ha manifestado una bolsilla de ámbar que esta mañana en aquel paraje dio al traste con quince escudos de oro y dos reales de a dos y no sé cuántos cuartos?

—Verdad es —dijo la guía— que hoy faltó esa bolsa; pero yo no la he tomado, ni puedo imaginar quién la tomase.

—¡No hay levas [124] conmigo! —dijo Monipodio—. ¡La bolsa ha de parecer, porque la pide el alguacil, que es amigo y nos hace mil placeres al año!

Tornó a jurar el mozo que no sabía della. Comenzóse a encolerizar Monipodio de manera que parecía que fuego vivo lanzaba por los ojos, diciendo:

—¡Nadie se burle con quebrantar la más mínima cosa de nuestra orden, que le costará la vida! Manifiéstese la cica [125], y si se encubre por no pagar los derechos, yo le daré enteramente lo que le toca, y pondré lo demás de mi casa, porque en todas maneras ha de ir contento el alguacil.

Tornó de nuevo a jurar el mozo y a maldecirse, diciendo que él no había tomado tal bolsa ni vístola de sus ojos; todo lo cual fue poner más fuego a la cólera de Monipodio y dar ocasión a que toda la junta se alborotase, viendo que se rompían sus estatutos y buenas ordenanzas.

Viendo Rinconete, pues, tanta disensión y alboroto, parecióle que sería bien sosegalle y dar contento a su mayor, que reventaba de rabia, y aconsejándose con su amigo Cortadillo, con parecer de entrambos, sacó la bolsa del sacristán y dijo:

123 *gurullada:* «corchetes y justicia»; véase Hill, pág. 101.

124 *levas:* «ardid o astucia»; véase Hill, pág. 114; Correas, pág. 145b: «Esas levas, no con Cuevas; 'Levas', por tratos y artes engañosas».

125 *cica:* bolsa; véase Hill, pág. 46.

—Cese toda cuestión, mis señores; que ésta es la bolsa, sin faltarle nada de lo que el alguacil manifiesta; que hoy mi camarada Cortadillo le dio alcance, con un pañuelo que al mismo dueño se le quitó, por añadidura.

Luego sacó Cortadillo el pañizuelo y lo puso de manifiesto; viendo lo cual Monipodio, dijo:

—Cortadillo *el Bueno,* que con este título y renombre ha de quedar de aquí en adelante, se quede con el pañuelo y a mi cuenta se quede la satisfac[c]ión deste servicio; y la bolsa se ha de llevar el alguacil, que es un sacristán pariente suyo y conviene que se cumpla aquel refrán que dice: «No es mucho que a quien te da la gallina entera, tú des una pierna della». Más disimula este buen alguacil en un día que nosotros le podemos ni solemos dar en ciento.

De común consentimiento aprobaron todos la hidalguía de los dos modernos y la sentencia y parecer de su mayoral, el cual salió a dar la bolsa al alguacil, y Cortadillo se quedó confirmado con el renombre de *Bueno,* bien como si fuera don Alonso Pérez de Guzmán *el Bueno,* que arrojó el cuchillo por los muros de Tarifa para degollar a su único hijo [126].

Al volver que volvió Monipodio, entraron con él dos mozas, afeitados [127] los rostros, llenos de color los labios y de albayalde [128] los pechos, cubiertas con medios mantos [129] de anascote, llenas de desenfado y desvergüenza: señales claras por donde, en viéndolas Rinconete y Cortadillo, conocieron que eran de la casa llana [130], y no se engañaron en nada; y así como entraron se fueron con los brazos abiertos, la una a

---

[126] *Alonso Pérez de Guzmán ... su único hijo:* Se refiere a Guzmán el Bueno, quien perdió su hijo en el sitio de Tarifa.

[127] *afeitados:* Es decir, tenían las caras afeitadas; «El aderezo que se pone a alguna cosa para que parezca bien, y particularmente el que las mujeres se ponen en la cara, manos y pechos para parecer blancas y rojas, aunque sean negras y descoloridas ...» *(Cov.).*

[128] *albayalde:* «... es un género de polvo o pastilla blanco, con que las mujeres suelen aderezar sus rostros muy a costa suya, porque les come el color y les gasta la dentadura. Hácese de plomo deshecho en vinagre muy fuerte» *(Cov.).*

[129] *medios mantos:* Son «mantos doblados», según una ordenanza sevillana citada por Rodríguez Marín, ed. *Rinconete y Cortadillo,* pág. 416: «... en las hordenanças antiguas está mandado que las mugeres, se hordena y manda que de aquí adelante cuando anduvieren por la ciudad y fuera de la dicha casa [mancebía] ayan de traer y traigan sus mantos negros doblados con que se cubren ...».

[130] *casa llana:* mancebía; véase Hill, pág. 44.

Chiquiznaque y la otra a Maniferro, que éstos eran los nombres de los dos bravos; y el de Maniferro era porque traía una mano de hierro, en lugar de otra que le habían cortado por justicia. Ellos las abrazaron con grande regocijo, y les preguntaron si traían algo con que mojar la canal maestra.

—Pues ¿había de faltar, diestro [131] mío? —respondió la una, que se llamaba la Gananciosa—. No tardará mucho a venir Silbatillo tu trainel [132], con la canasta de colar [133] atestada de lo que Dios ha sido servido.

Y así fue verdad, porque al instante entró un muchacho con una canasta de colar cubierta con una sábana.

Alegráronse todos con la entrada de Silbato, y al momento mandó sacar Monipodio una de las esteras de enea que estaban en el aposento, y tenderla en medio del patio. Y ordenó asimismo que todos se sentasen a la redonda; porque en cortando la cólera [134], se trataría de lo que más conviniese. A esto dijo la vieja que había rezado a la imagen:

—Hijo Monipodio, yo no estoy para fiestas, porque tengo un váguido de cabeza [135] dos días ha que me trae loca; y más que antes que sea mediodía tengo de ir a cumplir mis devociones y poner mis candelicas a Nuestra Señora de las Aguas [136] y al Santo Crucifijo de Santo Agustín [137], que no

---

[131] *diestro:* maestro de esgrima, pero también, fullero; véase Hill, págs. 67-8; *El Buscón, ed. cit.,* pág. 102: «Díjome que él era diestro verdadero …»; Enrique de Leguina, *Bibliografía e historia de la esgrima española,* Madrid, 1914.

[132] *trainel:* «Criado de rufián o de mujer de la mancebía», Hill, pág. 176.

[133] *canasta de colar:* «Colar los paños y echarlos en colada: ponerlos en la canasta, vertiendo encima la lejía hirviente, la cual cuela por las aberturas de las mimbres o por los agujeros del barreñón» *(Cov.).*

[134] *cortando la cólera:* «Es impedir con medicamentos el daño que causa el exceso de humor colérico» *(Aut.);* en este caso, comen algo entre comidas; véase *Don Quijote,* II, págs. 136-7, nota.

[135] *váguido de cabeza:* «Es un desvanecimiento de cabeza, por estar vacía de buenos espíritus y ocupada de ciertos humos que le andan a la redonda» *(Cov.).*

[136] *Nuestra Señora de las Aguas:* La imagen de Nuestra Señora de las Aguas se encontraba en la iglesia parroquial de San Salvador; era intercesora «para alcanzar de Dios el beneficio de la lluvia en época de sequía» (F. Rodríguez Marín, ed., *Rinconete y Cortadillo,* pág. 418).

[137] *Santo Crucifijo de Santo Agustín:* Este crucifijo también saca-

lo dejaría de hacer si nevase y ventiscase. A lo que he venido es que anoche el Renegado y Centopiés llevaron a mi casa una canasta de colar, algo mayor que la presente, llena de ropa blanca, y en Dios y en mi ánima que venía con su cernada[138] y todo, que los pobretes no debieron de tener lugar de quitalla, y venían sudando la gota tan gorda, que era una compasión verlos entrar ijadeando y corriendo agua de sus rostros, que parecían unos angelicos. Dijéronme que iban en seguimiento de un ganadero que había pesado ciertos carneros en la Carnicería, por ver si le podían dar un tiento en un grandísimo gato[139] de reales que llevaba. No desembanastaron ni contaron la ropa, fiados en la entereza de mi conciencia; y así me cumpla Dios mis buenos deseos y nos libre a todos de poder de justicia que no he tocado a la canasta y que se está tan entera como cuando nació.

—Todo se le cree, señora madre —respondió Monipodio—, y estése así la canasta, que yo iré allá, a boca de sorna[140], y haré cala y cata[141] de lo que tiene, y daré a cada uno lo que le tocare, bien y fielmente, como tengo de costumbre.

—Sea como vos lo ordenáredes, hijo —respondió la vieja—; y porque se me hace tarde, dadme un traguillo, si tenéis, para consolar este estómago, que tan desmayado anda de contino[142].

—Y ¡qué tal lo beberéis, madre mía! —dijo a esta sazón la Escalanta, que así se llamaba la compañera de la Gananciosa.

Y descubriendo la canasta, se manifestó una bota a modo de cuero, con hasta dos arrobas[143] de vino, y un corcho que

ban de la iglesia de San Agustín cuando necesitaban varios remedios. En 1599, por ejemplo, el cabildo dijo que el crucifijo «se pusiera por ocho días en la capilla mayor de la Catedral, en acción de gracias por haber cesado la peste» (F. Rodríguez Marín, ed., *Rinconete y Cortadillo*, pág. 419).

[138] *cernada:* «La ceniza con que se ha hecho la lejía para colar los paños» *(Cov.).*

[139] *gato:* bolsa; «Gatos [son] los bolsones de dinero, porque se hacen de sus pellejos desollados enteros sin abrir» *(Cov.).*

[140] *a boca de sorna:* Sorna es noche; véase Hill, pág. 169; a boca de noche significa «al crepúsculo vespertino, vale al principio, como la boca es lo primero que muestra el animal, cuando se va descubriendo, digo el rostro» *(Cov.).*

[141] *haré cala y cata:* Correas, pág. 761b: «Hacer cala y cata: Cuando se hace tanteo y cuenta de cosas y personas».

[142] *de contino:* continuadamente; véase *La gitanilla,* n. 39.

[143] *arrobas:* Según Covarrubias, una arroba pesa 25 libras.

podría caber sosegadamente y sin apremio hasta una azumbre[144]; y llenándole la Escalanta, se le puso en las manos a la devotísima vieja, la cual, tomándole con ambas manos, y habiéndole soplado un poco de espuma, dijo:

—Mucho echaste, hija Escalanta; pero Dios dará fuerzas para todo.

Y aplicándosele a los labios, de un tirón, sin tomar aliento, lo trasegó del corcho al estómago, y acabó diciendo:

—De Guadalcanal[145] es, y aun tiene un es no es de yeso el señorico. Dios te consuele, hija, que así me has consolado; sino que temo que me ha de hacer mal, porque no me he desayunado.

—No hará, madre —respondió Monipodio—, porque es trasañejo[146].

—Así lo espero yo en la Virgen —respondió la vieja.

Y añadió:

—Mirad, niñas, si tenéis acaso algún cuarto para comprar las candelicas de mi devoción, porque con la priesa y gana que tenía de venir a traer las nuevas de la canasta se me olvidó en casa la escarcela[147].

—Yo sí tengo, señora Pipota —(que ésta era el nombre de la buena vieja), respondió la Gananciosa—; tome: ahí le doy dos cuartos; del uno le ruego que compre uno para mí, y

---

[144] *azumbre:* «Debía ser la ración de una persona. El azumbre dividimos en cuatro medidas, que llamamos cuartillos» *(Cv.);* es un poco más de dos litros. Es de notar que la palabra «azumbrado» significa «borracho».

[145] *Guadalcanal:* Era lugar famoso por sus vinos, pero especialmente por su vino blanco, que fue elogiado hasta el cielo —además de Cervantes— por Rodríguez de Ardila, Fr. Bartolomé de las Casas, Dr. De Rieros, entre otros: «Este vino fue el último en conquistar el mercado de la Corte. El año 1619 fue la primera vez que los vinicultores de Guadalcanal se decidieron a llevar sus productos a Madrid» (Miguel Herrero-García, *La vida española del siglo. XVII: Las bebidas,* Madrid, 1933, págs. 64-65.); véase *Las dos doncellas,* nota 1.

[146] *trasañejo:* Vino de tres años; «vale de tres años antes. Dícese también trasañejo; *(Aut.; s.v.* «tresañejo»).

[147] *escarcela:* es un tipo de bolsa: «Está tomado el nombre de cierta bolsa larga, que traía desde la cintura sobre el muslo, adonde se llevaba la yesca y el pedernal para encender lumbre en tiempo de necesidad» *(Cov.).*

se la ponga al señor San Miguel; y si puede comprar dos, ponga la otra al señor San Blas[148], que son mis abogados. Quisiera que pusiera otra a la señora Santa Lucía[149], que, por lo de los ojos, también le tengo devoción; pero no tengo trocado[150]; mas otro día habrá donde se cumpla con todos.

—Muy bien harás, hija, y mira no seas miserable: que es de mucha importancia llevar la persona las candelas delante de sí antes que se muera, y no aguardar a que las pongan los herederos o albaceas.

—Bien dice la madre Pipota —dijo la Escalanta.

Y echando mano a la bolsa, le dio otro cuarto, y le encargó que pusiese otras dos candelicas a los santos que a ella le pareciesen que eran de los más aprovechados y agradecidos. Con esto, se fue la Pipota, diciéndoles:

—Holgaos, hijos, ahora que tenéis tiempo; que vendrá la vejez, y lloraréis en ella los ratos que perdistes en la mocedad, como yo los lloro; y encomendadme a Dios en vuestras oraciones, que yo voy a hacer lo mismo por mí y por vosotros, porque Él nos libre y conserve en nuestro trato peligroso sin sobresaltos de justicia.

Y con esto, se fue.

Ida la vieja, se sentaron todos alrededor de la estera, y la Gananciosa tendió la sábana por manteles; y lo primero que sacó de la cesta fue un grande haz de rábanos y hasta dos docenas de naranjas y limones, y luego una cazuela grande llena de tajadas de bacallao frito. Manifestó luego medio queso de Flandes, y una olla de famosas aceitunas, y un plato de camarones, y gran cantidad de cangrejos, con su

---

[148] *San Miguel ... San Blas:* F. Rodríguez Marín explica muy bien las funciones literarias de estos dos santos: «... San Miguel, por la valentía con que pisotea al diablo, y San Blas, porque, como abogado contra los males de garganta, parecía el más a propósito para evitar lo que llamaba Quevedo ... 'enfermedad de cordel' [muerte en la horca o garrote]» *Rinconete y Cortadillo,* págs. 425-6).

[149] *Santa Lucía:* «Se representa a Santa Lucía con la espada y una herida en el cuello, con la palma, y también con un libro y la lámpara de aceite; asimismo aparece con frecuencia con los ojos en un plato, lo cual se explica por el significado de su nombre *(luz)* y dio tema a la leyenda según la cual ella se había sacado los ojos, y a la advocación a la santa para las enfermedades de la vista» *(Enciclopedia de la religión católica,* Barcelona, 1953).

[150] *trocado:* dinero suelto, es decir, en monedas fraccionarias.

llamativo [151] de alcaparrones ahogados en pimientos [152], y tres hogazas blanquísimas de Gandul [153]. Serían los del almuerzo hasta catorce, y ninguno dellos dejó de sacar su cuchillo de cachas amarillas, si no fue Rinconete, que sacó su media espada. A los dos viejos de bayeta y a la guía tocó el escanciar con el corcho de colmena. Mas apenas habían comenzado a dar asalto a las naranjas, cuando les dio a todos gran sobresalto los golpes que dieron a la puerta. Mandóles Monipodio que se sosegasen, y entrando en la sala baja, y descolgando un broquel, puesto mano a la espada, llegó a la puerta, y con voz hueca y espantosa preguntó:

—¿Quién llama?

Respondieron de fuera:

—Yo soy, que no es nadie, señor Monipodio: Tagarete soy, centinela desta mañana, y vengo a decir que viene aquí Juliana la Cariharta, toda desgreñada y llorosa, que parece haberle sucedido algún desastre.

En esto llegó la que decía, sollozando, y sintiéndola Monipodio, abrió la puerta, y mandó a Tagarete que se volviese a su posta y que de allí adelante avisase lo que viese con menos estruendo y ruido. Él dijo que así lo haría. Entró la Cariharta, que era una moza del jaez de las otras y del mismo oficio. Venía descabellada y la cara llena de tolondrones,

---

[151] *llamativo:* para hacer crecer la sed; *Don Quijote,* VIII, pág. 149: «... rajitas de queso de Tronchón, que servirán de llamativo y despertador de la sed».

[152] *alcaparrones, ahogados en pimientos:* para hacerlos picantes; se preparaban de varias maneras. Así G. Alonso de Herrera, *Obra de agricultura* (1513), ed. José Urbano Martínez Carreras, B.A.E., vol. 235, Madrid, 1970, pág. 222b: «Las cabezuelas pequeñas se han de coger, o para comer o para adobar antes que echen flor o abran, y en muchas partes las curan para guardar primero mojándolos bien en agua caliente que pierdan el verdor, y desque estén enjutas ponerlas en sus barriles o toneles y echarlas sal harta entre medias para que se guarden bien, ... después las echan en agua fría y pierden bien la sal y exprimiéndolas bien del agua échenles su vinagre y aceite, algunos echan a vueltas unas hojas de perejil y yerba buena.»

[153] *hogazas blanquísimas de Gandul:* es pan blanco y regalado; F. Rodríguez Marín, ed., *Rinconete y Cortadillo,* pág. 428, cita a Luis de Peraza, *Real y imperial sevillana descripción:* «Venden en Sevilla pan en muy gran abundancia en todas las plazas [...] especialmente en la plaza y poyos de San Salvador, donde hay pan blanco de Sevilla, [...] hogazas de Alcalá, hogazas de Gandul y Marchenilla.»

y así como entró en al patio se cayó en el suelo desmayada. Acudieron a socorrerla la Gananciosa y la Escalanta, y desabrochándola el pecho, la hallaron toda denegrida y como magullada. Echáronle agua en el rostro, y ella volvió en sí, diciendo a voces:

—¡La justicia de Dios y del Rey venga sobre aquel ladrón desuellacaras, sobre aquel cobarde bajamanero[154], sobre aquel pícaro lendroso, que le he quitado más veces de la horca que tiene pelos en las barbas! ¡Desdichada de mí! ¡Mirad por quién he perdido y gastado mi mocedad y la flor de mis años, sino por un bellaco desalmado, facinoroso e incorregible!

—Sosiégate, Cariharta —dijo a esta sazón Monipodio—, que aquí estoy yo, que te haré justicia. Cuéntanos tu agravio, que más estarás tú en contarle que yo en hacerte vengada; dime si has habido algo con tu respecto[155], que si así es y quieres venganza, no has menester más que boquear.

—¿Qué respecto? —respondió Juliana—. Respectada me vea yo en los infiernos si más lo fuere de aquel león con las ovejas y cordero con los hombres. ¿Con aquél había yo de comer pan a manteles, ni yacer en uno? Primero me vea yo comida de adivas[156] estas carnes, que me ha parado de la manera que ahora veréis.

Y alzándose al instante las faldas hasta la rodilla, y aun un poco más, las descubrió llenas de cardenales.

—Desta manera —prosiguió— me ha parado aquel ingrato del Repolido, debiéndome más que a la madre que le parió. Y ¿por qué pensáis que lo ha hecho? ¡Montas[157], que le di yo ocasión para ello! No, por cierto, no lo hizo más sino porque estando jugando y perdiendo, me envió a pedir con Cabrillas, su trainel, treinta reales, y no le envié más de veinticuatro, que el trabajo y afán con que yo los había ganado ruego yo a los cielos que vayan en descuento de mis pecados.

---

154 *bajamanero:* «Es el ladrón que entra en una tienda y, señalando con la mano una cosa, hurta con la otra lo que tiene junto a sí. Ladrón ratero» *(Cov.).*

155 *respecto:* «Rufián a quien la marca [mujer pública] respeta y a quien contribuye con sus ganancias» (Hill, pág. 155).

156 *adivas:* chacales; «Cierta enfermedad que da a las bestias en la garganta que las ahoga» *(Cov.);* puede referirse a los «adives», «mamífero carnicero de Asia, parecido a la zorra», M. Moliner, I, pág. 56.

157 *¡Montas!:* ¡Vaya!; véase *Rinconete y Cortadillo,* págs. 435-37, con abundantes ejemplos.

Y en pago desta cortesía y buena obra, creyendo él que yo le sisaba algo de la cuenta que él allá en su imaginación había hecho de lo que yo podía tener, esta mañana me sacó al campo, detrás de la güerta del Rey [158] y allí, entre unos olivares, me desnudó, y con la petrina [159], sin excusar ni recoger los hierros, que en malos grillos y hierros le vea yo, me dio tantos azotes, que me dejó por muerta. De la cual verdadera historia son buenos testigos estos cardenales que miráis.

Aquí tornó a levantar las voces, aquí volvió a pedir justicia, y aquí se la prometió de nuevo Monipodio y todos los bravos que allí estaban.

La Gananciosa tomó la mano a consolalla, diciéndole que ella diera de muy buena gana una de las mejores preseas que tenía porque le hubiera pasado otro tanto con su querido.

—Porque quiero —dijo— que sepas, hermana Cariharta, si no lo sabes, que a lo que se quiere bien se castiga; y cuando estos bellacones nos dan, y azotan, y acocean, entonces nos adoran; si no, confiésame una verdad, por tu vida: después que te hubo Repolido castigado y brumado, ¿no te hizo alguna caricia?

—¿Cómo una? —respondió la llorona—. Cien mil me hizo, y diera él un dedo de la mano por que me fuera con él a su posada; y aun me parece que casi se le saltaron las lágrimas de los ojos después de haberme molido.

—No hay dudar en eso —replicó la Gananciosa—. Y lloraría de pena de ver cuál te había puesto: que estos tales hombres, y en tales casos, no han cometido la culpa cuando les viene el arrepentimiento. Y tú verás, hermana, si no viene a buscarte antes que de aquí nos vamos, y a pedirte perdón de todo lo pasado, rindiéndosete como un cordero.

—En verdad —respondió Monipodio— que no ha de entrar por estas puertas el cobarde emvesado si primero no hace una manifiesta penitencia del cometido delito. ¿Las manos había él de ser osado ponerlas en el rostro de la Cariharta, ni en sus carnes, siendo persona que puede competir en limpieza y gan[an]cia con la misma Gananciosa que está delante, que no lo puedo más encarecer?

---

[158] *güerta del Rey:* F. Rodríguez Marín dice que «está a la salida de la ciudad de Sevilla, junto a los Caños de Carmona, hoy en gran parte derribados …», *Novelas ejemplares,* I, pág. 188n, y *Rinconete y Cortadillo,* pág. 438. Alonso Morgado, *Historia de Sevilla,* no la menciona.

[159] *petrina:* pretina.

—¡Ay! —dijo a esta sazón la Juliana—. No diga vuesa merced, señor Monipodio, mal de aquel maldito: que con cuán malo es, le quiero más que a las telas de mi corazón, y hanme vuelto el alma al cuerpo las razones que en su abono me ha dicho mi amiga la Gananciosa, y en verdad que estoy por ir a buscarle.

—Eso no harás tú por mi consejo —replicó la Gananciosa—, porque se extenderá y ensanchará y hará tretas en ti como en cuerpo muerto. Sosiégate, hermana, que antes de mucho le verás venir tan arrepentido como he dicho, y si no viniese, escribirémosle un papel en coplas, que le amargue.

—¡Eso sí! —dijo la Cariharta—: que tengo mil cosas que escribirle!

—Yo seré el secretario cuando sea menester —dijo Monipodio—; y aunque no soy nada poeta, todavía, si el hombre se arremanga, se atreverá a hacer dos millares de coplas en daca las pajas [160]; y cuando no salieren como deben, yo tengo un barbero amigo, gran poeta, que nos hinchirá las medidas a todas horas; y en la de agora acabemos lo que teníamos comenzado del almuerzo, que después todo se andará.

Fue contenta la Juliana de obedecer a su mayor, y así, todos volvieron a su *gaudeamus,* y en poco espacio vieron el fondo de la canasta y las heces del cuero. Los viejos bebieron *sine fine;* los mozos adunia [161]; las señoras, los quiries [162]. Los viejos pidieron licencia para irse. Diósela luego Monipodio, encargándoles viniesen a dar noticia con toda puntualidad de todo aquello que viesen ser útil y conveniente a la comunidad. Respondieron que ellos se lo tenían bien en cuidado, y fuéronse.

Rinconete, que de suyo era curioso, pidiendo primero perdón y licencia, preguntó a Monipodio que de qué servían en la cofradía dos personajes tan canos, tan graves y apersonados. A lo cual respondió Monipodio que aquéllos, en su

[160] *en daca los pajes:* «... significa la brevedad y facilidad con que se puede hacer una cosa» *(Aut.);* véase *Don Quijote,* ed. cit., V, pág. 80.

[161] *adunia:* bastante, harto, harto en abundancia; véase *Don Quijote,* ed. cit., VII, págs. 129-30, nota.

[162] *los quiries:* Beber los quiries es beber mucho, repetidamente, en abundancia o literalmente, nueve veces; véase *Correas,* pág. 353b: «Bebe los kirios de Elena: Encarece que uno bebe mucho: nueve veces.» Cfr. la nota detallada de F. Rodríguez Marín, ed., *Rinconete y Cortadillo,* págs. 442-44.

germanía y manera de hablar, se llamaban *abispones* [163], y que servían de andar de día y por toda la ciudad abispando en qué casas se podía dar tiento de noche, y en seguir los que sacaban dinero de la Contratación, o Casa de la Moneda [164], para ver dónde lo llevaban, y aun dónde lo ponían; y en sabiéndolo, tanteaban la groseza del muro de la tal casa y diseñaban el lugar más conveniente para hacer los guzpátaros— que son agujeros— para facilitar la entrada. En resolución, dijo que era la gente de más o de tanto provecho que había en su hermandad, y que de todo aquello que por su industria se hurtaba llevaban el quinto, como su Majestad de los tesoros; y que, con todo esto, eran hombres de mucha verdad, y muy honrados, y de buena vida y fama, temerosos de Dios y de sus conciencias, que cada día oían misa con extraña devoción.

—Y hay dellos tan comedidos, especialmente estos dos que de aquí se van agora, que se contentan con mucho menos de lo que por nuestros aranceles les toca. Otros dos que hay son palanquines [165], los cuales, como por momentos mudan casas, saben las entradas y salidas de todas las de la ciudad, y cuáles pueden ser de provecho y cuáles no.

—Todo me parece de perlas —dijo Rinconete—, y querría ser de algún provecho a tan famosa cofradía.

—Siempre favorece el cielo a los buenos deseos —dijo Monipodio.

Estando en esta plática, llamaron a la puerta; salió Monipodio a ver quién era, y preguntándolo, respondieron:

—Abra voacé, sor Monipodio, que el Repolido soy.

Oyó esta voz Cariharta, y alzando al cielo la suya, dijo:

—No le abra vuesa merced, señor Monipodio; no le abra a ese marinero de Tarpeya [166], a ese tigre de Ocaña [167].

---

[163] *abispones:* Juan Hidalgo en su *Vocabulario de germanía* registra «avispedas» que significa «mirar con cuidado o recato» (Hill, pág. 17).

[164] *Casa de Moneda:* La Casa de la Contratación se construyó después de 1503, el año en que se dio la Real Cédula para su construcción; y la de la Moneda estaba cerca de la Casa Lonja, al sur de la ciudad hasta 1583, cuando construyeron un nuevo edificio en las Atarazanas.

[165] *palanquines:* ladrones; Hill, pág. 138.

[166] *marinero de Tarpeya:* Son palabras del primer verso de un romance: «Mira Nero [así «Marinero»] de Tarpeya / a Roma se ardía / ...»; cfr. *Rinconete y Cortadillo*, págs. 447-48.

[167] *tigre de Ocaña:* tigre de Hircania; véase *La gitanilla*, nota 48.

No dejó por esto Monipodio de abrir a Repolido; pero viendo la Cariharta que le abría, se levantó corriendo y se entró en la sala de los broqueles, y cerrando tras sí la puerta, desde dentro, a grandes voces decía:

—Quítenmele de delante a ese gesto de por demás[168], a ese verdugo de inocentes, asombrador de palomas duendas[169].

Maniferro y Chiquiznaque tenían a Repolido, que en todas maneras quería entrar donde la Cariharta estaba; pero como no le dejaban, decía desde afuera:

—¡No haya más, enojada mía: por tu vida que te sosiegues, ansí te veas casada!

—¿Casada yo, malino? —respondió la Cariharta—. ¡Mirá en qué tecla toca![170] ¡Ya quisieras tú que lo fuera contigo, y antes lo sería yo con una sotomía[171] de muerte que contigo!

—¡Ea, boba —replicó Repolido—, acabemos ya, que es tarde, y mire no se ensanche por verme hablar tan manso y venir tan rendido; porque, ¡vive el Dador![172], si se me sube la cólera al campanario que sea peor la recaída que la caída! Humíllese, y humillémonos todos, y no demos de comer al diablo.

—Y aun de cenar le daría yo —dijo la Cariharta— por que te llevase donde nunca más mis ojos te viesen.

—¿No os digo yo? —dijo Repolido—. ¡Por Dios que voy

---

[168] *de por demás:* mal encarado «Es por demás, es escusado» *(Cov.).*

[169] *palomas duendas:* Según F. Rodríguez Marín, ed., *Rinconete y Cortadillo,* pág. 448, son palomas caseras y domésticas. Aunque Gabriel Herrera habla de palomas caseras («Otras son palomariegas, otras caseras», *op. cit.,* pág. 315b), nunca las llama «duendas»; paloma duende también se llaman muchachas de la mancebía; véase Cervantes, *Persiles y Sigismunda,* ed. Juan Bautista Avalle-Arce, Madrid, 1969, págs. 443-44: «... nunca en falta a estas palomas duendes, milanos que las persigan, ni pájaros que las despedacen: ...».

[170] *tecla toca:* Tocar tecla es, según Correas, pág. 736a, «cuando uno, con alegoría, da a entender en lo que dice cosa que otros entienden».

[171] *sotomía:* esqueleto; cfr. Corominas, I, pág. 199b: «En la ac. 'esqueleto' aparece *anatomía* ya en Cervantes, y esta ac. toma comúnmente la forma *notomía,* ...».

[172] *¡vive el Dador!:* ¡vive Dios!; «Dador, el que da; este vocablo se atribuye siempre a Dios» *(Cov.).*

oliendo, señora trinquete[173], que lo tengo de echar todo a doce[174], aunque nunca se venda!

A esto dijo Monipodio:

—En mi presencia no ha de haber demasías: la Cariharta saldrá, no por amenazas, sino por amor mío, y todo se hará bien: que las riñas entre los que bien se quieren son causa de mayor gusto cuando se hacen las paces. ¡Ah Juliana! ¡Ah niña! ¡Ah Cariharta mía! Sal acá fuera, por mi amor, que yo haré que el Repolido te pida perdón de rodillas.

—Como él eso haga —dijo la Escalanta—, todas seremos en su favor y en rogar a Juliana salga acá fuera.

—Si esto ha de ir por vía de rendimiento que güela[175] a menoscabo de la persona —dijo el Repolido—, no me rendiré a un ejército formado de esguízaros[176]; mas si es por vía de que la Cariharta gusta dello, no digo yo hincarme de rodillas, pero un clavo me hincaré por la frente en su servicio.

Riyéronse desto Chiquiznaque y Maniferro, de lo cual se enojó tanto el Repolido, pensando que hacían burla dél, que dijo con muestras de infinita cólera:

—Cualquiera que se riere o se pensare reír de lo que la Cariharta contra mí, o yo contra ella, hemos dicho o dijéremos, digo que miente y mentirá todas las veces que se riere o lo pensare, como ya he dicho.

---

[173] *trinquete:* Esta palabra debe entenderse en el contexto irónico de «asombrador de palomas duendas», la frase con la cual la Cariharta describe a Repolido; aquí Repolido le llama «trinquete», que según Rodríguez Marín, es una referencia irónica al trinquete de las naves. Hace mucho sentido, sin embargo, en el contexto del lenguaje de germanía; trinquete es «cama de cordeles», que es muy parecido a la palabra «triquete»: «un recoin de bordel, où il y a un banc ou une couchette, sur laquelle les filles de joie exercent leur paillardise» (Oudin; citado por Hill, pág. 178). Así Repolido (como lo hizo antes la Cariharta) se refiere al oficio de su «marca» por perífrasis.

[174] *echar todo a doce:* «meter el pleito a voces; echar el bodegón a rodar, y romper por todo, sin tener en cuenta las consecuencias que de ello puedan venir; que esa idea aporta el 'aunque no se venda'», (Rodríguez Marín, ed., *Rinconete y Cortadillo,* pág. 453); cfr. el *Diccionario de Autoridades:* «significa desbarrar, enfadarse y meter a bulla alguna cosa, para confundirla y que no se hable más de ella».

[175] *güela:* huela.

[176] *esguízaros:* pícaros, hombres pobres; véase Corominas, IV, pág. 304a *(s. v.* «suizo»).

Miráronse Chiquiznaque y Maniferro de tan mal garbo [177] y talle, que advirtió Monipodio que pararía en un gran mal si no lo remediaba; y así, poniéndose luego en medio dellos dijo:

—No pase más adelante, caballeros; cesen aquí palabras mayores, y deshágense entre los dientes; y pues las que se han dicho no llegan a la cintura, nadie las tome por sí.

—Bien seguros estamos —respondió Chiquiznaque— que no se dijeron ni dirán semejantes monitorios por nosotros: qui si se hubiera imaginado que se decían, en manos estaba el pandero que lo supieran bien tañer.

—También tenemos acá pandero, sor Chiquiznaque —replicó el Repolido—, y también, si fuere menester, sabremos tocar los cascabeles, y ya he dicho que el que se huelga, miente; y quien otra cosa pensare, sígame, que con un palmo de espada menos hará el hombre que sea lo dicho dicho.

Y diciendo esto, se iba a salir por la puerta afuera.

Estábalo escuchando la Cariharta, y cuando sintió que se iba enojado, salió diciendo:

—¡Ténganle, no se vaya, que hará de las suyas[178]! ¿No ven que va enojado, y es un Judas Macarelo [179] en esto de la valentía? ¡Vuelve acá, valentón del mundo y de mis ojos!

Y cerrando con él, le asió fuertemente de la capa, y acudiendo también Monipodio, le detuvieron. Chiquiznaque y Maniferro no sabían si enojarse o si no, y estuviéronse quedos esperando lo que Repolido haría; el cual, viéndose rogar de la Cariharta y de Monipodio, volvió diciendo:

—Nunca los amigos han de dar enojo a los amigos ni hacer burla de los amigos, y más cuando ven que se enojan los amigos.

—No hay aquí amigo —respondió Maniferro— que quiera enojar ni hacer burla de otro amigo; y pues todos somos amigos, dense las manos los amigos.

A esto dijo Monipodio:

—Todos voacedes han hablado como buenos amigos, y como tales amigos se den las manos de amigos.

---

[177] *garbo:* «el buen aire y talante en las personas» *(Cov.);* aquí significa «mal aire, mal talante».

[178] *hará de las suyas:* Véase *Don Quijote,* ed. cit., III, pág. 372, nota.

[179] *Macarelo:* «Judas, que por su valentía fue llamado Macabeo, que en lengua griega vale tanto como peleador o valiente guerrero» *(Cov.).*

Diéronselas luego, y la Escalanta, quitándose un chapín[180], comenzó a tañer en él como un pandero; la Gananciosa tomó una escoba de palma nueva, que allí se halló acaso, y, rascándola, hizo un son que, aunque ronco y áspero, se concertaba con el del chapín. Monipodio rompió un plato y hizo dos tejoletas, que, puestas entre los dedos y repicadas con gran ligereza, llevaba el contrapunto al chapín y a la escoba.

Espantáronse Rinconete y Cortadillo de la nueva invención de la escoba, porque hasta entonces nunca la había visto. Conociólo Maniferro, y díjoles:

—¿Admíranse de la escoba? Pues bien hacen, pues música más presta y más sin pesadumbre, ni más barata, no se ha inventado en el mundo; y en verdad que oí decir el otro día a un estudiante que ni el Negrofeo[181], que sacó a la Arauz[182] del infierno; ni el Marión[183], que subió sobre el delfín y salió del mar como si viniera caballero sobre una mula de alquiler; ni el otro gran músico[184] que hizo una ciudad que tenía cien puertas y otros tantos postigos, nunca inventaron mejor género de música, tan fácil de deprender[185], tan mañera de tocar, tan sin trastes, clavijas ni cuerdas, y tan sin necesidad de templarse; y aun voto a tal dicen que la inventó un galán desta ciudad, que se pica de ser un Héctor en la música.

—Eso creo yo muy bien —respondió Rinconete—; pero escuchemos lo que quieren cantar nuestros músicos, que parece que la Gananciosa ha escupido, señal de que quiere cantar.

Y así era la verdad, porque Monipodio le había rogado que cantase algunas seguidillas de las que se usaban; mas la que comenzó primero fue la Escalanta, y con voz sutil y quebradiza[186] cantó lo siguiente:

---

[180] *chapín:* «Calzado sin talón, con suela de corcho, que alcanzaba a veces extraordinaria altura» (Carmen Bernis, ob. cit., pág. 87). Este calzado fue invención española; véase Carmen Bernis, «Modas españolas medievales en el renacimiento europeo», *Zeitschrift fur historische Wafen-und Kostumkunde,* I, (1960), págs. 27-40; especialmente págs. 33-36 (con grabados).

[181] *Negrofeo:* Orfeo.

[182] *Arauz:* Eurídice.

[183] *Marión:* Arión.

[184] *gran músico:* El gran músico debe ser Anfión.

[185] *deprender:* aprender.

[186] *quebradiza:* Una voz que puede hacer quiebros en el canto; enfermiza; véase M. Moliner, II, pág. 902b.

> Por un sevillano rufo a lo valón
> tengo socarrado todo el corazón.

Siguió la Gananciosa cantando:

> Por un morenico de color verde,
> ¿cuál es la fogosa que no se pierde?

Y luego Monipodio, dándose gran priesa al meneo de sus tejoletas, dijo:

> Riñen dos amantes; hácese la paz:
> si el enojo es grande, es el gusto más.

No quiso la Cariharta pasar su gusto en silencio, porque tomando otro chapín, se metió en danza, y acompañó a las demás diciendo:

> Detente, enojado, no me azotes más:
> que si bien lo miras, a tus carnes das.

—Cántese a lo llano[187] —dijo a esta sazón Repolido—, y no se toquen estorias pasadas, que no hay para qué: lo pasado sea pasado, y tómese otra vereda, y basta.

Tal le llevaban de no acabar tan presto el comenzado cántico, si no sintieran que llamaban a la puerta apriesa, y con ella salió Monipodio a ver quién era, y la centinela le dijo como al cabo de la calle había asomado el alcalde de la justicia, y que delante dél venían el Tordillo y el Cernícalo, corchetes neutrales. Oyéronlo los de dentro, y alborotáronse todos de manera que la Cariharta y la Escalanta se calzaron sus chapines al revés, dejó la escoba la Gananciosa, Monipodio sus tejoletas, y quedó en turbado silencio toda la música; enmudeció Chiquiznaque, pasmóse el Repolido y suspendióse Maniferro, y todos, cuál por una y cuál por otra parte, desaparecieron, subiéndose a las azoteas y tejados, para escaparse y pasar por ellos a otra calle. Nunca ha disparado arcabuz a deshora, ni trueno repentino, espantó así a banda de descuidadas palomas como puso en alboroto y espanto a toda aquella recogida compañía y buena gente la nueva de la ve-

---

[187] *a lo llano:* sencillo, sin ornato.

nida del alcalde de la justicia. Los dos novicios, Rinconete y Cortadillo, no sabían qué hacerse, estuviéronse quedos, esperando ver en qué paraba aquella repentina borrasca, que no paró en más de volver la centinela a decir que el alcalde se había pasado de largo, sin dar muestra ni resabio de mala sospecha alguna.

Y estando diciendo esto a Monipodio, llegó un caballero mozo a la puerta, vestido, como se suele decir, de barrio; Monipodio le entró consigo, y mandó llamar a Chiquiznaque, a Maniferro y al Repolido, y que de los demás no bajase alguno. Como se habían quedado en el patio Rinconete y Cortadillo, pudieron oír toda la plática que pasó Monipodio con el caballero recién venido, el cual dijo a Monipodio que por qué se había hecho tan mal lo que le había encomendado. Monipodio respondió que aún no sabía lo que se había hecho; pero que allí estaba el oficial a cuyo cargo estaba su negocio, y que él daría muy buena cuenta de sí.

Bajó en esto Chiquiznaque, y preguntóle Monipodio si había cumplido con la obra que se le encomendó de la cuchillada de a catorce.

—¿Cuál? —respondió Chiquiznaque—. ¿Es la de aquel mercader de la encrucijada?

—Esa es —dijo el caballero.

—Pues lo que en eso pasa —respondió Chiquiznaque— es que yo le aguardé anoche a la puerta de su casa, y él vino antes de la oración; lleguéme cerca dél, marquéle el rostro con la vista, y vi que le tenía tan pequeño que era imposible de toda imposibilidad caber en él cuchillada de catorce puntos; y hallándome imposibilitado de poder cumplir lo prometido y de hacer lo que llevaba en mi destruición...

—*Instrucción* querrá decir vuesa merced —dijo el caballero—, que no *destruición*.

—Eso quise decir —respondió Chiquiznaque—. Digo que viendo que en la estrecheza y poca cantidad de aquel rostro no cabían los puntos propuestos, por que no fuese mi ida en balde, di la cuchillada a un lacayo suyo, que a buen seguro que la pueden poner por mayor de marca.

—Más quisiera —dijo el caballero— que se la hubiera dado al amo una de a siete que al criado la de a catorce. En efeto, conmigo no se ha cumplido como era razón, pero no importa; poca mella me harán los treinta ducados que dejé en señal. Beso a vuesas mercedes las manos.

Y diciendo esto, se quitó el sombrero y volvió las espaldas

para irse; pero Monipodio le asió de la capa de mezcla que traía puesta, diciéndole:

—Voacé se detenga y cumpla su palabra, pues nosotros hemos cumplido la nuestra con mucha honra y con mucha ventaja: veinte ducados faltan, y no ha de salir de aquí voacé sin darlos, o prendas que lo valgan.

—Pues ¿a esto llama vuesa merced cumplimiento de palabra —respondió el caballero—: dar la cuchillada al mozo habiéndose de dar al amo?

—¡Qué bien está en la cuenta el señor! —dijo Chiquiznaque—. Bien parece que no se acuerda de aquel refrán que dice: «Quien bien quiere a Beltrán, bien quiere a su can.»

—¿Pues en qué modo puede venir aquí a propósito ese refrán? —replicó el caballero.

—¿Pues no es lo mismo —prosiguió Chiquiznaque —decir: «Quien mal quiere a Beltrán, mal quiere a su can»? Y así, Beltrán es el mercader, voacé le quiere mal, su lacayo es su can, y dando al can se da a Beltrán, y la deuda queda líquida y trae aparejada ejecución: por eso no hay más sino pagar luego sin apercebimiento de remate.

—Eso juro yo bien —añadió Monipodio—, y de la boca me quitaste, Chiquiznaque amigo, todo cuanto aquí has dicho; y así, voacé, señor galán, no se meta en puntillos con sus servidores y amigos, sino tome mi consejo y pague luego lo trabajado y si fuere servido que se le dé otra al amo, de la cantidad que pueda llevar su rostro, haga cuenta que ya se la están curando.

—Como eso sea —respondió el galán—, de muy entera voluntad y gana pagaré la una y la otra por entero.

—No dude en esto —dijo Monipodio— más que en ser cristiano: que Chiquiznaque se la dará pintiparada, de manera que parezca que allí se le nació.

—Pues con esa seguridad y promesa —respondió el caballero—, recíbase esta cadena en prendas de los veinte ducados atrasados y de cuarenta que ofrezco por la venidera cuchillada. Pesa mil reales, y podría ser que se quedase rematada, porque traigo entre ojos [188] que será menester otros catorce puntos antes de mucho.

---

[188] *traigo entre ojos:* Correas, pág. 738a, registra la frase «traer sobre ojo», que significa «andar con sospechas de alguno, mirando lo que hace».

Quitóse, en esto, una cadena de vueltas [189] menudas del cuello, y diósela a Monipodio, que al color y al peso bien vio que no era de alquimia. Monipodio la recibió con mucho contento y cortesía, porque era en extremo bien criado; la ejecución quedó a cargo de Chiquiznaque, que sólo tomó término de aquella noche. Fuese muy satisfecho el caballero, y luego Monipodio llamó a todos los ausentes y azorados. Bajaron todos, y poniéndose Monipodio en medio dellos, sacó un libro de memoria que traía en la capilla de la capa, y diósele a Rinconete que leyese, porque él no sabía leer. Abrióle Rinconete, y en la primera hoja vio que decía:

MEMORIA DE LAS CUCHILLADAS QUE SE HAN DE DAR ESTA SEMANA

La primera, al mercader de la encrucijada: vale cincuenta escudos. Están recebidos treinta a buena cuenta. Secutor [190], *Chiquiznaque.*

—No creo que hay otra, hijo —dijo Monipodio—; pasá adelante, y mirá donde dice: *Memoria de palos.*

Volvió la hoja Rinconete, y vio que en otra estaba escrito: *Memoria de palos.* Y más abajo decía:

Al bodegonero de la Alfalfa [191], *doce palos de mayor cuantía a escudo cada uno. Están dados a buena cuenta ocho. El término, seis días. Secutor, Maniferro.*

---

[189] *vueltas:* son eslabones.

[190] *secutor:* ejecutor.

[191] *Alfalfa:* de la Plaza de la Alfalfa; cfr. Santiago Montoto, *Las calles de Sevilla,* Sevilla, 1940, págs. 38-9: «Peraza, en su *Historia de Sevilla,* hablando de las grandezas de la ciudad, escribe: 'Hay la plaza de la Alfalfa, donde cuatro meses del año los vecinos, el vino que metieron en Sevilla pueden vender.' Se conoció en los siglos pasados con ese nombre una plaza, no muy grande, y una calle que lindaba con las antiguas carnicerías. Andando el tiempo, y al ser derribadas en 1820 las carnicerías, el ámbito de éstas se incorporó a la Alfalfa. Así se formó una extensa plaza, que en 1845 se denominó de las Carnicerías, quedando con el nombre de Alfalfa sólo la parte desde la actual calle de Huelva y la Cabeza del Rey Don Pedro.»

—Bien podía borrarse esa partida —dijo Maniferro—, porque esta noche traeré finiquito della.

—¿Hay más, hijo? —dijo Monipodio.

—Sí, otra —respondió Rinconete— que dice así:

Al sastre corcovado que por mal nombre se llama el Silguero, seis palos de mayor cuantía, a pedimiento de la dama que dejó la gargantilla. Secutor, el Desmochado.

—Maravillado estoy —dijo Monipodio— cómo todavía está esa partida en ser. Sin duda alguna debe de estar mal dispuesto el Desmochado, pues son dos días pasados del término y no ha dado puntada en esta obra.

—Yo le topé ayer —dijo Maniferro—, y me dijo que por haber estado retirado por enfermo el Corcovado no había cumplido con su débito.

—Eso creo yo bien —dijo Monipodio—, porque tengo por tan buen oficial al Desmochado, que si no fuera por tan justo impedimento, ya él hubiera dado al cabo con mayores empresas. ¿Hay más, mocito?

—No, señor —respondió Rinconete.

—Pues pasad adelante —dijo Monipodio—, y mirad donde dice: *Memorial de agravios comunes.*

Pasó adelante Rinconete, y en otra hoja halló escrito:

Memorial de agravios comunes, conviene a saber: redomazos [192], *untos de miera, clavazón de sambenitos y cuernos* [193], *matracas* [194], *espantos, alborotos y cuchilladas fingidas, publicación de nibelos* [195], *etcétera.*

—¿Qué dice más abajo? —dijo Monipodio.

—Dice —dijo Rinconete —*unto de miera en la casa...*

—No se lea la casa, que ya yo sé dónde es —respondió Monipodio—, y yo soy el *tuáutem* [196] y executor desa niñería,

---

[192] *redomazos:* «Golpe que se da a alguno con redoma» *(Cov.);* hoy en día la palabra «redomado» «se emplea generalmente aplicado a los mismos nombres calificativos que expresan astucia o disimulo y aun a otros que expresan malicia ...». (M. Moliner, II, pág. 964a).

[193] *sambenitos y cuernos:* Sambenitos por motejarlos de judíos; cuernos, de adúlteros.

[194] *matracas:* «En Salamanca llaman dar matraca burlarse de palabra con los estudiantes nuevos o novatos» *(Cov.).*

[195] *nibelos:* Son libelos.

[196] *tuáutem:* «Persona o cosa que se considera indispensable en o para algo» (M. Moliner, II, pág. 1.403a).

y están dados a buena cuenta cuatro escudos, y el principal es ocho.

—Así es la verdad —dijo Rinconete—, que todo eso está aquí escrito; y aún más abajo dice: *Clavazón de cuernos.*

—Tampoco se lea —dijo Monipodio— la casa ni adónde: que basta que se les haga el agravio, sin que se diga en público: que es un gran cargo de conciencia. A lo menos, más querría yo clavar cien cuernos y otros tantos sambenitos, como se me pagase mi trabajo, que decillo sola una vez, aunque fuese a la madre que me parió.

—El esecutor desto es —dijo Rinconete— el Narigueta.

—Ya está eso hecho y pagado —dijo Monipodio—. Mirad si hay más, que, si mal no me acuerdo, ha de haber ahí un espanto de veinte escudos; está dada la mitad, y el esecutor es la comunidad toda, y el término es todo el mes en que estamos, y cumpliráse al pie de la letra, sin que falte una tilde, y será una de las mejores cosas que hayan sucedido en esta ciudad de muchos tiempos a esta parte. Dadme el libro, mancebo, que yo sé que no hay más, y sé también que anda muy flaco el oficio; pero tras este tiempo vendrá otro y habrá que hacer más de lo que quisiéremos: que no se mueve la hoja sin la voluntad de Dios, y no hemos de hacer nosotros que se vengue nadie por fuerza cuanto más que cada uno en su caasa suele ser valiente y no quiere pagar las hechuras de la obra que él se puede hacer por sus manos.

—Así es —dijo a esto el Repolido—. Pero mire vuesa merced, señor Monipodio, lo que nos ordena y manda, que se va haciendo tarde y va entrando el calor más que de paso[197].

—Lo que se ha de hacer —respondió Monipodio— es que todos se vayan a sus puestos, y nadie se mude hasta el domingo, que nos juntaremos en este mismo lugar y se repartirá todo lo que hubiere caído, sin agraviar a nadie. A Rinconete *el Bueno* y a Cortadillo se les da por distrito hasta el domingo desde la Torre del Oro, por defuera de la ciudad, hasta el postigo del Alcázar[198], donde se puede trabajar a sentadillas[199] con sus flores; que yo he visto a otros de menos habilidad

---

[197] *más que de paso:* de prisa, con violencia.

[198] *Torre de Oro ... postigo del Alcázar:* Es decir, al sur de la ciudad, desde el río (Torre de Oro) hasta el Alcázar.

[199] *a sentadillas:* a la mujeriega; «o mismo que con un modo particular de estar sentado, como el que usan las mujeres, cuando van a caballo con ambas piernas hacia un mismo lado» *(Aut.).*

que ellos salir cada día con más de veinte reales en menudos[200], amén de la plata, con una baraja sola, y ésa, con cuatro naipes menos. Este districto os enseñará Ganchoso; y aunque os extendáis hasta San Sebastián y San Telmo[201], importa poco, puesto que es justicia mera mixta que nadie se entre en pertenencia de nadie.

Besáronle la mano los dos por la merced que se les hacía, y ofreciéronse a hacer su oficio bien y fielmente, con toda diligencia y recato.

Sacó, en esto, Monipodio un papel doblado de la capilla de la capa, donde estaba la lista de los cofrades, y dijo a Rinconete que pusiese allí su nombre y el de Cortadillo; mas porque no había tintero, le dio el papel para que lo llevase, y en el primer boticario los escribiese, poniendo: «Rinconete y Cortadillo, cofrades: noviciado, ninguno, Rinconete, floreo[202]; Cortadillo, bajón»[203], y el día, mes y año, callando padres y patria. Estando en esto, entró uno de los viejos abispones y dijo:

—Vengo a decir a vuesas mercedes como agora, agora, topé en Gradas a Lobillo el de Málaga, y díceme que viene mejorado en su arte de tal manera, que con naipe limpio quitará el dinero al mismo Satanás; y que por venir maltratado no viene luego a registrarse y a dar la sólita[204] obediencia; pero que el domingo será aquí sin falta.

—Siempre se me asentó a mí —dijo Monipodio— que este Lobillo había de ser único en su arte, porque tiene las mejores y más acomodadas manos para ello que se pueden desear; que para ser uno buen oficial en su oficio, tanto ha menester los buenos instrumentos con que le ejercita como el ingenio con que le aprende.

—También topé —dijo el viejo— en una casa de posadas, de la calle de Tintores, al Judío, en hábito de clérigo, que

---

[200] *en menudos:* «las monedas de cobre, a diferencia de las de plata y oro» *(Cov.);* también moneda de vellón; véase Mateu y Llopis, *Glosario,* pág. 129b.

[201] *San Sebastián y San Telmo:* Nos dan indicación más completa de su «distrito»: va hasta el campo al sur; San Telmo era ermita junto al Guadalquivir y San Sebastián, al otro lado de la avenida de Menéndez Pelayo.

[202] *floreo:* Florear es «engañar o florear el naipe» (Hill, pág. 82); así floreo es engaño.

[203] *bajón:* bajamanero; véase nota 154.

[204] *sólita:* «lo acostumbrado» *(Aut.).*

se ha ido a posar allí por tener noticia que dos peruleros[205] viven en la misma casa, y querría ver si pudiese trabar juego con ellos aunque fuese de poca cantidad, que de allí podría venir a mucha. Dice también que el domingo no faltará de la junta y dará cuenta de su persona.

—Ese Judío también —dijo Monipodio— es gran sacre y tiene gran conocimiento. Días ha que no le he visto, y no lo hace bien. pues a fe que si no se enmienda, que yo le deshaga la corona; que no tiene más órdenes el ladrón que las tiene el turco, ni sabe más latín que mi madre. ¿Hay más de nuevo?

—No —dijo el viejo—; a lo menos que yo sepa.

—Pues sea en buen hora —dijo Monipodio—. Voacedes tomen esta miseria —y repartió entre todos hasta cuarenta reales—, y el domingo no falte nadie, que no faltará nada de lo corrido.

Todos le volvieron las gracias. Tornáronse a abrazar Repolido y la Cariharta, la Escalanta con Maniferro y la Gananciosa con Chiquiznaque, concertando que aquella noche, [y] después de haber alzado de obra[206] en la casa, se viesen en la de la Pipota, donde también dijo que iría Monipodio, al registro de la canasta de colar, y que luego había de ir a cumplir y borrar la partida de la miera. Abrazó a Rinconete y a Cortadillo, y echándolos su bendición, los despidió, encargándoles que no tuviesen jamás posada cierta ni de asiento, porque así convenía a la salud de todos. Acompañólos Ganchoso hasta enseñarles sus puestos, acordándoles que no faltasen el domingo, porque, a lo que creía y pensaba, Monipodio había de leer una lición de posición[207] acerca de las cosas concernientes a su arte. Con esto se fue, dejando a los dos compañeros admirados de lo que habían visto.

Era Rinconete, aunque muchacho, de muy buen entendimiento, y tenía un buen natural; y como había andado con su padre en el ejercicio de las bulas, sabía algo de buen lenguaje, y dábale gran risa pensar en los vocablos que había oído a Monipodio y a los demás de su compañía y bendita

---

205 *peruleros:* Un perulero es «el que ha venido rico de las Indias, del Perú» *(Cov.);* Pablos *(El buscón,* ed. cit., pág. 283) usa la misma treta: «Vinieron los acólitos, y ya yo estaba con un tocador en la cabeza, mi hábito de fraile benito, unos antojos y barba …»

206 *alzado de obra:* «Alzar de obra, acabar el trabajo« *(Cov.).*

207 *posición:* oposión.

se da cuenta de [the paradox]

comunidad, y más cuando por decir *per modum sufragii* había
dicho *per modo de naufragio;* y que sacaban el *estupendo,*
por decir *estipendio,* de lo que se garbeaba[208]; y cuando la
Cariharta dijo que era Repolido como un *Marinero de Tarpeya*
y un tigre de *Ocaña,* por decir *Hircania,* con otras mil impertinencias (especialmente le cayó en gracia cuando dijo que
el trabajo que había pasado en ganado los veinte y cuatro
reales lo recibiese el cielo en descuento de sus pecados) a estas
y a otras peores semejantes; y, sobre todo, le admiraba la
seguridad que tenían y la confianza de irse al cielo con no
faltar a sus devociones, estando tan llenos de hurtos, y de ho-
micidios, y de ofensas de Dios. Y reíase de la otra buena
vieja de la Pipota, que dejaba la canasta de colar hurtada,
guardada en su casa y se iba a poner candelillas de cera
a las imágenes y con ello pensaba irse al cielo calzada y vestida. No menos le suspendía la obediencia y respecto que
todos tenían a Monipodio, siendo un hombre bárbaro, rústico y desalmado. Consideraba lo que había leído en su libro
de memoria y los ejercicios en que todos se ocupaban. Finalmente, exageraba cuán descuidada justicia había en aquella
tan famosa ciudad de Sevilla, pues casi al descubierto vivía en
ella gente tan perniciosa y tan contraria a la misma naturaleza, y propuso en sí de aconsejar a su compañero no durasen mucho en aquella vida tan perdida y tan mala, tan
inquieta, y tan libre y disoluta. Pero, con todo esto, llevado de sus pocos años y de su poca experiencia, pasó con
ella adelante algunos meses, en los cuales le sucedieron cosas
que piden más luenga escritura, y así se deja para otra
ocasión contar su vida y milagros, con los de su maestro Monipodio, y otros sucesos de aquéllos de la infame academia,
que todos serán de grande consideración y que podrán servir
de ejemplo y aviso a los que las [209] leyeren.

---

[208] *garbeaba:* robaba; un «garabero» es «ladrón que hurta con ga-
rabato [favor, protección]» (Hill, pág. 87).
[209] *las:* Así reza el texto, refiriéndose o a las vidas o a las cosas
de la «infame academia».

Novela de La española inglesa

Entre los despojos que los ingleses llevaron de la ciudad de Cádiz[1], Clotaldo, un caballero inglés, capitán de una escuadra de navíos, llevó a Londres una niña de edad de siete años, poco más o menos, y esto contra la voluntad y sabiduría del conde de Leste[2], que con gran diligencia hizo buscar la niña para volvérsela a sus padres, que ante él se quejaron de la falta de su hija, pidiéndole que, pues se contentaba con las haciendas y dejaba libres las personas, no fuesen ellos tan desdichados que, ya que quedaban pobres, quedasen sin su hija, que era la lumbre de sus ojos y la más hermosa criatura que había en toda la ciudad.

Mandó el conde echar bando[3] por toda su armada que, so pena de la vida, volviese la niña cualquiera que la tuviese; mas ningunas penas ni temores fueron bastantes a que Clotaldo la obedeciese, que la tenía escondida en su nave, aficionado, aunque cristianamente, a la incomparable hermosura

---

[1] *Cádiz:* Los ingleses, bajo el mando del Conde de Essex y del almirante Howard, saquearon la ciudad de Cádiz en 1596; su motivo principal era la captura de los galeones españoles. Incendiaron la ciudad y regresaron a Londres sin las riquezas deseadas; cfr. la reacción del padre Mariana, *Historia de España* (B.A.E., vol. 31), pág. 407b: «... quemó la flota que allí estaba a la cola para ir a Méjico, que fue gran daño, y muchos mercaderes por todo el reino padecieron y quebraron». Francisco de Ariño, *Sucesos de Sevilla de 1592 a 1604,* ed. D. Antonio María Fabié (Sevilla, 1873), concluye una descripción más animada: «Fue la mayor lástima y la mayor perdición que jamás los nacidos han visto, ver venir tantos barcos llenos de mujeres y ropa llorando y mesándose, unos de Caliz [sic] y otros de los que iban a las Indias, unos sin mujeres, otras sin maridos, buscando sus hijos: fue tan notoria en todo el mundo la perdición que no se puede contar» (pág. 35).

[2] *Conde de Leste:* es el Conde de Essex y no de Leicester.

[3] *echar bando:* pregonar un edicto solemne.

de Isabel, que así se llamaba la niña. Finalmente, sus padres se quedaron sin ella, tristes y desconsolados, y Clotaldo, alegre sobre modo, llegó a Londres y entregó por riquísimo despojo a su mujer a la hermosa niña.

Quiso la buena suerte que todos los de la casa de Clotaldo eran católicos secretos, aunque en lo público mostraban seguir la opinión de su reina. Tenía Clotaldo un hijo llamado Ricaredo, de edad de doce años, enseñado de sus padres a amar y temer a Dios y a estar muy entero en las verdades de la fe católica. Catalina, la mujer de Clotaldo, noble, cristiana y prudente señora, tomó tanto amor a Isabel, que como si fuera su hija la criaba, regalaba e industriaba[4]; y la niña era de tan buen natural, que con facilidad aprendía todo cuando le enseñaban. Con el tiempo y con los regalos fue olvidando los que sus padres verdaderos le habían hecho; pero no tanto que dejase de acordarse y suspirar por ellos muchas veces; y aunque iba aprendiendo la lengua inglesa, no perdía la española, porque Clotaldo tenía cuidado de traerle a casa secretamente españoles que hablasen con ella. Desta manera, sin olvidar la suya, como está dicho, hablaba la lengua inglesa como si hubiese nacido en Londres.

Después de haberle enseñado todas las cosas de labor que puede y debe saber una doncella bien nacida, la enseñaron a leer y escribir más que medianamente; pero en lo que tuvo extremo[5] fue en tañer todos los instrumentos que a una mujer son lícitos, y esto con toda perfección de música, acompañándola con una voz que le dio el Cielo tan extremada, que encantaba cuando cantaba.

Todas estas gracias, adqueridas y puestas sobre la natural suya, poco a poco fueron encendiendo el pecho de Ricaredo, a quien ella, como a hijo de su señor, quería y servía. Al principio le salteó amor con un modo de agradarse y complacerse de ver la sin igual belleza de Isabel y de considerar sus infinitas virtudes y gracias, amándola como si fuera su hermana, sin que sus deseos saliesen de los términos honrados y virtuosos. Pero como fue creciendo Isabel, que ya cuando Ricaredo ardía tenía doce años, aquella benevolencia primera y aquella complacencia y agrado de mirarla se volvió en ardentísimos deseos de gozarla y de poseerla: no porque aspirase a esto por otros medios que por los de ser su es-

---

[4] *industriaba:* enseñaba.
[5] *tuvo extremo:* hizo muy bien, destacó.

poso, pues de la incomparable honestidad de Isabela —que así la llamaban ellos— no se podía esperar otra cosa, ni aun él quisiera esperarla aunque pudiera, porque la noble condición suya y la estimación en que a Isabela tenía no consentían que ningún mal pensamiento echase raíces en su alma. Mil veces determinó manifestar su voluntad a sus padres, y otras tantas no aprobó su determinación porque él sabía que le tenían dedicado para ser esposo de una muy rica y principal doncella escocesa, asimismo secreta cristiana como ellos; y estaba claro, según él decía, que no habían de querer dar a una esclava —si este nombre se podía dar a Isabela— lo que ya tenían concertado de dar a una señora. Y así, perplejo y pensativo, sin saber qué camino tomar para venir al fin de su buen deseo, pasaba una vida tal, que le puso a punto de perderla. Pero pareciéndole ser gran cobardía dejarse morir sin intentar algún género de remedio a su dolencia, se animó y esforzó a declarar su intento a Isabela.

Andaban todos los de casa tristes y alborotados por la enfermedad de Ricaredo, que de todos era querido, y de sus padres con el extremo posible, así por no tener otro, como porque lo merecía su mucha virtud y su gran valor y entendimiento. No le acertaban los médicos la enfermedad, ni él osaba ni quería descubrírsela. En fin, puesto en romper por las dificultades que él se imaginaba, un día que entró Isabela a servirle, viéndola sola, con desmayada voz y lengua turbada le dijo:

—Hermosa Isabela, tu valor, tu mucha virtud y grande hermosura me tienen como me ves; si no quieres que deje la vida en manos de las mayores penas que pueden imaginarse, responda el tuyo a mi buen deseo, que no es otro que el de recebirte por mi esposa a hurto de[6] mis padres, de los cuales temo que, por no conocer lo que yo conozco que mereces, me han de negar el bien que tanto me importa. Si me das la palabra de ser mía, yo te la doy, desde luego, como verdadero y católico cristiano, de ser tuyo; que puesto que[7] no llegue a gozarte, como no llegaré, hasta que con bendición de la Iglesia y de mis padres sea, aquel imaginar que con seguridad eres mía será bastante a darme salud y a mante-

---

[6] *a hurto de:* a escondidas, «sin saberlo ni entenderlo nadie» *(Aut.).*

[7] *puesto que:* aunque; cfr. Keniston, *Syntax,* 28.44; M. Moliner, II, pág. 881b.

nerme alegre y contento hasta que llegue el feliz punto que deseo.

En tanto que esto dijo Ricaredo, estuvo escuchándole Isabela, los ojos bajos, mostrando en aquel punto que su honestidad se igualaba a su hermosura, y a su mucha discreción su recato. Y así, viendo que Ricaredo callaba, honesta, hermosa y discreta, le respondió desta suerte:

—Después que quiso el rigor o la clemencia del cielo, que no sé a cuál destos extremos lo atribuya, quitarme a mis padres, señor Ricaredo, y darme a los vuestros, agradecida a las infinitas mercedes que me han hecho, determiné que jamás mi voluntad saliese de la suya; y así, sin ella tendría no por buena, sino por mala fortuna la inestimable merced que queréis hacerme. Si con su sabiduría fuere yo tan venturosa que os merezca, desde aquí os ofrezco la voluntad que ellos me dieren; y en tanto que esto se dilatare o no fuere, entretengan vuestros deseos saber que los míos serán eternos y limpios en desearos el bien que el cielo puede daros.

Aquí puso silencio Isabela a sus honestas y discretas razones, y allí comenzó la salud de Ricaredo y comenzaron a revivir las esperanzas de sus padres, que en su enfermedad muertas estaban.

Despidiéronse los dos cortésmente: él, con lágrimas en los ojos; ella, con admiración en el alma de ver tan rendida a su amor la de Ricaredo, el cual, levantado del lecho, al parecer de sus padres por milagro, no quiso tenerles más tiempo ocultos sus pensamientos. Y así, un día se los manifestó a su madre, diciéndole en el fin de su plática, que fue larga, que si no le casaban con Isabela, que el negársela y darle la muerte era todo una misma cosa. Con tales razones, con tales encarecimientos subió al cielo[8] las virtudes de Isabel, Ricaredo, que le pareció a su madre que Isabela era la engañada en llevar a su hijo por esposo. Dio buenas esperanzas a su hijo de disponer a su padre a que con gusto viniese en lo que ya ella también venía; y así fue; que diciendo a su marido las mismas razones que a ella había dicho su hijo, con facilidad le movió a querer lo que tanto su hijo deseaba, fabricando excusas que impidiesen el casamiento que casi tenía concertado con la doncella de Escocia.

A esta sazón tenía Isabela catorce y Ricaredo veinte años, y en esta tan verde y tan florida edad su mucha discreción

___

[8] *subió al cielo:* exaltó, alabó.

y conocida prudencia los hacía ancianos. Cuatro días faltaban para llegarse aquél en el cual sus padres de Ricaredo querían que su hijo inclinase el cuello al yugo santo del matrimonio[9], teniéndose por prudentes y dichosísimos de haber escogido a su prisionera por su hija, teniendo en más la dote de sus virtudes que la mucha riqueza que con la escocesa se les ofrecía. Las galas estaban ya a punto, los parientes y los amigos convidados, y no faltaba otra cosa sino hacer a la reina sabidora de aquel concierto, porque sin su voluntad y consentimiento entre los de ilustre sangre no se efe[c]túa casamiento alguno; pero no dudaron de la licencia, y así, se detuvieron en pedirla. Digo, pues, que, estando todo en este estado, cuando faltaban los cuatro días hasta el de la boda, una tarde turbó todo su regocijo un ministro de la reina, que dio un recaudo[10] a Clotaldo que su Majestad mandaba que otro día[11] por la mañana llevasen a su presencia a su prisionera la española de Cádiz. Respondióle Clotaldo que de muy buena gana haría lo que su Majestad le mandaba. Fuese el ministro, y dejó llenos los pechos de turbación, de sobresalto y miedo.

—¡Ay —decía la señora Catalina—, si sabe la reina que yo he criado a esta niña a la católica, y de aquí viene a inferir que todos los desta casa somos cristianos!; pues si la reina le pregunta qué es lo que ha aprendido en ocho años que ha que es prisionera, ¿qué ha de responder la cuitada que no nos condene, por más discreción que tenga?

Oyendo lo cual, Isabela le dijo:

—No le dé pena alguna, señora mía, ese temor, que yo confío en el cielo que me ha de dar palabras en aquel instante, por su divina misericordia, que no sólo no os condenen, sino que redunden en provecho vuestro.

Temblaba Ricaredo, casi como adivino de algún mal suceso. Clotaldo buscaba modos que pudiesen dar ánimo a su mucho temor, y no los hallaba sino en la mucha confianza que en Dios tenía y en la prudencia de Isabela, a quien encomendó mucho que por todas las vías que pudiese excusase el condenallos por católicos: que puesto que estaban promptos con el espíritu a recebir martirio, todavía la carne enferma rehusaba su amarga carrera. Una y muchas veces les aseguró Isabela estuviesen seguros que por su causa no sucedería lo

---

[9] *yugo santo del matrimonio:* véase *La gitanilla*, n. 63.

[10] *recaudo:* recado; véase *El amante liberal*, n. 53.

[11] *otro día:* al día siguiente; véase *El amante liberal*, n. 19.

que temían y sospechaban, porque aunque ella entonces no sabía lo que había de responder a las preguntas que en tal caso le hiciesen, tenía tan viva y cierta esperanza que había de responder de modo que, como otra vez había dicho, sus respuestas les sirviesen de abono.

Discurrieron aquella noche en muchas cosas, especialmente en que si la reina supiera que eran católicos no les enviara recaudo tan manso, por donde se podía inferir que sólo quería ver a Isabela, cuya sin igual hermosura y habilidades habría llegado a sus oídos, como a todos los de la ciudad; pero ya en no habérsela presentado se hallaban culpados, de la cual hallaron sería bien disculparse con decir que desde el punto que entró en su poder la escogieron y señalaron para esposa de su hijo Ricaredo. Pero también en esto se culpaban, por haber hecho el casamiento sin licencia de la reina, aunque esta culpa no les pareció digna de gran castigo.

Con esto se consolaron, y acordaron que Isabela no fuese vestida humildemente, como prisionera, sino como esposa, pues ya lo era de tan principal esposo como su hijo. Resueltos en esto, otro día vistieron a Isabela a la española, con una saya entera[12] de raso[13] verde acuchillada y forrada en rica tela de oro, tomadas las cuchilladas con unas eses de perlas, y toda ella bordada de riquísimas perlas; collar y cintura de diamantes, y con abanico a modo de las señoras damas españolas; sus mismos cabellos, que eran muchos, rubios y largos, entretejidos y sembrados de diamantes y perlas, le sirvían de tocado. Con este adorno riquísimo y con su gallarda disposición y milagrosa belleza se mostró aquel día a Londres sobre una hermosa carroza, llevando colgados de su vista las almas y los ojos de cuantos la miraban. Iban con ella Clotaldo y su mujer y Ricaredo, en la carroza, y a caballo, muchos ilustres parientes suyos. Toda esta honra quiso hacer Clotaldo a su prisionera, por obligar a la reina la tratase como a esposa de su hijo.

Llegados, pues, a palacio y a una gran sala donde la reina estaba, entró por ella Isabela, dando de sí la más hermosa muestra que pudo caber en una imaginación. Era la sala grande y espaciosa, y a dos pasos se quedó el acompañamiento, y

---

[12] *saya entera:* la saya que llega hasta el suelo; Carmen Bernis, *Indumentaria,* láminas 120, 121, 165 («sayas enteras»), y *La gitanilla,* n. 69.

[13] *raso:* «Género de seda, dicha así porque no levanta ningún pelo» *(Cov.).*

se adelantó Isabela; y como quedó sola, pareció lo mismo que parece la estrella o exalación que por la región del fuego en serena y sosegada noche suele moverse, o bien ansí como rayo del sol que al salir del día por entre dos montañas se descubre. Todo esto pareció, y aun cometa que pronosticó el incendio de más de un alma de los que allí estaban, a quien Amor abrasó con los rayos de los hermosos soles de Isabela, la cual, llena de humildad y cortesía, se fue a poner de hinojos ante la reina y en lengua inglesa le dijo.

—Dé Vuestra Majestad las manos a esta su sierva, que desde hoy más se tendrá por señora, pues ha sido tan venturosa que ha llegado a ver la grandeza vuestra.

Estúvola la reina mirando por un buen espacio, sin hablarle palabra, pareciéndole, como después dijo a su camarera, que tenía delante un cielo estrellado, cuyas estrellas eran las muchas perlas y diamantes que Isabela traía, su bello rostro, y sus ojos el sol y la luna, y toda ella una nueva maravilla de hermosura. Las damas que estaban con la reina quisieran hacerse todas ojos [14], por que [15] no les quedase cosa por mirar en Isabela: cuál alababa [16] la viveza de sus ojos, cuál la color del rostro, cuál la gallardía del cuerpo y cuál la dulzura de la habla, y tal hubo que, de pura envidia, dijo:

—Buena es la española; pero no me contenta el traje.

Después que pasó algún tanto la suspensión de la reina, haciendo levantar a Isabela, le dijo:

—Habladme en español, doncella, que yo le entiendo bien, y gustaré dello [17].

Y volviéndose a Clotaldo, dijo:

—Clotaldo, agravio me habéis hecho en tenerme este tesoro tantos años ha encubierto; mas él es tal que os haya movido a codicia: obligado estáis a restituírmele, porque de derecho es mío.

---

[14] *hacerse … ojos:* «Estar solícito y atento para conseguir o ejecutar alguna cosa que se desea, o para verla y examinarla» *(Aut.);* cfr. Luque Fajardo, *Fiel desengaño,* I, pág. 65: «Bien haya quien a los suyos parece, donde me nacieron alas para volar a Flandes, siendo causa de caer, como el fabuloso Ícaro, haciéndome volar los ojos.»

[15] *por que:* para que; M. Moliner, II, pág. 807a.

[16] *alababa:* El texto, «acababa».

[17] *Habladme en español:* Según una carta del embajador en la corte inglesa (1564), la reina hablaba varias lenguas, pero no el castellano; véase la nota a este pasaje de Schevill y Bonilla en su edición de las *Novelas ejemplares,* II, pág. 356.

—Señora —respondió Clotaldo—, mucha verdad es lo que Vuestra Majestad[18] dice: confieso mi culpa, si lo es haber guardado este tesoro a que estuviese en la perfección que convenía para parecer ante los ojos de Vuestra Majestad, y ahora que lo está, pensaba traerle mejorado pidiendo licencia a Vuestra Majestad para que Isabela fuese esposa de mi hijo Ricaredo y daros, alta Majestad, en los dos, todo cuanto puedo daros.

—Hasta el nombre me contenta —respondió la reina—: no le faltaba más sino llamarse Isabela «la Española», para que no me quedase nada de perfección que desear en ella; pero advertid, Clotaldo, que sé que sin mi licencia la teníades prometida a vuestro hijo.

—Así es verdad, señora —respondió Clotaldo—; pero fue en confianza que los muchos y revelados servicios que yo y mis pasados tenemos hechos a esta corona alcanzarían de Vuestra Majestad otras mercedes más dificultosas que las desta licencia: cuanto más que aún no está desposado mi hijo.

—Ni lo estará —dijo la reina— con Isabela hasta que por sí mismo lo merezca. Quiero decir que no quiero que para esto le aprovechen vuestros servicios ni de sus pasados: él por sí mismo se ha de disponer a servirme y a merecer por sí esta prenda, que yo la estimo como si fuese mi hija.

Apenas oyó esta última palabra Isabela, cuando se volvió a hincar de rodillas ante la reina, diciéndole en lengua castellana:

—Las desgracias que tales descuentos traen, serenísima señora, antes se han de tener por dichas que por desventuras; ya Vuestra Majestad me ha dado nombre de hija: sobre tal prenda, ¿qué males podré temer o qué bienes no podré esperar?

Con tanta gracia y donaire decía cuanto decía Isabela, que la reina se le aficionó en extremo y mandó que se quedase en su servicio, y se la entregó a una gran señora, su camarera mayor, para que la enseñase el modo de vivir suyo.

Ricaredo, que se vio quitar la vida en quitarle a Isabela, estuvo a pique de perder el juicio; y así temblando y con sobresalto, se fue a poner de rodillas ante la reina, a quien dijo:

—Para servir yo a Vuestra Majestad no es menester incitarme con otros premios que con aquellos que mis padres y mis pasados[19] han alcanzado por haber servido a sus reyes, pero pues

---

[18] *Vuestra Majestad:* El texto, «v. Magestad». Desde aquí el cajista empieza a abreviar a «v.m.», pero no es nada consistente porque empieza de nuevo con «v. Magestad» en los folios siguientes.

[19] *pasados:* ascendientes o antepasados.

Vuestra Majestad gusta que yo la sirva con nuevos deseos y pretensiones, querría saber en qué modo y en qué ejercicio podré mostrar que cumplo con la obligación en que Vuestra Majestad me pone.

—Dos navíos —respondió la reina— están para partirse en corso, de los cuales he hecho general al barón [20] de Lansac: del uno dellos os hago a vos capitán, porque la sangre de do venís me asegura que ha de suplir la falta de vuestros años. Y advertid a la merced que os hago, pues os doy ocasión en ella a que, correspondiendo a quien sois, sirviendo a vuestra reina, mostréis el valor de vuestro ingenio y de vuestra persona y alcancéis el mejor premio que a mi parecer vos mismo podéis acertar a desearos. Yo misma os seré guarda de Isabela, aunque ella da muestras que su honestidad será su más verdadera guarda. Id con Dios, que pues vais enamorado, como imagino, grandes cosas me prometo de vuestras hazañas. Felice fuera el rey batallador que tuviera en su ejército diez mil soldados amantes que esperan que el premio de sus vi[c]torias había de ser gozar de sus amadas. Levantaos, Ricaredo, y mirad si tenéis o queréis decir algo a Isabela, porque mañana ha de ser vuestra partida.

Besó las manos Ricaredo a la reina, estimando en mucho la merced que le hacía, y luego se fue a hincar de rodillas ante Isabela, y queriéndola hablar no pudo, porque se le puso un nudo en la garganta que le ató la lengua, y las lágrimas acudieron a los ojos, y él acudió a disimularlas lo más que le fue posible. Pero con todo esto no se pudieron encubrir a los ojos de la reina, pues dijo:

—No os afrentéis, Ricaredo, de llorar, ni os tengáis en menos por haber dado en este trance tan tiernas muestras de vuestro corazón, que una cosa es pelear con los enemigos y otra despedirse de quien bien se quiere. Abrazad, Isabela, a Ricaredo y dadle vuestra bendición, que bien lo merece su sentimiento.

Isabela, que estaba suspensa y atónita de ver la humildad y dolor de Ricaredo, que como a su esposo le amaba, no entendió lo que la reina le mandaba, antes comenzó a derramar lágrimas, tan sin pensar lo que hacía y tan sesga [21] y tan sin

---

[20] *barón:* El texto, «varon»; puede ser «varón» y no «barón», si M. Lansac (véase nota 43) no tenía tal título.

[21] *sesga:* «... grave, serio o torcido en el semblante» *(Aut.); Don Quijote,* V, pág. 136: «... y ella [Quiteria] más dura que un mármol y más

movimiento alguno, que no parecía sino que lloraba una estatua de alabastro. Estos afectos de los dos amantes; tan tiernos y tan enamorados, hicieron verter lágrimas a muchos de los circunstantes, y sin hablar más palabra Ricaredo y sin le haber hablado alguna a Isabela, haciendo Clotaldo y los que con él venían reverencia a la reina, se salieron de la sala, llenos de compasión, de despecho y de lágrimas.

Quedó Isabela como huérfana que acaba de enterrar sus padres, y con temor que la nueva señora quisiese que mudase las costumbres en que la primera la había criado. En fin, se quedó, y de allí a dos días Ricaredo se hizo a la vela, combatido, entre otros muchos, de dos pensamientos que le tenían fuera de sí: era el uno el considerar que le convenía hacer hazañas que le hiciesen merecedor de Isabela, y el otro, que no podía hacer ninguna, si había de responder a su católico intento, que le impedía no desenvainar la espada contra católicos; y si no la desenvainaba, había de ser notado de cristiano o de cobarde, y todo esto redundaba en perjuicio de su vida y en obstáculo de su pretensión. Pero, en fin, determinó de posponer al gusto de enamorado el que tenía de ser católico, y en su corazón pedía al cielo le deparase ocasiones donde, con ser valiente, cumpliese con ser cristiano, dejando a su reina satisfecha y a Isabel merecida.

Seis días navegaron los dos navíos, con próspero viento, siguiendo la derrota [22] de las islas Terceras [23], paraje donde nunca faltan o naves portuguesas de las Indias orientales o algunas derrotadas de las occidentales. Y al cabo de los seis días les dio de costado un recísimo [24] viento que en el mar Océano tiene otro nombre que en el Mediterráneo, donde se llama mediodía, el cual viento fue tan durable y tan recio, que sin dejarles tomar las islas les fue forzoso correr a España; y junto a su costa, a la boca del estrecho de Gibraltar, descubrieron tres navíos, uno poderoso y grande, y los dos pequeños. Arribó la nave de Ricaredo a su capitán, para saber de su general si quería embestir a los tres navíos que se descubrían; y antes que a ella llegase, vio poner sobre la gavia mayor [25] un estandarte negro,

---

sesga que una estatua, mostraba que ni sabía, ni podía, ni quería responder palabra».

[22] *derrota:* véase *El amante liberal,* n. 27.

[23] *Islas Terceras:* las Azores.

[24] *recísimo:* El texto, «rezijssimo».

[25] *gavia mayor:* «... el cesto o castillejo, tejido de mimbres, que está en lo alto del mástil de la nave». *(Cov.).*

y llegándose más cerca, oyó que tocaban en la nave clarines y trompetas roncas, señales claras o que el general era muerto o alguna otra principal persona de la nave. Con este sobresalto llegaron a poderse hablar, que no lo habían hecho después que salieron del puerto. Dieron voces de la nave capitana diciendo que el capitán Ricaredo pasase a ella, porque el general la noche antes había muerto de una apoplejía. Todos se entristecieron, si no fue Ricaredo, que le alegró, no por el daño de su general, sino por ver que quedaba él libre para mandar en los dos navíos, que así fue la orden de la reina que faltando el general, lo fuese Ricaredo, el cual con presteza se pasó a la capitana, donde halló que unos lloraban por el general muerto y otros se alegraban con el vivo. Finalmente, los unos y los otros le dieron luego la obediencia y le aclamaron por su general con breves ceremonias, no dando lugar a otra cosa dos de los tres navíos que habían descubierto, los cuales, desviándose [26] del grande, a las dos naves se venían.

Luego conocieron ser galeras, y turquescas, por las medias lunas que en las banderas traían, de que recibió gran gusto Ricaredo, pareciéndole que aquella presa, si el cielo se la concediese, sería de consideración, sin haber ofendido a ningún católico. Las dos galeras turquescas llegaron a reconocer los navíos ingleses, los cuales no traían insignias de Inglaterra, sino de España, por desmentir a quien llegase a reconocellos, y no los tuviese por navíos de cosarios. Creyeron los turcos ser naves derrotadas de las Indias y que con facilidad las rendirían. Fuéronse entrando poco a poco, y de industria [27] los dejó llegar Ricaredo hasta tenerlos a gusto de su artillería, la cual mandó disparar a tan buen tiempo, que con cinco balas dio en la mitad de una de las galeras, con tanta furia, que la abrió por medio toda. Dio luego a la banda [28], y comenzó a irse a pique sin poderse remediar. La otra galera, viendo tan mal suceso, con mucha priesa le dio cabo [29], y le llevó a poner debajo del costado del gran navío; pero Ricaredo, que tenía los suyos

---

[26] *desviándose:* véase *Las dos doncellas*, n. 8.

[27] *industria:* «... la maña, diligencia y solercia» *(Cov.).*

[28] *Dio ... la banda:* «... cargar la gente, u otro peso a un costado, o lado, para que ladeándole se descubra el otro, y se pueda carenar» *(Aut.).*

[29] *dio cabo:* «Dar cabo al bajel que no puede caminar con los demás y viene zorrero, es echarle una maroma y traerle con ella a jorro» *(Cov.);* véase, además, *El amante liberal,* n. 66.

prestos y ligeros, y que salían y entraban como si tuvieran remos, mandando cargar de nuevo toda la artillería, los fue siguiendo hasta la nave, lloviendo sobre ellos infinidad de balas. Los de la galera abierta, así como llegaron a la nave, la desampararon, y con priesa y celeridad procuraban acogerse a la nave. Lo cual visto por Ricaredo y que la galera sana se ocupaba con la rendida, cargó sobre ella con sus dos navíos, y sin dejarla rodear ni valerse de los remos la puso en estrecho, que los turcos se aprovecharon ansimismo del refugio de acogerse a la nave, no para defenderse en ella, sino por escapar las vidas por entonces. Los cristianos de quien venían armadas las galeras, arrancando las branzas[30] y rompiendo las cadenas, mezclados con los turcos, también se acogieron a la nave, y como iban subiendo por su costado, con la arcabucería de los navíos los iban tirando como a blanco; a los turcos no más, que a los cristianos mandó Ricaredo que nadie los tirase. Desta manera, casi todos los más turcos fueron muertos, y los que en la nave entraron, por los cristianos que con ellos se mezclaron, aprovechándose de sus mismas armas, fueron hechos pedazos: que la fuerza de los valientes, cuando caen, se pasa a la flaqueza de los que se levantan. Y así, con el calor que les daba a los cristianos pensar que los navíos ingleses eran españoles, hicieron por su libertad maravillas. Finalmente, habiendo muerto casi todos los turcos, algunos españoles se pusieron a borde del navío, y a grandes voces llamaron a los que pensaban ser españoles entrasen a gozar el premio del vencimiento.

Preguntóles Ricaredo en español que qué navío era aquel. Respondiéronle que era una nave que venía de la India de Portugal, cargada de especería, y con tantas perlas y diamantes, que valía más de un millón de oro, y que con tormenta había arribado a aquella parte, toda destruida y sin artillería, por haberla echado a la mar la gente, enferma y casi muerta de sed y de hambre, y que aquellas dos galeras, que eran del cosario Arnaute Mamí[31], el día antes la habían rendido, sin haberse

---

[30] *branzas:* «... la argolla a que iba asegurada la cadena de los forzados; es errata por brança [...] garra de una fiera» (Corominas, I, página 509a); una palabra parecida registrada por Covarrubias es «brançada», una «red barredera de pescadores, con que atajan el río o algún pedazo en la mar».

[31] *Arnaute Mamí:* Según Schevill y Bonilla, eds., *Las novelas ejemplares,* II, pág. 357, es «nombre del renegado albanés que mandaba las tres galeras turcas que atacaron en 1575 a la galera *Sol,* donde iba

puesto en defensa, y que, a lo que habían oído decir, por no poder pasar tanta riqueza a sus dos bajeles, la llevaban a jorro[32] para meterla en el río de Larache, que estaba allí cerca.

Ricaredo les respondió que si ellos pensaban que aquellos dos navíos eran españoles, se engañaban, que no eran sino de la señora reina de Inglaterra, cuya nueva dio que pensar y temer a los que la oyeron, pensando, como era razón que pensasen, que de un lazo habían caído en otro. Pero Ricaredo les dijo que no temiesen algún daño, y que estuviesen ciertos de su libertad, con tal que no se pusiesen en defensa.

—Ni es posible ponernos en ella —respondieron—, porque, como se ha dicho, este navío no tiene artillería ni nosotros armas: así que nos es forzoso acudir a la gentileza y liberalidad de vuestro general; pues será justo que quien nos ha librado del insufrible cautiverio de los turcos lleve adelante tan gran merced y beneficio, pues le podrá hacer famoso en todas[33] partes, que serán infinitas, donde llegare la nueva desta memorable vitoria y de su liberalidad, más de nosotros esperada que temida.

No le parecieron mal a Ricaredo las razones del español, y llamando a consejo los de su navío, les preguntó cómo haría para enviar todos los cristianos a España sin ponerse a peligro de algún siniestro suceso, si el ser tantos les daba ánimo para levantarse. Pareceres hubo que los hiciese pasar uno a uno a su navío, y así como fuesen entrando debajo de cubierta, matarle y desta manera matarlos a todos, y llevar la gran nave a Londres, sin temor ni cuidado alguno.

A eso respondió Ricaredo:

—Pues que Dios nos ha hecho tan gran merced en darnos tanta riqueza, no quiero corresponderle con ánimo cruel y desagradecido, ni es bien que lo que puedo remediar con la in-

---

Cervantes»; para Astrana Marín, *Vida heroica y ejemplar*, II, pág. 468, no era Arnaute Mamí, sino Dalí Mamí, «renegado griego [...] el cual tenía una galera de ventidós bancos, con que salía al corso, en unión de otros arraeces, a las órdenes del capitán de la mar y cabeza de los corsarios». Arnaute Mamí tenía mucha fama de ser cruel en cuanto a su tratamiento de los esclavos cristianos; véase Diego de Haedo, *ob. cit.*, quien cuenta algunos casos. Para este pasaje y otros llamados «autobiográficos» de Cervantes, véase Juan B. Avalle-Arce, *Nuevos deslindes cervantinos* («La captura»), Barcelona, 1975, págs. 279-333.

[32] *a jorro*: «Llevar una cosa a jorro es sacarla y tirarla con guindaleta, arrastrando, ora sea del agua, ora sea de la tierra» *(Cov.)*.

[33] *todas*: El texto, «todas las partes».

dustria lo remedie con la espada. Y así, soy de parecer que ningún cristiano católico muera; no porque los quiero bien, sino porque me quiero a mí muy bien, y querría que esta hazaña de hoy ni a mí ni a vosotros, que en ella me habéis sido compañeros, nos diese, mezclado con el nombre de valientes, el renombre de crueles, porque nunca dijo bien la crueldad con la valentía. Lo que se ha de hacer es que toda la artillería de un navío destos se ha de pasar a la gran nave portuguesa, sin dejar en el navío otras armas ni otra cosa más del bastimento, y no lejando[34] la nave de nuestra gente, la llevaremos a Inglaterra, y los españoles se irán a España.

Nadie osó contradecir lo que Ricaredo había propuesto, y algunos le tuvieron por valiente y magnánimo y de buen entendimiento. Otros le juzgaron en sus corazones por más católico que debía. Resuelto, pues, en esto Ricaredo, pasó con cincuenta arcabuceros a la nave portuguesa, todos alerta y con las cuerdas encendidas. Halló en la nave casi trescientas personas, de las que habían escapado de las galeras. Pidió luego el registro de la nave, y respondiéndole aquel mismo que desde el borde le habló la vez primera, que el registro le había tomado el cosario de los bajeles, que con ellos se había ahogado. Al instante puso el torno en orden, y acostando su segundo bajel a la gran nave, con maravillosa presteza y con fuerza de fortísimos cabestrantes[35] pasaron la artillería del pequeño bajel a la mayor nave. Luego, haciendo una breve plática a los cristianos, les mandó pasar al bajel desembarazado, donde hallaron bastimento en abundancia para más de un mes y para más gente; y así como se iban embarcando, dio a cada uno cuatro escudos de oro españoles, que hizo traer de su navío, para remediar en parte su necesidad cuando llegasen a tierra, que estaba tan cerca, que las altas montañas de Abila y Calpe[36] desde allí se parecían[37]. Todos le dieron infinitas gracias por la merced que les hacía, y el último que se iba a embarcar fue aquel que por los demás había hablado, el cual le dijo:

---

[34] *lejando:* alejando, apartando.

[35] *cabestrantes:* «Torno de madera gruesa con que se cogen las áncoras y los cabos para tirar e izar las velas ...» *(Aut.)*.

[36] *Abila y Calpe:* Ciudad y monte de África, «situado frente del Calpe de Europa, hoy Peñón de Gibraltar. El Calpe y el Promontorio de Abila formaban antiguamente las célebres columnas de Hércules ...» *(Enciclopedia Espasa)*.

[37] *se parecían:* se veían.

—Por más ventura tuviera, valeroso caballero, que me llevaras contigo a Inglaterra que no me enviaras a España, porque aunque es mi patria y no habrá sino seis días que della partí, no he de hallar en ella otra cosa que no sea de ocasiones de tristeza y soledades mías. Sabrás, señor, que en la pérdida de Cádiz, que sucedió habrá quince años [38], perdí una hija que los ingleses debieron de llevar a Inglaterra, y con ella perdí el descanso de mi vejez y la luz de mis ojos, que, después que no la vieron, nunca han visto cosa que de su gusto sea. El grave descontento en que me dejó su pérdida y la de la hacienda, que también me faltó, me pusieron de manera que ni más quise ni más pude ejercitar la mercancía, cuyo trato me había puesto en opinión de ser el más rico mercader de toda la ciudad. Y así era la verdad, pues fuera del crédito, que pasaba de muchos centenares de millares de escudos, valía mi hacienda dentro de las puertas de mi casa más de cincuenta mil ducados. Todo lo perdí, y no hubiera perdido nada como no hubiera perdido a mi hija. Tras esta general desgracia, y tan particular mía, acudió la necesidad a fatigarme, hasta tanto que, no pudiéndola resistir, mi mujer y yo, que es aquella triste que está allí sentada, determinamos irnos a las Indias, común refugio de los pobres generosos. Y habiéndonos embarcado en un navío de aviso seis días ha, a la salida de Cádiz dieron con el navío estos dos bajeles de cosarios, y nos cautivaron, donde se renovó nuestra desgracia y se confirmó nuestra desventura. Y fuera mayor si los cosarios no hubieran tomado aquella nave portugruesa, que los entretuvo hasta haber sucedido lo que él había visto.

Preguntóle Ricaredo cómo se llamaba su hija. Respondióle que Isabel. Con esto acabó de confirmarse Ricaredo en lo que ya había sospechado, que era que el que se lo contaba era el padre de su querida Isabela. Y sin darle algunas nuevas della, le dijo que de muy buena gana llevaría a él y a su mujer a Londres, donde podría ser hallasen nuevas de las que desea-

---

[38] *la pérdida de Cadiz ... quince años:* Estas referencias cronológicas de Cervantes parecen indicar que el rapto de Isabel ocurrió en 1587; sin embargo, como dice Amezúa, Francisco Drake «no llegó a desembarcar en la ciudad, limitándose a quemar algunos navíos españoles fondeados en la bahía», II, pág. 127, nota. Así el estrago a que se refiere el padre de Isabel tiene que ser el del año 1596, o a 1598. Para los acontecimientos de 1596, véase F. Rodríguez Marín, *El Loaysa de 'El celoso extremeño'.* Sevilla, 1901, págs.» 123-130.

ban. Hízolos pasar luego a su capitana, poniendo marineros y guardas bastantes en la nao portuguesa.

Aquella noche alzaron velas, y se dieron priesa a apartarse de las costas de España, porque el navío de los cautivos libres —entre los cuales también iban hasta veinte turcos, a quien también Ricaredo dio libertad, por mostrar que más por su buena condición y generoso ánimo se mostraba liberal que por forzarle amor que a los católicos tuviese— rogó a los españoles que en la primera ocasión que se ofreciese diesen entera libertad a los turcos, que ansimismo se le mostraron agradecidos.

El viento, que daba señales de ser próspero y largo, comenzó a calmar un tanto, cuya calma levantó gran tormenta de temor en los ingleses, que culpaban a Ricaredo y a su liberalidad, diciéndole que los libres podían dar aviso en España de aquel suceso, y que si acaso había galeones de armada en el puerto podían salir en su busca y ponerlos en aprieto, y en término de perderse. Bien conocía Ricaredo que tenían razón; pero venciéndolos a todos con buenas razones, los sosegó; pero más los quietó el viento, que volvió a refrescar de modo que, dándole en todas las velas, sin tener necesidad de amainallas ni aun de templallas, dentro de nueve días se hallaron a la vista de Londres, y cuando en él, vitoriosos, volvieron, habría treinta que dél faltaban.

No quiso Ricaredo entrar en el puerto con muestras de alegría, por la muerte de su general, y así mezcló las señales alegres con las tristes; unas veces sonaban clarines regocijados; otras, trompetas roncas; unas tocaban los atambores alegres y sobresaltadas armas, a quien con señas tristes y lamentables respondían los pífaros; de una gavia colgaba, puesta al revés, una bandera de medias lunas sembrada; en otra se veía un luengo estandarte de tafetán negro, cuyas puntas besaban el agua. Finalmente, con estos tan contrarios extremos entró en el río de Londres con su navío, porque la nave no tuvo en él que la sufriese, y así, se quedó en la mar a lo largo.

Estas tan contrarias muestras y señales tenían suspenso el infinito pueblo que desde la ribera les miraba. Bien conocieron por algunas insignias que aquel navío menor era la capitana del barón de Lansac[39], mas no podían alcanzar cómo el otro navío se hubiese cambiado con aquella poderosa nave que en la

---

[39] *Lansac:* El texto, «Lansae». Había en la corte de Isabela un «Monsieur Lansac», que se encargaba de varias cosas del gobierno; véase el *Calendar of State Papers, foreign series of the Reign of Eli-*

mar se quedaba; pero sacólos desta duda haber saltado en el esquife, armado de todas armas, ricas y resplandecientes, el valeroso Ricaredo, que a pie, sin esperar otro acompañamiento que aquel de un inumerable vulgo que le seguía, se fue a palacio, donde ya la reina, puesta a unos corredores, estaba esperando le trujesen la nueva de los navíos.

Estaba con la reina y con las otras damas Isabela, vestida a la inglesa, y parecía tan bien como a la castellana. Antes que Ricaredo llegase, llegó otro que dio las nuevas a la reina de cómo Ricaredo venía. Alborozóse Isabela oyendo el nombre de Ricaredo, y en aquel instante temió y esperó malos y buenos sucesos de su venida.

Era Ricaredo alto de cuerpo, gentil hombre y bien proporcionado. Y como venía armado de peto, espaldar, gola y brazaletes y escarcelas, con unas armas milanesas de once vistas, grabadas y doradas, parecía en extremo bien a cuantos le miraban; no le cubría la cabeza morrión alguno, sino un sombrero de gran falda, de color leonado, con mucha diversidad de plumas terciadas a la valona [40]; la espada, ancha; los tiros [41], ricos; las calzas, a la esguízara [42]. Con este adorno, y con el paso brioso que llevaba, algunos hubo que le compararon a Marte, dios de las batallas, y otros, llevados de la hermosura de su rostro, dicen que le compararon a Venus, que para hacer alguna burla a Marte de aquel modo se había disfrazado. En fin, él llegó ante la reina. Puesto de rodillas le dijo:

—Alta Majestad, en fuerza de vuestra ventura y en consecución de mi deseo, después de haber muerto de una apoplejía el general de Lansac, quedando yo en su lugar, merced a la liberalidad vuestra, me deparó la suerte dos galeras turquescas que llevaban remolcando aquella gran nave que allí se parece. Acometíla, pelearon vuestros soldados como siempre, echáronse a fondo los bajeles de los cosarios; en el uno de los nuestros, en vuestro real nombre, di libertad a los cristianos que del poder de los turcos escaparon; sólo truje conmigo a un

_____

zabeth, 1566-8, Londres, 1871), docs. 23, 470, 1864, 1888, 1922, 1956, 1959, 1968, 2248.

[40] *terciadas a la valona:* Valona era un cuello grande y vuelto; terciada en este contexto puede referirse a la manera de la caída de las faldas del sombrero.

[41] *tiros:* «Los pendientes de que cuelga la espada por estar tirantes» *(Cov.).*

[42] *a la esquízara:* al estilo suizo.

hombre y a una mujer, españoles, que por su gusto quisieron venir a ver la grandeza vuestra. Aquella nave es de las que vienen de la India de Portugal, la cual por tormenta vino a dar en poder de los turcos, que con poco trabajo, por mejor decir sin ninguno, la rindieron, y según dijeron algunos portugueses de los que en ella venían, pasa de un millón de oro el valor de la especería y otras mercancías de perlas y diamantes que en ella vienen. A ninguna cosa se ha tocado, ni los turcos habían llegado a ella, porque todo lo dedicó el cielo, y yo lo mandé guardar, para Vuestra Majestad, que con una joya sola que se me dé quedaré en deuda de otras diez naves; la cual joya ya Vuestra Majestad me la tiene prometida, que es a mi buena Isabela. Con ella quedaré rico y premiado, no sólo deste servicio, cual él se sea, que a Vuestra Majestad he hecho, sino de otros muchos que pienso hacer por pagar alguna parte del todo casi infinito que en esta joya Vuestra Majestad me ofrece.

—Levantaos, Ricaredo —respondió la reina—, y creedme que si por precio os hubiera de dar a Isabela, según yo la estimo, no la pudiérades pagar ni con lo que trae esa nave ni con lo que queda en las Indias. Dóyosla porque os la prometí y porque ella es digna de vos y vos lo sois della; vuestro valor solo la merece. Si vos habéis guardado las joyas de la nave para mí, yo os he guardado la joya vuestra para vos. Y aunque os parezca que no hago mucho en volveros lo que es vuestro, yo sé que os hago mucha merced en ello: que las prendas que se compran a deseos y tienen su estimación en el alma del comprador, aquello valen que vale una alma, que no hay precio en la tierra con que aprecialla. Isabela es vuestra, véisla allí; cuando quisiéredes podéis tomar su entera posesión, y creo será con su gusto, porque es discreta, y sabrá ponderar la amistad que le hacéis, que no la quiero llamar merced, sino amistad, porque me quiero alzar con el nombre de que yo sola puedo hacerle mercedes. Idos a descansar y venidme a ver mañana, que quiero más particularmente oír de vuestras hazañas; y traedme esos dos que decís que de su voluntad han querido venir a verme, que se lo quiero agradecer.

Besóle las manos Ricaredo por las muchas mercedes que le hacía. Entróse la reina en una sala, y las damas rodearon a Ricaredo, y una dellas, que había tomado grande amistad con Isabela, llamada la señora Tansi, tenida por la más discreta, desenvuelta y graciosa de todas, dijo a Ricaredo:

—¿Qué es esto, señor Ricaredo, qué armas son éstas? ¿Pensábades por ventura que veníades a pelear con vuestros enemigos? Pues en verdad que aquí todas somos vuestras amigas, si no es la señora Isabela, que como española está obligada a no teneros buena voluntad.

—Acuérdese ella, señora Tansi, de tenerme alguna, que como yo esté en su memoria —dijo Ricaredo—, yo sé que la voluntad será buena, pues no puede caber en su mucho valor y entendimiento y rara hermosura la fealdad de ser desagradecida.

A lo cual respondió Isabela:

—Señor Ricaredo, pues he de ser vuestra, a vos está tomar de mí toda la satisfac[c]ión que quisiéredes para recompensaros de las alabanzas que me habéis dado y de las mercedes que pensáis hacerme.

Estas y otras honestas razones pasó Ricaredo con Isabela y con las damas, entre las cuales había una doncella de pequeña edad, la cual no hizo sino mirar a Ricaredo mientras allí estuvo. Alzábale las escarcelas, por ver qué traía debajo dellas, tentábale la espada, y con simplicidad de niña quería que las armas le sirviesen de espejo, llegándose a mirar de muy cerca en ellas; y cuando se hubo ido, volviéndose a las damas, dijo:

—Ahora, señoras, yo imagino que debe de ser cosa hermosísima la guerra, pues aun entre mujeres parecen bien los hombres armados.

—¿Y cómo si parecen? —respondió la señora Tansi—; si no, mirad, a Ricaredo, que no parece sino que el sol se ha bajado a la tierra y en aquel hábito va caminando por la calle.

Rieron todas del dicho de la doncella y de la disparatada semejanza de Tansi, y no faltaron murmuradores que tuvieron por impertinencia el haber venido armado Ricaredo a palacio, puesto que halló disculpa en otros, que dijeron que, como soldado, lo pudo hacer para demostrar su gallarda bizarría.

Fue Ricaredo de sus padres, amigos, parientes y conocidos con muestras de entrañable amor recebido. Aquella noche se hicieron generales alegrías en Londres por su buen suceso. Ya los padres de Isabela estaban en casa de Clotaldo, a quien Ricaredo había dicho quién eran, pero que no les diesen nueva ninguna de Isabela hasta que él mismo se la diese. Este aviso tuvo la señora Catalina, su madre, y todos los criados y criadas de su casa. Aquella misma noche, con muchos bajeles, lanchas y barcos, y con no menos ojos que lo miraban, se comenzó a descargar la gran nave, que en ocho días no acabó de dar la mucha pimienta y otras riquísimas mercaderías que en su vientre encerradas tenía.

El día que siguió a esta noche fue Ricaredo a palacio, llevando consigo al padre y madre de Isabela, vestidos de nuevo a la inglesa, diciéndoles que la reina quería verlos. Llegaron todos donde la reina estaba en medio de sus damas, esperando a Ricaredo, a quien quiso lisonjear y favorecer con tener junto a sí a Isabela, vestida con aquel mismo vestido que llevó la vez primera, mostrándose no menos hermosa ahora que entonces. Los padres de Isabela quedaron admirados y suspensos de ver tanta grandeza y bizarría junta. Pusieron los ojos en Isabela, y no la conocieron, aunque el corazón, presagio del bien que tan cerca tenían, les comenzó a saltar en el pecho, no con sobresalto que les entristeciese, sino con un no sé qué de gusto, que ellos no acertaban a entendelle. No consintió la reina que Ricaredo estuviese de rodillas ante ella; antes le hizo levantar y sentar en una silla rasa [43], que para sólo esto allí puesta tenían, inusitada merced para la altiva condición de la reina, y alguno dijo a otro:

—Ricaredo no se sienta hoy sobre la silla que le han dado, sino sobre la pimienta que él trujo.

Otro acudió y dijo:

—Ahora se verifica lo que comúnmente se dice, que dádivas quebrantan peñas [44], pues las que ha traído Ricaredo han ablandado el duro corazón de nuestra reina.

Otro acudió, y dijo:

—Ahora que está tan bien ensillado, más de dos se atreverán a correrle [45].

En efe[c]to, de aquella nueva honra que la reina hizo a Ricaredo tomó ocasión la envidia para nacer en muchos pechos de aquellos que mirándole estaban; porque no hay merced que el príncipe haga a su privado que no sea una lanza que atraviesa [46] el corazón del envidioso. Quiso la reina saber de Ricaredo menudamente cómo había pasado la batalla con los bajeles de los cosarios. Él la contó de nuevo, atribuyendo la vi[c]toria a Dios y a los brazos valerosos de sus soldados, encareciéndolos a todos juntos y particularizando algunos hechos de algunos

---

[43] *silla rasa:* Es silla sin respaldo y brazos; un banco o taburete raso es «el que no tiene respaldar» *(Aut.).*

[44] *dádivas quebrantan peñas:* Correas, pág. 309b: «Dádivas quebrantan peñas y hacen venir a las greñas.»

[45] *correrle:* acosarle, perseguirle; «Correrse vale afrentarse» *(Cov.).*

[46] *atraviesa:* El texto, «atraviessa»; «atravesar el corazón, lastimar y mover a compasión» *(Cov.).*

que más que los otros se habían señalado, con que obligó a la reina a hacer a todos merced, y en particular a los particulares; y cuando llegó a decir la libertad que en nombre de su Majestad había dado a los turcos y cristianos, dijo:

—Aquella mujer y aquel hombre que allí están —señalando a los padres de Isabela— son los que dije ayer a Vuestra Majestad que, con deseo de ver vuestra grandeza, encarecidamente me pidieran los trujese conmigo. Ellos son de Cádiz, y, de lo que ellos me han contado, y de lo que en ellos he visto y notado, sé que son gente principal y de valor.

Mandóles la reina que se llegasen cerca. Alzó los ojos Isabela a mirar los que decían ser españoles, y más de Cádiz, con deseo de saber si por ventura conocían a sus padres. Ansí como[47] Isabela alzó los ojos, los puso en ella su madre y detuvo el paso para mirarla más atentamente, y en la memoria de Isabela se comenzaron a despertar unas confusas noticias que le querían dar a entender que en otro tiempo ella había visto aquella mujer que delante tenía. Su padre estaba en la misma confusión, sin osar determinarse a dar crédito a la verdad que sus ojos le mostraban. Ricaredo estaba atentísimo a ver los afectos y los movimientos que hacían las tres dudosas y perplejas almas, que tan confusas estaban entre el sí y el no de conocerse. Conoció la reina la suspensión de entrambos, y aun el desasosiego de Isabela, porque la vio trasudar y levantar la mano muchas veces a componerse el cabello.

En esto deseaba Isabela que hablase la que pensaba ser su madre: quizá los oídos la sacarían de la duda en que sus ojos la habían puesto. La reina dijo a Isabela que en lengua española dijese a aquella mujer y a aquel hombre le dijesen qué causa les había movido a no querer gozar de la libertad que Ricaredo les había dado, siendo la libertad la cosa más amada, no sólo de la gente de razón, más aún de los animales que carecen della.

Todo esto preguntó Isabela a su madre, la cual, sin responderle palabra, desatentadamente[48] y medio tropezando, se llegó a Isabela, y sin mirar a respecto, temores ni miramientos cortesanos, alzó la mano a la oreja derecha de Isabela, y

---

[47] *ansí como:* en cuanto, tan pronto como; Keniston, *Syntax,* 28.56; véase *La ilustre fregona,* n. 30.

[48] *desatentadamente:* «Sin tiento, vale lo contrario, proceder sin consideración ni discurso, y al que esto hace llamamos desatentado» *(Cov.; s.v.,* «tiento»).

descubrió un lunar negro que allí tenía, la cual señal acabó de certificar su sospecha. Y viendo claramente ser Isabela su hija, abrazándose con ella dio una gran voz, diciendo:

—¡Oh, hija de mi corazón! ¡Oh, prenda cara del alma mía! —y sin poder pasar adelante se cayó desmayada en los brazos de Isabela.

Su padre, no menos tierno que prudente, dio muestras de su sentimiento no con otras palabras que con derramar lágrimas, que sesgamente su venerable rostro y barbas le bañaron. Juntó Isabela su rostro con el de su madre, y volviendo los ojos a su padre, de tal manera le miró, que le dio a entender el gusto y el descontento que de verlos allí su alma tenía. La reina, admirada de tal suceso, dijo a Ricaredo:

—Yo pienso, Ricaredo, que en vuestra discreción se han ordenado estas vistas, y no se os diga que han sido acertadas, pues sabemos que así suele matar una súbita alegría como mata una tristeza. —Diciendo esto, se volvió a Isabela y la apartó de su madre, la cual, habiéndole echado agua en el rostro, volvió en sí, y estando un poco más en su acuerdo, puesta de rodillas delante de la reina, le dijo:

—Perdone Vuestra Majestad mi atrevimiento, que no es mucho perder los sentidos con la alegría del hallazgo desta amada prenda.

Respondióle la reina que tenía razón, sirviéndole de intérprete[49], para que lo entendiese, Isabela, la cual, de la manera que se ha contado, conoció a sus padres, y sus padres a ella, a los cuales mandó la reina quedar en palacio, para que despacio[50] pudiesen ver a hablar a su hija y regocijarse con ella, de lo cual Ricaredo se holgó mucho, y de nuevo pidió a la reina le cumpliese la palabra que le había dado de dársela, si es que acaso la merecía; y de no merecerla, le suplicaba desde luego le mandase ocupar en cosas que le hiciesen digno de alcanzar lo que deseaba. Bien entendió la reina que estaba Ricaredo satisfecho de sí mismo y de su mucho valor, que no había necesidad de nuevas pruebas para calificarle; y así, le dijo que de allí a cuatro días le entregaría a Isabela, haciendo a los dos la honra que a ella fuese posible.

Con esto se despidió Ricaredo, contentísimo con la esperanza propincua que llevaba de tener en su poder a Isabela sin sobresalto de perderla, que es el último deseo de los amantes.

---

[49] *intérprete:* El texto, «inteprete».
[50] *despacio:* El texto, «de espacio».

Corrió el tiempo, y no con la ligereza que él quisiera: que los que viven con esperanzas de promesas venideras siempre imaginan que no vuela el tiempo, sino que anda sobre los pies de la pereza misma. Pero en fin llegó el día, no donde pensó Ricaredo poner fin a sus deseos, sino de hallar en Isabela gracias nuevas que le moviesen a quererla más, si más pudiese. Mas en aquel breve tiempo, donde él pensaba que la nave de su buena fortuna corría con próspero viento hacia el deseado puerto, la contraria suerte levantó en su mar tal tormenta, que mil veces temió anegarle.

Es, pues, el caso que la camarera mayor de la reina, a cuyo cargo estaba Isabela, tenía un hijo de edad de veintidós años, llamado el conde Arnesto. Haciánle la grandeza de su estado, la alteza de su sangre, el mucho favor que su madre con la reina tenía; haciánle, digo, estas cosas más de lo justo arrogante, altivo y confiado. Este Arnesto, pues, se enamoró de Isabela tan encendidamente, que en la luz de los ojos de Isabela tenía abrasada el alma; y aunque, en el tiempo que Ricaredo había estado ausente, con algunas señales le había descubierto su deseo, nunca de Isabela fue admitido. Y puesto que la repugnancia y los desdenes en los principios de los amores suelen hacer desistir de la empresa a los enamorados, en Arnesto obraron lo contrario los muchos y conocidos desdenes que le dio Isabela, porque con sus celos [51] ardía y con su honestidad se abrasaba. Y como vio que Ricaredo, según el parecer de la reina, tenía merecida a Isabela, y que en tan poco tiempo se le había de entregar por mujer, quiso desesperarse [52]; pero antes que llegase a tan infame y tan cobarde remedio habló a su madre, diciéndole pidiese a la reina le diese a Isabela por esposa; donde no, que pensase que la muerte estaba llamando a las puertas de su vida. Quedó la camarera admirada de las razones de su hijo, y como conocía la aspereza de su arrojada condición y la tenacidad con que se le pegaban los deseos en el alma, temió que sus amores habían de parar en algún infelice suceso. Con todo eso, como madre, a quien es natural desear y procurar el bien de sus hijos, prometió al suyo de hablar a la reina, no con esperanza de alcanzar della el imposible de romper su palabra, sino por no dejar de intentar cómo en salir desahuciada de los últimos remedios.

---

[51] *celos:* El texto, «su zelo».

[52] *desesperarse:* suicidarse; «Desesperarse es matarse de cualquiera manera por despecho; pecado contra el Espíritu Santo» *(Cov.).*

Y estando aquella mañana Isabela vestida por orden de la reina tan ricamente que no se atreve la pluma a contarlo, y habiéndole echado la misma reina al cuello una sarta de perlas de las mejores que traía la nave, que las apreciaron en veinte mil ducados, y puéstole un anillo de un diamante, que se apreció en seis mil ducados, y estando alborozadas las damas por la fiesta que esperaban del cercano desposorio, entró la camarera mayor a la reina, y de rodillas le suplicó suspendiese el desposorio de Isabela por otros dos días, que con esta merced sola que su Majestad le hiciese se tendría por satisfecha y pagada de todas las mercedes que por sus servicios merecía y esperaba.

Quiso saber la reina primero por qué le pedía con tanto ahínco aquella suspensión, que tan derechamente iba contra la palabra que tenía dada a Ricaredo; pero no se la quiso dar la camarera hasta que le hubo otorgado que haría lo que le pedía, tanto deseo tenía la reina de saber la causa de aquella demanda. Y así, después que la camarera alcanzó lo que por entonces deseaba, contó a la reina los amores de su hijo, y cómo temía que si no le daban por mujer a Isabela, o se había de desesperar, o hacer algún hecho escandaloso; y que si había pedido aquellos dos días era por dar lugar a que su Majestad pensase qué medio sería a propósito y conveniente para dar a su hijo remedio.

La reina respondió que si su real palabra no estuviera de por medio, que ella hallara salida a tan cerrado laberinto, pero que no la quebrantaría ni defraudaría las esperanzas de Ricaredo por todo el interés del mundo. Esta respuesta dio la camarera a su hijo, el cual, sin detenerse un punto, ardiendo en amor y en celos, se armó de todas armas y sobre un fuerte y hermoso caballo se presentó ante la casa de Clotaldo, y a grandes voces pidió que se asomase Ricaredo a la ventana, el cual a aquella sazón estaba vestido de galas de desposado y a punto para ir a palacio con el acompañamiento que tal acto requería; mas habiendo oído las voces y siéndole dicho quién las daba y del modo que venía, con algún sobresalto se asomó a una ventana, y como le vio Arnesto, dijo:

—Ricaredo, estáme atento a lo que decirte quiero: la reina mi señora te mandó fueses a servirla y a hacer hazañas que te hiciesen merecedor de la sin par Isabela. Tú fuiste, y volviste cargadas las naves de oro, con el cual piensas haber comprado y merecido a Isabela. Y aunque la reina mi señora te la ha prometido, ha sido creyendo que no hay ninguno en su corte que mejor que tú la sirva ni quien con mejor título merezca a Isabela, y en esto bien podrá ser se haya engañado; y así, llegándome a esta opinión que yo tengo por verdad averiguada, digo que ni tú has hecho cosas tales que te hagan merecer a Isabela ni ninguna podrás hacer que a tanto bien te levante; y en razón de que no la mereces, si quieres contradecirme, te desafío a todo trance de muerte.

Calló el conde, y desta manera le respondió Ricaredo:

—En ninguna manera me toca salir a vuestro desafío, señor conde, porque yo confieso, no sólo que no merezco a Isabela, sino que no la merecen ninguno de los que hoy viven en el mundo. Así que, confesando yo lo que vos decís, otra vez digo que no me toca vuestro desafío; pero yo le acepto por el atrevimiento que habéis tenido en desafiarme.

Con esto se quitó de la ventana, y pidió apriesa sus armas. Alborotáronse sus parientes y todos aquellos que para ir a palacio habían venido a acompañarle. De la mucha gente que había visto al conde Arnesto armado y le había oído las voces del desafío, no faltó quien lo fue a contar a la reina, la cual mandó al capitán de su guarda que fuese a prender al conde. El capitán se dio tanta priesa, que llegó a tiempo que ya Ricaredo salía de su casa, armado con las armas con que se había desembarcado, puesto sobre un hermoso caballo.

Cuando el conde vio al capitán, luego[53] imaginó a lo que venía, y determinó de no dejar prenderse, y alzando la voz contra Ricaredo, dijo:

—Ya ves, Ricaredo, el impedimento que nos viene. Si tuvieras ganas de castigarme, tú me buscarás; y por la que yo tengo de castigarte, también te buscaré; y pues dos que se buscan fácilmente se hallan, dejemos para entonces la ejecución de nuestros deseos.

—Soy contento —respondió Ricaredo.

En esto llegó el capitán con toda su guarda, y dijo al conde que fuese preso en nombre de su Majestad. Respondió el conde que se[54] daba; pero no para que le llevasen a otra parte que a la presencia de la reina. Contentóse con esto el capitán, y cogiéndole en medio de la guarda le llevó a palacio ante la reina, la cual ya de su camarera estaba informada del amor grande que su hijo tenía a Isabela, y con lágrimas había supli-

---

[53] *luego:* de pronto, en seguida; Keniston, *Syntax,* 39.6; véase *El amante liberal,* n. 25.

[54] *se:* El texto, «si».

cado a la reina perdonase al conde, que como mozo y enamorado, a mayores yerros estaba sujeto.

Llegó Arnesto ante la reina, la cual, sin entrar con él en razones, le mandó quitar la espada y llevasen preso a una torre.

Todas estas cosas atormentaban el corazón de Isabela y de sus padres, que tan presto veían turbado el mar de su sosiego. Aconsejó la camarera a la reina que para sosegar el mal que podía suceder entre su parentela y la de Ricaredo que se quitase la causa de por medio, que era Isabela, enviándola a España, y así cesarían los efe[c]tos que debían de temerse, añadiéndo a estas razones decir que Isabela era católica, y tan cristiana que ninguna de sus persuasiones, que habían sido muchas, la había podido torcer en nada de su católico intento. A lo cual respondió la reina que por eso la estimaba en más, pues tan bien sabía guardar la ley que sus padres la habían enseñado, y que en lo de enviarla a España no tratase, porque su hermosa presencia y sus muchas gracias y virtudes le daban mucho gusto, y que, sin duda, si no aquel día, otro se la había de dar por esposa a Ricaredo, como se lo tenía prometido.

Con esta resolución de la reina quedó la camarera tan desconsolada, que no la replicó palabra, y pareciéndole lo que ya le había parecido, que si no era quitando a Isabela de por medio no había de haber medio alguno que la rigurosa condición de su hijo ablandase ni redujese a tener paz con Ricaredo, determinó de hacer una de las mayores crueldades que pudo caber jamás en pensamiento de mujer principal, y tanto como ella lo era. Y fue su determinación matar con tósigo[55] a Isabela; y como por la mayor parte sea la condición de las mujeres ser prestas y determinadas, aquella misma tarde atosigó a Isabela en una conserva que le dio, forzándola que la tomase por ser buena contra las ansias de corazón que sentía.

Poco espacio pasó después de haberla tomado, cuando a Isabela se le comenzó a hinchar la lengua y la garganta, y a ponérsele denegridos los labios, y a enronquecérsele la voz, turbársele los ojos y apretársele el pecho: todas conocidas señales de haberle dado veneno. Acudieron las damas a la reina contándole lo que pasaba y certificándole que la camarera había hecho aquel mal recaudo. No fue menester mucho para que la reina lo creyese, y así, fue a ver a Isabela, que ya casi estaba expirando.

Mandó llamar la reina con priesa a sus médicos, y en tanto

---

55 *tósigo:* veneno.

que tardaban la hizo dar cantidad de polvos de unicornio[56], con otros muchos antídotos que los grandes príncipes suelen tener prevenidos para semejantes necesidades. Vinieron los médicos, y esforzaron los remedios y pidieron a la reina hiciese decir a la camarera qué género de veneno le había dado, porque no se dudaba que otra persona alguna sino ella la hubiese envenenado. Ella lo descubrió, y con esta noticia los médicos aplicaron tantos remedios y tan eficaces, que con ellos y con la ayuda de Dios quedó Isabela con vida, o a lo menos con esperanza de tenerla.

Mandó la reina prender a su camarera y encerrarla en un aposento estrecho de palacio, con intención de castigarla como su delito merecía, puesto que ella se disculpaba diciendo que en matar a Isabela hacía sacrificio al cielo, quitando de la tierra a una católica, y con ella la ocasión de las pendencias de su hijo.

Estas tristes nuevas oídas de Ricaredo, le pusieron en términos de perder el juicio: tales eran las cosas que hacía y las lastimeras razones con que se quejaba. Finalmente, Isabela no perdió la vida, que el quedar con ella la naturaleza lo co[n]mutó en dejarla sin cejas, pestañas y sin cabello, el rostro hinchado, la tez perdida, los cueros levantados y los ojos lagrimosos. Finalmente quedó tan fea, que como hasta allí había parecido un milagro de hermosura, entonces parecía un monstruo de fealdad. Por mayor desgracia tenían los que la conocían haber quedado de aquella manera que si la hubiera muerto el veneno. Con todo esto, Ricaredo se la pidió a la reina, y le suplicó se la dejase llevar a su casa, porque el amor que la tenía pasaba del cuerpo al alma, y que si Isabela había perdido su belleza, no podía haber perdido sus infinitas virtudes.

—Así es —dijo la reina; lleváosla, Ricaredo, y haced cuenta que lleváis una riquísima joya encerrada en una caja de madera tosca; Dios sabe si quisiera dárosla como me la entregastes; pero pues es no posible, perdonadme: quizá el castigo que diere a la cometedora de tal delito satisfará en algo el deseo de la venganza.

---

[56] *unicornio:* Dr. Juan Sorapán de Rieros, *Medicina española contenida en proverbios vulgares de nuestra lengua,* Granada, 1616, ed. Antonio Castillo de Lucas, Madrid, 1949, págs. 277-78: «Tenga siempre quien pudiere un pedazo de verdadero unicornio, pendiente de una cadenica de oro en la bebida: porque esto no sólo quita la sospecha del veneno, mas también da ... virtud cordial.»

Muchas cosas dijo Ricaredo a la reina desculpando a la camarera y suplicándola la perdonase, pues las desculpas que daba eran bastantes para perdonar mayores insultos. Finalmente, le entregaron a Isabela y a sus padres, y Ricaredo los llevó a su casa, digo, a la de sus padres. A las ricas perlas y al diamante añadió otras joyas la reina y otros vestidos, tales, que descubrieron el mucho amor que a Isabela tenía, la cual duró dos meses en su fealdad, sin dar indicio alguno de poder reducirse a su primera hermosura; pero al cabo deste tiempo comenzó a caérsele el cuero y a descubrírsele su hermosa tez.

En este tiempo los padres de Ricaredo, pareciéndoles no ser posible que Isabela en sí volviese, determinaron enviar por la doncella de Escocia con quien primero que con Isabela tenía concertado de casar a Ricaredo, y esto sin que él lo supiese, no dudando que la hermosura presente de la nueva esposa hiciese olvidar a su hijo la ya pasada de Isabela, a la cual pensaban enviar a España con sus padres, dándoles tanto haber y riquezas que recompensasen sus pasadas pérdidas. No pasó mes y medio cuando, sin sabiduría de Ricaredo, la nueva esposa se le entró por las puertas, acompañada como quien ella era, y tan hermosa que después de la Isabela que solía ser no había otra tan bella en toda Londres. Sobresaltóse Ricaredo con la improvisa vista de la doncella, y temió que el sobresalto de su venida había de acabar la vida a Isabela; y así, para templar este temor se fue al lecho donde Isabela estaba, y hallóla en compañía de sus padres, delante de los cuales dijo:

—Isabela de mi alma: mis padres, con el grande amor que me tienen, aún no bien enterados del mucho que yo te tengo, han traído a casa una doncella escocesa con quien ellos tenían concertado de casarme antes que yo conociese lo que vales. Y esto, a lo que creo, con intención que la mucha belleza desta doncella borre de mi alma la tuya, que en ella estampada tengo. Yo, Isabela, desde el punto que te quise fue con otro amor de aquel que tiene su fin y paradero en el cumplimiento del sensual apetito: que puesto que tu corporal hermosura me cautivó los sentidos, tus infinitas virtudes me aprisionaron el alma, de manera que si hermosa te quise, fea te adoro; y para confirmar esta verdad, dame esa mano.

Y dándole ella la derecha y asiéndola él con la suya, prosiguió diciendo:

—Por la fe católica que mis cristianos padres me enseñaron, la cual si no está en la entereza que se requiere, por aquella juro que guarda el Pontífice romano, que es la que yo en mi corazón confieso, creo y tengo, y por el verdadero Dios que nos está oyendo, te prometo, ¡oh Isabela, mitad de mi alma!, de ser tu esposo, y lo soy desde luego si tú quieres levantarme a la alteza de ser tuyo.

Quedó suspensa Isabela con las razones de Ricaredo, y sus padres atónitos y pasmados. Ella no supo qué decir ni hacer otra cosa que besar muchas veces la mano de Ricaredo y decirle, con voz mezclada con lágrimas, que ella le aceptaba por suyo y se entregaba por su esclava. Besóla Ricaredo en el rostro feo, no habiendo tenido jamás atrevimiento de llegarse a él cuando hermoso.

Los padres de Isabela solenizaron con tiernas y muchas lágrimas las fiestas del desposorio. Ricaredo les dijo que él dilataría el casamiento de la escocesa, que ya estaba en casa del modo que después verían, y cuando su padre los quisiese enviar a España a todos tres, no lo rehusasen, sino que se fuesen y le aguardasen en Cádiz o en Sevilla dos años, dentro de los cuales les daba su palabra de ser con ellos, si el cielo tanto tiempo le concedía de vida, y que si deste término pasase, tuviesen por cosa certísima que algún grande impedimento, o la muerte, que era lo más cierto, se había opuesto a su camino.

Isabela le respondió que no solos dos años le aguardaría, sino todos aquellos de su vida hasta estar enterada que él no la tenía, porque en el punto que esto supiese, sería el mismo de su muerte. Con estas tiernas palabras se renovaron las lágrimas en todos, y Ricaredo salió a decir a sus padres como en ninguna manera no se casaría ni daría la mano a su esposa la escocesa sin haber primero ido a Roma a asegurar su conciencia. Tales razones supo decir a ellos y a los parientes que habían venido con Clisterna, que así se llamaba la escocesa, que como todos eran católicos fácilmente las creyeron, y Clisterna se contentó de quedar en casa de su suegro hasta que Ricaredo volviese, el cual pidió de término un año.

Esto ansí puesto y concertado, Clotaldo dijo a Ricaredo como determinaba enviar a España a Isabela y a sus padres, si la reina le daba licencia: quizá los aires de la patria apresurarían y facilitarían la salud que ya comenzaba a tener. Ricaredo, por no dar indicio de sus designios, respondió tibiamente a su padre que hiciese lo que mejor le pareciese; sólo le suplicó que no quitase a Isabela ninguna cosa de las riquezas que la reina le había dado. Prometióselo Clotaldo, y aquel mismo día fue a pedir licencia a la reina, así para casar a su hijo con Clisterna, como para enviar a Isabela y a sus padres a España. De todo se contentó la reina, y tuvo por acertada la determinación de Clotaldo. Y aquel mismo día, sin acuerdo de letrados y sin poner a su camarera en tela de juicio, la condenó en que no sirviese más su oficio y en diez mil escudos de oro para Isabela; y al conde Arnesto, por el desafío, le desterró por seis años de Inglaterra. No pasaron cuatro días, cuando ya Arnesto se puso a punto de salir a cumplir su destierro, y los dineros estuvieron juntos. La reina llamó a un mercader rico que habitaba en Londres, y era francés, el cual tenía correspondencia en Francia, Italia y España, al cual entregó los diez mil escudos y le pidió cédulas para que se los entregasen al padre de Isabela en Sevilla o en otra playa de España. El mercader, descontados sus intereses y ganancias, dijo a la reina que las daría ciertas y seguras para Sevilla sobre otro mercader francés, su correspondiente, en esta forma: que él escribiría a París para que allí se hiciesen las cédulas por otro correspondiente suyo, a causa que rezasen las fechas de Francia y no de Inglaterra, por el contrabando de la comunicación de los dos reinos, y que bastaba llevar una letra de aviso suya sin fecha, con sus contraseñas, para que luego diese el dinero el mercader de Sevilla, que ya estaría avisado del de París. En resolución, la reina tomó tales seguridades del mercader, que no dudó de ser cierta la partida; y no contenta con esto, mandó llamar a un patrón de una nave flamenca que estaba para partirse otro día a Francia a sólo tomar en algún puerto della testimonio para poder entrar en España a título de partir de Francia y no de Inglaterra, al cual pidió encarecidamente llevase en su nave a Isabela y a sus padres, y con toda seguridad y buen tratamiento los pusiese en un puerto de España, el primero a do llegase.

El patrón, que deseaba contentar a la reina, dijo que sí haría, y que los pondría en Lisboa, Cádiz o Sevilla. Tomados, pues, los recaudos del mercader, envió la reina a decir a Clotaldo no quitase a Isabela todo lo que ella la había dado, así de joyas como de vestidos. Otro día vino Isabela y sus padres a despedirse de la reina, que los recibió con mucho amor. Dioles la reina la carta del mercader y otras muchas dádivas, así de dineros como de otras cosas de regalo para el viaje. Con tales razones se lo agradeció Isabela, dejó de nuevo obligada a la reina para hacerle siempre mercedes. Despidióse de las damas, las cuales, como ya estaba fea, no quisieran que se partiera, viéndose libres de la envidia que a su hermosura tenían y contentas de gozar de sus gracias y discreciones. Abrazó la reina a los tres, y encomendándolos a la buena ventura y al patrón de la nave, y pidiéndo a Isabela la avisase de su buena llegada a España, y siempre de su salud, por la vía del mercader francés, se despidió de Isabela y de sus padres, los cuales aquella misma tarde se embarcaron, no sin lágrimas de Clotaldo y de su mujer y de todos los de su casa, de quien era en todo extremo bien querida. No se halló a esta despedida presente Ricaredo, que por no dar muestras de tiernos sentimientos, aquel día hizo que unos amigos suyos le llevasen a caza. Los regalos que la señora Catalina dio a Isabela para el viaje fueron muchos, los abrazos infinitos, las lágrimas en abundancia, las encomiendas de que la escribiese sin número, y los agradecimientos de Isabela y de sus padres correspondieron a todo; de suerte que, aunque llorando, los dejaron satisfechos.

Aquella noche se hizo el bajel a la vela, y habiendo con próspero viento tocado en Francia y tomado en ella, los reca[u]dos necesarios para poder entrar en España, de allí a treinta días entró por la barra de Cádiz, donde desembarcaron Isabela y sus padres, y siendo conocidos de todos los de la ciudad, los recibieron con muestras de mucho contento. Recibieron mil parabienes del hallazgo de Isabela y de la libertad que habían alcanzado ansí de los moros que los habían cautivado —habiendo sabido todo su suceso de los cautivos a que dio libertad la liberalidad de Ricaredo— como de la que habían alcanzado de los ingleses.

Ya Isabela en este tiempo comenzaba a dar grandes esperanzas de volver a cobrar su primera hermosura. Poco más de un mes estuvieron en Cádiz, restaurando los trabajos de la navegación, y luego se fueron a Sevilla por ver si salía cierta la paga de los diez mil escudos que librados sobre el mercader francés traían. Dos días después de llegar a Sevilla le buscaron, y le hallaron, y le dieron la carta del mercader francés de la ciudad de Londres. Él la reconoció, y dijo que hasta que de París le viniesen las letras y carta de aviso no podía dar el dinero; pero que por momentos aguardaba el aviso.

Los padres de Isabela alquilaron una casa principal frontero de Santa Paula [57], por ocasión que estaba monja en aquel santo

---

[57] *Santa Paula:* El convento de Santa Paula, de monjas jerónimas, estaba situado en el norte de la ciudad en el Pasaje Mayol que desemboca en la calle de Santa Paula. Según Norberto González Aurioles *(Monjas sevillanas parientes de Cervantes, estudio crítico,* Ma-

273

monasterio una sobrina suya, única y extremada en la voz, y así por tenerla cerca como por haber dicho Isabela a Ricaredo que si viniese a buscarla la hallaría en Sevilla y le diría su casa su prima la monja de Santa Paula, y que para conocella no había menester más de preguntar por la monja que tenía la mejor voz en el monasterio, porque estas señas no se le podían olvidar. Otros cuarenta días tardaron de venir los avisos de París; y a dos que llegaron el mercader francés entregó los diez mil ducados a Isabela, y ella a sus padres, y con ellos y con algunos más que hicieron vendiendo algunas de las muchas joyas de Isabela, volvió su padre a ejercitar su oficio de mercader, no sin admiración de los que sabían sus grandes pérdidas. En fin, en pocos meses fue restaurado[58] su perdido crédito y la belleza de Isabela volvió a su ser primero, de tal manera que en hablando de hermosas todos daban el lauro a la española inglesa: que tanto por este nombre como por su hermosura era de toda la ciudad conocida. Por la orden del mercader francés de Sevilla escribieron Isabela y sus padres a la reina de Inglaterra su llegada, con los agradecimientos y sumisiones que requerían las muchas mercedes della recebidas. Asimismo escribieron a Clotaldo y a su señora Catalina, llamándolos Isabela padres, y sus padres, señores. De la reina no tuvieron respuesta; pero de Clotaldo y de su mujer sí, donde las daban el parabién de la llegada a salvo y los avisaban como su hijo Ricaredo, otro día después que ellos se hicieron a la vela, se había partido a Francia, y de allí a otras partes, donde le convenía a ir para seguridad de su conciencia, añadiendo a éstas otras razones y cosas de mucho amor y de muchos ofrecimientos. A la cual carta respondieron con otra no menos cortés y amorosa que agradecida.

Luego imaginó Isabela, que el haber dejado Ricaredo a Inglatera sería para venirla a buscar a España, y alentada con esta esperanza vivía la más contenta del mundo, y procuraba vivir de manera que cuando Ricaredo llegase a Sevilla antes le diese en los oídos la fama de sus virtudes que el conocimiento de su casa. Pocas o ninguna vez salía de su casa sino para el monasterio; no ganaba otros jubileos que aquellos que en el monasterio se ganaban. Desde su casa y desde su oratorio andaba con el pensamiento los viernes de Cuaresma la santísima

---

drid, 1915), dos primas de Cervantes eran monjas en este convento a principios del siglo XVII.

[58] *restaurado:* El texto, «restaurando».

estación de la cruz, y los siete venideros del Espíritu Santo. Jamás visitó el río, ni pasó a Triana, ni vio el común regocijo en el campo de Tablada[59] y puerta de Jerez el día, si le hace claro, de San Sebastián, celebrado de tanta gente que apenas se puede reducir a número. Finalmente, no vio regocijo público ni otra fiesta en Sevilla: todo lo libraba en su recogimiento y en sus oraciones y buenos deseos esperando a Ricaredo. Éste su grande retraimiento tenía abrasados y encendidos los deseos no sólo de los pisaverdes[60] del barrio, sino de todos aquellos que una vez la hubiesen visto: de aquí nacieron músicas de noche en su calle y carreras de día. Deste no dejar verse y desearlo muchos crecieron las alhajas de las terceras, que prometieron mostrarse primas y únicas en solicitar a Isabela, y no faltó quien se quiso aprovechar de lo que llaman hechizos, que no son sino embustes y disparates; pero a todo esto estaba Isabela como roca en mitad del mar, que la tocan, pero no la mueven las olas ni los vientos.

Año y medio era ya pasado cuando la esperanza propincua de los dos años por Ricaredo prometidos comenzó con más ahínco que hasta allí a fatigar el corazón de Isabela. Y cuando ya le parecía que su esposo llegaba y que le tenía ante los ojos y le preguntaba qué impedimentos le habían detenido tanto, cuando ya llegaban a sus oídos las disculpas de su esposo y cuando ya ella le perdonaba y le abrazaba y como a mitad de su alma le recebía, llegó a sus manos una carta de la señora Catalina, fecha en Londres cincuenta días había; venía en lengua inglesa; pero leyéndola en español, vio que así decía:

«Hija de mi alma: Bien conociste a Guillarte, el paje de Ricaredo. Éste se fue con él al viaje, que por otra te avisé, que Ricaredo a Francia y a otras partes había hecho el segundo día de tu partida. Pues este mismo Guillarte, a cabo de diez y seis meses que no habíamos sabido de mi hijo, entró ayer por nuestra puerta con nuevas que el conde Arnesto había muerto a tración en Francia a Ricaredo. Considera, hija, cuál quedaríamos su padre y yo y su esposa con tales nuevas; tales digo, que aun no nos dejaron poner en duda nuestra desventura. Lo que

---

[59] *campo de Tablada:* Debió de estar cerca de la Canal de Alfonso XIII, al otro lado del río Guadalquivir, junto a la isla (ya desaparecida) del mismo nombre.

[60] *pisaverdes:* «Este nombre suelen dar al mozo galán, de poco seso, que va pisando de puntillas por no reventar el seso que lleva en los carcañales» *(Cov.).*

Clotaldo y yo te rogamos otra vez, hija de mi alma, es que encomiendes muy de veras a Dios la de Ricaredo, que bien merece este beneficio el que tanto te quiso como tú sabes. También pedirás a Nuestro Señor nos dé a nosotros paciencia y buena muerte, a quien nosotros. también pediremos y suplicaremos te dé a ti y a tus padres largos años de vida.»

Por la letra y por la firma no le quedó que dudar a Isabela para no creer la muerte de su esposo. Conocía muy bien al paje Guillarte, y sabía que era verdadero y que de suyo no habría querido ni tenía para qué fingir aquella muerte, ni menos su madre, la señora Catalina, la habría fingido, por no importarle nada enviarle nuevas de tanta tristeza. Finalmente, ningún discurso que hizo, ninguna cosa que imaginó le pudo quitar del pensamiento no ser verdadera la nueva de su desventura.

Acabada de leer la carta, sin derramar lágrimas ni dar señales de doloroso sentimiento, con sesgo[61] rostro y al parecer con sosegado pecho, se levantó de un estrado donde estaba sentada y se entró en un oratorio, y hincándose de rodillas ante la imagen de un devoto crucifijo hizo voto de ser monja, pues lo podía ser teniéndose por viuda. Sus padres disimularon y encubrieron con discrección la pena que les había dado la triste nueva, por poder consolar a Isabela en la amarga que sentía; la cual, casi como satisfecha de su dolor, templándole con la santa y cristiana resolución que había tomado, ella consolaba a sus padres, a los cuales descubrió su intento, y ellos le aconsejaron que no le pusiese en ejecución hasta que pasasen los dos años que Ricaredo había puesto por término a su venida, que con esto se confirmaría la verdad de la muerte de Ricaredo y ella con más seguridad podía mudar de estado. Ansí lo hizo Isabela, y los seis meses y medio que quedaban para cumplirse los dos años los pasó en ejercicios de religiosa y en concertar la entrada del monasterio, habiendo elegido el de Santa Paula, donde estaba su prima.

Pasóse el término de los dos años y llegóse el día de tomar el hábito, cuya nueva se extendió por la ciudad, y de los que conocían de vista a Isabela y de aquellos que por sola su fama se llenó el monasterio y la poca distancia que dél a la casa de Isabela había. Y convidando su padre a sus amigos y aquéllos a otros, hicieron a Isabela uno de los más honrados acompañamientos que en semejantes actos se había visto en Sevilla.

---

[61] *sesgo:* Véase nota 21.

Hallóse en él el asistente y el provisor[62] de la Iglesia y vicario del arzobispo, con todas las señoras y señores de título que había en la ciudad: tal era el deseo que en todos había de ver el sol de la hermosura de Isabela, que tantos meses se les había eclipsado; y como es costumbre de las doncellas que van a tomar el hábito ir lo posible galanas y bien compuestas, como quien en aquel punto echa el resto de la bizarría y se descarta della, quiso Isabela ponerse lo más bizarra que le fue posible; y así, se vistió con aquel vestido mismo que llevó cuando fue a ver a la reina de Inglaterra, que ya se ha dicho cuán rico y cuán vistoso era. Salieron a luz las perlas y el famoso diamante, con el collar y cintura, que asimismo era de mucho valor. Con este adorno y con su gallardía, dando ocasión para que todos alabasen a Dios en ella, salió Isabela de su casa a pie, que el estar tan cerca el monasterio excusó los coches y carrozas. El concurso de la gente fue tanto, que les pesó de no haber entrado en los coches, que no les daban lugar de llegar al monasterio. Unos bendecían a sus padres, otros al cielo, que de tanta hermosura la había dotado; unos se empinaban por verla; otros, habiéndola visto una vez, corrían adelante por verla otra. Y el que más solícito se mostró en esto, y tanto que muchos echaron de ver en ello, fue un hombre vestido en hábito de los que vienen rescatados de cautivos, con una insignia de la Trinidad en el pecho, en señal que han sido rescatados por la limosna de sus redemptores. Este cautivo, pues, al tiempo que ya Isabela tenía un pie dentro de la portería del convento, donde habían salido a recebirla, como es uso, la priora y las monjas con la cruz, a grandes voces dijo:

—Detente, Isabela; detente, que mientras yo fuere vivo no puedes tú ser religiosa.

A estas voces, Isabela y sus padres volvieron los ojos, y vieron que hendiendo por toda la gente hacia ellos venía aquel cautivo, que habiéndosele caído un bonete azul redondo que en la cabeza traía descubrió una confusa madeja de cabellos de oro ensortijados y un rostro como el carmín y como la nieve, colorado y blanco, señales que luego le hicieron conocer y juzgar por extranjero de todos. En efe[c]to, cayendo y levantando llegó donde Isabela estaba, y asiéndola de la mano le dijo:

---

[62] *provisor:* previsor; «Comúnmente se toma por el viçario general, que tiene las veces el obispo en su obispado; y provisor el que tiene cuidado de proveer alguna comunidad» *(Cov., s.v.,* «provisor»).

—¿Conócesme, Isabela? Mira que yo soy Ricaredo, tu esposo.

—Sí conozco —dijo Isabela—, si ya no eres fantasma que viene a turbar mi reposo.

Sus padres le asieron y atentamente le miraron, y en resolución conocieron ser Ricaredo el cautivo, el cual, con lágrimas en los ojos, hincando las rodillas delante de Isabela, le suplicó que no impidiese la extrañeza del traje en que estaba su buen conocimiento ni estorbase su baja fortuna que ella no correspondiese a la palabra que entre los dos se habían dado. Isabela, a pesar de la impresión que en su memoria había hecho la carta de la madre de Ricaredo, dándole nuevas de su muerte, quiso dar más crédito a sus ojos y a la verdad que presente tenía, y así, abrazándose con el cautivo, le dijo:

—Vos, sin duda, señor mío, sois aquel que sólo podrá impedir mi cristiana determinación. Vos, señor, sois sin duda la mitad de mi alma, pues sois mi verdadero esposo. Estampado os tengo en mi memoria y guardado en mi alma. Las nuevas que de vuestra muerte me escribió mi señora y vuestra madre, ya que no me quitaron la vida, me hicieron escoger la de la religión, que en este punto quería entrar a vivir en ella. Mas pues Dios con tan justo impedimento muestra querer otra cosa, ni podemos ni conviene que por mi parte se impida. Venid, señor, a la casa de mis padres, que es vuestra, y allí os entregaré mi posesión por los términos que pide nuestra santa fe católica.

Todas estas razones oyeron los circunstantes, y el asistente, y vicario, y provisor del arzobispo, y de oírlas se admiraron y suspendieron, y quisieron que luego se les dijese qué historia era aquélla, qué extranjero aquél, y de qué casamiento trataban. A todo lo cual respondió el padre de Isabela, diciendo que aquella historia pedía otro lugar y algún término para decirse. Y así, suplicaba a todos aquellos que quisiesen saberla diesen la vuelta a su casa, pues estaba tan cerca, que allí se la contarían de modo que con la verdad quedasen satisfechos y con la grandeza y extrañeza de aquel suceso admirados. En esto, uno de los presentes alzó la voz, diciendo:

—Señores: este mancebo es un gran cosario inglés, que yo le conozco, y es aquel que habrá poco más de dos años tomó a los cosarios de Argel la nave de Portugal que venía de las Indias. No hay duda sino que es él, que yo le conozco, porque él me dio libertad y dineros para venir a España, y no sólo a mí, sino a otros tre[s]cientos cautivos.

Con estas razones se alborotó la gente y se avivó el deseo que todos tenían de saber y ver la claridad de tan intrincadas cosas. Finalmente, la gente más principal, con el asistente y aquellos dos señores eclesiásticos, volvieron a acompañar a Isabela a su casa, dejando a las monjas tristes, confusas y llorando por lo que perdían en [no] tener en su compañía a la hermosa Isabela, la cual estando en su casa, en una gran sala della hizo que aquellos señores se sentasen. Y aunque Ricaredo quiso tomar la mano en contar su historia, todavía le pareció que era mejor fiarlo de la lengua y discreción de Isabela y no de la suya, que no muy expertamente hablaba la lengua castellana.

Callaron todos los presentes, y teniendo las almas pendientes de las razones de Isabela, ella así comenzó su cuento, el cual le reduzco yo a que dijo todo aquello que desde el día que Clotaldo la robó en Cádiz hasta que entró y volvió a él le había sucedido, contando asimismo la batalla que Ricaredo había tenido con los turcos, la liberalidad que había usado con los cristianos, la palabra que entrambos a dos se habían dado de ser marido y mujer, la promesa de los dos años, las nuevas que había tenido de su muerte, tan ciertas a su parecer, que la pusieron en el término que habían visto de ser religiosa. Engrandeció la liberalidad de la reina, la cristiandad de Ricaredo y de sus padres, y acabó con decir que dijese Ricaredo lo que le había sucedido después que salió de Londres hasta el punto presente, donde le veían con hábito de cautivo y con una señal de haber sido rescatado por limosna.

—Así es —dijo Ricaredo—, y en breves razones sumaré los inmensos trabajos míos.

«Después que me partí de Londres por excusar el casamiento que no podía hacer con Clisterna, aquella doncella escocesa católica con quien ha dicho Isabela que mis padres me querían casar, llevando en mi compañía a Guillarte, aquel paje que mi madre escribe que llevó a Londres las nuevas de mi muerte, atravesa[n]do por Francia llegué a Roma, donde se alegró mi alma y se fortaleció mi fe. Besé los pies al Sumo Pontífice, confesé mis pecados con el mayor penitenciero, absolvióme dellos, y diome los recaudos necesarios que diesen fe de mi confesión y penitencia y de la reducción que había hecho a nuestra universal madre la Iglesia. Hecho esto, visité los lugares tan santos como inumerables que hay en aquella ciudad santa, y de dos mil escudos que tenía en oro di los mil seiscientos a un cambio, que me los libró en esta ciudad sobre un tal Roqui, florentín. Con los cuatrocientos que me quedaron, con intención de venir a España, me partí para Génova, donde había tenido nuevas que estaban dos galeras de aquella Señoría de partida para España. Llegué con Guillarte mi criado a un lugar que se llama Aquapendente[63], que viniendo de Roma a Florencia es el último que tiene el Papa, y en una hostería o posada donde me apeé hallé al conde Arnesto, mi mortal enemigo, que con cuatro criados, disfrazado y encubierto, más por ser curioso que por ser católico, entiendo que iba a Roma. Creí sin duda que no me había conocido. Encerréme en un aposento con mi criado, y estuve con cuidado y con determinación de mudarme a otra posada en cerrando la noche; no lo hice ansí porque el descuido grande que no sé que tenían el conde y sus criados, me aseguró que no me habían conocido. Cené en mi aposento, cerré la puerta, apercebí mi espada, encomendéme a Dios y no quise acostarme. Durmióse mi criado, y yo sobre una silla me quedé medio dormido; mas poco después de la media noche me despertaron para hacerme dormir el eterno sueño cuatro pistoletes que, como después supe, dispararon contra mí el conde y sus criados, y dejándome por muerto, teniendo ya a punto los caballos, se fueron, diciendo al huésped de la posada que me enterrase, porque era hombre principal, y con esto se fueron.

»Mi criado, según dijo después el huésped, despertó al ruido y con el miedo se arrojó por una ventana que caía a un patio, y diciendo: "¡Desventurado de mí, que han muerto a mi señor!", se salió del mesón. Y debió de ser con tal miedo, que no debió de parar hasta Londres, pues él fue el que llevó las nuevas de mi muerte. Subieron los de la hostería y halláronme atravesado con cuatro balas y con muchos perdigones; pero todas por partes que de ninguna fue mortal la herida. Pedí confesión y todos los sacramentos como católico cristiano; diéronmelos, curáronme, y no estuve para ponerme en camino en dos meses, al cabo de los cuales vine a Génova, donde no hallé otro pasaje sino en dos falugas[64] que fletamos yo y otros dos principales españoles, la una para que fuese delante descubriendo y la otra donde nosotros fuésemos. Con esta seguridad nos embarcamos, navegando tierra a tierra con intención de no engolfar-

---

[63] *Aquapendente:* Ciudad italiana, provincia de Roma y territorio de Orvieto, que contaba con 1.401 habitantes en el año 1656; su nombre viene de una gran cascada en el lugar *(Enciclopedia Espasa).*

[64] *falugas:* Una faluga es «embarcación pequeña que tiene sólo seis remos y ninguna cubierta» *(Aut., s.v., «faluca»).*

nos; pero llegando a un paraje que llaman las Tres Marías[65], que es en la costa de Francia, yendo nuestra primera faluga descubriendo, a deshora salieron de una cala dos galeotas turquescas, y tomándonos la una la mar y la otra la tierra, cuando íbamos a embestir en ella, nos cortaron el camino y nos cautivaron. En entrando en la galeota nos desnudaron hasta dejarnos en carnes. Despojaron las falugas de cuanto llevaban y dejáronlas embestir en tierra sin echallas a fondo, diciendo que aquéllas les servirían otra vez de traer otra galima[66], que con este nombre llaman ellos a los despojos que de los cristianos toman. Bien se me podrá creer si digo que sentía en el alma mi cautiverio, y sobre todo la pérdida de los recaudos de Roma, donde en una caja de lata los traía, con la cédula de los mil seiscientos ducados; mas la buena suerte quiso que viniese a manos de un cristiano cautivo español, que los guardó: que si viniera a poder de los turcos, por lo menos había de dar por mi rescate lo que rezaba la cédula, que ellos averiguarían cúya era.

»Trujéronnos a Argel, donde hallé que estaban rescatando los padres de la Santísima Trinidad. Habléos, díjeles quién era, y movidos de caridad aunque yo era extranjero, me rescataron en esta forma: que dieron por mí tre[s]cientos ducados, los ciento luego y los do[s]cientos cuando volviese el bajel de la limosna a rescatar al padre de la redempción, que se quedaba en Argel empeñado en cuatro mil ducados, que había gastado más de los que traía. Porque a toda esta misericordia y liberalidad se extiende la caridad destos padres, que dan su libertad por la ajena y se quedan cautivos por rescatar los cautivos. Por añadidura del bien de mi libertad hallé la caja perdida, con los recaudos y la cédula. Mostrésela al bendito padre que me había rescatado, y ofrecíle quinientos ducados más de los de mi rescate para ayuda de su empeño. Casi un año se tardó en volver la nave de la limosna; y lo que en estos años me pasó, a poderlo contar ahora, fuera otra nueva historia. Sólo diré que

---

[65] *Tres Marías:* Era el puertecillo Las Tres Marías, cerca de Marsella, sitio —según algunos críticos— de la captura del propio Cervantes en septiembre de 1575; sin embargo, no pudo ser según la minuciosa investigación de J. Avalle-Arce, *Nuevos deslindes,* pág. 318, n.: «Los testimonios distan de ser concluyentes, pero en buena crítica histórica el peso de la evidencia se debe inclinar hacia la costa catalana como escenario de la captura de Cervantes.»

[66] *galima:* Véase *Rinconete y Cortadillo,* n. 45.

fui conocido de uno de los veinte turcos que di libertad con los demás cristianos ya referidos, y fue tan agradecido y tan hombre de bien que no quiso descubrirme; porque a conocerme los turcos por aquél que había echado a fondo sus dos bajeles y quitádoles de las manos la gran nave de la India, o me presentaran al Gran Turco o me quitaran la vida; y de presentarme al Gran Señor redundara no tener libertad en mi vida. Finalmente, el padre redemptor vino a España conmigo y con otros cincuenta cristianos rescatados. En Valencia hicimos la procesión general, y desde allí cada uno se partió donde más le plugo, con las insignias de su libertad, que son estos habiticos. Hoy llegué a esta ciudad, con tanto deseo de ver a Isabela mi esposa, que sin detenerme a otra cosa pregunté por este monasterio, donde me habían de dar nuevas de mi esposa. Lo que en él me ha sucedido ya se ha visto. Lo que queda por ver son estos recaudos, para que se pueda tener por verdadera mi historia, que tiene tanto de milagrosa como de verdadera.

Y luego, en diciendo esto, sacó de una caja de lata los recaudos que decía, y se los puso en las manos del provisor, que los vio junto con el señor asistente, y no halló en ellos cosa que le hiciese duda de la verdad que Ricaredo había contado. Y para más confirmación della ordenó el cielo que se hallase presente a todo esto el mercader florentín sobre quien venía la cédula de los mil seiscientos ducados, el cual pidió que le mostrasen la cédula y mostrándosela la reconoció, y la aceptó para luego, porque él muchos meses había que tenía aviso desta partida. Todo esto fue añadir admiración a admiración y espanto a espanto. Ricaredo dijo que de nuevo ofrecía los quinientos ducados que había prometido. Abrazó el asistente a Ricaredo y a los padres de Isabela, y a ella, ofreciéndoseles a todos con corteses razones. Lo mismo hicieron los dos señores eclesiásticos, y rogaron a Isabela que pusiese toda aquella historia por escrito, para que la leyese su señor el arzobispo, y ella lo prometió.

El grande silencio que todos los circunstantes habían tenido escuchando el extraño caso se rompió en dar alabanzas a Dios por sus grandes maravillas, y dando desde el mayor hasta el más pequeño el parabién a Isabel, a Ricaredo y a sus padres, los dejaron; y ellos suplicaron al asistente honrase sus bodas, que de allí a ocho días pensaban hacerlas. Holgó de hacerlo así el asistente, y de allí a ocho días, acompañado de los más principales de la ciudad, se halló en ellas.

Por estos rodeos y por estas circunstancias los padres de

Isabela cobraron su hija y restauraron su hacienda, y ella, favorecida del cielo y ayudada de sus muchas virtudes, a despecho de tantos inconvenientes, halló marido tan principal como Ricaredo, en cuya compañía se piensa que aún hoy vive en las casas que alquilaron frontero de Santa Paula, que después las compraron de los herederos de un hidalgo burgalés que se llamaba Hernando de Cifuentes[67].

Esta novela nos podría enseñar cuánto puede la virtud y cuánto la hermosura, pues son bastante juntas y cada una de por sí a enamorar aun hasta los mismos enemigos, y de cómo sabe el cielo sacar de las mayores adversidades nuestras, nuestros mayores provechos.

[67] *Hernando de Cifuentes:* F. González de León, ob. cit. pág. 389: «Frontero a este templo [Santa Paula] está la casa principal que hizo célebre el inmortal Cervantes en su novela *La española inglesa;* más aquello fue fábula. La casa fue de los marqueses de Castromonte (Baezas y Mendozas), y el año de 1652 la vivía el veinticuatro don Juan de Lara.»